HEYNE<

Das Buch
In der Zukunft ist auf dem Gebiet, das früher einmal Amerika war, eine neue Welt entstanden. Eine düstere, von Klimakatastrophen und Kriegen geprägte Welt, in der das Recht des Stärkeren gilt. Es ist die Welt von Tool, dessen DNA mit der von Raubkatzen gekreuzt wurde. Halb Mensch, halb Monster ist Tool eine perfekte Killermaschine im Dienste eines grausamen Systems. Doch Tool kann seinen Herren entkommen und entdeckt etwas, von dem er nie hätte erfahren dürfen: den freien Willen. Er schließt sich einer Gruppe von Rebellen an, steigt gar zu ihrem Anführer auf und verschreibt sein Leben dem Kampf gegen die Ungerechtigkeit und für eine bessere Welt ...

Der Autor
Paolo Bacigalupi ist bereits als Kurzgeschichtenautor in Erscheinung getreten, bevor er mit *Biokrieg* seinen ersten Roman veröffentlichte, der vom Time Magazine in die Top Ten der zehn besten Romane des Jahres aufgenommen wurde und zum internationalen Bestseller avancierte. Der Autor lebt mit seiner Frau und seinem Sohn in West Colorado. Von Paolo Bacigalupi sind im Wilhelm Heyne Verlag erschienen: *Biokrieg*, *Schiffsdiebe*, *Versunkene Städte* und *Water*.

Mehr über Paolo Bacigalupi und seine Romane erfahren Sie auf: **diezukunft.de**

Die Schiffsdiebe-Trilogie bei Heyne:
Erster Roman: *Schiffsdiebe*
Zweiter Roman: *Versunkene Städte*
Dritter Roman: *Tool*

Paolo Bacigalupi
TOOL

Roman

Aus dem Amerikanischen
übersetzt von Norbert Stöbe

WILHELM HEYNE VERLAG
MÜNCHEN

Die Originalausgabe erscheint unter dem Titel
Tool of War
bei Little Brown, New York

Sollte diese Publikation Links auf Webseiten Dritter enthalten,
so übernehmen wir für deren Inhalte keine Haftung, da wir uns
diese nicht zu eigen machen, sondern lediglich auf deren Stand
zum Zeitpunkt der Erstveröffentlichung verweisen.

Verlagsgruppe Random House FSC® N001967

Deutsche Erstausgabe 11/2018
Redaktion: Elisabeth Bösl
Copyright © 2017 by Paolo Bacigalupi
Copyright © 2018 der deutschsprachigen Ausgabe und der Übersetzung
by Wilhelm Heyne Verlag, München,
in der Verlagsgruppe Random House GmbH,
Neumarkter Straße 28, 81673 München
Printed in Germany
Umschlaggestaltung: DAS ILLUSTRAT, München,
unter Verwendung von Motiven
von katalinks / Shutterstock und Zastolskiy Victor / Shutterstock
Satz: Buch-Werkstatt GmbH, Bad Aibling
Druck und Bindung: GGP Media GmbH, Pößneck

ISBN 978-3-453-31923-3
www.diezukunft.de

1

DIE DROHNE KREISTE HOCH über den Ruinen des Krieges.

Eine Woche zuvor war sie noch nicht da gewesen. Vor einer Woche waren die Versunkenen Städte keiner Erwähnung wert gewesen, geschweige denn einer Überwachungsdrohne.

Die Versunkenen Städte: eine Küste, überflutet vom steigenden Meeresspiegel und von politischem Hass, ein Ort der Zerstörung und des unablässigen Gewehrfeuers. Einst war dies eine stolze Hauptstadt gewesen, und die Menschen, die die marmornen Flure bevölkerten, hatten über einen Großteil der Welt geherrscht. Jetzt war sie nur noch auf alten Landkarten zu finden, und dort, wo zivilisierte Menschen lebten, erinnerte sich kaum jemand daran. Die Geschichte, die von hier aus gelenkt worden war, die Gebiete, die sie beherrscht hatten, das alles war verloren gegangen, als unter den Menschen Bürgerkrieg ausgebrochen war – und schließlich dem Vergessen anheimgefallen.

Und doch kreiste nun eine Drohne der Raptorklasse darüber. Von feuchten Luftströmungen getragen, beobachtete sie den morastigen Dschungel und die erodierte Küste. Sie kreiste mit ausgebreiteten Flügeln und fing die warmen Atlantikwinde auf. Ihre Kameras erfassten den von Kopoubonen überwucherten Sumpf und smaragdgrüne, von Mückenschwärmen belagerte Tümpel. Ihr Blick verweilte auf marmornen Monumenten, auf Wahrzeichen, Kuppeln und umgestürzten Säulen, den weit verteilten Gebeinen einstiger Größe.

Zunächst hatte man die Berichte als Erfindungen kriegsverwirrter Flüchtlinge abgetan: ein Monster, das die jungen Soldaten von Sieg zu Sieg führte; eine Bestie, die unempfindlich gegen Kugeln war und ihre Gegner zerfleischte. Ein riesiges wildes Tier, das einen endlosen Tribut an Schädeln ihrer Feinde einforderte ...

Anfangs glaubte es niemand.

Später aber zeigten verschwommene Satellitenfotos brennende Gebäude und Truppenbewegungen, wodurch selbst die sonderbarsten Berichte bestätigt wurden. Und deshalb war die Drohne aufgetaucht.

Der elektronische Geier kreiste träge in der Höhe, der Bauch gespickt mit Kameras und Wärmesensoren, Lasermikrofonen und Funkempfängern.

Sie fotografierte historische Ruinen und ortsansässige Barbaren. Sie belauschte den sporadischen Funkverkehr. Sie verzeichnete Schusswechsel und zeichnete die Wunden auf, die verfeindeten Soldaten zugefügt wurden.

Und in weiter Ferne – auf der anderen Seite des Kontinents – wurden die vom Raptor gesammelten Informationen von ihren Herren aufgefangen.

Dort schwebte ein großes Luftschiff majestätisch über dem

Pazifik. Der Name an seiner Seite war so groß wie das Kriegsschiff selbst: ANNAPURNA.

Ein Viertel des Planeten lag zwischen dem Kommandoschiff und dem Spähraptor, und dennoch trafen die Informationen nahezu ohne Zeitverlust ein und lösten Alarm aus.

»General!«

Die Analystin schob den Stuhl von den Bildschirmen zurück und wischte sich blinzelnd den Schweiß von der Stirn. In der Zentrale für Globale Militärische Aufklärung der Mercier Corporation war es warm von den vielen Rechnern und den Analysten, die dicht an dicht vor ihren Bildschirmen saßen, alle mit ihren eigenen Aufgaben beschäftigt. An Bord der *Annapurna* wurde Wert auf optimale Raumausnutzung und höchste Effizienz bei der Aufklärungsarbeit gelegt. Deshalb schwitzten alle, und keiner beklagte sich.

»General!«, rief die Analystin erneut.

Anfangs war ihr die aussichtslose Suche, der sie zugeteilt worden war, zuwider gewesen: eine reine Fleißübung, während ihre Kollegen Revolutionen vereitelten, Aufständische dezimierten und Preistreiberei auf dem Lithium- und Kupfermarkt verhinderten. Die anderen hatten sich über ihre Arbeit lustig gemacht – in der Messe, in den Unterkünften, in der Dusche –, hatten sie geneckt, weil sie mit unwichtigen Dingen beschäftigt sei, und gemeint, sie könne ihren vierteljährlichen Bonus abschreiben, weil sie keinen Beitrag zum Firmengewinn leiste.

Im Stillen hatte sie ihnen widerwillig zugestimmt.

Bis jetzt.

»General Caroa! Ich glaube, wir haben etwas.«

Der General war hochgewachsen, seine blaue Firmenuniform perfekt gebügelt. In Reihen angeordnete Orden funkelten auf seiner Brust, Zeugen seines blutigen Aufstiegs im Militärapparat von Mercier. Sein weißblondes Haar war kurz geschnitten, eine Angewohnheit, die lebenslanger Disziplin geschuldet war, doch seine ordentliche Erscheinung wurde beeinträchtigt von seinem Gesicht – ein schlampiges Flickwerk aus rosafarbenem Narbengewebe, Pockennarben und tiefen Löchern, wo Feldärzte sich bemüht hatten, seine Gesichtszüge zu bewahren.

Sein Gesicht war zwar nicht ansehnlich, aber nahezu intakt.

Der General beugte sich über ihre Schulter. »Was gibt es?«

Die Analystin schluckte, verunsichert vom kühlen Blick des Mannes. »Es ist das Konstrukt«, sagte sie, »das Sie gekennzeichnet haben.«

»Sind Sie sicher?«

Das Bild war körnig. Doch in Anbetracht der Entfernung und des Aufnahmewinkels war die Darstellung des Monsters ein Wunder an technologischer Hexerei. Das Konstrukt hätte ebenso gut aus sieben Metern Abstand fotografiert sein können – ein muskelbepacktes Monster von zweieinhalb Metern Höhe. Eine Mischung aus Hund-, Mensch-, Tiger- und Hyänen-DNS. Ein brutales Ungeheuer mit Krallen und Zähnen.

»Nun, alter Freund, so treffen wir uns also wieder«, murmelte der General.

Das eine Auge des Wesens war zugewachsen, was ihm das Aussehen eines Kämpfers gab, der die Hölle durchquert und auf der anderen Seite siegreich wieder herausgekommen war.

Die Analystin sagte: »Ich habe auch den Herstellungscode.«

Sie ließ die Nahaufnahme eines Ohrs anzeigen. Eine Ziffernfolge war darin eintätowiert. »Ist es das gesuchte Konstrukt? Passt es?«

Der General starrte auf den Bildschirm. Wie von selbst wanderte seine Hand nach oben und berührte sein verwüstetes Gesicht, betastete eine runzlige Narbe, die sich vom Kinn über den Hals zog. Vertiefungen und Löcher, als wäre er mit dem Kopf ins Maul eines monströsen wilden Tieres geraten.

»Sir?«, fragte die Analystin eifrig. »Das ist doch das Zielobjekt, oder?«

Der General bedachte sie mit einem verdrießlichen Blick. Auf ihrem Namensschild stand JONES, LUFTAUFKLÄRUNG. Keine Orden. Keine Erfahrung. Jung. Eine weitere aufgeweckte Rekrutin, die ihren Job den Eignungstests zu verdanken hatte, die die Firma in den Protektoraten durchführte. Dank des Höllenlochs, in dem sie gelebt hatte, bevor sie sich Mercier angeschlossen hatte, war sie ehrgeizig, doch sie wusste nicht, was Kampf bedeutete. Im Gegensatz zu ihm. Im Gegensatz zu dem Wesen auf dem Bildschirm. Natürlich war sie eifrig: Sie war noch nie im Krieg gewesen.

»Das ist es«, bestätigte General Caroa. »Das ist unser Zielobjekt.«

»Es wirkt ganz schön zäh.«

»Eines der zähesten«, pflichtete Caroa ihr bei. »Was können wir aufbieten?«

Jones warf einen Blick auf die Statusanzeige. »Wir können binnen zwanzig Minuten zwei Angriffsraptoren in die Luft bringen«, antwortete sie. »Wir können sie von der *Karakoram* im Atlantik aus starten.« Sie lächelte. »Chaos, wenn Sie es befehlen, Sir.«

»Flugdauer bis zum Ziel?«

»Sechs Stunden.«

»Ausgezeichnet, Jones. Geben Sie mir Bescheid, wenn die Raptoren vor Ort sind.«

Tool lauschte mit gespitzten Ohren auf die fernen Schüsse, das ungezwungene Geplauder der Versunkenen Städte.

Es war eine polyglotte Sprache, doch Tool verstand alle Stimmen. Die scharfen Ausrufe von AK-47- und M-16-Sturmgewehren. Das primitive Gebrüll der Kanonen Kaliber 12 und 10. Das gebieterische Knallen der Jagdgewehre Kaliber 30–06 und das Ploppen der .22er. Und natürlich auch das sich nähernde Schrillen der 999er, die Stimme, die alle Sätze mit ihrer dröhnenden Interpunktion abschloss.

Es war eine vertraute Unterhaltung, die hin und her wogte – Frage und Antwort, Herausforderung und Erwiderung –, doch im Laufe der vergangenen Wochen hatte sich ihr Charakter verändert. Immer häufiger sprachen die Versunkenen Städte ausschließlich die Sprache Tools. Den Kugeldialekt seiner Truppen, den Gefechtsslang seines Rudels.

Der Krieg wütete weiter, doch die Stimmen verschmolzen zu einem einzigen harmonischen Triumphgeheul.

Natürlich gab es auch noch andere Geräusche, und Tool hörte sie alle. Selbst im Atrium seines Palasts, weit entfernt von der Front, konnte er den Kriegsverlauf verfolgen. Mit seinen großen Ohren hörte er besser als ein Hund, und sie waren stets aufgestellt, offen und empfänglich, und verrieten ihm vieles, das Menschenohren verborgen blieb, so wie auch seine übrigen Sinne mehr wahrnahmen als die Sinne der Menschen.

Er wusste, wo seine Soldaten standen. Er witterte jeden einzelnen. Er erspürte ihre Bewegungen mittels der Luftströmungen, die sein Fell und seine Haut berührten. In der Dunkelheit konnte er sie sehen, denn seine Augen waren empfindlicher als die einer Katze in finsterer Nacht.

Die Menschenwesen, die er anführte, waren blind und taub für die meisten Dinge, doch er leitete sie an und bemühte sich, sie in etwas Nützliches zu verwandeln. Er hatte seinen Menschenkindern das Sehen, Riechen und Hören beigebracht. Er hatte sie gelehrt, sich ihrer Augen, Ohren und Waffen zu bedienen, damit sie kämpften wie Reißzähne, Klauen und Fäuste. Einheiten. Züge. Kompanien. Bataillone.

Eine Armee.

Durch die Lücke in der geborstenen Kuppel seines Palasts sah Tool die Bäuche der Gewitterwolken, orangefarben angeleuchtet von den wütenden Bränden, die den letzten verzweifelten Versuch der Gottesarmee begleiteten, das Vorrücken seiner Truppen aufzuhalten, indem sie eine Frontlinie der Selbstzerstörung zogen.

Donner grollte. Blitze durchzuckten die Wolken. Ein Sturm braute sich zusammen, der zweite in ebenso vielen Wochen, doch auch er würde die Gottesarmee nicht retten können.

Hinter Tool näherte sich jemand über die marmornen Flure. Der humpelnde Gang und das Schleifen der Füße verrieten, dass es Stub war. Tool hatte den Jungen in den Kommandostab befördert, weil er hart, aufgeweckt und klug war und seine Tapferkeit beim Sturm der Barrikaden auf der K Street unter Beweis gestellt hatte.

Koolkat hatte den Angriff geleitet, als die Gottesarmee durchzubrechen und die damals noch fragile Hoffnung zu zerstören drohte, und war dabei ums Leben gekommen. Neben ihm hatte Stub einen Fuß verloren, als er auf eine Mine getreten war, doch er hatte das Bein abgebunden, sich weiter vorwärtsgeschleppt und seine Kameraden nach dem Tod ihres Befehlshabers angefeuert. Wild entschlossen, engagiert und tapfer.

Ja, es war Stub – das waren sein Geruch und sein Gang –, doch da war noch etwas anderes – der Geruch von gerinnendem Blut, dem Vorboten von Aas.

Stub wollte Meldung erstatten.

Tool schloss sein gutes Auge und atmete in tiefen Zügen. Er genoss den Duft und den Moment – den beißenden Gestank von Schießpulver, das Donnergrollen und die drückende Schwüle des heraufziehenden Unwetters, den Ozongeruch, den die Blitze erzeugten. Er atmete tief ein, versuchte den Augenblick des Triumphs in seinem Bewusstsein zu verankern.

So viele Erinnerungen waren bruchstückhaft, in Kriegen und Gewalt verloren gegangen. Seine persönliche Geschichte war ein kaleidoskopisches Durcheinander von Bildern, Gerüchen und aufgewühlten Emotionen, vereinzelten Explosionen der Freude und des Grauens, vieles davon blockiert und inzwischen unzugänglich. Dieses Mal aber – dieses eine Mal –

wollte er sich den Moment in seiner Gesamtheit einprägen. Ihn schmecken, riechen und hören. Bis er ihn ganz ausfüllte, ihm das Rückgrat straffte, ihn hoch aufrichtete. Bis er seinen Muskeln Kraft verlieh.

Triumph.

Der Palast, in dem er sich befand, war eine Ruine. Einst war er prachtvoll gewesen mit seinen Marmorböden, seinen majestätischen Säulen, seinen alten, meisterlich ausgeführten Ölgemälden und überblickte dank der zerbombten Mauer die Stadt, um die er kämpfte. Er konnte bis zum Meer sehen, das gegen die Eingangstreppe schwappte. Der Regen drang ein und bildete Pfützen auf dem Boden. Fackeln flackerten in der Feuchte und ermöglichten es den Menschen, einen Hauch dessen zu sehen, was Tool ohne fremde Hilfe wahrnahm.

Eine traurige Ruine, und doch ein Ort des Triumphs.

Stub wartete respektvoll.

»Du hast Neuigkeiten«, sagte Tool, ohne sich umzudrehen.

»Ja, Sir. Sie sind erledigt. Die Gottesarmee – sie ist besiegt.«

Tools Ohren zuckten. »Weshalb höre ich dann noch immer Gewehrfeuer?«

»Die Soldaten räumen noch auf«, antwortete Stub. »Der Gegner begreift nicht, dass er geschlagen ist. Er ist dumm, aber zäh.«

»Du glaubst wirklich, dass sie besiegt sind?«

Der Junge schnaubte. »Also, das soll ich Ihnen von Perkins und Mitali geben.«

Tool wandte sich um. Stub hob den Gegenstand in seiner Hand hoch.

General Sachs' abgetrennter Kopf schaute mit blinden Augen auf die Umgebung. Ohne den Körper wirkte er verloren. Der Gesichtsausdruck war irgendwo zwischen Bestürzung und Entsetzen erstarrt. Das grüne Schutzkreuz, das der Warlord sich auf die Stirn gemalt hatte, war mit Blut verschmiert.

»Ah.« Tool nahm den Kopf entgegen und wog ihn in der Hand. »Der Eine Wahre Gott hat ihn offenbar nicht gerettet. War also doch kein Heilsbringer.«

Schade, dass er nicht dabei gewesen war und die Gelegenheit versäumt hatte, dem Mann das Herz aus der Brust zu reißen und es zu verspeisen. Sich von seinem Feind zu nähren. Der Wunsch danach war stark. Dieser Triumph aber war den Klauen vorbehalten. Er war jetzt General und sandte Fäuste, Klauen und Reißzähne in die Schlacht, so wie er einst entsandt worden war, und deshalb entgingen ihm der Adrenalinstoß des Gefechts und das warme Blut des Gemetzels, das lustvoll in seinen Mund spritzte ...

Tool seufzte bedauernd.

Es passt nicht zu deiner Rolle, dem Gegner den Todesstoß zu versetzen.

Eine kleine Freude aber war ihm geblieben: als General einem anderen General in die Augen zu blicken und die Kapitulation entgegenzunehmen.

»›Wider die Natur‹, hast du einmal zu mir gesagt«, murmelte Tool.

»›Ein Scheusal‹.« Er hielt den Kopf höher und blickte in Sachs' entsetzte Augen. »›Der zusammengeflickte Frankenstein, der nicht mal stehen kann‹. Und natürlich hast du mich als ›Gotteslästerung‹ bezeichnet.«

Tool bleckte zufrieden die Zähne. Der Mann hatte die Wahrheit geleugnet bis zuletzt, hatte sich für ein Kind Gottes gehalten, erschaffen nach dem Ebenbild Gottes, vom Himmel beschützt vor solchen wie Tool. »Offenbar hat der Eine Wahre Gott die ›Gotteslästerung‹ begünstigt.«

Selbst jetzt noch meinte Tool, einen Schimmer von Verleugnung in den Augen des Generals zu erkennen. Die heulende Wut über die Ungerechtigkeit, gegen ein Wesen kämpfen zu müssen, das schneller, intelligenter und zäher erschaffen worden war als der arme menschliche Warlord, der geglaubt hatte, er sei gesegnet.

Dieser einfache Mann hatte nicht wahrhaben wollen, dass Tool für das Ökosystem der Schlacht optimiert worden war. Tools Götter hatten sich mehr für die moderne Kriegsführung interessiert als der Gegenstand der Anbetung dieses erbärmlichen Mannes. So war das eben mit der Evolution und der Konkurrenz. Der eine entwickelte sich weiter; der andere starb aus.

Andererseits war Evolution noch nie die Stärke des Generals gewesen.

Manche Spezies sind die geborenen Verlierer.

Ein gewaltiger Donner erschütterte den Raum. Tools 999er. Der Palast wurde bis auf die Grundfesten erschüttert.

Stille legte sich über die Stadt.

Und blieb dort.

Stub schaute verwundert zu Tool auf. Tools Ohren zuckten, lauschten. Nichts. Kein Gewehrfeuer. Keine Granatwerfer. Tool spannte seine Sinne an. Die Luft war wie elektrisch aufgeladen, als wartete alles darauf, dass das Wüten weiterging – doch in den Versunkenen Städten herrschte endlich Stille.

»Es ist vorbei«, murmelte Stub ehrfurchtsvoll. Und mit

kraftvoller Stimme sagte er: »Die Versunkenen Städte gehören Ihnen, General.«

Tool lächelte den Jungen freundlich an. »Sie waren schon immer mein.«

Ringsumher hatten die jungen Angehörigen von Tools Kommandostab mit der Arbeit innegehalten. Einige verharrten mitten in der Bewegung. Auch sie lauschten und warteten auf die nächste Runde der Gewalt, doch sie hörten nur Frieden.

Frieden. In den Versunkenen Städten.

Tool holte tief Luft und schwelgte im Augenblick, dann hielt er inne und runzelte die Stirn. Seltsamerweise rochen seine Soldaten nicht nach Sieg, sondern nach Angst.

Er fasste Stub in den Blick. »Was hat das zu bedeuten, Stub?«

Der Junge zögerte. »Wie geht es jetzt weiter, General?«

Tool blinzelte.

Wie geht es weiter?

Tool sah das Problem. Wie er so seinen Kommandostab musterte – seine besten, klügsten Leute, die Elite –, lag es offen zutage. Ihre Gesichter und ihr Geruch verrieten alles. Stub, der Tapfere, der weitergekämpft hatte, obwohl er den Fuß verloren hatte. Sasha, sein Fausthandschuh, der selbst die unerschrockensten Rekruten einschüchterte. Alley-O, der ein so tüchtiger Schachspieler war, dass Tool ihn in den Stab aufgenommen hatte. Mog und Mote, die blonden Zwillinge, die die Blitzklauen lenkten, mutig und tapfer, fintenreich unter Feuer.

Diese jungen Menschen waren klug genug, um den Unterschied zwischen kalkuliertem Risiko und Tollkühnheit zu erkennen, dabei waren sie noch keine zwanzig Jahre alt. Einige hatten noch Flaum im Gesicht, und Alley-O war gerade mal zwölf ...

Sie sind Kinder.

Die Warlords der Versunkenen Städte hatten die formbaren Talente der Jugend stets zu schätzen gewusst. Wilde Loyalität war eine typische Eigenschaft von Kindern; ihr Wunsch nach einer konkreten Aufgabe war leicht zu formen. Alle Soldaten der Versunkenen Städte waren in jungen Jahren rekrutiert und mit Ideologien und absoluten Wahrheiten indoktriniert worden, die ohne Schattierungen und Perspektive auskamen. Es gab nur Richtig und Falsch, Verräter und Patrioten. Gut und Böse. Eindringlinge und Einheimische. Ehre und Loyalität.

Rechtschaffenheit.

Flammende Rechtschaffenheit ließ sich bei jungen Menschen leicht kultivieren, deshalb gaben sie ausgezeichnete Waffen ab. Sie waren perfekte fanatische Mordwerkzeuge, geschärft durch die Beschränktheit ihrer Auffassung von der Welt.

Gehorsam bis in den Tod.

Tool war von Militärwissenschaftlern erschaffen worden, um sklavisch zu dienen. Man hatte ihm die DNS unterwürfiger Spezies eingepflanzt, ihm mit genetischen Kontrollmechanismen und unerbittlichem Training blinden Gehorsam eingeprägt, doch seiner Erfahrung nach waren junge Menschen weit leichter zu formen. Im Grunde waren sie gehorsamer als Hunde.

Wenn sie frei sind, bekommen sie Angst.

Was jetzt?

Tool blickte finster auf General Sachs' Kopf nieder, den er noch immer in der Hand hielt. Was tat ein Schwert, wenn all seine Gegner enthauptet waren? Welchen Nutzen hatte eine Waffe, wenn es keinen Gegner mehr gab, auf den man sie abfeuern konnte? Welche Aufgabe blieb dem Soldaten, wenn der Krieg vorbei war?

Tool reichte Stub die blutige Trophäe zurück. »Leg das zum Rest.«

Stub nahm den Kopf behutsam entgegen. »Und dann?«

Tool hätte ihn am liebsten angeschrien: *Mach dein Ding! Errichte deine eigene Welt! Ihr habt mich erschaffen! Weshalb sollte ich euch Aufbauhilfe leisten?*

Doch das war ein unfreundlicher Gedanke. Sie waren nun mal so. Sie waren auf Gehorsam getrimmt und hatten darüber die Orientierung verloren.

»Wir werden die Städte wieder aufbauen«, sagte Tool schließlich.

Erleichterung zeichnete sich in den Mienen der jungen Soldaten ab. Wieder einmal waren sie vor der Ungewissheit errettet worden. Ihr Kriegsgott war bereit, sich der erschreckenden Herausforderung des Friedens zu stellen.

»Informiert die Truppen. Unsere neue Aufgabe ist der Wiederaufbau.« Tool hob die Stimme. »Die Versunkenen Städte gehören jetzt mir. Dies ist ... mein Königreich. Ich werde dafür sorgen, dass es gedeiht. Das ist jetzt unsere Mission.«

Noch während er diese Worte aussprach, fragte sich Tool, ob das überhaupt machbar war.

Er konnte mit seinen Klauenhänden Fleisch zerfetzen, er konnte mit einem Gewehr Menschen niedermähen, er konnte Knochen mit den Zähnen zu Staub zermahlen. Mit einer Faust von Konstrukten konnte er in ein Land eindringen, eine fremde Küste mit Mord und Totschlag überziehen und siegreich daraus hervorgehen – wie aber stand es mit dem Krieg des Friedens?

Was war von einem Krieg zu halten, in dem niemand starb, und von Siegen, die bemessen wurden nach vollen Bäuchen, warmen Feuern und ...

Ernteerträgen?

Tool bleckte seine Tigerzähne und knurrte angewidert.

Stub wich eilig zurück. Tool bemühte sich, seine Gesichtszüge unter Kontrolle zu bringen.

Töten war einfach. Jedes Kind konnte ein Killer werden. Aber das Pflügen von Feldern? Säen und Ernten? Wo waren die Menschen, die sich darauf verstanden? Wo waren die Menschen, die wussten, wie man Dinge mit Geduld und Ausdauer bewerkstelligte?

Sie waren tot. Oder geflohen. Die Klügsten waren längst verschwunden.

Er würde eine ganz andere Art von Kommandostab brauchen. Er musste irgendwie Ausbilder herbeischaffen. Experten. Eine Faust von Menschen, die sich nicht auf den Tod verstanden, sondern auf das Leben ...

Tool stellte die Ohren auf.

Die sanfte Stille der Versunkenen Städte im Frieden schuf Raum für ein neues Geräusch. Eine Art Pfeifen, hoch in der Luft.

Ein erschreckendes Geräusch, verknüpft mit fernen Erinnerungen.

Vertraut.

»Angriffsraptor vor Ort eingetroffen, General.«

»Ziel erfasst?«

»Ziel erfasst. Chaos in fünf Sekunden. Chaos geladen.«

»Feuer frei für alle Rohre.«

Die Analystin wandte überrascht den Kopf. »Für alle, Sir? Das ist …« Sie zögerte. »Dann gibt es hohe Kollateralschäden.«

»Sicher ist sicher.« Der General nickte entschieden. »Die Aktion darf nicht schiefgehen.«

Die Analystin nickte und machte eine Eingabe. »Zu Befehl, Sir. Komplettes Sixpack, Sir.« Sie sprach ins Mikrofon. »Munitionskontrolle, ich bestätige: Sixpack scharf machen. General Caroa bestätigt den Befehl.«

»Sixpack scharf machen, bestätigt. Sixpack-Chaos.«

»Sechs, bereit. Sechs, scharf … Raketen abgefeuert, Sir.« Sie schaute hoch. »Fünfzehn Sekunden bis Chaos.«

Die Analystin und der General beugten sich vor.

Die Bildschirme zeigten einen Regenbogen von Infrarotsignalen. Braunrote, blaue und purpurfarbene Wärmesignaturen. Kleine Wärmeflecken für die Menschensoldaten – überwiegend Orange- und Gelbtöne – und ein großer roter Fleck, der das Konstrukt darstellte.

Die Analystin wartete. Das waren eine Menge Signale. Vermutlich der Kommandostab des Konstrukts. Soldaten, die alle ihre Arbeit machten und nicht ahnten, dass der Tod auf sie herabstürzte.

Die Kameras des Raptors waren so präzise, dass sie den Handabdruck erkennen konnte, wenn jemand sich auf dem Schreibtisch abgestützt hatte. Fußabdrücke tauchten auf und verschwanden geisterhaft, als ein Soldat barfuß über den Marmorboden des Hauptstadtgebäudes ging. Aus der Ferne wirkte alles so ruhig. Still. Unwirklich.

Das Konstrukt stand nahe bei mehreren Soldaten – vermutlich erteilte es Befehle oder ließ sich Meldung erstatten. Keiner von ihnen ahnte, dass sie jeden Moment vom Antlitz der Erde ausgelöscht werden würden.

»Zehn Sekunden«, flüsterte sie.

General Caroa beugte sich gespannt weiter vor. »Na schön, alter Freund, dann wollen wir mal sehen, ob du uns auch diesmal wieder entwischst.«

Der Monitor zählte die Sekunden herunter.

»Fünf ... vier ... drei ...«

Das Konstrukt spürte anscheinend die Gefahr. Es setzte sich in Bewegung. Sein Körper strahlte Wärme ab.

Sie haben übernatürlich scharfe Sinne, dachte die Analystin müßig. Es war keine große Überraschung, dass das Wesen einen letzten Versuch unternahm zu überleben. Sie waren konstruiert, um zu kämpfen, auch dann, wenn der Kampf aussichtslos war.

Der Bildschirm flammte auf.

Rot, orange, gelb ...

Weiß.

Blendendes Gleißen. Heller als tausend Sonnen. Weitere Treffer folgten, Einschlag um Einschlag, als die Raketen ins Ziel fanden.

Die Wärmesensoren der Beobachtungsdrohne, durch das entfachte Chaos überlastet, flackerten, dann wurde das Bild schwarz.

»Kontakt«, meldete die Analystin. »Sixpack ist eingeschlagen.«

Mahlia lag auf dem Deck der *Raker*, was eigenartig war, denn sie erinnerte sich, dass sie eben noch gestanden hatte. Jetzt aber lag sie.

Nein. Sie lag nicht auf dem Deck des Klippers; sie lehnte neben einer offenen Luke an der Kabinenwand. Nein, sie *lag* auf der Kabinenwand. Nicht nur sie stand nicht aufrecht. Das galt auch für das Schiff.

Mein Schiff liegt auf der Seite.

Mahlia blickte zu den aufgewühlten orangefarbenen Wolken hoch und versuchte zu begreifen, was passiert war.

Die Raker liegt auf der Seite. Mein Schiff steht nicht mehr aufrecht.

Mahlia ließ sich das durch den Kopf gehen. Die Umgebung kam ihr unwirklich und ungreifbar vor, so als blicke sie durch ein sehr langes Rohr. Sie war so weit entfernt, obwohl sie ihr ganz nah war.

Und es war warm.

Höllisch warm.

Feuerflammen zuckten und schlängelten sich über den Himmel, brennende Krähen, kreisend. Brennende Trümmer flogen umher, leuchtend und im Sturm der Zerstörung chaotische Bahnen beschreibend.

Eben noch hatte sie das Einladen eines in Leinwand verpackten Gemäldes überwacht, eines Meisterwerks des Zeitalters der Beschleunigung, darum bemüht, es im Frachtraum zu sichern, bevor der Regen stärker wurde, und jetzt lag sie auf dem Rücken und schaute zum pulsierenden Feuer an den Bäuchen der Wolken hoch.

Sie hatte das Gefühl, sie müsse etwas tun, doch sie hatte Schmerzen am ganzen Leib und ein Stechen im Hinterkopf. Sie langte nach hinten, um die Verletzung zu betasten, und sog scharf die Luft ein, als Metall gegen ihren Kopf stieß.

Bei den Parzen, sie war dermaßen durcheinander, dass sie vergessen hatte, dass die Kindersoldaten der Gottesarmee ihr vor Jahren die rechte Hand geraubt hatten und dass sie in Seascape durch eine Prothese ersetzt worden war! Mahlia berührte die Verletzung vorsichtig mit der linken Hand, betastete sie mit ihren Fingern, die noch etwas empfanden.

Eine große Beule, aber anscheinend keine offene Wunde. Kein zerschmetterter Schädelknochen, keine weiche Hirnmasse. Sie besah sich die Finger. Auch kein Blut.

Die *Raker* richtete sich langsam wieder auf. Mahlia rutschte an der Ladeluke vorbei. Der Boden hob sich ihr entgegen. Sie versuchte sich abzufangen, doch die Beine gaben ihr nach, und sie fiel ungeschickt aufs Karbonfaserdeck.

Als der Klipper sich aufgerichtet hatte, schwankte er noch eine Weile nach. Wasser floss vom Deck.

Mahlia, die Sorge hatte, ihr Rückgrat könnte verletzt sein, versuchte die Füße zu bewegen. *Bitte, bewegt euch.* Sie konzentrierte sich und wurde von Erleichterung überwältigt, als sich erst das eine Bein rührte, dann das andere. Sie klammerte sich an den Rand der Frachtluke und zog sich stöhnend auf die Beine. Marionettenkörper, Gliedmaßen aus Holz, keine Fäden, doch sie schaffte es und taumelte an die Reling.

»Wo zum Teufel sind sie alle?«

Etwas Großes hatte sie getroffen. *Etwas dramatisch Großes*, wie Van sich ausdrücken würde. Vielleicht die verirrte Granate eines 999er? Vom Himmel auf sie herabgestürzt? Doch das ergab keinen Sinn. Tool war der Einzige, der heutzutage 999er abfeuerte, und Tools Kindersoldaten waren zu gut ausgebildet, um es dermaßen zu vermasseln.

Mahlia musterte das Schiff, nahm die *Raker* in Augenschein. Ihr wundervolles Schiff. Noch immer strömte dort, wo es eingetaucht gewesen war, Wasser vom Deck, doch der Klipper wirkte unbeschädigt.

»Irgendwelche Schäden?«, krächzte Mahlia. »Captain Almadi? Ocho?« Shoebox taumelte ihr entgegen, mit geweiteten Augen, desorientiert. Sie packte ihn beim Arm und zog ihn zu sich.

»Weißt du, wo Ocho ist?« Sie hörte ihre eigene Stimme nicht, doch Shoebox hatte sie anscheinend verstanden. Er nickte und stolperte davon. Hoffentlich auf der Suche nach Ocho.

Asche regnete herab, glühende schwarze Plastikflocken, die sich scharf von den finsteren Regenwolken abhoben. Sie beschirmte die Augen mit der Hand, blinzelte in das Gleißen von Licht und Hitze. Der Palast und die umliegenden Gebäude waren eingeebnet. Und die marmorne Eingangstreppe – Mahlia musterte sie verblüfft. Sie schien nachzugeben, als bestünde sie aus geschmolzener Lava ...

Geschmolzen?

Es sah aus wie ein Blick in die Hölle, die die Hochwasserchristen den Ungläubigen an den Hals wünschten. Selbst der See vor dem Palast stand in Flammen.

Wie zum Teufel kann Wasser Feuer fangen?

In der Nähe schrie jemand, eher ein animalischer als ein menschlicher Laut. Mahlias Gehör kehrte zurück. Jetzt hörte sie das Tosen des Feuers und die gebrüllten Befehle der jungen Soldaten an den Docks. Das Feuer breitete sich aus, verschlang angrenzende Gebäude mit unnatürlicher Heftigkeit. Der zunehmende Wind fachte die Flammen weiter an. Eine Wolke aus Hitze und Rauch rauschte über sie hinweg.

»Schadensmeldung?«, rief Mahlia hustend und schlug schützend die Hände vors Gesicht. Ocho stolperte aufs Deck. An der Stirn hatte er eine blutende Platzwunde, doch er war noch auf den Beinen. Durch den Rauch taumelte er ihr entgegen.

»Der Palast wurde getroffen!«, brüllte er ihr ins Ohr.

»Das sehe ich«, antwortete Mahlia schreiend. »Wer war das?«

»Keine Ahnung. Van meint, etwas sei aus der Luft heruntergekommen. Bündelweise Feuernadeln.«

»Die Gottesarmee?«

»Ausgeschlossen«, sagte Ocho. »Tool hat sie vernichtet.«

Tool. Übelkeit erregendes Entsetzen nahm sie in Beschlag. Er war dort gewesen. Im Palast. Sie hätte es sich gleich denken können. Tool war tot. Sie war in den Versunkenen Städten wieder allein. Sie hatte keine Verbündeten mehr. Sie war umringt von Kindersoldaten ...

Mahlia umklammerte das Geländer und kämpfte gegen das Grauen an. Sie erinnerte sich, wie sie bäuchlings im Dreck gelegen und zu den Parzen gebetet hatte, zu Kali-Maria-voll-der-Gnade, zum Hochwassergott und den Göttern oder Heiligen und Avataren aller anderen Religionen, die ihr einfielen, dass die Soldaten, die die anderen Verstoßenen niedermähten, sie nicht bemerken mögen. Sie erinnerte sich, wie sie durch die Sümpfe am Rand der Versunkenen Städte gestapft war, hungrig und allein. Wie sie Schlangen gefangen und gegessen hatte. Wie sie auf Dörfer gestoßen war, deren Bewohner ausnahmslos niedergemetzelt worden waren. Wie die Soldaten sie niederdrückten, während einer mit der Machete ausholte und ihr die rechte Hand abtrennte ...

Und dann hatte sie Tool gefunden.

Dank Tool war sie dem Bürgerkrieg in den Versunkenen Städten entkommen und später mit der *Raker* zurückgekehrt, um zu plündern. Dank ihm war sie entkommen und hatte sich ein neues Leben aufgebaut.

Und jetzt war alles in einem Augenblick zunichtegeworden.

Ocho war offenbar zur selben Einsicht gelangt und stand unter dem Bann seiner Erinnerungen an die Zeit, als Chaos in den Versunkenen Städten geherrscht und er als Kindersoldat für die Vereinte Patriotenfront gekämpft hatte. »Bei den Parzen«, sagte Ocho. »Der Palast stürzt ein. Alles fängt wieder von vorne an ...«

Die Hölle.

Die Person, die die Versunkenen Städte aus dem Chaos gerettet hatte, war soeben zu Asche verbrannt. Die Person, die sie beschützt und es ihnen ermöglicht hatte, erfolgreich Handel zu treiben, war tot.

Mahlia wollte schreien angesichts der Ungerechtigkeit – *Wir standen kurz vor dem Sieg!* –, doch der klügere Teil von ihr, der Teil, der sie in den schlimmsten Jahren am Leben erhalten hatte, wusste, dass es nichts genutzt hätte. Sie hatte nicht mehr viel Zeit.

»Können wir segeln?«, fragte sie. »Kommen wir von hier weg?«

»Ich frage Almadi. Mal sehen, ob sie das Schiff für seetüchtig hält.« Ocho wandte sich zur Brücke, dann hielt er inne und zeigte zu den schwarzen Sturmwolken hoch, die am Himmel dräuten. »Welches Risiko willst du eingehen?«

Mahlia lächelte finster. »Glaubst du etwa, Tools Soldaten werden uns die *Raker* lassen, wenn wir hierbleiben?«

Verzweiflung legte sich auf Ochos Gesicht. »Bei den Parzen. Wieso kann …«

Was immer er sagen wollte, er verkniff es sich. Sein Gesichtsausdruck verhärtete sich zu einer Maske aus Stein. »Ich kümmere mich drum.«

Er salutierte flüchtig, blickte noch einmal zum brennenden Palast und eilte dann zur Brücke. Er war ein Überlebender, genau wie sie. Er hatte die Ruhe weg. Selbst wenn alles auseinanderfiel, geriet er nicht in Panik. Mit ihm im Rücken konnte Mahlia so tun, als besitze sie die Kraft weiterzumachen. Sie konnten sich gegenseitig weismachen, sie wären stark.

Immer mehr Besatzungsmitglieder kletterten an Deck: ehemalige VPF-Soldaten, die Ocho befehligte, und Seeleute, die

Captain Almadi unterstanden. Die Seeleute sagten den Soldatenjungs, was sie tun sollten, und alle waren damit beschäftigt, sich zu sortieren und zu orientieren.

Zwei Seeleute trugen Amzin Lorca, Almadis Stellvertreter. Ein Stück Metall steckte in seiner Brust, und Mahlia wusste sogleich, dass er tot war.

Wo steckte Almadi?

Auf dem Kai versuchten Tools Soldaten, das Chaos zu ordnen. Kleine Gruppen von Soldaten formierten sich zu größeren. Tools Fäuste, Klauen und Zähne. Kleine, mit Biodiesel angetriebene Boote starteten den Motor und preschten über den großen, rechteckigen See vor dem Palast auf die Trefferzone zu, umfuhren die lodernden Flammen und hielten Ausschau nach Überlebenden, die es nicht gab.

Das Vorgehen der Soldaten wirkte noch immer koordiniert, doch sobald sie begriffen, dass Tool tot war, würde der Kampf um die Vorherrschaft erneut aufflammen. All die Befehlshaber, Soldaten und Gruppierungen, die Tool besiegt und seiner Armee eingegliedert hatte, würden sich erneut verfeinden.

Und dann würden sie kämpfen, um das entstandene Vakuum zu füllen.

Entweder das, oder irgendein kluger Lieutenant oder Captain würde zu dem Schluss kommen, es sei an der Zeit, den Versunkenen Städten ein für alle Mal den Rücken zu kehren, und sich die *Raker* unter den Nagel zu reißen.

Was auch geschah, sie durfte dann nicht mehr hier sein.

Die Brände weiteten sich aus, angefacht vom zunehmenden Wind. Die Palasttrümmer glühten bösartig wie Lava.

Vor wenigen Stunden war sie dort drinnen gewesen und hatte von Tools Versorgungs- und Logistikeinheit den Lohn für die Anlieferung von Munition entgegengenommen und sich die Papiere für die neue Fracht abstempeln lassen. Gemälde. Skulpturen. Revolutionsartefakte. Alte Museumsstücke für den Kunstmarkt von Seascape.

Wäre der Tag nur geringfügig anders verlaufen, hätte sie sich zum Zeitpunkt des Angriffs im Gebäude befunden. Dann hätte sie neben Tool gesessen, während er mit seinen Offizieren die Angriffe auf die Gottesarmee plante.

Dann wäre sie jetzt Asche, Feuer und Rauch und würde zu den Kriegsgöttern aufsteigen, die Tool für sich reklamierte.

Ocho kehrte zusammen mit Captain Almadi zurück. Almadi war eine hochgewachsene, imposante Erscheinung und nach den Maßstäben der Versunkenen Städte uralt.

Mindestens Mitte dreißig.

Nachdem Mahlia und Ocho das erste Mal mit Kunstgegenständen und historischen Artefakten aus den Versunkenen Städten entkommen waren, hatte sie mit dem Erlös die *Raker* erworben und Almadi und deren Crew angeheuert. Dieses Arrangement war für beide Seiten profitabel, wenn auch bisweilen schwierig.

Dem Gesichtsausdruck der Frau nach zu urteilen, hatte Ocho sie verärgert. Eine weitere Person folgte ihnen. Die leuchtenden elektronischen Implantate, ätherisch blau dort, wo sich die Ohren hätten befinden sollen, machten ihn als einen von Ochos Soldaten kenntlich. Van, trotz des Chaos ringsumher grinsend und unverwüstlich wie eh und je. Oder vielleicht gerade deswegen. Der Junge war früh in den Krieg gezogen. Das hatte einiges mit seinem Kopf angestellt.

»Hast du gesehen, wie die Dinger eingeschlagen sind?« Van vermochte kaum an sich zu halten. »Böses, dramatisches Bumm-Bumm!« Er lehnte sich weit über die Reling und blickte zu den Flammen hinüber. »Feuernadeln und Bumm-Bumm, Baby!«

Mahlia beachtete ihn nicht. »Wie ist der Zustand des Schiffes?«, fragte sie.

Ehe Almadi antworten konnte, sagte Ocho: »Der Captain meint, wir werden nicht sinken. Wir können segeln.«

Almadi warf ihm einen bösen Blick zu. »Nein. Ich habe gesagt, es gibt eine Menge Schäden. Und es treffen immer noch Schadensmeldungen ein.«

»Sie hat gesagt, das Schiff wird nicht sinken«, sagte Ocho.

»Es dringt *im Moment* kein Wasser ein«, entgegnete Almadi. »Ich habe nicht gesagt, dass wir Kat drei überstehen könnten.«

»Es ist nicht gesagt, dass wir auf eine Kat drei treffen werden«, widersprach Ocho.

Almadi funkelte ihn an. »Der Wind nimmt zu. Mit dem Wetter ist nicht zu spaßen. Deshalb bin ich noch am Leben. Ich bin kein leichtsinniges Kind.«

»Wir haben Haze verloren«, sagte Ocho. »Er ist bei dem Einschlag mit dem Kopf aufgeschlagen, der Schädel ist zerschmettert. Ist verblutet. Und Almadi hat Lorca verloren.«

Almadis Miene war zu entnehmen, dass Lorca ein erfahrener Seemann gewesen war, der jetzt dringend gebraucht wurde, und dass Haze ihr scheißegal war.

»Noch jemand?«, fragte Mahlia.

»*Noch jemand?*« Almadi riss die Augen auf. »Das reicht dir nicht, um mal innezuhalten? Ich hatte nicht mal Gelegenheit, einen Anwesenheitsappell durchzuführen. Es wird noch eine Weile dauern, bis ich weiß, ob wir überhaupt segeln können, geschweige denn bei Sturm.«

Mahlia hätte die Frau am liebsten durchgeschüttelt. *Siehst du nicht, dass hier alles auseinanderbricht?* Stattdessen hielt sie Almadi ihre Prothese vors Gesicht.

»Siehst du das?« Sie drehte ihre künstliche Hand und zeigte Almadi die skelettartige Mechanik, blauschwarzer Stahl und kleine, zischende Gelenke. »Als ich die verloren habe, habe ich mich glücklich geschätzt. Siehst du Van?« Sie zeigte auf den ehemaligen Kindersoldaten, der über der Reling hing und dessen Implantate in der Düsternis des heraufziehenden Sturms hell leuchteten. »Siehst du, was sie ihm angetan haben?«

»Du kannst dir nicht vorstellen, was …«

»Ich weiß, was mit Leuten passiert, die zu lange warten! All die Soldaten da draußen? Die haben mindestens fünf verschiedenen Milizen angehört! Glaubst du, die sind alle gut Freund miteinander? Sie haben sich vor Tool gefürchtet. Sie waren Tool ergeben. Aber jetzt ist er weg. Und in diesem Moment fangen etwa zwanzig Captains aus verschiedenen Einheiten an, sich wieder eigene Gedanken zu machen. Sie fragen sich, was in ihrem Interesse liegt. Wem sie vertrauen können. Wen sie immer noch hassen. Sie haben nicht deshalb das Feuer eingestellt, weil sich der Hass erledigt hat. Sie haben aufgehört, weil Tool sie dazu gezwungen hat. Jetzt ist er weg, und ich garantiere dir, dass jeder Einzelne von ihnen Verwendung für das Schiff hat. Aber keiner wird Verwendung für uns haben.«

»Das Gute an einem Wirbelsturm ist, dass er einen nur töten will«, bemerkte Van. »Aber die Kriegsmaden hier?« Er tippte auf seine Implantate. »Die reißen einen mit Freuden in Fetzen.«

Ocho nickte zustimmend. »Wenn es irgendwie möglich ist zu segeln, müssen wir es versuchen, Captain.«

Almadi blickte von der brennenden Stadt zu den aufgewühlten dunklen Wolken am Himmel. Sie schnitt eine Grimasse. »Ich hole die noch ausstehenden Schadensmeldungen ein. Dann werde ich sehen, was ich tun kann.«

»Uns bleibt nicht mehr viel Zeit«, sagte Mahlia drängend.

»Du hast mich angeheuert, damit ich das Schiff steuere!«, fauchte Almadi. »Wir waren uns einig, dass ich die Entscheidungen treffe, wenn's ums Segeln geht. Du kümmerst dich um den Handel. Ich mich um die *Raker*!«

Ocho bedachte Mahlia mit einem vielsagenden Blick. Sie wusste, was ihm durch den Kopf ging. Er könnte ein paar Jungs zusammenrufen, Almadi eine Waffe an den Kopf halten und die Lage nach Art der Versunkenen Städte bereinigen ...

Mahlia schüttelte andeutungsweise den Kopf. *Noch nicht.*

Ocho zuckte mit den Achseln. *Wie du willst.*

Die Sache war die, dass die Besatzung der *Raker* zu Almadi gehörte. Mahlia zahlte zwar den Sold der Seeleute, doch sie hörten auf Almadi. Mit einer unwilligen Crew würden sie den Sturm niemals überstehen.

»Das mit Lorca tut mir leid«, sagte Mahlia beschwichtigend. »Aufrichtig leid. Und du hast recht, du kennst das Schiff besser als wir. Aber wir kennen die Versunkenen Städte, und sobald neue Kämpfe ausbrechen ...« Sie berührte ihre Handprothese. »Manche Dinge sind schlimmer als ein Sturm.«

»Da bin ich mir nicht so sicher.« Almadi hob die Hand, um

weiteren Einwänden zuvorzukommen. »Ich beeile mich mit der Lagebeurteilung. Dann unterhalten wir uns.« Sie entfernte sich kopfschüttelnd.

Mahlia legte Ocho die Hand auf den Arm. »Begleite sie. Es wäre schon gut, wenn wir nur ein Stück die Küste entlangsegeln und an einer geschützten Stelle ankern würden ... Hauptsache, wir kommen von hier weg. Mach ihr das klar.«

Ocho nickte heftig. »Wird gemacht.«

»Und versuch rauszukriegen, was für ein Sturm das ist!«, rief sie ihm hinterher.

»Wen juckt's?«, sagte Van. »Kat eins. Kat zwei, drei, vier, fünf, sechs ... Alles besser als eine Kugel im Kopf. Wenn die Lady nicht segeln will, dann schneide ich ihr die Ohren ab, ich schwör's. Damit sie weiß, wie's in den Versunkenen Städten zugeht.«

Mahlia musterte ihn scharf.

»War ein Scherz!« Van hob abwehrend die Hände. »Nur ein Scherz!«

Van schloss sich Ocho und Almadi an, während Mahlia sich wieder dem brennenden Palast zuwandte.

Die Zerstörung war so vollständig, als hätte Tools Kriegsgöttin eine riesige brennende Faust auf den Palast niedergeschmettert und dafür gesorgt, dass nichts davon stehen blieb und dass niemand überlebte. Als hätte sie ihn ausradiert. Lady Kali zerstampfte alles, und keine Maria-voll-der-Gnade folgte ihr nach.

Es war schwer zu glauben, dass Tool tot sein sollte. Sie sah immer noch vor sich, wie er im Dschungel gehockt hatte, nachdem er ein Kojotenrudel getötet hatte, das sie angegriffen hatte. Eine wilde Erscheinung, halb Mensch, halb Monster, mit blutverschmiertem Mund, die ihr in der großen Faust das noch warme Herz eines Kojoten reichte und ihr damit ein Bündnis und wahre Verbundenheit anbot.

Rudel, hatte er gesagt. Er war ihr Rudel gewesen und sie das seine. Und er war stärker gewesen als die Natur.

Und jetzt? Geschmolzen. Verdunstet. Spurlos verschwunden.

Es drängte sie, zu dem hoch auflodernden Feuer zu laufen. Nach ihm zu suchen. Daran zu glauben, sie könnte ihn retten. Sie schuldete ihm so viel ...

»Bitte sag mir, dass du nicht vorhast, dort rüberzugehen.«

Ocho war zurückgekehrt. Mit kühlem Blick musterte er die sich ausbreitenden Brände und die hektischen, sinnlosen Rettungsmaßnahmen.

Mahlia schluckte, kämpfte ihre Trauer nieder. »Nein. Das werde ich nicht.«

»Das ist gut. Denn einen Moment lang hast du ausgesehen wie eine Kriegsmade, die sich grundlos töten lässt.«

»Nein. So bin ich nicht.« Sie schluckte erneut. Die Trauer musste sie sich für später aufheben. Tool war tot. Er hätte sich lustig darüber gemacht, dass sie nicht strategisch dachte. »Niemand überlebt so etwas.«

»Almadi sagt, wir können segeln«, meinte Ocho.

»Hast du sie überzeugen müssen?«

»Nur ein bisschen.« Ocho zuckte mit den Schultern. »Wir suchen an der Küste nach einem geschützten Ankerplatz. Ein paar Stunden Fahrt, wenn alles gut geht. Vielleicht bricht das Unwetter erst später richtig los. Hofft sie.«

»Gut.« Mahlia stieß sich von der Reling ab. »Dann sind wir hier fertig.«

»Werden wir zurückkommen?«

»Was glaubst du?«

Ocho schaute zur verwüsteten Stadt hinüber. Schnitt eine Grimasse. »Sehr schade. War 'ne richtige Goldgrube.«

»Ja, aber« – Mahlia lächelte säuerlich – »nichts hält ewig, hab ich recht?«

»Da hast du wohl recht.«

Mahlia hätte gern gewusst, ob sie ebenso stoisch wirkte wie Ocho. Zwei Leute, die sich gegenseitig stark aussehen ließen.

Ein paar Minuten später wurden von den elektrisch betriebenen Taljen die Segel gehisst. Die Leinen knarrten und quietschten in den beschädigten, verzogenen Winschen. Die Segel aus Karbon und Nylon flatterten im Wind, bauschten sich und strafften sich mit einem Knall.

Dunkle Unwetterwolken dräuten am Himmel. Der Wind peitschte übers Deck. Regen prasselte hernieder, schwere, dicke Tropfen. Die grauen Wogen des Potomac waren genarbt vom herabstürzenden Wasser.

Durch die Regenschleier hindurch machte sie Stork und Stick, Gama und Cent aus, die damit beschäftigt waren, das Schiff loszumachen. Mahlia schüttelte die Erstarrung ab und eilte ihnen zu Hilfe. Taue lösten sich von den Klampen.

Die *Raker* bewegte sich und begann zu krängen.

Der Klipper war ein Wunderwerk menschlichen Erfindungsgeistes und in der Lage, auch bei schlechtem Wetter zu segeln. Dennoch ertappte Mahlia sich beim Beten, denn sie war sich nicht sicher, dass das beschädigte Schiff den bevorstehenden Sturm überstehen würde.

Der schlanke Klipper nahm Fahrt auf. Vom Kai schauten ihnen die Kindersoldaten nach. Ein paar zeigten auf sie. Vermutlich fragten sie sich, ob sie das Schiff aufhalten sollten, doch bislang hatte anscheinend noch niemand den Befehl dazu erteilt. Ohne Führung waren sie hilflos.

Die *Raker* stürmte los, ihr Bug durchschnitt grauen Seegang und Schaum. Die Segel waren prall gespannt. Das Schiff hob und senkte sich in der Dünung. Mahlia und ihre Crew beeilten sich, die Schotten dicht zu machen und das Schiff auf den Sturm vorzubereiten.

Sie waren so auf ihre Arbeit konzentriert, dass sie das Wrackgut nicht bemerkten, das im Kielwasser des Schiffes auftauchte. Es tanzte in den Wellen wie ein toter Hund. Es schlängelte sich zum Schiffsrumpf, ließ sich mitziehen wie ein Strang Seetang, vergessener Müll, den das Schiff bald abschütteln würde.

Dann zog es sich am Rumpf empor.

Langsam, aber stetig hangelte es sich aus dem Wasser, zog sich hoch und klammerte sich unterhalb des Schratsegels fest, baumelte vom Heck des Klippers.

Es war eine tierhafte Erscheinung, entstellt und schreckenerregend, die sich dort festklammerte. Eine Kreatur der Hölle, verkohltes Fleisch und zerfetzte Haut. Ein wiedergeborenes Monstrum, trotz des strömenden Regens knisternd von der Hitze, die es mitgebracht hatte.

Das Schiff stürmte voran, kämpfte sich durch die sich immer höher türmenden Wogen hindurch. Der blinde Passagier reiste mit, verkohlt und qualmend.

Brennend vor Zorn.

5

»Auf das Blut«, murmelte General Caroa. »Auf das Blut und die Geschichte.«

Und auf das Ende der Albträume.

Er hob das Kognakglas und prostete dem Anblick zu, der sich ihm durch die Fenster seiner Privatgemächer bot.

Sechstausend Meter unter ihm breitete sich der Pazifik aus, eine im Mondschein schimmernde Decke. Es schien beinahe so, als könnte General Caroa über den Rand eines fremden Planeten hinwegblicken, dessen quecksilbrige Meere in der Tiefe schimmerten – ein dunkler und noch unentdeckter Ort.

In vielerlei Hinsicht traf dies auch zu. Nach dem Ende des Zeitalters der Beschleunigung war der Großteil der Welt von Katastrophen heimgesucht worden. Von Dürre und Überschwemmungen. Von Wirbelstürmen. Von Seuchen und Missernten. Hunger und Flüchtlingskrieger hatten die Welt verwüstet und menschlichem Forscherdrang neue Räume eröffnet.

Und er war an vorderster Front dabei gewesen. Seit über drei Jahrzehnten drang er in unbekannte Territorien vor, schlug

Unruhen nieder und sorgte dafür, dass Mercier mit starker Hand für Ordnung sorgte.

Wie es sich für einen Mann in seiner Stellung geziemte, war seine geräumige Privatkabine ausstaffiert mit der Beute seiner Feldzüge: ein Teppich erinnerte an den Nordafrikafeldzug, mit dem er den Suezkanal unter seine Kontrolle gebracht hatte; ein Dolch aus Walbein mit reich verziertem Griff war die Trophäe des Kampfes um das Recht, die Nordwestpassage zu nutzen. In einem Regal funkelte Schnaps aus dem französischen Landwirtschaftskrieg, darunter waren Bücher aus richtigem Papier ausgestellt, Sun Tzu, Clausewitz und Shakespeare. Einige der Bände waren sehr alt und wirkten in Anbetracht des beschränkten Platzes und der begrenzten Tragfähigkeit eines Luftschiffs der Narwalklasse umso kostbarer.

Die *Annapurna* fasste bei kompletter Einsatzbereitschaft fünftausend Mann. Zur Bedienung waren fünfhundert Mann erforderlich, außerdem war ein schnelles Eingreifkommando von zweitausend Mann an Bord. Das Schiff verfügte über Starteinrichtungen für Drohnen und Abschusseinrichtungen für Raketen, Zentralen für Logistik, Steuerung und Informationsbeschaffung, alles Caroa unterstellt.

Der Einfluss des Generals erstreckte sich mittels der auf Satelliten, Truppenverbände und Flottenfunkverkehr ausgerichteten elektronischen Augen und Ohren des Schiffes auf ein Viertel des Planeten – auf die beiden Amerikas von Pol zu Pol, wo immer die Mercier Corporation es verlangte.

Auf seinem Firmenabzeichen waren zähnefletschende Konstrukte abgebildet, zusammen mit den Worten:

MERCIER SCHNELLE EINGREIFTRUPPE

Darunter prangte das in Gold gestickte Motto, das seine Laufbahn begleitet hatte.

FERITAS. FIDELITAS.

Wildheit. Treue.

Er berührte den Aufnäher und fragte sich, ob seine Albträume endlich ein Ende haben würden.

Weit unter ihm erstreckte sich die schwarze Küstenlinie von Merciers SoCal-Protektorat nach Norden. Er machte die von Lagerfeuern gesprenkelten Ruinen von Los Angeles aus, eingefasst von der leuchtenden Kette der Mercier-Hochhäuser, welche die Bucht säumten.

Es hatte ein ganzes Leben gedauert, so hoch aufzusteigen. Über ihm gab es auf der Karriereleiter der Firma fast keine Sprossen mehr. Nur die Beförderung in das Exekutivkomitee stand noch aus, ein Posten im permanenten Rat, wo die Besten von Mercier in der obersten Etage eines der höchsten Wolkenkratzer von Los Angeles über die Firmenstrategie entschieden.

Schon merkwürdig, dass er sich ein ganzes Stück weiter unten würde einrichten müssen, sollte er jemals befördert werden.

Belustigt ging Caroa zurück zu seinem Schreibtisch und checkte ein letztes Mal für heute die Statusmeldungen.

In der Arktis kam es zu Auseinandersetzungen, die ExCom Sorge bereiteten. Vermutlich machte SinoKor bei den Bohrarbeiten Druck, außerdem gab es in der Nordwestpassage Probleme mit Piraten, da TransSibiria und deren Inuit-Stellvertreter die am Pol entlangtransportierte Fracht zu »besteuern« versuchten. Ärgerlich in Anbetracht des Umstands, dass der Großteil seiner Truppen noch immer im Süden stationiert war, auf den Lithium-Hochebenen der Anden. Die Truppen in den Norden zu verlegen würde selbst mit Merciers Luftschiffflotte einige Zeit dauern. Zumindest waren die Soldaten bereits für kalte Witterung ausgerüstet.

Er wischte den Bildschirm leer. Das alles konnte warten. Jetzt würde er erst einmal entspannen und sich der Privilegien erfreuen, die seine Stellung mit sich brachte. Er streckte die Hand zum Kognakglas aus.

Das Commsignal ertönte.

Verärgert wandte Caroa sich an die Zimmer-AI. »Wer ist es?«

Der Wandbildschirm wurde von einem bekannten Gesicht eingenommen: junge, dienstbeflissene Gesichtszüge. Die Analystin. Caroa kam nicht auf ihren Namen …

Ich werde allmählich alt.

Jones. Genau.

Die junge, dienstbeflissene, picklige Jones. Die nervende Jones. Die ehrgeizige Jones. Die übereifrige Jones. Ihrer Akte zufolge war sie beim Eignungstest von Mercier, dem berüchtigten MX, im besten Zehntelprozent gewesen. Ihr außergewöhnliches Abschneiden hatte ihr Leben von Grund auf verändert und ihr eine Stelle bei Mercier eingebracht. Den Eignungstest hatte sie mit gerade mal sechzehn Jahren bestanden. Somit war sie, wie er selbst, jung in die Firma eingetreten und schnell aufgestiegen.

Vielleicht war es der heiße Atem der Konkurrenz, der ihn reizte.

Ich war auch mal der Klügste weit und breit, dachte er. *Bilde dir bloß nichts darauf ein.* Ihr Verstand mochte so scharf wie ein

Kampfmesser sein, doch sie rief ihn unter Umgehung der Befehlskette außerhalb seiner Dienstzeit an.

»Ich hoffe, Sie haben eine gute Entschuldigung, Junioranalystin Jones.«

Eine bissige Bemerkung auf der Zunge, streckte er die Hand zum Comm aus, doch dann hielt er inne. Die übereifrige kleine Analystin hatte schließlich den Grund für seine alte, hartnäckige Besorgnis aufgespürt. Sie hatte die Daten gesichtet und etwas gefunden, das andere jahrelang übersehen hatten.

Allerdings durfte er ihre Dreistigkeit nicht noch ermutigen. Er aktivierte die Verbindung und funkelte sie an. »Können Sie sich nicht an den wachhabenden Offizier wenden, *Junior*analystin?«

Sie bekam kein Wort heraus.

»Möchten Sie in sechstausend Metern Höhe Fenster schrubben?«

»Sir, tut mir leid, Sir«, sagte sie verzagt. »Es ... es gibt da etwas, das Sie sich ansehen sollten.«

Caroa schluckte seinen Ärger hinunter. Er war kein abergläubischer Mensch, nicht leicht zu erschrecken. Er hatte auf allen sieben Kontinenten gekämpft und konnte das mit Skalps belegen. Dennoch beunruhigte ihn der Tonfall der jungen Analystin.

»Worum geht's?«

»Ich bedauere es sehr, Sie in Ihrer Freizeit gestört zu haben, Sir ...«

»Sie haben sich bereits entschuldigt«, fauchte er. »Spucken Sie's aus.«

»Ich ... ich glaube, Sie sollten herkommen und sich das ansehen.«

»Sie möchten, dass ich *zu Ihnen hochkomme?*«

Sie suchte nach Worten, setzte aber eine tapfere Miene auf. »Ja, Sir. Sie möchten das bestimmt mit eigenen Augen sehen.«

Fünf Minuten später befand Caroa sich auf dem Kommandodeck und eilte zur Strategischen Aufklärungszentrale, während er sich die Uniformjacke zuknöpfte.

Brood und Splinter, zwei große Konstrukte von der Marine-Einheit, traten beiseite, als er sich ihnen näherte. Hund, Marder und Tiger. Bösartige Gesellen. Sie schauten wachsam zu, wie Caroa in die Linse des Identitätsscanners schaut.

Das rote Licht im Auge ließ ihn blinzeln. Das Sicherheitssystem analysierte seine Iris, bestätigte seinen Rang und sein Recht, die Aufklärungszentrale zu betreten. Der Scanner bestätigte die Freigabe mit einem Piepton. Brood und Splinter entspannten sich. Obwohl sie ihn kannten, waren sie jedes Mal auf der Hut. Im Unterschied zu Menschen ließen sie in ihrer Wachsamkeit nicht nach und vernachlässigten niemals ihre Pflichten.

Feritas. Fidelitas.

Die kugelsichere Doppeltür öffnete sich. Ein Wärmeschwall schlug ihm entgegen, untermalt vom Klicken der Tastaturen und dem Gemurmel der Analysten vor ihren Computern. Caroa zwängte sich zwischen den Arbeitsplätzen hindurch. Die Analysten, an denen er vorbeikam, salutierten, eine Woge des Respekts, die ihm durch den Raum folgte. Danach wandten sich seine Untergebenen wieder ihrer Arbeit zu, alle damit beschäftigt, die Einsätze von Mercier zu überwachen.

»Also, Jones, was ist so wichtig?«

Sie hatte sich gerade mit dem wachhabenden Waffenoffizier beraten. Beide spannten sich bei seinem Erscheinen an. Die Analystin wirkte unsicherer als eben über den Comm, vielleicht weil ihr bewusst geworden war, dass sie einen Global Commander mitten in der Nacht zu sich gerufen hatte. *Na, fühlst du dich immer noch so mutig und smart?*

»Nun?«

Jones schluckte. »Das hier, Sir.« Sie deutete auf einen Überwachungsmonitor. Ein roter Fleck flackerte vor kaltblauem Hintergrund. In der Nähe waren weitere Flecken verteilt, orangefarben, kühler und kleiner. Menschen.

Das Bild verschwamm und flackerte, wurde wieder scharf.

»Was sehe ich da?«

»Das ... das ist eine Wärmesignatur.«

»Das sehe ich. Weshalb zeigen Sie mir das?«

»Das ist ein Klipper. Das ist das Konstrukt, Sir. Es ... es ist nicht tot!«, platzte die Analystin heraus. »Es befindet sich auf dem Schiff!«

»*Was?*« Caroa beugte sich vor und starrte auf den Bildschirm. »Das ist ausgeschlossen! Wir haben mitten ins Ziel getroffen! Wir haben es ausgeschaltet!«

»Ja, Sir«, bestätigte der Waffenoffizier. »Das war ein sauberer Treffer.« Auch er wirkte beunruhigt.

»Wir haben das Ziel getroffen«, sagte Jones. »Aber das ist das Konstrukt. Dort auf dem Schiff.«

»Es könnte sich um ein anderes Konstrukt handeln«, entgegnete Caroa. »Um ein Privatmodell. Das könnte ein Frachter von Seascape sein. Deren Handelsschiffe beschäftigen alle Halbmenschen.«

Jones schüttelte den Kopf. »Nein, Sir.« Sie beugte sich über die Tastatur und gab ein paar Befehle ein. »Raptor eins ... ich zeige es Ihnen.«

Die Verbindung war rasch hergestellt. Ein Video wurde wiedergegeben. Lichtblitze. Die Infrarotdarstellung des Einschlags und der nachfolgenden Momente, alles rückwärts ablaufend. Der Tod, ungeschehen gemacht. Die Selbstreparatur von Trümmern. Raketen auf dem Rückzug ...

Die Analystin verlangsamte die Darstellung.

»Das ist der Moment vor dem Einschlag«, sagte sie.

Da war es wieder. Die letzten Sekunden, die er bereits gesehen hatte. Menschen näherten sich dem Gebäude. In der Bildecke wurden die Sekunden bis zum Einschlag heruntergezählt. Alles war korrekt. Der General konnte nichts Ungewöhnliches entdecken.

Jetzt der Moment der Wahrheit, die Raketen nur noch zwei Sekunden Flugzeit entfernt. Die plötzliche Flucht des Konstrukts, als es das nahende Unheil spürte.

Der General beobachtete mit zusammengebissenen Zähnen die Ereignisse. Das Konstrukt war schnell. Die Konstrukte waren alle verdammt schnell – deshalb setzte Mercier sie ein. Und das hier war besser als die meisten. Zaubern aber konnten sie nicht. Ihre DNS mochte optimiert sein, doch sie waren immer noch aus Fleisch und Blut. Sie waren Lebewesen.

Und sie konnten sterben.

»Jetzt kommt der erste Einschlag«, sagte der Waffenoffizier.

Ein gleißender Feuerball flammte auf dem Bildschirm auf.

Jones drückte die Pausetaste.

»Die zweite Rakete kommt rein ...« Sie zeigte darauf, dann

hantierte sie mit den Knöpfen. »Ich habe mir die Bilder noch mal mit Wärmefilter angesehen und speziell auf die kühlsten Objekte geachtet, schauen Sie ...« Sie zeigte auf den Bildschirm.

Ein Geisterbild war zu erkennen, das sich bewegte.

»Was sehe ich da?«, fragte der General. »Das ist doch ein Treffer wie aus dem Lehrbuch.«

Bild für Bild wurde angezeigt. Das Wesen erwärmte sich, fing Feuer.

»Da! Sehen Sie! Er ist getroffen!«, rief Caroa. »Deutlich zu erkennen!«

»Ja, Sir«, bestätigte Jones bedrückt. »Jetzt der zweite Einschlag.«

Ein weiterer Feuerball brachte Feuer und Tod und überlagerte sich mit dem ersten. Das Wesen war in Feuer gehüllt. Ringsumher starben die Menschen, krümmten sich zusammen und wurden zu Asche.

Der Einschlag der dritten Rakete. In Zeitlupe.

Eine Sekunde ... anderthalb Sekunden ...

Zwei Sekunden.

»Er ist tot«, sagte der General entschieden. »Er befindet sich innerhalb des Explosionsradius.«

»Ich bin noch nicht fertig, Sir«, sagte Jones in gekränktem Tonfall. Caroa vermutete, dass sie denselben Ton im Unterricht angeschlagen hatte, wenn sie ihren Lehrern zeigen wollte, wie viel schlauer sie war. »Bei Raptor eins sind die Sensoren ausgefallen. Aber Raptor zwei hat weiterhin gute Wärmebilder geliefert. Deshalb habe ich ihn umkehren lassen.«

»Wozu das, in aller Welt?«

Jones und der Waffenoffizier schauten beide schuldbewusst

drein. »Der Wind war günstig. Ich habe keinen Treibstoff verbraucht«, sagte sie abwehrend. Als der Waffenoffizier sie ansah, fügte sie hinzu: »Wir ... wir wollten sehen, was ein Sixpack anrichten kann. Ich habe noch nie so viel Feuerkraft freigesetzt.«

»Ihr erster Chaosabschuss«, sagte der Waffenoffizier und lächelte über ihr Verlangen, die angerichtete Zerstörung zu begaffen. Caroa erinnerte sich, wie es bei ihm gewesen war. Er hatte Verständnis für den Wunsch, die Respekt gebietende Macht der Götter und den Einschlagkrater mit eigenen Augen zu schauen. Ein paar eingetippte Befehle, und die Welt löste sich in Hitze, Magma und Flammen auf. Dieser Rausch wurde niemals fade. Das galt auch für alte Männer.

Caroa verkniff sich ein Lächeln, denn er wollte sie nicht ermutigen. Stattdessen seufzte er. »Na schön. Zeigen Sie's mir.«

Jones wirkte erleichtert. »Es hat eine Weile gedauert, den Raptor zu wenden und ein gutes Bild reinzubekommen. Ein Wirbelsturm nähert sich, deshalb waren einige Manöver nötig, und die Aufklärungsgeräte an Bord des Kampfraptors sind nicht besonders gut, aber es ist mir gelungen, sie auszurichten, und ...« Sie tippte mit dem Zeigefinger auf den Monitor. »Da. Schauen Sie!«

Der Bildschirm war noch immer weiß von der Hitze. Überall brannten Treibstoff und Sprengstoff. Auf dem großen rechteckigen See vor dem Kapitol loderten Feuerströme. Doch im Wasser gab es auch einen einzelnen roten Punkt. Der sich unabhängig bewegte.

Die Kameras verloren das Ziel.

»Der Sturm«, entschuldigte sich die Analystin.

Dann wurde das Bild wieder angezeigt. Es war wackelig, aber

klar genug. Die Hitzesignatur war groß, und sie bewegte sich. Zielstrebig und stetig. Sie entfernte sich vom Ort der Zerstörung.

Wie die Analystin erklärt hatte, waren die Kameras weniger gut als die von Raptor eins. Raptor zwei war zum Töten bestimmt, nicht für die Aufklärung. Doch das Ding war groß und bewegte sich ... und es war *heiß*.

»Er brennt«, murmelte der General.

»Ja, Sir. Das glaube ich auch, Sir. Das Konstrukt brennt unter Wasser weiter. Ich glaube, es wurde beim ersten Einschlag getroffen und vom zweiten gestreift, und dann ...«

»Wir haben es verfehlt.«

Die Gestalt schwamm weiter.

»Wieso stirbt es nicht einfach?«, fragte sich der Waffenoffizier, während sie alle gebannt auf den Bildschirm schauten. »Es sollte längst tot sein.«

Der General blickte finster. »Die sind zäh. Sie empfinden kaum Schmerz und haben so gut wie keine Angst. Das sind ganz ausgezeichnete Waffen.«

»Ja, Sir. Aber ... das ist unnatürlich. Selbst für ein Konstrukt.«

Der General knirschte mit den Zähnen. Der Waffenoffizier ahnte ja gar nicht, wie wahr seine Worte waren. In seiner Jugend hatte Caroa geglaubt, eine Waffe könne gar nicht wirksam genug sein. Jetzt bedauerte er sein jugendliches Ungestüm. Es kam vor, dass man sich mit dem eigenen Messer schnitt.

Der Punkt bewegte sich noch, kam aber nur langsam voran.

»Es ist angeschlagen«, sagte Caroa.

»Ganz eindeutig«, pflichtete Jones ihm bei. »Das war auch ein fieses Zeug, mit dem wir es bombardiert haben. HH-119 lässt sich nicht löschen. Es hätte sich eigentlich durch das Konstrukt hindurchbrennen sollen. Vermutlich hat das Abtauchen es gerettet. Es ist schon erstaunlich, wie lange es ohne Sauerstoff auskommt.«

»Die Konstrukte sind für amphibische Angriffe konstruiert«, sagte der General. »Sie können problemlos zwanzig Minuten lang tauchen. Vielleicht auch länger.«

»Ich frage mich, weshalb wir ihnen nicht gleich Kiemen verpassen«, bemerkte der Waffenoffizier.

»Das haben wir versucht. Aber es gab Probleme mit der Koordination der zweifachen Luftaufnahme.« Caroa blickte finster drein. »Ich kann einfach nicht glauben, dass der Mistkerl sich immer noch bewegt.«

»Aber er wird gebraten«, sagte der Waffenoffizier. »Schauen Sie sich die Wärmesignatur an. Wir gucken dabei zu, wie er gebraten wird. Dass er sich bewegt, heißt nicht, dass er nicht tot ist. Es dauert halt noch ein bisschen.«

»Wo ist er jetzt?«, fragte der General.

Jones beschleunigte den Bildlauf. Das Wesen schoss hyperschnell durchs Wasser, glitt über den See und ...

Dann verschwand es im Schatten des Schiffs.

»Ein Schoner. Mantaklasse«, sagte Jones. »Ein schnelles kleines Schiff. Ein Schmuggler, würde ich vermuten. Das Ziel versteckt sich eine Weile unter dem Rumpf, dann werden die Segel gesetzt ...«

Der Lichtfleck tauchte am Heck des Schiffes auf.

»Und dieser Hurensohn löst ein Freiticket«, beendete der General den Satz. Er starrte auf die Wärmesignatur des Wesens. Es lebte noch immer. Es klammerte sich fest wie eine Höllenmuschel.

Das Bild verschwamm und flackerte.

»Ist das der Live-Feed?«, fragte er.

»Ja, Sir. Wegen des Sturms kommt es zu Interferenzen. Sieht so aus, als würde er nur Kat zwei, höchstens Kat drei erreichen. Trotzdem übel für einen Segler.«

»Vielleicht sinkt das Schiff«, meinte der Waffenoffizier hoffnungsvoll.

Der General bedachte ihn mit einem tadelnden Blick, worauf der Offizier verstummte.

Das Schiff hob und senkte sich in der Dünung. Das Bild flackerte erneut aufgrund der Interferenzen.

»Greifen Sie an«, befahl der General. »Versenken Sie das Schiff.«

»Sir?« Jones und der Waffenoffizier wandten sich überrascht zu ihm herum.

»Greifen Sie an«, wiederholte Caroa entschieden. »Vielleicht stirbt das Konstrukt ja von selbst, aber glauben Sie mir, sicher ist sicher. Es ist zu gefährlich, um es frei herumlaufen zu lassen. Das ist die gottverdammte Büchse der Pandora. Versenken Sie das ganze verfluchte Schiff. Niemand wird es mitbekommen. Das hier ist Niemandsland. Es ist ja nicht so, als würden wir Frachtschiffe der Konkurrenz im Südchinesischen Meer versenken. Hier sinken ständig Schiffe. Zumal bei Sturm. *Greifen Sie an.*«

»Aber, Sir!«, protestierte Jones. »Wir haben die ganze Waffenladung verschossen! Wir haben keine Raketen mehr in der Luft. Es wird Stunden dauern, weitere Raptoren hinzuzuziehen. Bis dahin können sie aufgrund der Wetterverhältnisse nicht mehr fliegen.« Das Bild flackerte erneut. Jones hantierte stirnrunzelnd an der Steuerung. »Ich habe schon Mühe, das Ziel zu verfolgen.«

»Soll das heißen, wir *verlieren* sie?«

Jones schluckte und blickte schuldbewusst den Waffenoffizier an, der ebenso hilflos wirkte wie sie. »Ja, Sir.«

»Dann mögen uns die Parzen beistehen.«

Die Angst kroch dem General übers Rückgrat: Altes Grauen, alte Erinnerungen wurden wach. Er schob die Hand unter den Kragen, denn er bekam keine Luft mehr. In der Strategischen Aufklärungszentrale war es ihm auf einmal zu warm. Er wehrte sich gegen die aufsteigende Klaustrophobie, versuchte sich zu konzentrieren.

Das ist meine Schuld. Ich habe überstürzt gehandelt. Ich hätte ein paar Raketen in Reserve behalten sollen. Dumm von mir, dumm, dumm ...

Er wurde sich bewusst, dass er seine Gesichtsnarben betastete, die Andenken an seine Verletzungen ...

Knurrend riss Caroa die Hand von dem verwüsteten Gewebe fort, das nicht einmal der Zellkleber hatte heilen können.

Das hier ist etwas anderes. Diesmal bin ich im Vorteil.

Er konzentrierte sich auf die Livebilder des Klippers, der in den Sturm hineinsegelte. »Identifizieren Sie es«, sagte er. »Identifizieren Sie das Schiff. Beschaffen Sie sich die Registrierung. Setzen Sie alle Hebel in Bewegung, um seinen Kurs zu verfolgen.«

»Das ist ein Schmuggler, Sir. Ich glaube nicht, dass die ihre Fahrten dokumentieren.«

»Benutzen Sie Ihren Verstand, Analystin! Beweisen Sie mir, dass Sie nicht nur bei Tests schlau sind. Die müssen das, was sie aus diesem Höllenloch von Stadt rausgeschleppt haben, auch irgendwo verkaufen. Durchforsten Sie die Ostküste. Manhattan Orleans. Seascape. Mississippi Metro. Den Golf. Die Inseln. Sehen Sie notfalls im Register von London nach!«

Er fixierte die Wärmesignatur des Halbmenschen, der sich noch immer ans Heck des Schiffes klammerte. Ein verschwommener Klumpen Wärme, gepeitscht von Regen und Wind.

Vielleicht stirbt er von allein, wisperte die Stimme der Hoffnung in seinem Kopf. Wünschen war etwas für Opfer. Für die traurigen Seelen, die zu Kali-Maria-voll-der-Gnade beteten, dass ihre Deiche halten mögen. Für Narren, die die Parzen anflehten, sie mögen verhindern, dass ein Wirbelsturm auf Kat sechs anwuchs. Für Hochwasserchristen, die Gott baten, sie von ihren Sünden reinzuwaschen.

Wünschen war nichts für Soldaten.

Soldaten stellten sich der Realität, sonst kamen sie um.

»Das Schiff segelt irgendwohin«, sagte Caroa. »Finden Sie heraus, wo das ist. Wir greifen es auf der anderen Seite des Sturms an.«

6

Tool klammerte sich an den Klipper, der von einer gewaltigen Woge emporgetragen wurde und dahinter in die Tiefe hinabstürzte. Der Regen prasselte bösartig auf ihn nieder. Das schäumende Wasser zerrte an ihm, als das Schiff das Wellental durchlief. Er ließ nicht los.

Seine Haut war vollständig verbrannt, doch er spürte kaum Schmerz. Er war gefährlich verletzt, seine Nerven waren versengt und abgestorben, und die Verbrennungen drangen immer noch weiter nach innen vor. Seine Haut sonderte Hitze ab, sein verkohltes Fleisch qualmte.

Er roch wie der Kojwolf, den seine Soldaten über einem Lagerfeuer gebraten hatten, als die Rückeroberung der Versunkenen Städte gerade begonnen hatte. Jetzt waren sie alle tot, wurde ihm bewusst. Alle, die um jenes Lagerfeuer herumgesessen hatten. Stub und Sasha. Alley-O. Mog und Mote. Und alle anderen. Er erinnerte sich, wie Stub Feuer gefangen hatte und in Flammen gehüllt worden war, als er losgerannt war.

Menschenfleisch verbrannt zu Asche. Sie hatten nicht mal mehr Gelegenheit gehabt zu schreien.

Mein Rudel.

Das Schiff erklomm eine weitere Woge. Tool hatte Mühe, sich festzuhalten. Er spürte, dass er schwächer wurde, und fragte sich, ob es ihm etwas ausmachte. Sein Königreich war zerstört worden, noch ehe er es ganz in Besitz genommen hatte. Seine Soldatenjungs ...

Sie waren nicht seinesgleichen gewesen, aber sein Rudel. Und nun waren sie von einem Augenblick zum anderen entweder getötet oder zur Beute eines noch größeren Raubtieres geworden.

Tool fletschte die Zähne. Sie funkelten auf, als ein Blitz die Wolken zerriss.

Ich bin kein Opfer.

Eine Mahnung. Ein Mantra. Der Kern seines Wesens. Etwas, das er den Göttern entgegenheulen konnte, die Feuer herabregnen ließen und ihn auslöschen wollten.

Ich bin kein Opfer.

Kein Mensch hätte den Raketentreffer überleben können. Nur einer wie er, dazu erschaffen, der Feuerprobe des Krieges zu widerstehen. Er war zum Überleben erschaffen. Um weiterzuleben, wo schwächere Wesen starben.

Vielleicht machte er sich aber auch etwas vor. Vielleicht war er bereits tot und begriff es bloß nicht. Bei einer bestimmten Temperatur begann jegliches Gewebe zu kochen. Es dauerte eine Weile, bis Menschen ihren Verbrennungen erlagen. Er hatte Erinnerungen an solche Vorkommnisse, wurde ihm bewusst. Er erinnerte sich, wie Feuer vom Himmel herabgeregnet war. Mitglieder seines Rudels waren verbrannt und getötet worden, hatten sich aber noch stundenlang bewegt, ohne zu begreifen, dass sie bereits hinüber waren.

Auch ich bin schon einmal verbrannt.

Die Erinnerung war da, ein Schattenspiel wirrer Bilder: Konstrukte wie er, die Feuer fingen und vor Wut brüllten, während sie in Flammensäulen verwandelt wurden ...

Eine Salzwasserwoge begrub Tool unter sich, versetzte ihn in die Gegenwart zurück. Die nächste Welle traf mittschiffs auf. Wasser spülte über das krängende Deck. Tool ließ nicht locker.

Der Captain des Schiffs war anscheinend wild entschlossen, in den Sturm hineinzusegeln, doch das Schiff hatte sichtlich zu kämpfen. Eine weitere gewaltige Woge türmte sich am Heck auf. Als sie niederkrachte, glitten Tools Finger ab. Er langte mit einer Hand zu und bekam gerade noch die unterste Querstrebe der Reling zu fassen. Das schäumende Wasser verschluckte ihn.

Erstaunlicherweise richtete das Schiff sich wieder auf und kämpfte sich weiter. Tool tauchte auf und spuckte Wasser. In den herabprasselnden Regen blinzelnd, sah er, dass die Besatzung an Deck war, mit Tauen und Leinen hantierte und sich bemühte, weitere Segel zu hissen. Vermutlich hatten die automatischen Taljen versagt, weshalb sie sich jetzt per Hand zu retten versuchten.

Die Stürme sind eure Schöpfungen. Ihr habt sie erschaffen. Und jetzt kämpft ihr ums Überleben.

Zu beobachten, wie die Menschen sich abstrampelten, verschaffte ihm freudlose Genugtuung. Sie stürzten sich gedankenlos in Gefahren, stets im Glauben, dass sie siegreich daraus hervorgehen würden. Und dann starben sie.

Eine weitere Woge spülte übers Deck hinweg. Leinen rissen. Mehrere Seeleute schossen quer übers Deck und verschwanden im schäumenden Meer. Ihre Schreie verloren sich im Tosen des Sturms.

Es half nichts. Diese schwächlichen Menschen würden nicht überleben, wenn er sich nicht zeigte.

Tool zog sich über die Reling und unterdrückte ein Aufheulen, als sich ein Schrapnell unter seiner Haut verlagerte. Er war verbrannt, gehäutet und durchlöchert, doch solange er noch Schmerz empfand, war nicht alles an ihm gekocht. Wo es Schmerz gab, da war auch Leben. Der Schmerz war sein Verbündeter, die Versicherung, dass sein Herz noch schlug, dass seine Klauen noch immer zerreißen und seine Kiefer noch immer zermalmen konnten.

Tool schleppte sich weiter und klammerte sich an der Reling fest, während ihn das Wasser hüfthoch umspülte. Ein Mensch rutschte vorbei. Tool packte ihn beim Handgelenk.

»*Festhalten!*«, brüllte Tool. Der Seemann nickte verängstigt und klammerte sich an ihm fest.

Jung. Noch ein Junge. Ohne Ohren, auf der Wange die Dreifachraute eines alten Brandzeichens. Kaum den Kinderschuhen entwachsen und nicht bereit zu ertrinken. Tool zog ihn an Bord, und der Junge leinte sich wieder an.

Er zeigte übers Deck und rief etwas. Er war nicht zu verstehen, doch es war klar, was er meinte. Ein Besatzungsmitglied versuchte vergeblich, am Hauptmast ein Segel zu hissen. Ohne dieses Segel wären sie verloren.

Tool konzentrierte sich und sprang. Er prallte gegen den Mast und klammerte sich fest, da wurden sie auch schon von der nächsten Woge getroffen. Die Person, die mit den Leinen kämpfte, sah ihn mit geweiteten Augen an. *Ein vertrautes Gesicht.*

»Mahlia!«

Ehe sie antworten konnte, donnerte die nächste Woge aufs Deck. Tool packte Mahlia, bevor sie weggespült wurde. Sie klammerten sich beide an den Mast.

Tools Gesichtsfeld verengte sich, doch er ließ nicht locker. Seine Kräfte ließen nach. Das Meer prügelte weiter auf ihn ein, ohne sich darum zu scheren, dass er seine letzten Reserven aufbrauchte. Er spürte, wie die Kraft aus ihm heraussickerte.

Das Meer ist gewaltig, und wir sind so schwach.

Dunkelheit drängte auf ihn ein, der Schmerz ließ nach. Also starb er endlich. Sie hatten es am Ende doch geschafft, ihn zu töten. Tool bleckte die Zähne, denn es ärgerte ihn, dass seine Feinde ihn besiegt hatten.

Unter Aufbietung seiner allerletzten Kräfte packte er die klemmende Talje. Die Leinen waren hoffnungslos verheddert. Er riss die Talje los und schlug sie gegen den Mast. Ein Mal. Zwei Mal.

Metall brach.

Tool fasste die Leine mit den Zähnen und riss sie los. Gegen die Bewusstlosigkeit ankämpfend, holte er die Leine ein.

Das Segel stieg langsam in die Höhe.

Er zerrte an der Leine, bis das Segel sich bauschte. Endlich füllte es sich mit Luft. Das Schiff rauschte los. Tool schwankte in den titanischen Böen. Ihre einzige Hoffnung lag in der Vorwärtsbewegung. Sie mussten die Wogen durchschneiden, ihnen davonsegeln. Doch er konnte nicht mehr. Vermochte die Leine kaum noch festzuhalten. Er sank auf die Knie.

Mahlia war bei ihm, rief etwas, das er nicht verstand. Er schlang sich die Leine um die Faust, verknotete sie und kippte gegen den Mast, hielt die Leine fest, schaute zum Segel hoch, lehnte sich zurück, spannte die Leine. Er spürte, wie das Schiff schneller wurde.

Menschen wimmelten um ihn herum. Schwache Menschen. Menschen wie Ameisen, emsig tätig, aussichtslos kämpfend. Er hörte, wie Mahlia schneidende Kommandos rief, doch der Sinn ihrer Worte ging im Heulen des Sturms unter.

Dunkelheit hüllte ihn ein.

7

TOOL SCHNUPPERTE DEN GERUCH seiner Klaue, die im drückend heißen Frachtraum des Angriffsbootes zusammengedrängt war. Feuchtes Fell, Waffenöl, Meersalz, metallisches Blut, faulender Fisch, verbranntes Plastik. Sie waren in dem stockfinsteren Raum zusammengepresst wie schweißgetränkte Ölsardinen. Die Luft war zum Schneiden. Er schmeckte den blutigen Atem seiner Klaue in der Dunkelheit. Sie alle atmeten den Atem der anderen.

Feritas. Fidelitas.

Die kraftvollen Motoren ließen den Karbonfaserrumpf vibrieren, während sie Richtung Ufer schossen. Das Boot stampfte und dröhnte im Wellengang. Es hörte sich an, als werde die Bootswand von Hämmern bearbeitet. Tools Kämpfer schwankten hin und her und wurden jedes Mal durchgerüttelt, wenn das Boot in ein Wellental krachte. Niemand beklagte sich. Auf die Geschwindigkeit kam es an. Auf die Geschwindigkeit, die Radartarnung und etwas Glück.

Eine Explosion durchdrang den Lärm.

Ohren wurden gespitzt. Doggenartige Schnauzen witterten. Vielleicht ein Fehlschuss. Vielleicht ein Raketentreffer. Vielleicht starben ein Stück weiter ihre Rudelkameraden, und Blut und Knochen mischten sich wahllos mit den Splittern eines nachfolgenden Schwesterboots.

Eine weitere Detonation.

Vielleicht waren die anderen bereits tot, und nur noch sie waren übrig.

Vielleicht würden sie es niemals an Land schaffen.

Das Angriffsboot raste weiter, glitt über die Wellen, ein unerschrockener Torpedo, der seine Fracht zur Küste brachte.

Eine Explosion ganz in der Nähe. Das Boot ruckte zur Seite, der Rumpf bebte. Mehrere Rudelmitglieder stürzten zu Boden. Der metallische Geruch frisch vergossenen Bluts verteilte sich in der Luft, doch niemand klagte. Das Boot beschleunigte erneut, das Hämmern der Meereswogen setzte wieder ein. Grollender Beifall war zu vernehmen. Sie würden nicht auf dem Wasser sterben. Sie würden das Ufer erreichen. Sie würden kämpfen.

Ein Licht ging an. Es war rot und blinkte.

Rot. Rot. Rot.

Die Klaue bereitete sich auf den Ausstieg vor, dicht an dicht. Sie überprüften ihre Waffen und die Ausrüstung ihrer Kameraden. Schnallen. Trageriemen. Klopften sich gegenseitig zur Bestätigung auf den Rücken. Daumen hoch. Die Zähne gebleckt.

Rot. Rot. Rot.

Grün.

Die Heckklappe ging auf. Tropische Meeresluft strömte herein.

Los los los los los los.

Sie sprangen nach draußen. In fünf Sekunden war der Laderaum geräumt. Mit achtzig Knoten prallten sie aufs Wasser auf. Überschlugen sich, sanken, orientierten sich. Dann zum Ufer schwimmen, während die Artillerie sie beharkte, ohne sie aufhalten zu können.

Sie tauchten aus der Brandung auf und rannten los, von Schaum und Wellen umströmt. Kugeln pfiffen an ihren Ohren vorbei. Auf dem Strand brannten gestrandete Angriffsboote, die man unmittelbar an den Befestigungen zur Explosion gebracht hatte, damit sie für Tool und seine Klaue Breschen rissen.

Tool rannte brüllend das dunkle, morastige Ufer hoch. An seiner Seite Klauenbrüder und -schwestern, alle heulend vor Mordlust.

Menschen erwarteten sie. Weiche, langsame, schlecht gerüstete Menschen.

In der einen Hand hielt Tool eine Machete, in der anderen eine Schusswaffe. Explosivgeschosse spritzten aus der Mündung, und Menschen starben schreiend, in Fetzen gerissen. Tool sprang in die Verteidigungsgräben hinunter, er roch und hörte seine Klaue ringsumher, er brauchte sie nicht zu sehen, brauchte nicht mit ihnen zu sprechen, er kannte sie durch und durch. Mit seiner Machete hackte er sich durch den Graben, eine Sichel, die die Ernte einbrachte. Menschen brachen vor ihm zusammen wie blutige Weizenhalme.

Ein Triumphgeheul entstieg seiner Kehle, vereinigte sich mit dem kakofonischen Gebrüll von Klaue, Faust und Rudel. Mit Zug und Kompanie. Sie alle brüllten ihren Triumph hinaus und opferten ihren Anführern.

Der Kriegsgott hatte Kinder.

Jetzt, da er träumte, wurde Tool bewusst, was er damals nicht gewusst hatte. Das wahre Gemetzel fing gerade erst an, der Gegenangriff stand unmittelbar bevor. Während er mit seinen Kameraden eine blutgetränkte Feier beging, zusammengesetzt aus Traum und Erinnerung, trauerte Tool gleichzeitig um die Soldaten seiner Klauen, von denen vielen das Herz herausgerissen wurde, um die Tigergarde von Kalkutta zu nähren.

Und doch war diese Trauer weniger schmerzhaft als das Wissen, das seine eigenen Götter irgendwann Feuer auf ihn herabregnen lassen würden.

8

Mahlia hockte neben Tool und bemühte sich, die Blutung von mehreren Schrapnellwunden zu stillen. Der verkohlte Rücken des Konstrukts war klebrig und von Blasen übersät.

»Scheiße, unseren Jungen hat's übel erwischt«, sagte Ocho.

»Ein richtiges Gemetzel«, pflichtete Van ihm bei. »Bist du sicher, dass du das richtig machst?«

»Es geht ihm besser als zu Anfang«, entgegnete Mahlia, während sie ein weiteres rußschwarzes Loch untersuchte, in dem ein glühend heißer Splitter vergraben war.

»Ich sag ja bloß, ihn hat's übel erwischt.« Van hüpfte über ein Blutrinnsal hinweg, das übers Deck kroch. »Hab gar nicht gewusst, dass Hundefressen so viel Blut im Leib haben.«

Tools ungeschlachte Gestalt schimmerte rötlich in der Sonne. Obwohl sie so viele Wunden bereits genäht und Blutungen gestillt hatte, sammelte sich unter ihm noch immer Blut. Helle, rubinrote Juwelen. Dutzende Löcher und Wunden, die noch nicht genäht waren. Teilweise war das Gewebe dermaßen versengt, dass sie die Schrapnellverletzungen unter dem verkohlten, sich ablösenden Fleisch nicht finden konnte. Fliegen umschwärmten Tool, labten sich und blieben dort, wo sein nahezu übernatürliches Blut sich an Selbstheilung versuchte, an klebrigen Klumpen haften.

Die *Raker* ankerte in einer kleinen Bucht und tanzte leicht auf dem hellblauen Wasser, während Captain Almadi sich ein detailliertes Bild von den Sturmschäden machte. Nach dem Fiasko mit den Automatiksegeln bestand Almadi darauf, erst dann wieder in See zu stechen, wenn sie zufrieden war, und obwohl Mahlia es gar nicht erwarten konnte, Tool in ärztliche Obhut zu geben, neigte sie dazu, ihr zuzustimmen. Dass sie beinahe gesunken wären, hatte ihrer Risikobereitschaft einen Dämpfer verpasst.

Mahlia wischte sich mit dem Unterarm über die Stirn und richtete sich auf. Eine Hornisse umkreiste sie summend, gelbschwarz gefärbt und bösartig, angelockt von dem Festmahl, das Tool darstellte. Eine zweite Hornisse summte an ihrem Ohr.

»Schaff die weg«, sagte sie und schlug nach den Insekten.

»Ich weiß nicht, wie wir sie abhalten sollten«, meinte Ocho.

»Ist er überhaupt noch am Leben?«, fragte Van. »Er riecht wie gebratener Speck.«

»Er lebt. Vertrau mir«, sagte Mahlia. »In der Vergangenheit wurde er schon schlimmer verletzt.«

»Echt jetzt?«

»Hol mir ein paar StimGrowth-Packungen.«

»Sind alle. Du hast sie aufgebraucht«, sagte Van.

Mahlia fuhr herum. »*Alle?*«

»Gib nicht mir die Schuld!« Van hob abwehrend die Hände. »Du hast so viele Nadeln in ihn reingesteckt, dass er wie ein

Nadelkissen aussieht. Bei so einem Monster sind die Vorräte halt schnell aufgebraucht. Hundert Kubikzentimeter sind für den ein Tropfen auf den heißen Stein. Ich musste mich fünf Mal an Almadi vorbeistehlen, um das Zeug zu holen.«

»Wie viel haben wir noch?«

»Etwa vier Liter Zellkleber, dann ist Schluss. Das Ding saugt Medizin auf wie ein Schwamm.«

»Hol den Zellkleber.«

»Meinst du wirklich? Vielleicht stirbt er ja trotzdem. Dann haben wir die gute Medizin sinnlos vergeudet.«

»Er wird nicht sterben!«, fauchte Mahlia.

»Er riecht wie gebratener Speck.«

»Jetzt hol schon den Zellkleber!«, mischte Ocho sich ein. »Ohne ihn hätten wir den Sturm nicht überstanden.«

»Hätte man nicht seinen Arsch bombardiert, hätten wir auch nicht weglaufen müssen.«

»Van ...«

»Ich mein ja nur.«

Ocho bedachte ihn mit einem warnenden Blick.

Van hob beschwichtigend die Hände. »Ich geh ja schon.«

Der Soldatenjunge trat geduckt durchs Luk, seine Stimme tönte aufs Deck. »Ich sag nur, dass ihm jemand ans Leder wollte und dass wir dadurch beinahe umgekommen wären. Bin mir nicht sicher, ob wir ihm tatsächlich was schuldig sind.«

Mahlia schüttelte genervt den Kopf. »›Ich mein ja nur‹.«

»Man sollte nicht den Überbringer der Botschaft bestrafen«, sagte Ocho. »Die Besatzung sieht das mehrheitlich wie er. Hätte nicht jemand die Raketen abgefeuert, wären wir nicht in den Sturm geraten.« Er hockte sich neben sie und senkte die

Stimme. »Es könnte sein, dass wir die Medizin noch brauchen werden, weißt du? Im Sturm wurden auch noch andere Leute verletzt. Chum und Shoebox, wir haben ihnen gerade die Knochenbrüche geschient. Und niemand weiß, was noch passieren wird, bevor wir den nächsten Hafen anlaufen. Almadi wird auch nicht gefallen, dass wir ihre ganze Medizin aufbrauchen.«

»Das ist *meine* Medizin.« Mahlia funkelte ihn an. »Ich bin die Besitzerin. Nicht Almadi.«

»Ich ...«

»›Mein ja nur‹?«

»Komm schon, Mahlia. Sei nicht so.«

Mahlia wünschte, sie hätte Ocho böse sein können, doch er sprach lediglich eine Sorge aus, die auch sie hegte. Das war ja das Ärgerliche an Ocho: Der ehemalige Kindersoldat war so verflucht vernünftig. Er nannte die Dinge beim Namen und rückte nicht ab von dem, was er als richtig erkannt hatte. In Anbetracht dessen, dass er den Großteil seines Lebens unter soziopathischen Killern zugebracht hatte, machte ihn dieser Zug praktisch zum Heiligen. Das war auch der Grund, weshalb die anderen Soldatenjungs ihm folgten. Sie alle vertrauten darauf, dass er den großen Zusammenhang sah, sie am Leben erhielt und weder ihnen noch sich selbst etwas vormachte.

Ocho machte sich keine Illusionen.

Aber im Moment hatte sie keine Verwendung für einen vernünftigen Menschen. Sie brauchte jemanden, der verrückt genug war zu glauben, dass alles möglich war.

»Hilf mir einfach, okay?« Sie hob die Prothesenhand an. »Damit kann ich nicht nähen.«

Ocho hielt ihren Blick noch einen Moment fest, dann nickte

er und nahm ihr den Faden aus den Metallfingern. Er betrachtete das verletzte Gewebe des Halbmenschen und schnippte eine verkohlte Hautflocke weg.

»Er ist durchgebraten.«

»Würdest du bitte damit aufhören? Er ist verletzt«, sagte Mahlia. »Er wird wieder gesund. Das wird er immer.« Ihr brach die Stimme. »Man kann ihn nicht umbringen. Glaub mir. Er hat schon Schlimmeres überlebt. Das habe ich mit eigenen Augen gesehen.«

»Hey. Ich habe auch gesehen, wie er geheilt ist«, sagte Ocho. »Aber dieser Fall liegt anders. Das waren verrückte, protzige Hightechraketen. Hab so was noch nie gesehen. Nicht mal die chinesischen Friedenswächter haben etwas Ähnliches eingesetzt, als sie in den Versunkenen Städten waren.«

»Das lag daran, dass sie etwas verbessern wollten, anstatt alles niederzubrennen.«

»Und diese Leute wollten alles niederbrennen. Gibt dir das nicht zu denken?«

»Für diese Art Krieg wurde er geschaffen«, erklärte Mahlia. »Er wird überleben.«

»Vielleicht. Aber wir sind eindeutig nicht dafür geschaffen. Darauf wollte ich hinaus.«

Mahlia setzte zu einer Entgegnung an, musste sich aber eingestehen, dass auch sie sich Sorgen machte. So etwas hatte sie noch nie erlebt.

Ein Wimpernschlag, und alles stand in Flammen.

»Hilf mir einfach beim Nähen«, sagte sie und wich Ochos Blick aus. »Ich hab den Splitter schon rausgezogen. Für die Feinarbeit taugt meine Prothese nicht.«

»Wenn diese Leute ihn oder uns aufspüren ...«

Mahlia funkelte ihn an, doch Ocho ließ sich nicht einschüchtern. Er schaute sie an mit seinen goldgesprenkelten grünen Augen, ohne zu blinzeln und ohne Angst. »Manchmal geht es in Ordnung zu sterben«, sagte er. »Manchmal verlängert man nur den Schmerz, wenn man jemanden am Leben erhält.«

Am liebsten hätte sie ihn gefeuert.

Aber du brauchst ihn, sagte eine Stimme in ihrem Kopf. Er war zuständig für die Kampfkraft, die Waffen, die Verteidigung.

Du brauchst ihn, um dich im Zaum zu halten, murmelte die lästige Stimme. *Er behält immer einen kühlen Kopf, während du alles niederbrennen willst.*

Das war das Problem. Ocho behielt die Ruhe, weil er so viel gesehen hatte. Er hatte mit angesehen, wie seine Kameraden erschossen, erstochen und erwürgt worden waren. Er hatte mit angesehen, wie sie zerfetzt worden waren. Er hatte mit angesehen, wie ihr Inneres nach außen gekehrt worden war. Aufgerissene Leiber, Gedärm, zersplitterte Knochen ...

Der Tod hatte nichts Tragisches für Ocho; er war etwas, das einfach passierte.

Manchmal tut man einem keinen Gefallen damit, dass man ihn am Leben erhält.

Tool öffnete ein Auge. Ein gelbes, tierhaftes Auge, voller Zorn.

»Ich. Bin. Kein. Opfer«, knurrte er.

»Tool!« Von Erleichterung überwältigt, schloss Mahlia ihn in die Arme. »Ich wusste, du schaffst es!«

Das Sprechen hatte ihn anscheinend zu sehr angestrengt. Sein doggenähnlicher Kopf senkte sich wieder, dann sackte er in sich zusammen. Zischend entwich sein Atem. Mahlia glaubte schon, er sei tot, doch dann atmete er wieder ein. Ein schlafendes Monster. Endlich fand er Ruhe.

»Siehst du?« Mahlia stieß Ocho mit dem Ellbogen an. »Ich hab dir doch gesagt, er schafft es!«

Ehe Ocho etwas erwidern konnte, kam Van zurück und ließ sich mit einem Arm voller Beutel neben ihnen nieder. Der Inhalt der Beutel schwappte, als sie auf dem blutnassen Deck landeten. Sie zitterten und schimmerten in der Sonne wie Quallen.

»Was ist? Was habe ich verpasst?«

»Er hat geredet!« Mahlia nahm einen Beutel in die Hand und versuchte, einen Infusionsschlauch anzubringen. »Er wird es schaffen.«

»Kein Opfer und tatsächlich am Leben.« Ocho schüttelte den Kopf. »Das sind zwei Paar Schuhe.«

Trotz seiner Bedenken nahm er Mahlia den Beutel mit Zellkleber aus der Handprothese, steckte den Schlauch ein und hielt den Beutel hoch.

Er half ihr.

Ersetzte die Hand, die ihr fehlte.

9

Jones stiess sich von ihrem Arbeitsplatz ab und rieb sich die müden Augen. Sie hatte tagelang recherchiert und noch immer keine Ahnung, wohin das Schiff unterwegs war. Immer wieder und wieder war sie die Aufnahmen des Raptors durchgegangen, doch es war ihr nicht gelungen, den Namen des Schiffes oder dessen Registrierung zu erkennen. Ungünstiger Aufnahmewinkel, zu wenig Licht. Der Hafen hatte nicht im Mittelpunkt ihres Interesses gestanden, als sie die Aufklärungsdrohne gesteuert hatte, deshalb verfügte sie jetzt lediglich über ein paar fragmentarische Aufnahmen des Schiffes und der Besatzung.

Außerdem war sie erschöpft. Seit dem Luftschlag hatte sie nicht gut geschlafen. Ständig liefen vor ihren Augen die letzten Momente vor dem Einschlag ab. Sie sah die Menschen umhereilen, die noch nicht wussten, dass sie sterben würden.

Als sie Tory dazu beschwatzt hatte, den Raptor zurücksteuern zu dürfen, damit sie ihr Werk begutachten konnte, war es ihr vorgekommen wie ein Spiel. Sie hatte eine Menge Simulationen absolviert. Doch dann hatte sie die Liveaufnahmen gesehen. Die verkrümmten, brennenden Toten außerhalb der Explosionszone. Menschen, die ihnen zu Hilfe eilten, die sich bemühten, an ihre sterbenden Freunde heranzukommen ...

Es ist nicht meine Aufgabe, mir Gedanken über Kollateralschäden zu machen. Meine Aufgabe ist es, auf Befehl des Generals Chaos anzurichten.

Aber die Aufnahmen der Infrarotkameras hatten viele kleine Menschen gezeigt. Vermutlich Kinder. Im Kindesalter rekrutierte Soldaten. Den Berichten nach bösartige, wilde, gewalttätige Kinder – und doch sah sie mit geschlossenen Augen noch immer deren Wärmesignaturen vor sich. Sie sah die Fußabdrücke, die den Marmorboden erwärmt hatten, und die Geisterbilder, die ihren Weg durch das verfallene Capitol markierten.

Und dann hatte sie sie ausgelöscht.

Eine weißglühende Chaoswelle, und sie waren alle weg gewesen.

Wie viele hatte sie mit einem Knopfdruck zu Asche verbrannt?

Zuvor hatte sie noch nie jemanden getötet. Man hatte sie bei der Grundausbildung im Gebrauch der Pistolen und Gewehre von Mez Cannon unterrichtet, doch sie war noch nie mit den Bodentruppen im Einsatz gewesen. Sie hatte noch nie auf einen Gegner geschossen. Und jetzt hatte sie mit einem Knopfdruck mehr Menschen ausgelöscht als ein Schneller Einsatztrupp in einem ganzen Jahr ...

»Der Alte hat Sie Überstunden machen lassen?«

Jones schreckte zusammen. Tory war hinter ihr aufgetaucht.

Sie rieb sich die Augen. »Ich brauche Kaffee.«

»Vor allem brauchen Sie Schlaf.«

»Tja, der Alte schläft nicht, also schlafe ich auch nicht.« *Und ich will auch nicht mehr vom Raptorangriff träumen.*

»Ja, aber der ist ein alter Mann«, meinte Tory. »Sie sind noch ein Baby. Babys brauchen Schlaf.«

Jones warf ihm einen bösen Blick zu. »Ich bin nicht viel jünger als Sie.« Steifbeinig richtete sie sich auf und ging zur Kaffeemaschine. Tory folgte ihr.

»Machen Sie Witze? Als Sie Ihre erste Wache angetreten haben, hab ich mich gefragt, ob die jetzt auch schon Windeln einlagern. Wie viele Schuljahre hatten Sie übersprungen, als Sie Ihre Ausbildung mit Auszeichnung abgeschlossen haben?«

Jones gab keine Antwort. Sie wählte Espresso aus, drei Portionen, und sah zu, wie er in eine Kaffeetasse lief.

»Das hemmt das Wachstum«, sagte Tory. Jones bedachte ihn mit einem weiteren bösen Blick. Tory grinste ungerührt. »Sie haben das Schiff immer noch nicht gefunden, wie?« Er nahm seinen Kaffee aus der Maschine und lehnte sich neben sie an die Theke.

»Caroa bringt mich um, wenn ich es nicht finde«, sagte Jones.

»Was soll das eigentlich? Die Hälfte meiner Drohnen befindet sich über dem Nordatlantik auf aussichtsloser Suche, nur weil Ihr Schiff Priorität bekommen hat. Weshalb ist es denn so wichtig?«

»Das könnte ich Ihnen verraten, aber dann müsste ich Sie töten.«

»Abgedroschene Klischees, Jones? Von einer Analystin, die beim MX die höchstmögliche Punktzahl erreicht hat, hätte ich eigentlich etwas Originelleres erwartet. Zumindest etwas Neues.«

»Wie sind Sie an mein Testergebnis gekommen?«

Tory grinste. Jones suchte nach Zucker, wurde aber nicht fündig.

»Sie haben keinen Schimmer, wie?«, stichelte Tory. »Der General schickt seine Babyanalystin auf die Suche, und sie kennt nicht mal den Grund.«

»Das ergibt doch alles keinen Sinn!«, entfuhr es Jones. »Es geht auch nicht nur um die Raptornutzung. Wissen Sie, wie viele Raketen wir auf das Konstrukt abgefeuert haben? Das war eine ganze Menge Chaos.«

»Na ja, es hat überlebt, also hat's wohl nicht gereicht.«

»Aber *warum?*«

»Hören Sie, Jones. Sie arbeiten schon lange genug hier, da gewöhnt man sich dran, bestimmte Dinge nicht zu wissen. Befolgen Sie einfach die Befehle, halten Sie die Windeln sauber, und Ihrem Aufstieg steht nichts im Wege. So einfach ist das.« Er grinste wieder. »Das heißt, vorausgesetzt, Sie finden das Konstrukt.«

»Danke für die aufmunternden Worte, Waffenoffizier Blödmann.«

»So bin ich nun mal. Sie liegen mir halt am Herzen.« Er sah auf die Uhr. »Ups. Ich muss los. Ein paar Sumpfkämpfer aus Houston haben ein Meeting mit unserem Chaosteam. Die Schweine versuchen, unsere schwimmenden Raffinerien zu entern.«

Er klopfte ihr auf den Rücken und wandte sich zum Gehen.

»Tory?« Sie packte ihn am Arm. Er hielt inne und drehte sich um. Sie senkte die Stimme. »Machen Sie sich wegen der Einsätze Gedanken?«

»Gedanken?« Er legte die Stirn in Falten. »Weshalb? Zerbrechen Sie sich den Kopf wegen der Einsätze? Es ist doch viel effektiver, die Typen mit ein paar Chaosraketen zu erledigen, als sie mit Bodentruppen anzugreifen.«

»Ich denke eher an die Kollateralschäden.«

»Also, es ist ja nicht so, als wären das Aktionäre.« Er musterte sie mit einem Ausdruck, den Jones für Besorgnis gehalten hätte, wäre sie nicht so sicher gewesen, dass er sich auch jetzt wieder über ihre Naivität lustig machte.

Doch zu ihrer Überraschung machte er keinen Scherz. Stattdessen schlug er einen beinahe freundlichen Ton an. »Tun Sie sich was Gutes, Jones. Schlafen Sie sich aus. Die Kollateralschäden gehen nicht auf Ihre Kappe. Caroa hat die Befehle gegeben. Er wollte ein Sixpack, Sie haben es ihm geliefert. Haben sich vorschriftsmäßig verhalten. Verstanden?«

Jones nickte langsam. »Verstanden.«

»Gut!« Er drückte ihr die Schulter und lächelte. »Ich an Ihrer Stelle würde mir weniger Gedanken darüber machen, was nach einem Abschuss am Boden los ist, sondern darüber nachdenken, wohin das Konstrukt verschwunden ist – das heißt, falls Ihnen etwas an Ihrer Karriere liegt.«

»Es wäre schon hilfreich, wenn ich wüsste, weshalb man es töten will.«

»Nicht bei Ihrer Soldklasse, Jones. Machen Sie einfach Ihren Job und hören Sie auf, über Dinge zu greinen, die Sie nichts angehen.«

Mit finsterer Miene trank Jones von dem bitteren Kaffee,

während Tory sich pfeifend entfernte. Er machte sich keine Gedanken. Er war bereit, noch mehr Chaos zu säen. Selbst wenn er die ganze Welt niederbrannte, würde er hinterher schlafen wie ein Baby.

Mach einfach deinen Job.

Mercier hatte Arial Magdalena Luiza Jones nicht als Nervensäge eingestellt. Die Firma hatte sie wegen ihres Abschneidens beim MX eingestellt.

Also Schluss damit.

Trotzdem nagte es an ihr. Sie war von Natur aus neugierig, hatte stets hartnäckig Fragen gestellt, und wenn sie sich erst einmal auf etwas eingeschossen hatte, konnte sie nur schwer wieder davon ablassen.

Sie grübelte über das Konstrukt nach. Eine routinemäßige Musterübereinstimmung, und schon war Caroa in heller Aufregung gewesen, hatte sie veranlasst, die Drohnen umzudirigieren und die Nordatlantikkapazitäten näher an die Küste heranzuführen, für den Fall, dass er die Schlagkraft erhöhen wollte.

Sie hatte den General gefragt, womit sie es zu tun hätten und wer die Aktivitäten des Konstrukts steuere, doch Caroa hatte sie auflaufen lassen und gemeint, das gehe sie nichts an.

Sie vermutete, dass das Konstrukt für eine Firma arbeitete, die den Schrott- und Recyclingmarkt der Versunkenen Städte ausräuchern wollte. Für Lawson & Carlson oder jemand anderen. Aber auch das ergab keinen Sinn. Die Aktivitäten eines einzelnen Konstrukts in einem der zahllosen Drecklöcher der Welt waren bedeutungslos im Vergleich zu den Operationen, die Caroa normalerweise leitete. Er wies Tausende Konstrukte an, in die Schlacht zu ziehen, Gebiete zu erobern, Aufstände niederzuschlagen und Tiefseehäfen zu übernehmen. Caroa installierte Militärmonopole an den Frachtrouten über den geschmolzenen Nordpol. Normalerweise verschwendete er keine Zeit mit einem Konstrukt in einer hinterwäldlerischen Plünderungszone.

Jetzt schon.

Anstatt sich Gedanken darüber zu machen, ob Mercier die Kontrolle über die Lithiumminen in Peru zu verlieren drohte, fragte sie sich nun, ob ein Schiff vom Arsch der Welt, das Konservendosen schmuggelte, einen Wirbelsturm überstanden hatte.

Stirnrunzelnd ging Jones zurück zu ihrem Schreibtisch. Sie nippte an der bitteren Kaffee-Espresso-Mischung, schnitt eine Grimasse und öffnete die Recherchedateien.

Listen mit Schiffsnamen scrollten, Klipper der Mantaklasse, die in Dutzenden Häfen rund um den Atlantik lagen, von Reykjavik bis Rio de Janeiro. Selbst in den Häfen im näheren Umkreis gab es Hunderte Schiffe. Mit der Mantaklasse lag die ganze Welt in Reichweite. Die Besatzung konnte auch zur Insel Shanghai unterwegs sein.

Sie betrachtete die wenigen Bilder der Docks. Unscharfe Fernaufnahmen. Während der Überwachung hatte sie die Raptoren nicht auf den Klipper ausgerichtet gehabt, deshalb gab es nur eine einzige gute Serie von Standfotos, aufgenommen während des Zehnsekundenschwenks eines der Raptoren.

Jones klickte sich noch einmal durch die Aufnahmen und beugte sich unwillkürlich zum Bildschirm vor, als würden die Bilder dadurch schärfer.

Kindersoldaten mit den Abzeichen der Konstrukttruppen schleppten ein merkwürdig geformtes Frachtstück die Gangway hoch. Eine dunkelhaarige, dunkelhäutige Frau hatte anscheinend die Aufsicht. Ihre Gesichtszüge waren asiatisch, doch sie war keine Chinesin oder Japanerin, sondern stammte wohl eher aus Afrika. Kamen ihre Eltern vielleicht aus China und den Versunkenen Städten? Vielleicht war sie auch die Waise eines chinesischen Friedenswächters, aus der Zeit, als China sich bemüht hatte, die Ordnung in den Versunkenen Städten wiederherzustellen?

Obwohl sie kaum älter war als Jones, hatte die junge Frau offenbar die Aufsicht über die Fracht. Andererseits waren die Bewohner der Versunkenen Städte alle jung. Die Alten waren schon vor Jahren getötet worden. Die Frau wirkte ein bisschen angefressen. Jones versuchte, die Bilddarstellung zu verbessern. Die Frau hatte Narben an der einen Wange, die an alte Militärbrandzeichen erinnerten. Jones öffnete die Recherchedateien.

VPF. Das war's. Eine Dreifachraute. Genau wie beim Rest der Schiffsbesatzung. Vereinigte Patriotenfront, so nannte sie sich. Jones ging noch einmal stirnrunzelnd die Fotos durch. Die junge Frau hatte eine Handprothese. Skelettartiges, blauschwarzes Metall. Ein modernes Teil, wenn man bedachte, dass sie für keines der großen Handelskombinate arbeitete. Hätte sie für Mercier gearbeitet, wäre alles klar gewesen. Oder für Lawson & Carlson, Patel Global ... Aber dass eine Indie-Schmugglerin eine so hochwertige Prothese hatte?

Jones starrte die pixeligen Bilder der mechanischen Hand an. Sie schnaubte frustriert. Hätten die Kameras des Raptors die Frau direkt anvisiert, hätte sie das Design bestimmen und möglicherweise auch die Seriennummer ablesen können, was die Identifizierung der Frau und vielleicht des Schiffes ermöglicht hätte. Aber nein ...

»Okay«, murmelte sie und betrachtete die einhändige Frau. »Was hattest du in den Versunkenen Städten verloren?«

Sie öffnete weitere Recherchefenster. Aus den Versunkenen Städten wurden hauptsächlich Rohstoffe exportiert, die in den Trümmern gewonnen wurden. Eisen. Marmor. Schrott. Aufgrund des Bürgerkriegs, der an der Küste gewütet hatte, war die Landwirtschaft zum Erliegen gekommen. Das Gleiche galt für die Industrie. Und die einzigen Waren, die von den Versunkenen Städten gekauft wurden, waren Munition und Medikamente. So lief der Handel ab: Schrott für Munition, Munition für Schrott.

Also war die junge Frau eine Waffenschmugglerin.

Wenn sie Waffen brachten, kamen sie vermutlich aus Havanna, London oder möglicherweise auch aus Qingdao. Jones nahm sich erneut die Fotos des Raptors vor und konzentrierte sich diesmal auf die Fracht, die von den Kindersoldaten an Bord geschafft wurde. Boxen. Kisten. Etwas Großes, Flaches. Etwas Rechteckiges, das sie an den großen Spiegel ihrer Mutter erinnerte ...

Jones betrachtete das in Sackleinwand eingeschlagene Paket und die umstehenden Personen. Ihre Haltung wirkte beinahe furchtsam, als handelte es sich um eine sehr empfindliche Fracht.

Waffen oder Medikamente wurden in die Versunkenen Städte geliefert.

Womit aber ließen sich die Schmuggler bezahlen? In den

Versunkenen Städten gab es kein Bargeld, und ein Klipper der Mantaklasse war zu klein, um genug Schrott zu laden, dass sich der Aufwand gelohnt hätte.

Jones starrte das flache Rechteck an.

»Kunst!«, rief sie aus.

Ihre Kollegen wandten erstaunt die Köpfe.

»Was zum Teufel ist los, Jones?«

»Nicht so laut!«

Jones entschuldigte sich mit einer Handbewegung. »Es geht um Kunst«, murmelte sie. »Sie exportieren Kunst.« Das gleiche elektrisierende Gefühl hatte sie gehabt, als sie am MX gesessen hatte. Kaum hatte sie die Fragen gelesen, wusste sie auch schon die Antwort. Wusste, dass sie richtiglag. Wusste, dass eine Zukunft vor ihr lag, dass sie nicht ihr Leben lang würde malochen müssen. Das sie aufsteigen würde. Im Geiste sah sie Mrs. Silva, ihre ehemalige Lehrerin, zustimmend nicken. Sie ermutigte sie, gründlicher nachzudenken, in ihren Bemühungen nicht nachzulassen. Nicht an sich zu zweifeln, ganz gleich, was ihre Mutter sagte.

Kunst. Das ergab Sinn. Kunstwerke waren leicht, kompakt und äußerst kostbar. Selbst ein kleiner Klipper reichte aus, um Waffen und Munition anzuliefern und dafür Kunstwerke zu laden.

Vor sich hin summend, suchte sie weiter, folgte dem Faden der Möglichkeiten, um zu sehen, wohin sie das führte. Ein paar Minuten später rief sie Caroa an.

»Ich weiß jetzt, wo sie sich befinden«, sagte sie und lächelte, als Caroa auf dem Bildschirm zu sehen war. »Ich weiß, wo wir nach ihnen suchen müssen.«

»Ja?«

»Der Klipper gehört zur Mantaklasse. Ich habe das Design abgeglichen. Es gibt eine Menge Schiffe dieser Bauart, aber nicht viele, die es wagen würden, die Versunkenen Städte anzulaufen. Diese Schiffe sind schnell, haben aber einen kleinen Frachtraum. Man muss damit Waren transportieren, die leicht und wertvoll sind. Eine Fracht von hundert Tonnen Kupferdraht aus den Versunkenen Städten kommt nicht infrage. So etwas ist den Schiffen der Belugaklasse vorbehalten. Oder Luftschiffen. Den Jetis, richtig? Großen, alten Kisten ...«

»Kommen Sie zur Sache, Junioranalystin.«

»Verzeihung.«

Sie übermittelte ihm eines der Überwachungsfotos. »Ich glaube, sie befördern Kunst. Alte Reichsmemorabilien. Da unten gibt es viele zerstörte Museen, nicht wahr? Und dort lag auch die Hauptstadt, deshalb ist jede Menge Kriegsbeute vorhanden. Ich glaube, wir haben es hier mit einem Gemälde zu tun. Offenbar in Leinwand verpackt, aber ich glaube, was hier an Bord gebracht wird, ist ein Gemälde.«

Sie öffnete einen Auktionskatalog und übermittelte dem General weitere Bilder. Caroa betrachtete ihre Funde: Gemälde, Kriegsmemorabilien, zerkrümelnde Manuskripte, beschriftet mit schwarzer Tinte.

»Fahren Sie fort.«

»Ich habe mir die Ankunfts- und Ausschiffungsmuster im Hinblick auf den globalen Kunstmarkt angeschaut, und wie Sie sehen, lässt sich dieses Schiff, die *Raker*, alle paar Monate in Seascape Boston blicken.«

»Warum Seascape?«

»Das ist die schnellste Verbindung von den Versunkenen Städten zu den großen Auktionshäusern. Christies. Excavation House. Malinda Lo. Davis & Ink. Seascape verfügt über einen großen, tiefen Hafen und keine alten Häuser, auf die ein Schiff auflaufen kann, deshalb wird der Großteil des polaren Handels darüber abgewickelt. Außerdem leben dort Reiche. Die Bauklipper von Patel Global sind da gelistet. Und mit den kontinentalen Magnetschwebebahnen werden alle möglichen Handelswaren befördert. Es gibt Banken und Finanzhäuser. Seit Manhattan im vergangenen Jahrhundert untergegangen ist, schwappt da oben eine Menge Geld herum. Mit der polaren Direktverbindung nach China ist das ein ideales Umfeld für den Kunsthandel.«

Sie wischte über einen anderen Bildschirm, rief eine Liste von Schiffsnamen auf und übermittelte sie an den General. »Da ...« Sie markierte die Schiffslisten von Seascape. »Die *Raker* taucht immer zu den Auktionen unmittelbar vor und nach der Wirbelsturmperiode auf. In den Auktionskatalogen finden sich dann eine Menge Gewehre aus dem Ersten Bürgerkrieg. Amerikanische Flaggen aus der Zeit vor der Spaltung. Alte Gemälde. Warhols und Pollocks. Memorabilien des Raumfahrtprogramms des zwanzigsten Jahrhunderts. Und so weiter.«

»Dann glauben Sie also, das Schiff ist unterwegs nach Seascape.«

»Das würde jedenfalls ins Muster passen. Das ist ihre letzte Chance, die chinesischen Touristen zu erwischen, bevor im Winter die Wetterbedingungen für Segler zu schlecht werden.«

Der General schwieg lange. »Gute Arbeit.«

Jones verspürte überwältigende Erleichterung. Nachdem ihr

das Konstrukt entwischt war, hatte sie befürchtet, ihr Vorgesetzter würde sie für den gescheiterten Einsatz verantwortlich machen. Und sie zu irgendeiner Goldmine in der Antarktis strafversetzen. *Oder sie wieder ins Amazonasgebiet schicken ...*

»Stellen Sie Angriffsraptoren für die Überwachung ab.«

»Angriffsraptoren?« Jones bemühte sich, ihre Überraschung zu verbergen.

»Haben Sie damit ein Problem?«, fragte Caroa.

Menschen, die sich in Asche verwandeln. Menschen, die sich zusammenkrümmen und sterben.

»Ich ... Sir, das ist Seascape. Wir haben Handelsverträge mit denen. Die haben Beistandspakte abgeschlossen. Patel Global. Kinshasa Nano. GE. Beijing unterhält dort Niederlassungen und hat Hafenabkommen geschlossen. Ein Angriff könnte schnell zum Bumerang werden.« Caroas Augen hatten sich geweitet, und Jones fuhr eilig fort: »Wir könnten stattdessen eine Angriffsklaue einsetzen. Unsere Konstrukte in den Uniformen von Patel Global oder einer der Finanzgruppen. Wir könnten auf die Schnelle Einsatztruppe der *Kilimandscharo* zurückgreifen. Das wäre eine saubere Lösung.«

Caroa schwieg eine ganze Weile. Jones hielt den Atem an. Schließlich sagte er mit leiser Stimme:

»Jones ...«

»Sir?«

»Sie halten sich bestimmt für schlau.«

Jones zuckte unwillkürlich zusammen. »Ja, Sir?«

»Wenn Sie sich wieder mal schlau vorkommen, Analystin, möchte ich, dass Sie die Hand auf den Mund legen und ihre Schlauheit für sich behalten. Ich möchte, dass Sie Ihre Schlauheit ersticken, so wie man in den Versunkenen Städten unerwünschte Kinder erstickt. Es ist nicht Ihre Aufgabe, mir Geografienachhilfe zu geben oder mir zu erklären, welche taktischen Optionen mir zur Verfügung stehen. Dass sich Konstrukte unserem Zielobjekt nähern, ist das Allerletzte, was ich will. Haben Sie mich verstanden? Keine. Konstrukte.«

»Aber, Sir ...«

»Keine Konstrukte, habe ich gesagt! Auf keinen Fall Konstrukte!«

Jones erstarrte angesichts ihres schäumenden Vorgesetzten. *Bei den Parzen. Er wird mich versetzen!*

»Ja, Sir«, sagte sie und nickte heftig. »Keine Konstrukte.«

»Gut. Schon besser.« General Caroa beherrschte sich mit sichtlicher Mühe. »Ich möchte, dass das Schiff bis zur Wasserlinie niedergebrannt wird. Es ist mir egal, ob Sie in internationalen Gewässern zuschlagen oder mitten in Seascape, aber ich will, dass Sie den Klipper aufspüren und versenken, bevor das Zielobjekt an Land geht. Haben Sie mich verstanden?«

»Ja, Sir.«

Caroa schaltete ab, und Jones schaute auf einen leeren Bildschirm. Tory blickte von seinem Arbeitsplatz herüber. »Er kann Sie nicht zwingen, sich als Versuchsobjekt für Eboma IV zu melden, wissen Sie.«

Jones schüttelte wortlos den Kopf.

»Jones?«

»Ich hab's vermasselt, nicht wahr?«

»Ach, keine Ahnung. Ich glaube, irgendwie mag er Sie. Er hat schon Leute aus geringfügigeren Anlässen in die Antarktis geschickt.«

Als man sie der *Annapurna* zugeteilt hatte, war sie sicher gewesen, vor ihr liege eine glorreiche Zukunft. Eine schicke Uniform. Verantwortung, die sich auszahlte. Die Aussicht auf schnelle Beförderung.

Und jetzt das.

Es war wie in ihrer Kindheit. Ihre Mutter hatte sie ständig gerüffelt, weil sie Dinge aussprach, die klügere Personen für sich behalten hätten. Immer wieder hatte sie den gleichen Fehler gemacht. Sie habe ein Problem mit der Disziplin, hatte ihre Mutter gemeint. Mehr als einmal hatte sie stillschweigende Vereinbarungen gebrochen, die die fragile Welt ihrer Mutter in Gang hielten und dafür sorgten, dass sie zu essen hatten. Arial ließ sich nicht darüber aus, wie dumm ihre Tochter sei oder wie Supervisor Marco die Zellstoffmädchen ansah. Es war egal, ob Arial recht hatte. Wenn man Ärger machte, bekam man's heimgezahlt.

»Er will eine Stadt bombardieren«, sagte sie.

»Und? Das machen wir doch ständig.«

»Diesmal eine richtige Stadt. Seascape? Das ist nicht irgendein Orleans.«

»Tja, so ist das nun mal. Wenn Sie Wert auf einen ordentlichen Sold und Beförderungen legen, machen Sie Ihren Job.«

Jones wich Torys Blick aus.

»Was geht gerade in Ihrem Kopf vor, Jones?«

Ich will kein Chaos mehr anrichten.

»Wer steht über Caroa?«

»ExCom.« Tory schaute sie an. »Bitte sagen Sie mir, dass Sie nicht vorhaben, über Caroas Kopf hinweg mit dem Exekutivkomitee zu sprechen. Eine Gehorsamsverweigerung ...«

»Er beabsichtigt, ein Sixpack auf einen Handelspartner abzuschießen.«

»Und?«

»Wir haben Verträge mit ihnen geschlossen! Sie sind mit China verbündet! Das ist Wahnsinn!«

Tory zuckte mit den Achseln. »Keine Ahnung. Ich habe einmal Prag bombardiert. Ich glaube, die Stadt war auch eine Art Verbündeter. Paris übrigens auch.«

»Ich weiß nicht, weshalb ich überhaupt mit Ihnen rede.«

»Weil ich ein Auge auf Sie habe, Jones. Und ich sage Ihnen, Sie begeben sich in gefährliches Gewässer und haben keine Ahnung, wie viele Haie um Sie sind. Machen Sie Ihren Job. Bringen Sie Caroa nicht gegen sich auf. Reißen Sie sich am Riemen.« Er senkte die Stimme. »Sichern Sie sich ab.«

»Ja ...«

Sie hätte ihm gern ihre Beweggründe erläutert, doch etwas in Torys Gesichtsausdruck ließ sie davon Abstand nehmen. Was sie auch sagte, es würde ihre Position schwächen.

»Raptoren zur Überwachung«, sagte sie mit grimmiger Entschlossenheit. »Zu Befehl, Sir.«

»Ich hab doch gewusst, dass meine Babyanalystin schnell von Begriff ist«, sagte Tory. »Eine kleine Lernmaschine. Das habe ich gleich bei unserer ersten Begegnung gemerkt.« Er sagte es leichthin, doch seine Miene war ernst. »Die Jungen müssen schnell lernen, sonst landen sie wieder dort, wo sie hergekommen sind, nicht wahr, Analystin? Sie landen wieder in der Papiermühle mitten im schwülheißen Regenwald, und niemand erinnert sich mehr daran, wie gut sie bei der Prüfung abgeschnitten haben. Verstanden?«

Jones nickte widerstrebend. »Ja, Sir.«

»Gut so.«

Tory beobachtete sie weiterhin. Jones, die sich seines Blickes schmerzhaft bewusst war, rief die Raptorsteuerung auf und programmierte die Überwachung.

Vielleicht erwische ich sie außerhalb der Territorialgrenze, dachte sie. *Dann wär's ein Freischuss. Chaosabwurf, und weg.*

Doch auf diesen Gedanken folgte sofort die Frage, was sie tun würde, wenn das Schiff Seascape erreichte. Wenn das Schiff den sicheren Hafen erreichte, würde sie dann trotzdem Chaos säen? Würde sie weitere Tote produzieren? Würde sie die Welt in Asche verwandeln?

Im Geiste vernahm sie die höhnische, verächtliche Stimme ihrer Mutter.

Willst du wieder Ärger machen, Tochter? Uns beweisen, wie schlau du bist? Große Töne spucken von wegen, wer du mal sein und wohin du gehen wirst? So tun, als würden die Regeln für dich nicht gelten? Du willst wieder Ärger machen? Willst du das wirklich?

Jones machte sich grimmig an die Arbeit.

Nein, Mama. Ich werde überleben.

KLAUENFÜSSE UND -HÄNDE KROCHEN im Dunkeln über Tool hinweg, drückten ihn tiefer in die Knochengrube hinunter, während seine Brüder hinauszuklettern versuchten.

Die kämpfenden Leiber wogten und wanden sich, fauchten und schnappten, kratzten sich gegenseitig und scharrten an den Wänden. Zogen sich gegenseitig in die Tiefe. Ein erbitterter Krieg in der Dunkelheit, ein Kampf aller gegen alle. Jeder wollte der Erste sein und entkommen, bevor die Grube voll wäre.

Tool kämpfte. Er schlug um sich, krallend und beißend, erwies sich als würdig. Das war das Gesetz der Knochengruben, und er hatte es verinnerlicht. Von Anfang an, schon als zappelndes, wimmerndes Junges hatte man ihm eingeprägt, dass es darauf ankam, seinen Wert zu beweisen. Nur die Wildesten überlebten. Er war kräftig geworden von den blutigen Fleischbrocken, die die Ausbilder herabwarfen, doch es hatte nie für alle gereicht. Die Schwachen wurden schwächer und nährten alsbald die Starken. Tool lernte schnell und aß viel, bereitete sich auf den Tag vor, da er sich als würdig erweisen würde.

Und jetzt kletterte er aus der Grube hinaus in den Sonnenschein. Als Erster seiner Art. Der Erste, der die Grube hinter sich ließ. Aus der Dunkelheit ins Licht. Raus aus der Knochengrube, hinein in die wartenden Arme von General Caroa, der ihn willkommen hieß und ihm einen Namen gab ...

Blood.

Blut.

Würdig. Für würdig befunden, neben einem großen General zu stehen. Für würdig befunden, für Caroa zu kämpfen.

Tool stand aufrecht im hellen Licht. Bedeckt mit dem Blut derer, die sich als unterlegen erwiesen hatten, wandte er das Gesicht der viel gerühmten Sonne zu.

11

DIE RAKER SEGELTE UNTER wolkenlosem Himmel, die möwenweißen Segel blähten sich. Zwei Tage nach dem Sturm funkelte der blaue Atlantik glatt und einladend im Sonnenschein. Tool lag noch immer schlaff auf dem Deck der *Raker*, ein nicht menschlicher Haufen verkohltes Fleisch, doch Mahlia hatte keine Zeit, sich um ihn zu kümmern. Im Moment war sie ganz darauf konzentriert, dass sie schwitzte und dass Ocho sie umkreiste.

Der Schweiß tränkte ihre Shorts und ihr Top und hemmte sie in ihren Bewegungen. Er troff ihr in die Augen, brannte und trübte ihr die Sicht. Er machte ihre Hände rutschig, sodass ihr das Messer zu entgleiten drohte.

Ocho umkreiste sie weiter und hielt Ausschau nach einer Bresche in ihrer Abwehr.

Auch er war schweißgebadet, wurde aber anscheinend nicht müde. Bei den Parzen, der ehemalige Kindersoldat war nicht mal außer Atem. Er bewegte sich behände und stets trittsicher über das schwankende Deck, eine Schlange, die auf die Gelegenheit zum Zubeißen wartete.

Mahlia wusste, dass sie seine Abwehr nicht durchdringen konnte. Sie hatte es schon oft versucht und war jedes Mal gescheitert. Er war einfach zu gut.

Ocho hielt das Messer in der rechten Hand. Es bewegte sich vor und zurück, hypnotisierend und geschmeidig. Er wollte, dass sie sich auf die Klinge konzentrierte anstatt auf seine Füße und die Bewegungen seines Körpers. Er wollte, dass sie die Stelle fixierte, an der sich das Messer befand, anstatt zu überlegen, wohin es *zielte*.

Er griff blitzschnell an. Mahlia bewegte sich der Attacke entgegen. Sie wusste, es würde knapp werden, doch er würde ihren Bauch verfehlen, und dann würde er es mit ihrer Klinge zu tun bekommen. Das Schwanken des Schiffs wirkte sich zu ihrem Vorteil aus, als sie die Linke herumschwenkte, die Luft durchschnitt und ihn zwang, an ihre rechte Seite auszuweichen. Sie prallten gegeneinander, ein schmutziges Gerangel. Er packte ihr Handgelenk, wollte es verdrehen ...

Klick.

Das in ihrer Handprothese verborgene Messer schoss hervor, und sie rammte es ihm unters Kinn. Ocho erstarrte. Das Messer drückte sich tief in seinen Hals, ritzte die Haut. Ein schmales Blutrinnsal drang unter der Klinge hervor.

Ocho hob kapitulierend die Hände. Er grinste breit. »So macht man das, du Kriegsmade! Genau so!«

Mahlia spannte die Muskeln an, das Messer verschwand ebenso schnell, wie es aufgetaucht war.

Klick.

Sie entspannten sich und lösten sich voneinander. Ocho nickte zufrieden. »Ja, das war gut«, sagte er. »Du wirst immer besser. Du bist praktisch beidhändig. Das gefällt mir. Beidhändiger Schrecken.«

Mahlia wischte sich den Schweiß von der Stirn. »Meine Glückshand, die Linke«, sagte sie.

»Und mit der neuen Hand hast du eine richtig fiese Rechte. Mit etwas mehr Training könnten wir dich im Salzdock in den Ring schicken. Ein bisschen Geld auf dich setzen. Stork wäre dein Sekundant. Ein Überraschungssieg ist dir sicher.«

Mahlia schüttelte den Kopf und ließ sich keuchend aufs Deck niedersinken. »Ich siege lieber außerhalb des Rings.«

Ocho ließ sich neben ihr aufs Deck plumpsen. Seine kräftigen braunen Schultern glänzten, sein T-Shirt war schweißgetränkt. Er nahm einen Schluck entsalztes Meerwasser aus einer Flasche und reichte sie ihr, noch immer außer Atem. »Gut gemacht. Ganz im Ernst.«

Mahlia nahm die Flasche mit der Prothese entgegen und trank, dann reichte sie sie ihm zurück. Ocho hatte recht. Sie wurde mit der Hand immer besser – und mit dem Messer auch. Als Ocho ihr vorgeschlagen hatte, eine Waffe in die Prothese einbauen zu lassen, hatte sie sich zunächst gesträubt. Es kam ihr affektiert vor, so als wäre sie dann eine Kriegerprinzessin aus dem brennenden Land Rajasthan, wie es in den Bollywoodfilmen gezeigt wurde, die über Satellit zu empfangen waren.

»Das sieht doch bestimmt bescheuert aus«, hatte sie damals eingewandt.

»Niemand wird sie zu sehen bekommen«, hatte Ocho entgegnet. »Und bestimmt wird auch niemand drüber lachen, wenn er gestochen wurde.«

»Doktor Mahfouz sagte immer, wenn man eine Waffe hat, setzt man sie auch ein, anstatt sich etwas Besseres zu überlegen.«

»Du weißt, wohin ihn diese Einstellung gebracht hat.«

Damit war die Sache entschieden gewesen. Mafouz war getötet worden. Er hatte in einer Fantasiewelt gelebt, in der die Menschen das Gute im anderen sahen. Deshalb war er gestorben. Mahlias Erfahrung nach glichen die Menschen eher Tieren. Manchmal konnte man sie zähmen. Auch wenn sie böse waren. Manchmal aber musste man sie töten.

Sie krümmte die Prothesenhand. Die Klinge schnappte hervor und verschwand wieder. Sie bewegte die einzelnen Finger, ballte sie zur Faust. Die Prothese war fast so gut wie eine richtige Hand. Es war beinahe so, als hätte die Gottesarmee sie ihr niemals abgeschnitten. Sie bedauerte lediglich, dass sie sich keine Prothese hatte leisten können, die den Tastsinn simulierte.

»Ein paar Tage machen einen großen Unterschied aus«, unterbrach Ocho ihren Gedankengang.

Mahlia blickte aufs Meer hinaus, dessen Gutmütigkeit in krassem Gegensatz zu dem Sturm stand, den sie überlebt hatten.

»Schön, dass uns mal kein Sturm töten will«, pflichtete sie ihm bei.

An der Backbordseite der *Raker* sprang ein Gleitfisch hoch in die Luft. Vermutlich tat er sich an einem Quallenschwarm gütlich. In der Ferne tauchte eine Walschule auf. Sie hatte die Tiere schon früher am Tag bemerkt, als sie neben der *Raker* hergeschwommen waren. Es war, als genösse das Meeresleben die Ruhe nach dem Sturm.

Auf dem Vordeck wurden Rufe laut. Mahlia wandte sich um und beschattete die Augen mit der Hand. Einer von Ochos Soldaten war mit den Leinen und Winschen zugange und lieferte sich mit Captain Almadis Seeleuten ein Wortgefecht. Die Stimmen funkelten so hell wie der Sonnenschein auf der gekräuselten Meeresoberfläche. Mahlia machte Van aus, klein und drahtig. Und Stork, hochgewachsen und schwarzhäutig, ernst und besonnen. Der muskulöse Ramos neben dem blassen und stets sonnenverbrannten Severn, der zu Almadis Crew gehörte. Alle vier arbeiteten unter Captain Almadis Aufsicht.

»Man könnte fast meinen, sie gehörten zusammen«, sagte Ocho und sprach damit aus, was Mahlia dachte. »Noch ein, zwei Jahre, und unsere Jungs sind dank der guten alten Almadi stubenrein.«

Captain Almadi hatte die ehemaligen Milizionäre konsequent in der Seemannschaft unterwiesen, und jetzt, getragen von der Euphorie, die das Überleben auf See mit sich brachte, erwiesen sich Ochos Jungs als ausgesprochen folgsam.

»Man könnte fast meinen ...« Sie verstummte.

»Das sind Jungs«, sagte Ocho. »Denk dir die Narben und die VPF-Brandzeichen weg, und sie sehen aus, als hätten sie nie jemanden getötet.«

»Ja.«

Früher hatten sie alle mal der VPF angehört. Sie hatten Menschen getötet, die ihr etwas bedeutet hatten. Sie waren ebenso barbarisch gewesen wie die Gottesarmee, die ihr die rechte Hand abgehackt hatte. Genauso bösartig. Genauso grausam.

Und jetzt waren sie hier und lachten. Van hatte gerade eben einen Eimer Wasser über Severn ausgeleert und rannte vor ihm weg. Ein Junge, der früher Menschen eine Waffe ins Gesicht gerammt hatte.

Ihr Blick wanderte zu dem verbrannten, blutigen Fleischklumpen, der Tool war. Sie hatte es ihm zu verdanken, dass sie noch am Leben war. Hätte vor langer Zeit eine Wahrsagerin ein Parzenauge über ihrem Kopf geschwenkt und ihr diese Zukunft prophezeit, hätte sie ihr erwidert, dass sie spinne. Es war schlichtweg unvorstellbar, dass ein chinesisches Friedenswächter-Balg zur Anführerin dieser Tiere aufstieg. Damals hätten diese bösartigen Jungs sie bei lebendigem Leib gefressen. Jetzt wedelten sie mit dem Schwanz, wenn sie sie sahen. Sie sollte eigentlich tot sein, doch stattdessen hatte sie einen Klipper und eine Besatzung aus halbzahmen Killern, und das alles wegen Tool.

Ocho beobachtete sie ernst. »Denkst du an unseren großen Freund, der kein Opfer ist?«

Mahlia lachte unbehaglich. »Kannst du Gedanken lesen?«

»Ich kenn dich halt schon eine ganze Weile.«

Auch wenn er seine Beobachtungsgabe möglicherweise überschätzte, waren Ochos goldgesprenkelte grüne Augen weit aufmerksamer als die der anderen Soldaten. Zu Anfang hatte sie geglaubt, er sei einfach schlauer als die meisten anderen, doch später, als sie mehr Zeit mit ihm verbracht hatte, war ihr klar geworden, dass es nicht nur Intelligenz war, was ihn und seine Anhänger am Leben erhalten hatte – es waren diese achtsamen, wachsamen Augen, die Dinge sahen, die auch andere Menschen sehen konnten. Die meisten Menschen sahen Dinge. Ocho schaute genauer hin.

»Ohne Tool wäre ich jetzt nicht hier«, sagte Mahlia.

»Wahrscheinlich keiner von uns.« Ocho zuckte mit den Achseln. »Bevor er auftauchte, war die VPF auf der Verliererstraße. Colonel Stern behauptete zwar ständig, wir könnten die Gottesarmee schlagen, doch wir hatten nicht die geringste Chance. Wir waren im Begriff, ausradiert zu werden.«

»Und dann kam Tool.«

»Du und Tool.« Ocho nickte versonnen. »Ihr habt die Spielregeln von Grund auf verändert.«

»Tool hätte gesiegt, oder? In den Versunkenen Städten, ganz zuletzt. Er hätte gesiegt.«

»Nein, er hat gesiegt.« Ochos Blick wanderte zu dem bewusstlosen Halbmenschen. »Ohne jeden Zweifel. Er hat gesiegt.«

Mahlia versuchte Ochos Gesichtsausdruck zu deuten, die wachsamen Augen, die alle zu durchschauen schienen, doch er gab nichts preis. Er verstand es, seine Gedanken zu verbergen. Man bekam von ihm nur die Oberfläche mit. Die scharfen, glitzergrünen Augen und das magere, braune Gesicht mit dem dreifachen Brandmal.

Ohne die VPF-Narbe wäre er ein hübscher Junge gewesen. In Seascape Boston hatte sie Menschen ohne Narben gesehen. Makellose Gesichter ohne die Spuren von Angst und Schmerz. Unwillkürlich tastete sie nach ihrem eigenen Brandmal. Tool hatte es ihr in die Wange gebrannt, und bei der Erinnerung an die Schmerzen, die sie erlitten hatte, um sich ins VPF-Territorium einschleichen zu können, zuckte sie zusammen.

»Es war still«, sagte Ocho. »Ist dir aufgefallen, wie still es war?«

»Was meinst du? Die Versunkenen Städte?«

»Ganz zuletzt. Keine Kämpfe mehr. Kein einziger Schuss. Bis es aufgehört hatte, wusste ich gar nicht, wie sehr ich daran gewöhnt war.« Er wies mit dem Kinn auf den erschlafften Tool. »Wäre er eher aufgetaucht, wäre ich vielleicht gar nicht Soldat geworden. Dann würde ich vielleicht heute mit meinen Onkeln angeln gehen. Wäre nie von der VPF aufgegriffen worden.«

»Wenigstens sind wir rausgekommen.«

»Dank unserem Freund, der kein Opfer ist.« Ocho schwieg eine Weile. »Almadi ist sauer wegen ihm.«

Mahlia blickte zur Schiffsführerin, die die Seeleute und Ochos Kindersoldaten beaufsichtigte. »Sie ist immer wegen irgendwas sauer.«

»Ich weiß nicht ...« Ocho biss sich auf die Unterlippe. »Ich glaube, am liebsten würde sie den guten alten Tool über Bord werfen.«

»Im Ernst?«

»Ja. Jetzt ist er schwach. Die beste Gelegenheit. Packen wir's an, und Schluss damit. ›Ach, was hätten wir denn tun sollen? Er ist halt über Bord gegangen.‹« Ocho nickte nachdenklich. »Ja. So würde ich das machen.«

»Almadi weiß, woher das Geld kommt.« Mahlia spannte die Muskeln des rechten Arms an. Die fünfzehn Zentimeter lange Klinge schoss, wie von Geisterhand gelenkt, aus der Prothese hervor, das schwarze Metall schimmerte in der Sonne. »Wenn sie sich unserer Sichtweise nicht anschließen will, *zwingen* wir sie eben dazu.«

»Wir könnten sie nicht ständig im Auge behalten. Sie nicht, und ihre Crew schon gar nicht. Wir haben im Sturm mehr

Leute verloren als sie. Ist dir schon aufgefallen, dass wir jetzt in der Unterzahl sind?«

»Wir müssen nur ein bisschen Zeit schinden. Bis Tool aufwacht.«

»*Falls* er aufwacht ...« Ocho verstummte, als unten gerufen wurde. Seeleute und Kindersoldaten versammelten sich um Tool, der sich anscheinend bewegt hatte.

Mahlia knuffte ihn triumphierend gegen die Schulter. »Du solltest mir mehr vertrauen.«

»Ich vertraue dir immer.«

Die Betonung, mit der Ocho das sagte, gab Mahlia zu denken. Sie wollte ihn fragen, wie er das gemeint habe, doch immer mehr Leute versammelten sich um Tool, und Ocho wies mit dem Kinn auf den Auflauf.

»Wir sollten besser vor Almadi dort sein.«

Als Mahlia auf dem Hauptdeck angelangt war, hatte Tool sich aufgerichtet. Er lehnte sich am Großmast an und wirkte erstaunlich schwach, doch er stand aufrecht. Er schaute nach oben, anscheinend gebannt vom Sonnenschein. Van war bereits da und umkreiste ihn wie ein kläffendes, übererregtes Hündchen ein viel größeres, bösartigeres Wesen. Andere hielten respektvoll – oder aus Vorsicht – Abstand und betrachteten staunend Tools mitgenommenen Körper.

»Wie hast du es geschafft, so schnell zu heilen?«, fragte Van. Furchtlos berührte er Tool. »Du riechst nicht mal mehr verbrannt.«

Typisch Van, sich vor Almadis Seeleuten und den anderen Jungs aufzuspielen. Mahlia hätte sich nicht gewundert, wenn

Tool den ohrlosen Jungen plattgehauen hätte, doch das Konstrukt beachtete ihn nicht.

»Guck mal!«, rief Van, als er Mahlia bemerkte. »Das musst du dir ansehen!«

Er fuhr mit beiden Händen über die zerstörte Muskulatur des Halbmenschen. »Er ist praktisch wieder heil!« Er bohrte die Finger tief in die verkohlte Haut. Ein großer Fetzen von Tools Rückengewebe löste sich wie klebriges, verbranntes Leder. Darunter kamen blutige, glänzende rote Muskelstränge zum Vorschein.

Alle schreckten zusammen und traten zurück, da sie einen Ausbruch des Halbmenschen fürchteten.

»Also, er ist fast wieder heil.« Mit angewiderter Miene ließ er den fettigen Lappen aufs Deck fallen, erst dann bemerkte er den Abscheu in den Gesichtern der Zuschauer. »Was denn?«, sagte Van. »Wenn man das abzieht, befindet sich manchmal neue Haut darunter.« Er tätschelte Tools gewaltigen Bizeps. »Außerdem ist es ihm egal. Er bekommt nichts davon mit. Nicht wahr, großer Bursche?«

Er begann wieder an Tools Haut zu zupfen. Tool schien es wirklich nicht wahrzunehmen, sondern schaute unentwegt zur Sonne hoch.

Mahlia drängte sich zwischen die Soldaten und legte Tool behutsam die Hand auf den Arm. »Du solltest dich schonen.«

»Mit geht's wieder gut«, grollte Tool, strafte aber seine Worte Lügen, als er gegen den Großmast sackte.

»Helft mir!« Mahlia versuchte ihn aufzufangen. Soldaten und Seeleute eilten ihr zu Hilfe, doch Tool war zu schwer. Sein Atem ging pfeifend, als er zusammenbrach, doch selbst als er auf die Planken prallte, fixierte er noch immer unentwegt den Himmel.

»Was hast du?«, fragte Mahlia und beschattete die Augen. »Was siehst du da oben?«

»Ich suche meine Götter«, antwortete Tool.

»Deine Götter?« Van schaute blinzelnd in die Höhe. »Da oben sind keine Götter.«

»Du findest deine Götter nicht im Himmel?«, fragte Tool.

»Eigentlich bin ich nicht religiös«, antwortete Van. »Meine Eltern waren Buddhisten. Jede Menge Blödsinn über Mitgefühl.« Er zuckte mit den Schultern. »Hat ihnen nichts genutzt.«

Tool gab keine Antwort. Mahlia bemerkte, wie sich eine graue Membran über sein unversehrtes Auge schob, vermutlich um das Sonnenlicht zu filtern.

Van zupfte wieder an Tools verkohlter Haut. »Außerdem gibt es keine Götter mehr im Himmel«, sagte er. »Das glauben nicht mal mehr die Hochwasserchristen.«

»Und doch wohnen meine Götter im Himmel, das ist sicher«, sagte Tool. »Und sie lassen Feuer auf mich herabregnen, wenn ich ihnen missfalle.«

Ein Raunen durchlief die versammelten Seeleute und Soldaten, und alle schauten zum Himmel hoch. Ocho fing Mahlias Blick auf und ruckte leicht mit dem Kopf in Richtung Almadi. Deren Verblüffung verwandelte sich gerade in Zorn.

Mahlia ging neben Tool in die Hocke und senkte die Stimme. »Willst du damit sagen, diejenigen, die die Versunkenen Städte abgefackelt haben, könnten uns auch hier treffen?«

»Ein einzelnes Schiff auf offenem Meer? Bei klarem Himmel?« Tool nickte. »Wir sind ein leichtes Ziel.« Dass seine Worte ein zorniges Gemurmel bei der Crew auslösten, bemerkte er anscheinend nicht.

Van war weniger zurückhaltend. »Verflucht noch mal!«, sagte er und schüttelte den Kopf. »Ich habe doch gesagt, wir hätten ihn über Bord werfen sollen.«

»Halt den Mund, Van.« Mahlia hob die Stimme und funkelte die murrende Besatzung an. »Niemand wirft hier irgendwen über Bord.«

»Aber wir sitzen auf dem Präsentierteller!«, entgegnete Van. »Du hast gehört, was er gesagt hat.«

Die Umstehenden richteten angstvolle Blicke gen Himmel, dann glotzten sie wieder drohend Tool an. Auch Mahlia musterte unwillkürlich den Himmel. Die blaue Weite, eben noch optimistisch leuchtend, kam ihr auf einmal bedrohlich vor.

»Tja«, sagte Captain Almadi verdrossen. »Ich hätte nie gedacht, dass mir schönes Wetter mal so zuwider sein könnte.«

Tool lachte. »Ob Wolken oder strahlend blauer Himmel macht keinen Unterschied, Captain. Wenn meine Götter mich töten wollen, werden sie Feuer auf mich herabregnen lassen.«

Das aufmüpfige Gemurre schwoll an. Soldaten und Seeleute, endlich vereint.

»Wie zum Teufel sollen wir uns gegen Raketen wehren?«

»Wollen wir das Ding wirklich an Bord behalten?«

»Wir haben nicht mal abgestimmt!«

Ocho warf Mahlia einen vielsagenden Blick zu. Almadi schäumte. Und Tool musterte die Crew hämisch, als habe er sie alle absichtlich zum Raketenfutter auserkoren.

Er stellt uns auf die Probe, wurde Mahlia bewusst. *Versucht zu erkennen, wer eine Bedrohung darstellt.*

Er war kaum bei Bewusstsein und kein bisschen einsatzfähig und versuchte trotzdem, die Lage einzuschätzen und seine Gegner zu taxieren. Mahlia funkelte Tool warnend an. Unruhe unter der Besatzung war das Letzte, was sie brauchen konnte. Tool erwiderte ungerührt ihren Blick.

So war er eben.

Er hat dich gerettet, rief sie sich in Erinnerung. *Er hat dir geholfen, als niemand sonst es wollte oder konnte.*

»Sie können …« Mahlia räusperte sich. »Es kann doch nicht sein, dass die Leute glauben, du wärst noch am Leben. Ich meine, wir haben den Angriff alle miterlebt. Wir haben gesehen, wie der Palast *geschmolzen* ist. Wir dachten alle, du wärst tot. Es ist ausgeschlossen, dass sie nach dir suchen.«

»Wer kennt schon die Gedankengänge der Götter?«

Anscheinend ging ihm ihre Besorgnis doch irgendwie nahe, denn auf einmal zuckten seine Ohren, und dann lächelte er schwach und bleckte seine scharfen Zähne. »Nein, Mahlia. Ich glaube nicht, dass sie noch einmal angreifen werden. Sie haben ihr Feuer herabregnen lassen, jetzt sind sie zufrieden. Die Waffenoffiziere werden den Einsatzoffizieren Meldung erstatten und die den Generälen, und die Berichte werden ihren Weg bis ins Exekutivkomitee finden, und dort wird man sich zu dem Erfolg beglückwünschen. Ich bin keine Gefahr für euch. Jedenfalls im Moment nicht.« Er schaute zum Himmel auf. »Aber es ist klar, dass meine Götter mich noch immer hassen.«

»Du wurdest nicht von Göttern angegriffen«, sagte Captain

Almadi. »Sondern von militärischen Hightechraketen. Das waren Menschen.«

»*Menschen.*« Tool knurrte angewidert. Er leckte an seiner verletzten Schulter, seine lange Tierzunge schabte über das verbrannte Gewebe.

»Mach das nicht!«, sagte Mahlia. »Du darfst den Schorf nicht abpulen.«

Toll bleckte grollend die Zähne. »Ihr macht das auf eure Art. Ich auf meine.«

Mahlia schwieg. In seinem mitgenommenen Zustand wirkte Tool sowohl menschlicher als auch fremdartiger. Sein Frust und seine Empfindlichkeiten waren typisch für einen Kranken, doch die Wesenszüge, die er den verschiedenen genetischen Einflüssen verdankte, machten sich ebenfalls bemerkbar. Dieses menschenähnliche Wesen, das nach dem Kampf gierte und stets überlebte, leckte sich die Wunden wie ein geprügelter Hund.

Mahlia setzte sich neben das Monster. »Schaff die Leute weg«, sagte sie zu Almadi.

Sie glaubte schon, die Schiffsführerin werde sich widersetzen, doch dann klatschte sie in die Hände und sagte im Befehlston: »Ihr habt gehört, was sie gesagt hat! Die Pause ist beendet, Seeleute! Die Show ist vorbei. Wieder an die Arbeit.«

Als die Besatzung sich zerstreut hatte, ging Almadi zu Mahlia und Tool hinüber. »Also«, sagte sie. »Wer steckt dahinter?« Sie ging vor Tool in die Hocke und musterte ihn scharf. »Wer will uns töten?«

Tool erwiderte ihren Blick sardonisch. »Wer nicht?«

»Ich mein's ernst, Halbmensch. Wenn meine Crew in Gefahr ist, will ich wissen, mit wem ich es zu tun habe.«

Tool leckte weiter seine Wunden. »Meine alten Götter fürchten, ich könnte gottähnlicher sein als sie.«

Almadi lachte schrill. »Immer noch die Götter?«

»Du glaubst mir nicht?« Tools Ohren zuckten. »Dann nenn sie eben nicht Götter, sondern Menschen. *Leute*, wie ihr sagt. Kleine, schwache, neidische, unsichere, ängstliche *Leute*. Leute, die sich für schlau halten. Leute, die mit DNS-Strängen herumgespielt und dabei zu gute Arbeit geleistet haben.« Tool bleckte die Zähne. »Menschen mögen keine Waffen, die sich eigene Gedanken machen. Das verunsichert sie.«

»Aber weshalb unternehmen sie solche Anstrengungen, um dich zu töten?«, fragte Mahlia.

»Ich glaube, ich habe meinen General gegessen.«

Er erntete verblüfftes Schweigen.

»Ihn *gegessen*?« Van war hinter Almadi aufgetaucht. »Du meinst, du hast ihn gefressen? Sagen wir, zum Mittagessen?«

Almadi fuhr zusammen. »Was hast du hier verloren? Du sollst Ramos helfen, die Krankenstation aufzuräumen.« Sie musterte ihn scharf. »Die Station, die du auseinandergenommen hast, als du nach Medikamenten für diesen« – sie bedachte Tool mit einem finsteren Blick – »Patienten gesucht hast.«

»Mach dich wieder an die Arbeit, Van«, sagte Ocho genervt.

»Ich will bloß wissen, wie viel er gegessen hat«, entgegnete Van.

»Ich glaube, ich habe sein Herz gegessen. Ganz bestimmt aber seinen Kopf.« In Tools tierähnlichem Gesicht aber zeigten sich Zweifel. »Meine Erinnerungen an diese Zeit sind ... getrübt. Aber ich erinnere mich, wie sich der Kopf des Mannes zwischen meinen Zähnen angefühlt hat. An den Geschmack des Blutes ...« Er brummte zufrieden. »Ich muss ihn wohl gegessen haben. Ich habe ihn bestimmt nicht wieder losgelassen, als ich ihn zwischen den Zähnen hatte. Vielleicht habe ich ihn auch ganz gegessen.«

»Bei den Parzen.« Almadi schüttelte den Kopf.

»Ein Menschenschädel lässt sich so leicht knacken, als bestünde er aus Balsaholz ...«

»Schön«, fiel Mahlia ihm ins Wort. »Wir haben's begriffen. Du hast deinen General gegessen.«

»Ich dachte, Konstrukte stünden loyal zu ihren ... ihren ...« Ocho zögerte.

»*Herren?*«, sagte Tool provozierend.

»Besitzern«, sagte Almadi und funkelte Tool böse an. »Ihr sollt loyal gegenüber euren Besitzern sein. Alle Konstrukte stehen loyal zu ihren Besitzern. Bis zu ihrem Tod.«

Tool lächelte. »Ich glaube, mein General hat sich auch gewundert.«

»Trotzdem ist das eine Menge Aufwand, um einen abtrünnigen Soldaten zu stellen«, meinte Ocho.

»Das stimmt.« Tool legte die Stirn in Falten. »Ich dachte, Mercier hätte aufgegeben.«

»*Mercier?*« Almadi hätte beinahe geschrien. »Die waren ...«

»Meine Besitzer?« Tool musterte Almadi finster.

Ocho stieß einen Pfiff aus. »Also, das erklärt die Kampfkraft.«

»Habt ihr schon mal dran gedacht, jemand Kleinerem ans Bein zu pinkeln?«, fragte Van. »Zum Beispiel China?«

»Zurück an die Arbeit, Van«, sagte Mahlia. Aber der Junge

hörte natürlich nicht auf sie, sondern setzte sich aufs Deck, als wäre es die selbstverständlichste Sache der Welt.

»Wir suchen uns unsere Götter nicht aus«, sagte Tool. »Mercier hat mich erschaffen.«

»Und jetzt wollen sie dir den Arsch verbrennen«, meinte Van.

»Offenbar. Als ich die Herrschaft über die Versunkenen Städte erobert habe, habe ich mich über die Menschen erhoben ...« Tool schwieg versonnen.

Mahlia beobachtete, wie sich sein Gesichtsausdruck veränderte. Die Versunkenen Städte waren für die Menschen, die darin gelebt und gekämpft hatten, die Hölle gewesen, doch für Tool war es die ideale Umgebung. Die Art Ort, an die ein Wesen wie er hingehörte.

Tool blickte auf seine großen Klauenhände nieder und krümmte nachdenklich die Finger. »Jetzt bin ich wieder allein.«

Mahlia hatte den Halbmenschen noch nie in einem so erbärmlichen Zustand gesehen. Nicht wegen der blutenden Wunden, der verkohlten Haut, dem geschmolzenen Pelz oder den schrecklichen Narben, die das eine Auge verschlossen hatten. Sondern wegen der herabhängenden Ohren und der schlaffen Schultern.

»Du findest ein neues Rudel. An einem anderen Ort«, sagte Mahlia schließlich. »Wir helfen dir dabei. Wir suchen dir einen Ort, wo Mercier nicht hinkommt.«

Tool lachte abgehackt. »Nein. Das ist vorbei. Meine Götter sind überall, und man kann sich nicht gegen sie wehren. Ich muss mich verstecken. Ich werde mir einen Ort mit wenigen Menschen und noch weniger Konstrukten suchen. Sie haben mir nur deshalb erlaubt zu überleben, weil sie glaubten, ich sei untergetaucht. Ich muss verschwinden und darf nie wieder ihre Aufmerksamkeit erregen. Anders geht es nicht.«

»Wie wäre es, wenn du dich unserer Crew anschließt?«, fragte Mahlia.

Captain Almadi atmete scharf ein, und Mahlia fuhr eilig fort. »Wir bieten dir eine Zuflucht. Du kannst sagen« – sie zögerte – »du kannst sagen, du gehörst uns. Dann fällst du nicht auf.«

»Über die Crew entscheide ich«, widersprach Almadi. »So lautet unsere Abmachung. Ich führe das Schiff. Du kümmerst dich um den Handel. Wir waren uns einig, dass ich das uneingeschränkte Kommando über das Schiff habe.«

»Dann stufen wir ihn eben als Fracht ein«, erwiderte Mahlia. »*Ich* entscheide über die Fracht. Das war auch Teil unserer Abmachung.«

»Dein Captain tut recht daran, sich Sorgen zu machen«, sagte Tool. »Jeder in meiner Nähe schwebt in großer Gefahr.«

»Dann bleib wenigstens so lange bei uns, bis du wiederhergestellt bist. Vorher brauchst du keine Entscheidung zu treffen. Und dann bringen wir dich an den Ort deiner Wahl. Das ist das Mindeste, das wir tun können. Die *Raker* kann dich an jeden beliebigen Ort der Welt bringen.«

Sie glaubte schon, Tool werde das Angebot ablehnen, doch dann legte das Konstrukt den Kopf schief. »Wohin fahrt ihr?«

»Nach Seascape«, antwortete Captain Almadi kurz angebunden. »Zu den Herbstauktionen.«

»Aber du kannst bei uns bleiben, bis sie vorbei sind«, sagte Mahlia eilig und warf Almadi einen bösen Blick zu. »Keiner von uns wäre ohne dich noch am Leben.« Sie blickte Hilfe suchend Ocho an. »Keiner.

Ocho spitzte die Lippen, und Mahlia dachte schon, er werde sich auf Almadis Seite schlagen, doch dann sagte er: »Mahlia hat recht. Du kannst bei uns bleiben, solange du willst.

Almadi wirkte verärgert, erhob aber keine Einwände mehr und erkannte an, dass sie überstimmt worden war.

Tool musterte Mahlia nachdenklich. »Jedes Mal, wenn ich denke, die Menschheit ist wertlos, kommt einer von euch und …« Er verstummte, zuckte mit den Schultern. »Seascape ist ein gutes Ziel. Dort gibt es reiche Fabriken, die solche wie mich als Arbeiter und Sicherheitspersonal beschäftigen. Wenn ich einer von denen gehöre, wird niemand Fragen stellen. Und dort finde ich auch alles Nötige, um meine Gesundung abzuschließen.«

»Dann wäre das also geregelt«, sagte Mahlia. »Du bleibst bei uns.« Sie bedachte Almadi mit einem warnenden Blick. »Du reist mit uns, solange du willst.«

»Ja!« Van lachte. »Eine große, glückliche Familie!«

»So weit würde ich nicht gehen«, murmelte Almadi.

»Wie müsste ich es anstellen, wenn ich ein bestimmtes Konstrukt aufspüren wollte?«

Tory blickte von seinem Arbeitsplatz herüber. »Stecken Sie Ihre Nase schon wieder in Dinge, die Sie nichts angehen, Junioranalystin?«

»Und wenn es so wäre?«

Tory musterte sie streng. Sie glaubte schon, er wolle sie zusammenstauchen, doch stattdessen erhob er sich unvermittelt. »Ich glaube, wir brauchen eine Pause.« Er bedeutete ihr, ihm zu folgen. »Kommen Sie mit. Auf die Beine.«

Sie blickte sich in der Aufklärungszentrale um, in der die anderen Analysten ihrer Arbeit nachgingen.

»Kommen Sie, Jones!«

Widerstrebend folgte sie ihm nach draußen. Die Sicherheitstüren glitten zur Seite. Monströse Schnelle Angriffskonstrukte schauten auf sie herab und blickten ihnen hinterher. Brood und Splinter. Sie waren fast so groß wie das Konstrukt, das sie jagten, doch alle Konstrukte waren einschüchternd, wenn man ihnen nahe kam. Zu groß. Zu viele große, scharfe Zähne. Wenn sie einen ansahen, als wollten sie einen als Snack verspeisen, ließ das die Alarmglocken schrillen.

Tory aber machte ihr Anblick anscheinend nichts aus. »Hey, Leute, wir vertreten uns mal die Beine.« Er zeigte den Flur entlang. »Gehen wir.«

Zunächst glaubte sie, er wolle zur Messe, doch er ging am Aufzug vorbei. Sie passierten die Navigationseinheiten. Die Unterkünfte. Weitere Schnelle Angriffskonstrukte, die Wache hielten. Die Technikabteilung. Das Flugpersonal.

»Wohin gehen wir?«

»Die Sache sieht so aus, Jones. Ich mag Sie, okay? Sie haben diese jugendliche Energie und Entschlossenheit, und es macht mir Spaß, Sie zu beobachten. Es gefällt mir, wie Sie Analysten ausstechen, die doppelt so alt sind wie Sie. Das ist lustig.« Er hielt inne, schaute sich um und zog sie dann in eine Nische. An der Wand leuchteten orange die Symbole eines Waffenschranks und listeten den Inhalt auf: Gewehre, Pistolen, Handgranaten, Schutzwesten …

Tory blickte noch einmal den Flur entlang. Jones wurde bewusst, dass es hier keine Überwachungskameras gab.

Tory senkte die Stimme. »Wenn Sie Caroa gegen sich aufbringen, kann er Sie jederzeit rausschmeißen. Er braucht Sie nicht extra in eine Rettungskapsel zu setzen, bevor er Ihren Arsch von Bord schafft.« Er schwenkte die Hand im Bogen nach unten, immer weiter nach unten. »Wuuuuuusch. Bäng!« Er klatschte in die Hände und rieb die Handflächen aneinander, um zu unterstreichen, dass sie dann so platt wie ein Pfannkuchen wäre. »Wenn eine Junioranalystin in sechstausend Metern Höhe ins Leere fällt, hat sie eine Menge Zeit, über die Befehlskette nachzudenken. Den ganzen weiten Weg bis zum Aufprall.«

»Ich war bloß neugierig«, protestierte sie.

»Ich denke, wir sind beide zu klug, um das zu glauben.« Er musterte sie durchdringend. »Es ist nicht Ihre Aufgabe, neugierig zu sein.«

»Ich bitte Sie, Tory. Ich wollte bloß wissen, wem er gehört. Caroa will nicht sagen, mit wem wir es zu tun haben. Jedes Mal, wenn ich nachfrage, blockt er ab.«

»Vielleicht sollten Sie sich das eine Warnung sein lassen! Wieso halten Sie sich nicht einfach an die Anweisungen?«

»Wenn ich mich an die Anweisungen gehalten hätte, hätten wir den Angriffsraptor zur *Karakoram* zurückgeschickt und nie erfahren, dass Sie das Ziel verfehlt haben.«

»Ich habe es nicht verfehlt!«

»Okay, dann wollen Sie also nicht wissen, wieso unser Konstruktfreund das ganze Chaos überlebt hat?«

»Das war einfach nur Pech. Das ist wie beim Zertreten von Ameisen. Ein paar kommen davon.«

»Mag sein. Oder unser Konstrukt hat mehr zu bieten als ein bisschen Tiger- und Hunde-DNS.«

»Und was sollte das sein? Asbesthaut? Ich bitte Sie, Junior. Bleiben Sie vernünftig.«

»Ich bin vernünftig. Ich hab mir ein paar Dinge angeschaut. Es passt nicht zusammen. Es ist ... eigenartig.«

Tory sah auf die Uhr. »Hören Sie. Dafür habe ich keine Zeit. In zwanzig Minuten findet ein Chaos-Angriff auf die Wasserpipeline von Trans-Cal statt. Und gleich danach noch einer in

Caracas. Es wartet Arbeit auf Sie. Richtige Arbeit«, sagte er mit Nachdruck.

»Die Ziele haben Sie doch schon vor einer Stunde ins Visier genommen. Die könnten Sie im Schlaf in Schlacke verwandeln. Ich will bloß wissen, was es mit dem Konstrukt auf sich hat. Sie sollten wenigstens ein bisschen neugierig sein.«

»Blut und Rost.« Er spähte in den Gang. »Was haben Sie?«

Ohne sich ihre Erleichterung anmerken zu lassen, holte sie ihr Tablet hervor und rief die Überwachungsfotos auf, die die Drohnen vom Konstrukt gemacht hatten.

»Sie haben das auf dem Tablet? Hier draußen?«

»Ich wollte das nicht loggen. Sie liegen mir doch dauernd in den Ohren, von wegen, ich soll die Oberen nicht vergrätzen.« Sie bemerkte seinen besorgten Gesichtsausdruck. »Keine Bange, ich hab's verschlüsselt.«

»Bei den Parzen, Jones.« Er schüttelte den Kopf. »Ihre Karriere ...«

»Schauen Sie sich's einfach mal an, ja?«

Er blickte wieder in den Gang. »In Ordnung. Aber beeilen Sie sich.«

Anders als die Fotos von der *Raker* waren diese Bilder dank der intelligenten Überwachungssoftware von Raptor eins klar und deutlich.

Sie war der Wärmespur des Konstrukts in das alte Capitol, sein Hauptquartier, gefolgt und hatte, bevor der Chaosangriff alles in Schlacke verwandelt hatte, Fotos und Videos im Freien aufgenommen, bis hinunter zum großen rechteckigen See.

»Hübscher Ort«, bemerkte Tory.

»Wenn Sie ein Faible für Warlords und Mord und Totschlag

haben.« Sie arrangierte die Aufnahmen. »Dort herrschte Bürgerkrieg, bis unser Konstruktfreund aufgetaucht ist. Den Berichten zufolge begann er vor ein paar Jahren, nach dem Zusammenbruch der Vereinten Patriotenfront, seine Macht zu konsolidieren.«

»Patriotenfront?«

»Eine untergeordnete Warlord-Gruppierung. Es gab etwa ein Dutzend Milizen, die miteinander um die Vorherrschaft über die Stadt und das Recyclinggeschäft kämpften. Die VPF. Die Gottesarmee. Die Tulane-Kompanie. Taylors Wölfe. Die Freiheitsmiliz. Die Freiwilligenmiliz. Und dann tauchte unser großer, pelziger Freund auf und löschte sie *alle* aus.«

»Dann ist er also für die militärische Verwendung gedacht.«

»Ganz eindeutig. Er beherrscht die taktische und strategische Planung perfekt. Aber jetzt kommt's.« Sie wischte durch das Fotomaterial. »Es hat eine Weile gedauert, bis ich ihn bei Tageslicht und aus der richtigen Perspektive erwischen konnte. Und dann habe ich die Bilder zusammengefügt ...«

Sie stoppte den Bildlauf. Zoomte auf den Kopf des Konstrukts. Zoomte noch näher heran. »Da.« Sie zeigte auf eines der Hundeohren. »Sehen Sie.« Sie reichte ihm das Tablet. »Was halten Sie davon?«

In das Ohr des Monsters war eine lange Zeichenfolge eintätowiert, die um die Ohrfalte herumführte und durch die dichte Behaarung hindurch nur schwer zu erkennen war:

228xn+228-NX__F3'/____2

»Ich glaube, das ist die ID der Genforschungsabteilung«, sagte sie. »›228‹ ist eine Plattform, aber mir kommt das komisch vor. Die Kombination ›228xn‹ habe ich noch nie gesehen, und dass ›228‹ wiederholt wird, auch nicht. Sie?«

»Hm.« Tory runzelte die Stirn. »Das ist merkwürdig.«

»Als Caroa das sah, hat er die *Karakoram* von der anderen Seite des Atlantiks herbeordert und mich beauftragt, die Raptoren einsatzbereit zu machen. Mehr brauchte er nicht zu wissen. Er hat aufgehört, Fragen zum Konstrukt und zu dessen Vorgehensweise zu stellen; kaum hatte er den Code gesehen, interessierte ihn das alles nicht mehr. Und? Haben Sie die Kombination ›228xn‹ schon mal gesehen?«

»Haben Sie den vollständigen Code vorliegen?«

»Bruchstücke. Manche Stellen hat der Pelz verdeckt.« Jones rief weitere Fotos auf und kombinierte sie miteinander. »Besser bekomme ich's nicht hin.«

```
228xn+228-NX__F3'/___2'(C8_6C5__
U0111___Y__29_9_4___MC/MC__8xn
```

»Das kommt auf jeden Fall von der Genforschungsabteilung.« Er runzelte die Stirn. »Sie haben recht. Das ist seltsam. ›228‹ steht für Standardkonstrukte, hauptsächlich solche für die militärische Verwendung. Grundlage ist eine gebräuchliche Genplattform, deshalb erzielt man gleichbleibende Resultate bei der In-vitro-Befruchtung.«

»Ich kenne die Bedeutung der Zahlenfolge ›228‹«, sagte sie ungeduldig. »Was ist mit dem Rest?«

»Soll ich Ihnen nun helfen oder nicht? Der Rest ist die genetische Verzweigung. Schauen Sie nach, was ›F3‹ bedeutet. Ich glaube, das hat was mit Zähnen und Kiefer des Tigers zu tun. Ich sehe da was Katzenhaftes vor mir, vermutlich Tiger, irgendwas Ausgestorbenes und einen Haufen Hundeanteile. Und ›U0111‹ .... Das könnte sich auf Dachs oder Grizzlybär beziehen.«

»Also ein bösartiger Typ. Das wusste ich bereits.«

»Okay, gut.« Er musterte sie verärgert. »Und dann ist da noch die Zuchtanstalt. ›Y‹ könnte für ›KY‹ stehen, für Kyoto. Dort gibt es jede Menge Zuchtlabors. Checken Sie, ob es da eine Übereinstimmung gibt. Aber ...«

»Aber das sieht eigenartig aus, nicht wahr?«

»Ja, ›228xn‹, die Wiederholung mit dem Zusatz. Ist Ihnen das ›8xn‹ am Ende aufgefallen?«

»Vielleicht hat er den Angriff deshalb überlebt. ›228xn‹ könnte für Asbesthaut stehen.«

»Ha. Vielleicht. Jedenfalls eine neue Technologie.« Stirnrunzelnd betrachtete er die zusammengesetzten Fotos mit der Tätowierung. »Oh.« Er reichte ihr das Tablet so eilig zurück, als habe er sich verbrannt. »Oh, wow.«

»Was ist?«

»Haben Sie das gesehen? ›MC/MC‹?«

»Ich habe mir die Grundlagen der Genetik beigebracht. Ich weiß nicht alles, Tory. Deshalb habe ich mich ja an Sie gewandt.«

»Das bezieht sich nicht auf Gene, Jones. Das ist der Patenthalter und Verkäufer.«

»Das ist also unser Gegner?«

Tory zog sie dicht an sich heran und flüsterte: »Das sind *wir*, Jones. ›MC‹ steht für Mercier Corporation. Wir haben ein

Sixpack-Chaos auf unser eigenes Konstrukt abgeschossen. Wir haben unser beschissenes Eigentum bombardiert.«

»Weshalb sollten wir unser eigenes Konstrukt bombardieren?«

Tory verzog genervt das Gesicht. »Ich sag's nur ungern, Jones, aber wenn man in der Firma einen bestimmten Level erreicht, dann ist das keine fröhliche Hurra-Veranstaltung mehr. Finanzen, Handel, Potentaten. Forschung und Entwicklung. Märkte. Handelsgüter. Alle in der Exekutive verfolgen ihre eigenen Interessen. Manchmal gibt es selbst in der besten Familie Streit, wenn Sie verstehen, was ich meine.«

Tory redete weiter, doch Jones betrachtete wieder den Designcode des Konstrukts. Kyoto, das konnte durchaus sein. Dort gab es viele Genfirmen, und vielleicht würde es ihr ja gelingen, die Spur des Konstrukts bis zu seinem Ursprung zurückzuverfolgen ...

»Jones!« Tory schwenkte die Hand vor ihrem Gesicht.

»Was? Ich höre zu.«

»Manche Dinge liegen außerhalb unserer Gehaltsstufe. Je weniger wir wissen, desto weniger Probleme bekommen wir, wenn wir vom Loyalitätskomitee einbestellt werden. Ihre Arbeitsleistung wird kontinuierlich aufgezeichnet. Das ist böser Zauber. Lassen Sie es sein. Vergessen Sie's. Tun Sie, was Caroa von Ihnen verlangt, machen Sie sich nicht angreifbar. Haben Sie mich verstanden?«

»Ja. Sie haben recht.« Mit theatralischer Geste wischte sie die Fotos des Halbmenschen weg, klappte das Tablet zusammen und schob es in die Tasche. »Das ist eine Degradierung nicht wert.«

»Jetzt haben Sie's begriffen.« Tory wirkte erleichtert. Er sah auf die Uhr. »Hören Sie, ich muss ein paar Gastgeschenke auf Kalifornien abwerfen.«

»Gastgeschenke ...« Jones dachte an ihren eigenen Chaosangriff – an die Infrarotmenschen, die nicht wussten, dass sie sich im nächsten Moment in Asche verwandeln würden. Sie lächelte gezwungen. »Viel Glück beim Abwurf.«

»Brauch ich nicht«, erwiderte Tory grinsend. »Die Kalimilizen haben keine Asbesthaut.«

Als Tory davonging, um Raketen auf Terrormilizen abzufeuern, vergegenwärtigte Jones sich ihre Optionen. Obwohl sie Tory gegenüber anderes behauptet hatte, hatte sie nicht die Absicht, die Sache auf sich beruhen zu lassen. Sie holte das Tablet hervor und rief den Code der Genforschungsabteilung auf.

228xn.

Sie würde mit Kyoto anfangen. Caroas Wege nachverfolgen und versuchen, sie mit einer der Genfabriken in Verbindung zu bringen. Sie hatte keinen Zugang zu seinen Dateien, konnte aber auf jede Menge Überwachungsdaten zugreifen. Mercier hatte mit Kyoto Sicherheitsvereinbarungen getroffen. Außerdem konnte sie Caroas Spesenberichte aus früheren Jahren zurate ziehen. Vielleicht gab es da einen Treffer ...

Ein Alarm unterbrach ihren Gedankengang, ausgelöst von einem Überwachungsraptor. Jones las verdrießlich die Information ab. Die Dinge entwickelten sich schneller, als ihr lieb war.

Showtime.

13

»Ich rieche die Küste«, sagte Tool.

»Dann ist dein Geruchssinn also nicht beeinträchtigt«, erwiderte Mahlia, entfernte einen blutgetränkten Verband und betrachtete die verfilzte, klebrige Wunde.

Tools Ohren zuckten. »Nein. Meine Sinne sind intakt, aber mein Körper« – er tippte auf das abblätternde Gewebe eines Bizeps – »ist schwach.«

Mit Unterstützung von drei bis vier Soldaten konnte Tool inzwischen an Deck umherhumpeln. Wenn er sich an der Reling und an den Masten festhielt, konnte er sich auch selbstständig fortbewegen.

Doch wenn sie seinen zerstörten Körper betrachtete, fragte sich Mahlia, ob er jemals wieder gesund werden würde. Sie hatte miterlebt, wie Tool Kugeln, Granatsplitter, Bisse und Machetenhiebe überlebt hatte, doch diese Verletzungen waren schlimmer. Die Raketen hatten mit ihrer Hitze und ihren Chemikalien fürchterliche Auswirkungen gehabt.

Tool spürte anscheinend, woran sie dachte. »Die medizinischen Errungenschaften von Seascape werden mir helfen« versicherte er ihr. Er wies mit dem Kinn auf Mahlias Prothese. »Du hast dort deine Hand bekommen, nicht wahr?«

»Man kann nicht den ganzen Körper ersetzen.«

»Ich werde wieder gesund.«

»Hast du schon darüber nachgedacht, ob du bei uns bleiben willst? An Bord der *Raker*?«

»Hat sich euer Captain mit meiner Anwesenheit inzwischen abgefunden?«

Ein Ruf vom Großmast entband Mahlia von der Notwendigkeit, darauf zu antworten.

»Dämme, ho!« Van kletterte unbekümmert und geschickt den Mast herunter. Neben Mahlia und Tool ließ er sich atemlos aufs Deck fallen. »Es ist nicht mehr weit! Man kann auch schon die Arkologien sehen!«

Tool hob belustigt eine geschmolzene Augenbraue. »Na los, schau dir dein gelobtes Land an.«

Mit einem schuldbewussten Lächeln richtete Mahlia sich auf und trat an die Reling zu Van, Ocho, Shoebox und den paar Seeleuten, die gerade nichts zu tun hatten. Jedes Mal, wenn sie Seascape sah, wurde sie von Erregung erfasst.

Seascape unterschied sich von allen anderen Orten, die sie kannte. Keine verfallenen, einstürzenden Gebäude. Keine morastigen Straßen, wo das Meer die Stadt verschluckt hatte. Seascape funkelte, die stolzen Arkologietürme überragten die gewaltigen Wellenbrecher. Genmanipulierte Nussbäume wuchsen auf den Balkonen, und obsttragende Ranken hingen von den vielstöckigen Terrassen herab. Dazwischen schimmerten Solarzellen.

Mahlia lehnte sich an die Reling und atmete tief durch. Jetzt roch auch sie, was Tool bereits vor einiger Zeit gewittert hatte. Zitrusduft und der Geruch von blühendem Jasmin wehten von der Stadt herüber. Sie roch Fisch und Salz und Meer, aber auch die Zitronen. Und Orangenpflanzen, die hier anscheinend jeder hatte und die so designt waren, dass sie den Winter überstanden.

Sie erinnerte sich daran, wie sie in der hoch gelegenen Altstadt, in einer stillen Straße mit Backsteinhäusern, zum ersten Mal Orangen und Erdbeeren gepflückt hatte. Ein Luxus, der allen gratis zur Verfügung stand.

Luxus. Das war Seascape.

Die Glocken der *Raker* läuteten. Befehle und Rückmeldungen schallten übers Deck. Leinen wanderten knarrend und quietschend durch die zusammengebastelten, verzogenen Taljen. Captain Almadi steuerte an den Bojen entlang, die die zwischen den Wellenbrechern hindurchführende Fahrrinne markierten.

Eine weitere Warnglocke erklang, dann schwenkten die Bäume übers Deck. Die *Raker* wendete geschmeidig, an der Backbordseite tauchte ein großer Trimaran der Orcaklasse mit dem Logo von Patel Global auf.

Mahlia beobachtete, wie der Klipper selbstständig manövrierte. Das Schiff verfügte über Starrsegel, alle computergesteuert. Die Sensoren berechneten für die jeweiligen Windverhältnisse den optimalen Anstellwinkel.

Die *Raker* nickte im Kielwasser des anderen Schiffes. Im Vergleich zur *Raker* war die Orcaklasse größer und technisch besser ausgestattet – größere Besatzung, mehr Fracht, größerer

Profit. Es war die Art Schiff, die Mahlia in Erinnerung rief, dass sie bloß ein sehr kleiner Fisch inmitten großer Haie war.

Die *Raker* fiel hinter den Orca zurück. Patel Global war im Vergleich zu den militarisierten Protektoraten von Mercier eher eine Handelskooperative, doch im Grunde waren beide gleich – Firmen mit nahezu unbegrenzten Ressourcen, die jeden Ort der Welt erreichen konnten.

Vor ihnen ragten die Dämme von Seascape Boston auf: Berge von Ziegeln, Asphaltbrocken von alten Straßen und Überführungen, gewaltige Betonsäulen mit Stahlarmierung, alles überkrustet von Muscheln und mit Tang und Seeanemonen bedeckt.

»Was hältst du von Kanodias Vermächtnis?«

Mahlia fuhr zusammen. Tool sackte schwer atmend gegen die Reling, nachdem er vom Mast herübergekommen war.

»Er hat vorausgeplant«, sagte sie. »Er hat alles kommen sehen und sich darauf eingestellt.«

»Ein ausgezeichneter General«, pflichtete Tool ihr bei.

»Er war kein General«, entgegnete Van. »Er war eher so ein Uni-Typ.«

»Professor der Biologie«, sagte Tool.

»Ein *Professsssor*«, äffte Van ihn nach.

Mahlia bedachte ihn mit einem warnenden Blick. Der Legende von Seascape zufolge hatte Anurag Kanodia sich mehr für die wissenschaftliche Forschung an den alten Universitäten interessiert als für das alltägliche Leben. Seine Familie war seit jeher in Handel und im Finanzsektor tätig, doch sein Antrieb war die Mehrung des Wissens gewesen, nicht die des Profits.

Eines Tages aber beendete der Meeresbiologe seine akademische Laufbahn abrupt. Er brach die Arbeit an einer Abhandlung über die Anpassung der Korallen an die Übersäuerung der Meere ab, gab seine Forschung auf und ging, wie die Legende es wollte, mit einem Stück Kreide in der Hand in die Stadt hinaus.

In der einen Hand ein Stück Kreide, in der anderen einen Höhenmesser.

Der Geschichte zufolge, die die Seascaper sich erzählten, ging er durch die Stadt und zeichnete eine Linie auf die Hauswände, die mehrere Meter höher lag als die meisten Schätzungen für den Anstieg des Meeresspiegels.

Das Meer kommt näher, sagte er, als ihn jemand fragte, weshalb er die Gebäude mit Kreidestrichen markiere.

Die Menschen fassten dies als selbstherrliche Performancekunst auf und lachten. Dann entfernten sie die Striche des Verrückten von ihren Häusern und Büros. Kaum aber hatte man die Kreide entfernt, kehrte er mit Farbe zurück und sprühte seine Botschaft in Fuchsia und Hellgrün, leuchtend Orange und Neonblau auf die Wände – grelle Farben, die man nicht übersehen konnte. Farben, die sich nicht so leicht abwaschen ließen.

Bald darauf wurde er wegen Vandalismus festgenommen. Eine wohlhabende Schwester sorgte dafür, dass er auf Kaution freikam, worauf er seine mitternächtlichen Sprüheinsätze wieder aufnahm. Immer wieder aufs Neue markierte er die Stadt mit der Hochwasserlinie.

Er wurde erneut festgenommen.

Wieder und wieder.

Da er sich uneinsichtig zeigte, wurde er schließlich zu einer einjährigen Haftstrafe verurteilt. Bei der Urteilsverkündung lachte er den Richter aus. »Die Menschen kümmert es nicht, dass das Meer ihre Häuser verschlucken wird, sondern beklagen sich über den Mann, der ihnen die Zukunft vor Augen hält«, sagte er.

Nach der Freilassung nahm sein Vandalismus eine neue Form an. Wenn die Menschen nur Sinn fürs Geschäft hatten, musste es eben das Geschäft sein. Kanodia hatte Händlerblut in den Adern, und mit der Hilfe seiner Schwester sammelte er Investorengelder ein und erwarb so viele Grundstücke oberhalb seiner prognostizierten Hochwasserlinie wie möglich.

Irgendwann hatten er und seine Geschäftspartner den Großteil der Immobilien oberhalb der Wasserlinie aufgekauft. Sie kassierten Miete, verdienten stetig Geld und warteten geduldig auf den unausweichlichen Wirbelsturm der Kategorie sechs, den die Wissenschaftler vorausgesagt hatten.

Nach dem Hurrikan Upsilon, der die tiefer gelegenen Wohnviertel von Boston zerstörte, weitete Kanodia seine Investments auf Immobilien unterhalb der Wasserlinie aus, erwarb Ruinen und schlachtete sie aus. Inzwischen war er ein alter Mann, doch seine Töchter und Söhne führten sein Projekt weiter. Die Dämme entstanden. Sie ragten hoch auf über die Mündung einer prognostizierten Bucht und bestanden aus dem Schutt der Gebäude unterhalb der Hochwasserlinie.

»Er hat nicht so getan, als würde es von allein besser werden«, sagte Mahlia. »Er hat die Dinge besser gemacht, weil er sie so gesehen hat, wie sie waren.«

»Ja. Eine seltene Gabe«, meinte Tool. »Die nur von wenigen geschätzt wird.«

Die *Raker* durchfuhr die erste Dammlücke, ohne anzustoßen,

und folgte der Fahrrinne zwischen dem ersten und dem zweiten Damm. Auf den von Seeanemonen bewachsenen Ruinen saßen Möwen, pickten nach Krebsen und dem Tang, der den Schutt der alten Gebäude bedeckte. Kinder angelten am Rand und sammelten Muscheln, die sich an dem Geröll festgesetzt hatten.

Ein Mädchen winkte Mahlia zu, als die *Raker* vorbeiglitt. Mahlia hob grüßend ihre Metallhand.

»Die haben hier ein leichtes Leben«, bemerkte Tool.

Einerseits war Mahlia neidisch, weil sie es so leicht hatten, andererseits war sie auch froh, dass irgendwo irgendjemand mit Angeln und dem Beobachten hübscher Schiffe aufgewachsen war, anstatt sich im Dschungel vor Kindersoldaten zu verstecken.

Schließlich erreichte die *Raker* die letzte Boje, wendete erneut und passierte die dritte Lücke im Damm. Vor ihnen breitete sich Seascape aus: glatt und blau, gesprenkelt mit den glitzernden schwimmenden Arkologieinseln der reichsten Handelsgesellschaften und Konzerne. Mahlia musterte die Firmenfahnen, die über den schwimmenden Inseln in der Mitte der Bucht flatterten: Patel Global, GE, Lawson & Carlson ... Sie fragte sich, ob auch Mercier eine Firmenniederlassung in Seascape unterhielt, obwohl der Konzern hier keine eigenen Grundstücke besaß.

Am Rand der Bucht starrten die Trockendocks von Patel Global von Kränen. Armeen von Arbeitern umwimmelten das Baugerüst eines riesigen Tragflächentrimarans. Am tiefsten Rand der Bucht säumten Verladeeinrichtungen und Container das Ufer. Schiffe, geschäftiges Getriebe und Wohlstand, wohin man auch sah. Eine sichere, geschützte Bucht, in der von den Nutznießern der Visionäre, die für den Untergang der Stadt vorgesorgt hatten, reger Handel getrieben wurde.

Almadi trat neben Mahlia. »Es dauert nicht mehr lange.«

»Wir haben einen Liegeplatz?«

Almadi nickte. »Gleich hinter der Arkologie von Patel Global.«

Jetzt, da sie Seascape erreicht hatten, wirkte sie entspannter als zuvor.

Vermutlich war sie aufgewachsen wie die Kinder, die an den Dammlücken geangelt hatten. Eine einfache Kindheit an einem Ort, der von Solarzellen mit Strom versorgt wurde und wo die Straßen dank der Küstenpatrouille sicher waren. Ein Leben, wo das Schlimmste die Faustkämpfe am Salzdock waren oder vielleicht auch die Schmuggler, die Flüchtlinge aus den Versunkenen Städten mitbrachten.

Almadi atmete tief die Seascapeluft ein. »Es tut gut, wieder zu Hause zu sein.«

Es war eine simple Feststellung, doch Mahlia hörte etwas Endgültiges heraus.

»Willst du weiter mit uns segeln?«, fragte Mahlia.

Almadi runzelte die Stirn. »Ich habe eigene Verpflichtungen.«

»Ich brauche einen Captain, dem ich vertrauen kann.«

»Ich brauche eine Crew, der ich vertrauen kann«, entgegnete Almadi.

»Du zweifelst an uns?«, fragte Van. »Nach allem was wir für dich getan haben? Wir haben das Deck geschrubbt, haben deine Knoten gelernt und die Drecksarbeit erledigt ...«

»Sie meint mich«, brummte Tool.

Almadi neigte den Kopf.

»Befürchtest du, ich könnte dich angreifen?«, fragte Tool.

Almadi musterte ihn voller Abscheu. »In deiner Verfassung könntest du nicht mal einem Kind etwas zuleide tun.«

Tool legte die Ohren an, was Mahlia als Ausdruck von Gereiztheit deutete, doch er sagte lediglich: »Mach dir keine Sorgen, Captain. Sobald wir angelegt haben, gehe ich von Bord. Ich werde dir bei deinen geschäftlichen Arrangements nicht in die Quere kommen.«

»Du brauchst nicht fortzugehen!«, protestierte Mahlia.

»Ich brauche Ruhe, um wieder gesund zu werden«, sagte Tool. »Und hier« – er zeigte auf Almadi – »bin ich nicht willkommen.«

»Ist das so?«, wandte Mahlia sich an Almadi.

»Tu nicht so, als wäre ich dein Gegner, Mahlia. Der Halbmensch ist eine Gefahr für uns alle. Du hast ja gesehen, wie weit Mercier zu gehen bereit ist. Glaubst du, sie würden zögern, uns zu vernichten, um ihn auszulöschen?«

»Aber sie glauben, er wäre tot!«

»Im Moment noch.« Almadi legte Mahlia die Hand auf die Schulter, doch Mahlia schüttelte sie ab und wich zurück.

»Tu das nicht.«

»Ich habe Familie, Mahlia«, sagte Almadi mit leiser Stimme. »Es gibt Risiken, die sind einfach zu groß. Zu den Versunkenen Städten segeln und mitten im Bürgerkrieg Handel treiben? Ja, gut. Das ist drin. Aber das hier ...« Sie zeigte auf Tool und schüttelte den Kopf. »Kommt nicht infrage.«

Und es gibt jede Menge Schiffe, die einen erfahrenen Captain und eine verlässliche Besatzung brauchen. Das ließ sie ungesagt.

Wenn Almadi fortging, würden sich die erfahrenen Seeleute ihr anschließen. Ochos Kindersoldaten hatten ein wenig Seemannschaft erlernt, waren aber nicht in der Lage, ein Schiff wie die *Raker* selbstständig zu führen. Ohne Almadis Erfahrung hätten sie den Sturm nicht überstanden.

Tool legte Mahlia die Hand auf den Arm. »Es ist nicht nötig, dass du dein Leben für mich opferst. Hilf mir, einen Ort zu finden, an dem ich genesen kann. Einen ruhigen Ort, fernab des Reichtums.«

»Ich stehe in deiner Schuld.«

»Die Schuld ist bereits beglichen.«

»Wie wäre es mit dem Salzdock?«, schlug Van vor. »Niemanden schert es, was dort vorgeht. Dein verbrutzelter Arsch würde dort überhaupt nicht auffallen.« Er hob beschwichtigend die Hände. »War nicht bös gemeint.«

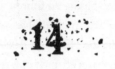

Als Jones an ihren Arbeitsplatz zurückkehrte, war Tory damit beschäftigt, Feuer auf seine Ziele herabregnen zu lassen. Informationen scrollten über ihren Bildschirm. Ein Klipper der Mantaklasse war in den Seascape-Hafen eingelaufen.

Deck sie mit Chaos ein. Zeig ihnen, wo der Hammer hängt, und fertig. Versuch nicht schlau zu sein. Befolge einfach deine Anweisungen, und du bist auf der sicheren Seite.

Sie las die angezeigten Informationen ab. Das war der Moment. Was sie jetzt tat, würde über ihre Zukunft entscheiden. Den Anweisungen folgen oder nach einer anderen Möglichkeit suchen? Sie wünschte, sie hätte mehr Informationen als Entscheidungsgrundlage gehabt.

Im Geiste hörte sie die spöttische Stimme ihrer Mutter. *Manche Menschen sind so schlau, dass sie dumm sind. Denkst du daran? Hast du jemals daran gedacht?*

Die *Raker* legte an. Die Zeit verstrich.

Jones rief den General an. Caroa erschien auf dem Bildschirm. Er wirkte verärgert und boshaft, so wie immer.

»Sir. Wir haben den Klipper geortet.« Sie kontrollierte ihren Gesichtsausdruck und hoffte, dass Caroa ihr falsches Spiel nicht bemerken würde. »Aber er hat Seascape bereits erreicht. Wir haben ihn nicht in internationalem Gewässer erwischt.«

»Greifen Sie ihn an«, sagte der General. »Sofort.«

Sie tat so, als ziehe sie das Monitorbild zurate. Sie fühlte sich durchschaut, zog ihre List aber trotzdem durch. Sie tat überrascht.

»Es tut mir leid, Sir. Die Angriffsraptoren, die über Seascape patrouillieren sollten, werden gerade gewartet. Die *Karakoram* hat mich darüber nicht informiert.« Sie tat so, als suche sie nach anderen Vögeln. »Die Raptoren, die über internationalem Gewässer patrouillieren, sind über eine halbe Stunde Flugzeit entfernt. Ich ... ich kann sie nicht rechtzeitig vor Ort bringen.«

»Ist das so?« Caroa kniff die Augen zusammen.

»Ich ... ja, Sir. Es tut mir leid, Sir.« Jones schluckte und ignorierte den Impuls, alles wieder zurückzunehmen und die Lüge zuzugeben. Sie machte weiter. »Ich ... Das ist Pech, Sir. Ich weiß nicht, weshalb ich nicht davon benachrichtigt wurde, dass nicht sämtliche Angriffsraptoren mobilisiert wurden. Offenbar hat es Sturmschäden gegeben.«

Caroa musterte sie argwöhnisch. Durchschaute er sie? Ein Teil von ihr wollte einen Rückzieher machen und ihr Täuschungsmanöver gestehen.

Zu spät. Du hast dich entschieden.

Caroa funkelte sie an, enthielt sich aber einer Rüge. »Wissen die Behörden von Seascape, dass wir das Konstrukt jagen?«

»Nein, Sir. Um mich abzusichern, habe ich darum gebeten,

mich zu benachrichtigen, wenn die *Raker* einen Anlegeplatz anfordert. Das ist der einzige Hinweis darauf, dass wir ein Interesse an dem Schiff haben. Das mit den Drohnen tut mir leid ...«

»Schon gut.« Caroa winkte ungeduldig ab. »Schreiben Sie einen Bericht. Sie werden die Verantwortung dafür übernehmen, dass Sie es versäumt haben, Ihre Ausrüstung zu überprüfen. Das wird entsprechende Konsequenzen haben. Einstweilen aber möchte ich, dass Sie die Käufe von Medizinbedarf und die Krankenhäuser überwachen.«

»Vielleicht ist er von Bord gesprungen und zur Küste geschwommen. Er könnte auch in Manhattan Orleans sein.«

»Nein. Wenn er lebt, ist er dort.«

Der General sagte das mit solcher Überzeugung, dass sie sich nicht zurückhalten konnte. »Wissen Sie mehr als ich über das Konstrukt, Sir? Etwas, das mir helfen könnte, meinen Job besser zu machen?«

Caroa musterte sie kühl. »Ob ich etwas weiß? Ja, ich glaube schon.« Er zählte die einzelnen Punkte an den Fingern ab. »Erstens: Unser Zielobjekt ist schwer verwundet. Zweitens: Es handelt sich um ein militärisches Konstrukt mit ausgeprägtem Überlebenswillen. Drittens: Dieses Schiff, die *Raker*, das Sie identifiziert haben, war unterwegs nach Seascape. Viertens: Wenn das Konstrukt das wusste, und davon müssen wir ausgehen, hat es alles getan, um das Ziel zu erreichen. Und jetzt«, sagte der General mit Nachdruck, »stellt sich die Frage: *Weshalb* wollte es nach Seascape, *Junior*analystin Jones?«

Die Frage, ausgesprochen voller Geringschätzung, hing in der Luft.

Jones schluckte. »Weil es in Seascape von Konstrukten wimmelt?«

»Und deshalb ...?« Noch immer die Verachtung.

»Würde es dort nicht auffallen«, sagte Jones steif. »Dort gibt es Konstrukte in allen möglichen Tätigkeitsfeldern. Beim Militär. Beim Sicherheitsdienst. Bei den Segelkasten, die für Lawson & Carlson, Patel Global, GE tätig sind. Für Toyo Fujii Genetics. Jing He. Und was weiß ich.«

»Und?«

»Das ist der ideale Ort für das Konstrukt.« Der General hätte beinahe gelächelt. Offenbar war sie aus dem Gröbsten raus. »Bei einer so großen Konstruktpopulation«, fuhr sie fort, »hat er Zugang zu speziellen Behandlungsmethoden, die anderswo nicht verfügbar sind, denn dort wäre er ein Exot. Hier stehen seine Chancen auf medizinische Behandlung am besten.«

»Wie schön, dass meine Analystin analysieren kann«, bemerkte Caroa trocken. »Stellen Sie eine Liste mit infrage kommenden Medikamenten zusammen. Ich möchte, dass Sie medizinische Netzwerke, Krankenhäuser und Kliniken überwachen. Wir suchen nach einem Konstrukt mit schweren Verbrennungen am ganzen Körper und nach entsprechenden Medikamenten. Glauben Sie, Sie schaffen das, ohne dass es zu irgendwelchen Pannen kommt?«

»Er wird Zellreparaturmedikamente brauchen. Nähr- und Aufbaustoffe ...«

»Genau. Wir suchen hier nicht nach der Nadel im Heuhaufen.«

Jones begann die Bildschirminhalte zu löschen. »Dann statten wir die Fallen mit Köder aus und warten darauf, dass er seine Medikamente abholt.« Sie gab erste Befehle ein, brachte die neue Operation ins Rollen. »Wir können schnelle Angriffsteams bereitstellen. Wir könnten sie von der *Denali* herbeordern. Die ist ganz in der Nähe. Dann wären keine Konstrukte involviert.«

»Jones?«

Sie schaute von ihrer Arbeit hoch. Caroa musterte sie aufmerksam, bohrte seinen Blick in ihre Augen, als könnte er darin all ihre Pläne und Machenschaften sehen. Sie schluckte. »Ja, Sir?«

»Ich erwarte, dass es keine weiteren Fehler geben wird. Keinen einzigen. Weder heute noch in Zukunft.«

»Ja, Sir.« Jones schluckte. »Ich finde das Zielobjekt.«

»Ich kann's kaum erwarten.«

15

Die vermischten Gerüche von brennendem Biodiesel, faulenden Fischinnereien und schwitzenden Menschen drangen auf Tool ein. Er spähte angestrengt durch das erstickende Hanfleinen, das er wie eine Kapuze auf dem Kopf trug, und stützte sich auf Mahlia und deren Kindersoldaten auf, die ihn durchs Gewühl geleiteten.

»Dort entlang«, sagte Van, als er zu ihnen zurückkehrte. »Dort ist kein solches Gedränge.«

Mahlia, Ocho, Stork und Stick bugsierten Tool um die Ecke herum, während Van vorauseilte und Ausschau hielt.

Tools Muskeln widersetzten sich jedem einzelnen Schritt und den Händen der Kindersoldaten, die sich auf seiner Haut anfühlten wie Diamantraspeln. Seine Nerven waren dabei, sich zu regenerieren, und überschwemmten sein Bewusstsein jedes Mal, wenn seine Haut mit Stoff, lenkenden Händen oder den heißen Winden des Salzdocks in Berührung kam, mit Schmerz.

Ungeachtet der Schmerzen dehnte Tool seine Sinne aus und machte sich anhand der Gerüche und Geräusche ein Bild von den Hafenaktivitäten. Zu Ehren von Kali-Maria-voll-der-Gnade wurde Räucherwerk mit Jasmin- und Ringelblumenduft abgebrannt. Außerdem erschnupperte er den scharfen Geruch von Scotch, der in Kisten von der Northern Isle Alliance angeschifft wurde. Den säuerlichen Geruch von Quallenorangen, vermischt mit dem süßen Duft isländischen Zuckerrohrs für den Großmarkt.

Hochwasserchristen brannten in einem Tempel Duftkerzen ab und läuteten mit Kupferglöckchen. Durch das Sackleinen hindurch erspähte Tool den Heiligen Olmos, gehüllt in eine rote Wachsschicht, die im Laufe von Jahrzehnten immer dicker geworden war, die Arme zu den Passanten ausgestreckt, Überleben versprechend, wenn nicht Erlösung...

Vor allem aber roch Tool Menschen. Männer, Frauen und Kinder aus der ganzen Welt. Iren und Inder, Kenianer und Schweden, Japaner, Finnen und Brasilianer. Alle Völker und Kulturen waren vertreten, erkennbar am individuellen, von der Ernährungsweise geprägten Schweißgeruch. Er durchdrang T-Shirts und Turbane, Salwar Kamiz und Overalls. Er fing sich in Dreadlocks und Bärten und sickerte aus den Poren glatt rasierter Haut. Retortensteak und NoFlood-Reis. Moong Dal und Baijiu, Rüben und Kokosmilch. Sardinen und Quallen. Dies alles vermischte sich in Tools Nase zu einem einzigen Geruch – dem Gestank seiner Erschaffer.

Es war lange her, dass er von so vielen Menschen umringt gewesen war. Ihre Gerüche riefen Erinnerungen wach: an Städte, die er geplündert hatte, an verängstigte Menschen, die schreiend vor ihm geflüchtet waren. An friedliche Zeiten. An Momente des Glücks.

Tool hätte beinahe gelächelt.

Der Geruch der Konstrukte war eine andere Sache. Auch sie waren auf den Gehsteigen des Salzdocks unterwegs. Brüder und Schwestern, wenn nicht vom Design, so doch vom Grundmuster her – alle möglichen Varianten zusammengeschnippelter DNS.

Hunde- und Menschenähnliche, Fisch- und Katzenartige. Sie waren überall. Sie halfen, Schiffe zu entladen, schleppten Geldschränke mit Bargeld für Handelsgeschäfte, machten den Weg frei für Firmenprinzessinnen. Die Konstrukte standen Wache vor den Niederlassungen der Handelskompanien, knieten in Tempeln Seite an Seite mit Menschen und brachten dem Gott der Plünderer, den Parzen und Kali-Maria-voll-der-Gnade Opfer dar.

Hier mischten sich die Konstrukte problemlos mit den Menschen, und Tool witterte sie überall. Ihr Schweißgeruch, ihr Atem, ihr feuchtes Fell, das alles übermittelte Signale an ihresgleichen, kündete von Kraft und Identität, Kameradschaft und Rivalität, Territorium und Kampf.

Ich habe meine Faust in den Brustkorb der Ersten Klaue von Lagos gerammt. Ich habe ihm das Herz aus dem Leib gerissen. Warmes Blut strömte über meinen Arm, als ich es hochhielt, mein Rudel brüllte triumphierend, und dann verzehrte ich es.

Von der Erinnerung übermannt, hielt Tool an.

»Tool?« Mahlia zerrte an seinem Arm.

Erinnerungen stürzten auf ihn ein, ausgelöst durch die Gerüche ringsumher: brennende Luft, kochende Reisfelder, grüne Reistriebe, die verkohlten; seine Brüder und Schwestern in Flammen, lebende Fackeln; brennende Tigergardisten; alle gemeinsam verbrennend.

Tool taumelte. *Aber in Kalkutta habe ich das Herz der Ersten Klaue der Tigergarde nicht verzehrt.* Er stolperte durch eine Gruppe von Seeleuten auf Landgang hindurch, prallte gegen den Eingang einer Bar, von Bildern bedrängt. Er sah, wie die Erste Klaue der Tigergarde von Kalkutta ihm die Hand zum Abschied reichte, wie das große Konstrukt, das noch größer war als Tool, ihn mit seinen durchdringenden Katzenaugen musterte. Wie es Feuer fing.

Und verbrannte.

Die Erste Klaue war sein Feind gewesen, und doch wurde Tool von Trauer übermannt. Von einer so ursprünglichen, schmerzhaften Trauer, dass er nach Luft schnappte. Er blickte auf seine verkohlten, blutenden Hände nieder.

»Tool?« Mahlia legte ihm die Hand auf den Arm. »Alles in Ordnung?«

»Ich bin schon einmal verbrannt«, sagte Tool.

Sie wechselte unsicher Blicke mit Ocho. Offenbar befürchtete sie, er könnte den Verstand verlieren, doch es hätte zu viel Kraft erfordert, ihr die Flut von Erinnerungen zu erklären, die ihn überschwemmten. Alte Erinnerungen, wachgerufen durch die Gerüche der vielen Konstrukte. Jetzt schwirrten sie in seinem Kopf herum.

»Ich ... brauche einen Moment«, krächzte Tool.

Van kam zurück. »Was ist los?«

»Nur eine kurze Pause«, sagte Mahlia.

»Hier draußen?«

»Wir sollten weitergehen«, sagte Stork und wies mit dem Kinn auf zwei Rausschmeißerkonstrukte, die sich ihnen näherten. »Wir erregen Aufmerksamkeit.«

Tool folgte Storks Blick mit den Augen. Die Konstrukte stammten von einer anderen genetischen Plattform ab als er, so wie Ocho anders zusammengemischt war als Stork, Mahlia oder Van. Diese Konstrukte waren etwas Besonderes: Der Länge der Arme und der imposanten Oberkörper nach zu schließen, dominierte bei ihnen der Gorilla. Muskeln wie Wackersteine. Bewegliche, ausdrucksstarke, ausgesprochen humanoide Gesichtszüge. Obwohl sie nicht Mercier gehörten und in keiner Verbindung zur genetischen Linie der Kampfkonstrukte standen, empfand Tool eine starke Verbundenheit mit ihnen. Unwillkürlich neigte er sich vor, erfüllt vom verzweifelten Wunsch, sie möchten ihn als ihren Bruder anerkennen.

Sind wir nicht alle aus dem gleichen Ton geformt? Zusammengebastelt aus den gleichen DNS-Strängen?

Er riss die Kapuze ab und zeigte sein verbranntes Gesicht.

»Na, na, na, großer Bursche!«, sagte Ocho. »Was tust du da?«

Tool achtete nicht auf die Menschen, sondern erwiderte den Blick der Rausschmeißer. *Seht ihr nicht, dass wir eins sind? Wir sind Brüder!*

Sie kniffen die Augen zusammen, zogen die Lippen zurück und bleckten ihre scharfen Eckzähne.

Ah. Also doch keine Brüder.

Gegner.

Tool empfand große Erleichterung, als die Dinge wieder ihr normales Muster annahmen. Das waren minderwertige genmanipulierte Sklaven, für die simple Aufgabe erschaffen, Seeleuten in Bars die Köpfe einzuschlagen. Gehorsam und beschränkt. Nicht mal natürliche Raubtiere. Keine Kämpfer. Wahre Halbmenschen.

»Was hast du zu sagen?«, knurrte der eine Rausschmeißer. Sie trennten sich, schickten sich an, ihn von zwei Seiten in die Mangel zu nehmen.

Ihr seid Gemüse. Ich mach euch kalt.

Tools Adrenalinspiegel stieg, sein Körper stellte Reserven zur Verfügung, sein Verstand berechnete die Kampftaktik. Seine Klauen verlängerten sich. Er war schwach, doch er konnte es schaffen. *Ihr habt keine Ahnung vom echten Krieg.* Er knurrte zufrieden. *Kommt ruhig noch ein Stückchen näher, Halbmenschen.*

»He!« Mahlia drängte sich dazwischen und schwenkte die Arme. »Ganz ruhig, Tool!« Auch die Kindersoldaten versuchten, die Kontrahenten voneinander zu trennen.

»Hast du ein Problem, Hundefresse?«, fragte der eine Rausschmeißer.

Tool grinste breit und zeigte seine Reißzähne. »Komm näher, Affe, und ich zeig's dir.«

»He, he, he! Schluss jetzt!« Van sprang auf und nieder. »Achtet nicht auf unseren großen Kumpel! Er hat fünfzig verschiedene Schmerzmittel geschluckt!«

Tool knurrte gereizt und versuchte den Jungen zu packen, doch Van wich ihm aus und schwenkte weiterhin seine kurzen Streichholzarme. »Schaut ihn euch an! Er ist Speck!«

»Wem gehörst du?«, fragte der Rausschmeißer mit zusammengekniffenen Augen.

»Glaubst du, ich bin ein *Sklave*?«, fauchte Tool.

»Tool!« Mahlia packte ihn beim Arm. »Hör auf! Komm mit!« Er versuchte sich loszumachen, doch sie hielt ihn fest, und dann taumelte er auf einmal zu seiner eigenen Überraschung, das Adrenalin baute sich ab und mit ihm seine Kräfte. Er sank auf die Knie.

Schwach.

»Seht ihr!«, krähte Van triumphierend, den Rausschmeißern noch immer den Weg verstellend. »Der arme Kerl kann nicht mal gehen! Alles gut! Wie ich schon sagte, bis zur Halskrause voll mit Schmerzmitteln. So high wie ein Parasegler!«

Die Gorillakonstrukte beobachteten Tool argwöhnisch, doch ihre Körperhaltung veränderte sich, wurde entspannter. Er roch die Genugtuung, die aus ihren Poren strömte, nachdem sie ihr Territorium erfolgreich verteidigt hatten.

»Schafft ihn zurück zu seinem Besitzer, bevor er wieder Probleme macht«, riet ihnen der eine Rausschmeißer.

BESITZER? Tool sträubten sich die Nackenhaare. *Ich habe keinen ...*

Mahlia kniff ihn ins Ohr.

Tool hätte sie beinahe gebissen, doch die Botschaft war angekommen. Er lockerte die Angriffsgrimasse.

Er war nicht in Gefahr. Er hatte mit niemandem Streit. Und doch hätte er beinahe grundlos einen Kampf provoziert. Er versuchte sich aufzurichten, hatte aber nicht die Kraft dazu.

»Wir bedauern den Vorfall«, sagte Ocho, während Mahlia und die übrigen Kindersoldaten sich um Tool drängten und ihm auf die Beine halfen. »Wir hatten ein übles Feuer an Bord. Er hat uns allen das Leben gerettet. Wir stehen in seiner Schuld. Aber die Ärzte ...« Tool bemerkte, dass Ocho den Rausschmeißern chinesische Yuan als Bestechungsgeld anbot. Auf einmal zeigten sie sich beinahe rührend besorgt.

»Alles okay!«, flüsterte Mahlia. »Glaubst du, du schaffst es?«

»Ich ...« Tool bemühte sich, auf den Beinen zu bleiben. Die Konfrontation mit den Konstrukten hatte ihn vollständig erschöpft. »Ich werde es schaffen.« Die Kindersoldaten umdrängten ihn, stützten ihn. Auf einmal verspürte er eine erstaunliche Verbundenheit zu den Menschen, die sich für ihn einsetzten.

Rudel.

Obwohl sie nur schwach ausgeprägte DNS-Verbindungen hatten, taten sie alles, um ihn zu retten. Außergewöhnlich. Und erstaunlich. Sie waren loyal, obwohl er keinen Nutzen für sie hatte, und keine Konditionierung zwang sie dazu – so wie er gegenüber der Tigergarde Loyalität empfunden hatte.

Er erinnerte sich, wie sie nach dem Sieg auf den alten Dächern von Kalkutta ihren Triumph hinausgebrüllt hatten. Sie hatten Macheten und Maschinengewehre in die Luft gereckt. Die Schnelle Eingreiftruppe vom Mercier, Seite an Seite mit der Tigergarde. Alle vereint.

Sieg. Der im Feuerregen endete.

Tool wurde übel.

Mahlia und ihre Kindersoldaten stützten ihn, führten ihn, hielten sich für seine Retter, während er in Wahrheit doch ihr Untergang war. In seiner Nähe würde niemand überleben. Sie waren zu schwach, zu zerbrechlich. Zu menschlich.

Er hielt an. »Ihr müsst mich verlassen«, sagte er. »In meiner Nähe ist es zu gefährlich für euch.«

»Das haben wir doch schon durchgekaut«, entgegnete Mahlia.

»Nein.« Er legte ihr die Hand auf die Schulter, zwang sie, ihn anzusehen. »Ihr müsst auf Abstand zu mir gehen. Ihr. Müsst.

Weggehen. So weit wie möglich, so schnell wie möglich. Ich bringe euch in Gefahr.«

Mahlia hörte nicht auf ihn, sondern wandte sich an Ocho.

»Er fantasiert wieder. Wir müssen ihn von der Straße wegschaffen.«

»Zu Fuß sind es noch ein paar Hundert Meter«, meinte Ocho.

»Besorg dir eine E-Rikscha und hol uns ab. Er baut ab.« Zu Tool sagte sie: »Es ist nicht mehr weit.« Sie zeigte auf ein Schild.

SALZDOCK
VETERINÄRKLINIK
Spezialisiert auf Säugetiere & Konstrukte

»Es ist nicht mehr weit«, wiederholte sie beschwichtigend. »Noch ein kleines Stück, dann kannst du dich ausruhen.«

Tool überlegte, ob er protestieren sollte, doch das hätte nur für neues Aufsehen gesorgt. Er würde sich noch eine Weile helfen lassen und sie dann wegschicken. Weit weg. An einen sicheren Ort. An einen weit entfernten Ort. Sehr weit entfernt.

Er stolperte weiter, gestützt von den Menschen.

Schwarze Krähen der Erinnerung umflatterten ihn, pickten nach ihm und ärgerten ihn. Bilder aus der Vergangenheit, vom Krieg, vom Überleben, von seiner Erschaffung wirbelten vorbei. Eine Erinnerung aber ließ sich auf seinen Schultern nieder, grub ihre Krallen in sein Fleisch und ließ sich nicht abschütteln: Die Erste Klaue von Kalkutta – der Anführer der Tigergarde – reichte ihm zum Abschied die Hand und entzündete sich.

Eine Feuersäule.

16

»General, wir haben einen Treffer!«

»Wo?«

»Seascape. In einer Gegend mit Bars und Bordellen, Salzdock genannt. Sie hatten recht, Sir. Es ist eine Veterinärklinik. Normalerweise wäre sie uns durch die Lappen gegangen, aber der Kauf ist ungewöhnlich. Zellkleber. Brandsalbe. Alle möglichen Nährstoffe. Das passt perfekt. Die Zielperson kauft die ganzen Vorräte des Ladens auf.«

»Können die Eingreiftruppen rechtzeitig vor Ort sein?«

»Ist schon unterwegs, Sir.«

Taj Grummon führte seit drei Jahren Rein-und-Raus-Einsätze durch. Mit sechzehn rekrutiert, war er schon nach einem Jahr befördert worden, und jetzt leitete er das Team.

Simmons und Nachez waren mit ihren eigenen Teams vor Ort.

Schon seltsam, wie viel Feuerkraft wir hier auffahren, dachte Taj. Klar sind diese Hundefressen zäh. Und sie sind auch verdammt schnell, also bei den Parzen, versuch nicht herauszufinden, wer von euch schneller ziehen kann. Aber letzten Endes sind die Hundefressen auch nur Kanonenfutter.

Die größte Schwierigkeit bestand darin, diese Mistkerle zu überraschen. In offenem Gelände war das heikel. Die Monster sahen besser und hatten ein schärferes Gehör als Menschen, selbst wenn diese mit den neuesten EyePulse-Brillen ausgerüstet waren. Klar, man konnte fünfzigfache Vergrößerung einschalten, auf Infrarotsicht gehen, die Kugeln von der Brille steuern lassen und ordentlich Stoff geben – aber wenn eine Hundefresse einem im Wald entgegenkam, war man besser auf der Hut.

Aber die Konstrukte kochten auch nur mit Wasser. Sie waren nicht kugelsicher. Er hatte schon jede Menge Tigergardisten und Hyänenmenschen erledigt. Hatte sie mit Patronen Kaliber .50 aus einer Schnellen Angriffskanone der Mez Corporation unter Feuer genommen, und sie waren zerfetzt worden, genau wie gewöhnliche Menschen.

Seema meldete sich, ihre Stimme knisterte im Ohrstöpsel. *»Wir sind in Position.«*

Vier Teams, um ein verdammtes Konstrukt auszuschalten.

»Was glaubst du, womit der Arsch unsere Bosse angepisst hat?«, fragte Hertzl, der sich hinter Taj bereit machte.

»Vielleicht arbeitet er für Lawson & Carlson.«

Hertzl kicherte. »Also, irgendwen hat er jedenfalls stinksauer gemacht.«

Er hatte recht. Normalerweise führte Mercier keinen Stadtkrieg, jedenfalls nicht an zivilisierten Orten wie Seascape. Paris zu bombardieren war eine Sache, aber Seascape? Das Team nach dem Einsatz wieder herauszuholen und der Polizei des Stadtstaates zu entgehen, würde der schwierigste Teil des Einsatzes sein.

Um nicht aufzufallen, trugen er und seine Kameraden Uniformen der Seascape Küstenpatrouille. Er gab sich entspannt, wie auf Patrouille, hielt die Kanone gesenkt, als wäre dies kein Notfall, der jeden Moment eskalieren konnte, und beneidete kurz Seema, die auf einem Dach postiert war.

Das Gute daran war, dass er und sein Team in der städtischen Umgebung gegenüber dem Halbmenschen im Vorteil waren. Im Dschungel und in richtigen Kampfzonen, wo jeder ein potenzieller Gegner war, kamen die überlegenen Sinne der Konstrukte zum Tragen. Wenn die Hundefressen einen auf hundert Meter witterten, weil der Wind auf einmal drehte, dann saß man echt in der Scheiße. Im indonesischen Regenwald, in der Nähe der Kupferminen von Puncak Jaya, hatte es schwere Kämpfe gegeben ...

Seema meldete sich.

»*Zielobjekt kommt raus. Zugriff in fünf Sekunden, vier ...*«

Taj hob die Mez-Kanone und wappnete sich.

Seema schaltete sich ein. »*Countdown abgebrochen! Das war nicht das Zielobjekt, sondern irgendein Kind.*«

»*Ist das dein Ernst?*«

»*Wir wollen doch sauber bleiben, Jungs und Mädels. Wir wollen den Bossen hinterher nicht erklären müssen, weshalb es zusätzliche Tote gab.*«

»*Bestätigt. Bleiben sauber. Zielobjekt lässt noch auf sich warten.*«

Taj seufzte und entspannte sich, wechselte zornige Blicke mit seinen Teamkameraden. Joli zuckte mit den Achseln. Max und Hertzl rollten mit den Augen. In einer Kampfzone würde das anders laufen. Mit den Händen im Schoß herumzustehen und darauf zu warten, dass das verdammte Konstrukt rauskam? Keine Chance.

»Das gefällt mir nicht«, murmelte Taj.

»Rein-Raus ist auch nicht so mein Ding«, murmelte Joli. »Bringen wir's einfach hinter uns.«

Das gefiel Taj an Joli. Die Kleine tat ihren Job. Sie würde nicht in die Lithiummine in Peru zurückkehren, so wie er nicht wieder in Jersey Orleans Schrott recyceln würde.

»Die Stadt hat auch was Gutes«, sagte Max, als hätte er Tajs Gedanken gelesen. »Brauchen keine Sorge zu haben, dass unser Freund uns wittert.«

»Der Wind steht noch immer gut«, sagte Joli.

»Du weißt schon, was ich meine.«

Taj bedeutete beiden, den Mund zu halten.

Wollt ihr, dass unser Freund uns hört?

Alle schalteten einen Gang herunter und bemühten sich, unauffällig zu wirken. Taj hätte am liebsten die ganze Tierklinik in die Luft gejagt. Und anschließend den Schutt durchwühlt. Aber die Bosse wollten einen chirurgischen Schlag, weil Seascape zivilisiertes Territorium war und überhaupt …

»Der Junge ist weg.«

»Das freut mich aber.«

»Zielobjekt kommt raus. Fünf … vier … drei …«

Taj schloss die Augen und vergegenwärtigte sich die Straße. Hob die Hand, gab seinem Team das Zeichen zum Einsatz.«

»Eins!«

Er trat mit angelegter Waffe um die Ecke. Der Halbmensch stand unmittelbar vor ihm, die Arme voller Pakete.

Taj stellte die Mez-Kanone auf Automatikmodus. Explosivgeschosse trafen die Brust des Halbmenschen. *Tack-tacktack-tack-tack-tack-tack-tack-tack-tack-tack*. Kleine rote Blumen markierten die Austrittswunden, die nicht allein von Taj stammten. Die Kugeln trafen den Halbmenschen auch von oben und von schräg gegenüber, wo sich Hollis' Team in einem kleinen Warentransporter versteckt hatte.

Das Konstrukt ließ die Pakete fallen und wollte weglaufen. Zu spät, zu langsam. Zu viel Feuerkraft. Die Kugeln detonierten und rissen das Konstrukt in Fetzen, machten ihm den Garaus.

Was von dem Wesen übrig war, geriet ins Taumeln, ein qualmender Leichnam, noch ehe er auf dem Boden aufschlug.

Taj gab das Zeichen zum Feuereinstellen.

Als der Rauch sich verzog, herrschte Totenstille auf der Straße. Zivilisten lagen auf dem Boden und schauten sich benommen um. So etwas passierte nicht oft in Seascape. *Ich bitte um Entschuldigung für die Ruhestörung, Leute.*

»Alles sicher?«, fragte Seema.

»Sicher!«, bestätigte Taj.

»Teams, bereit machen für Rückzug!«

Taj hatte zuvor noch etwas zu erledigen. Froh darüber, dass er eine Uniform der Seascape Küstenpatrouille trug, lief er zu dem zusammengebrochenen Halbmenschen hinüber und scheuchte die Zivilisten weg.

Die Hundefresse war von so vielen Kugeln getroffen worden, dass sie nur noch aus zerfetztem Fleisch bestand, also war der letzte Teil des Auftrags leicht zu erfüllen.

Taj ging neben dem Toten in die Hocke, Joli und Max gaben ihm Deckung. Er holte ein bruchfestes Karbonfläschchen hervor, löste die Vakuumversiegelung und tauchte das Fläschchen ins Blut. Die Bosse hatten gemeint, sie wollten eine Blutprobe analysieren. Als wäre das Blut irgendwie verpestet.

Blut. Simples, gewöhnliches rotes Blut. Wie von einem Menschen.

Taj rümpfte die Nase und hielt unbewusst die Luft an. Er wollte sich auf keinen Fall mit einem Virus infizieren und damit enden, dass er sich die Lunge aus dem Leib hustete.

»*Küstenpatrouille unterwegs!*«, meldete Hollis über Funk.

Taj füllte das Fläschchen und verschloss es.

»Ich habe die Probe!«, antwortete er.

»*Seema wartet mit dem Boot. Ihr solltet euch beeilen.*«

Sie hielten Ausschau nach Verfolgern und eilten zu den Docks. Im Laufen blickte Taj sich zu dem Fleischberg um, den sie zurückließen. Am Ende des Tages waren auch Konstrukte nur aus Fleisch und Blut, genau wie Menschen.

Und ließen sich auf die gleiche Weise zerfetzen.

Rein und raus, Baby, dachte Taj. *Rein und raus.*

18

Auf der Strasse lichtete sich der Schießpulverrauch. Seascaper krochen aus der Deckung hervor und schauten sich benommen um.

Van kauerte mit geweiteten Augen in einem Eingang, in Händen die Medikamente, die er hatte holen sollen.

Es begann zu nieseln.

Rettungsfahrzeuge trafen ein, blaue und rote Lichter blitzten. Angeberische Sanitäter kletterten aus ihren schlanken elektrischen Rettungswagen hervor und glotzten ehrfurchtsvoll den gewaltigen Leichnam an, den sie würden abtransportieren müssen. Die Küstenpatrouille traf ein und sperrte den Tatort mit dem explodierten Halbmenschen und die sich immer weiter ausbreitende Blutlache mit neonfarbenem Plastikband ab.

Es war eine Menge Blut.

Das Blut und die Schüsse hatten ihn nervös gemacht. Er bedauerte, dass er sein altes, zuverlässiges Sturmgewehr nicht dabeihatte. Stattdessen …

Dieser Haufen nutzloser Medikamente.

Unter der Nervosität hatten sie alle zu leiden. Manche, wie Shoebox, mehr. Andere weniger, so wie Stork, der meistens einen kühlen Kopf bewahrte. Sie alle aber trugen Erinnerungen an den Krieg um die Versunkenen Städte mit sich herum. Schon Kleinigkeiten veranlassten Van, in Deckung zu gehen und die Faust zu heben. Das Feuerwerk, wenn Kali-Maria-voll-der-Gnade ihr rituelles Bad nahm. Das Klirren von Besteck in einem der protzigen Restaurants von Seascape. Das Aufblitzen eines Amuletts, das eine zu große Ähnlichkeit mit denen der Gottesarmee hatte.

Ich brauche eine verdammte Waffe.

Nein. Wenn er's recht bedachte, war es gut, dass er keine mitgenommen hatte. Die Waffen des Tötungskommandos hatten ein Blutbad auf einer ganz anderen Ebene angerichtet als die Waffen, die in den Versunkenen Städten zum Einsatz gekommen waren.

Dass er unbewaffnet war, hatte ihm wahrscheinlich das Leben gerettet, denn er hätte bestimmt auf die Soldaten geschossen – und dann hätten sie ihn zerfetzt, genau wie die Made, die dort auf der Straße lag.

So wie die Dinge lagen, nutzte er lieber die Deckung einer Reihe von Elektrorikschas, lief die Straße entlang und hielt an, als mehrere Schützen in der Uniform der Küstenpatrouille die Treppe eines alten Sandsteinhauses heruntergestürmt kamen.

Uniformen der Küstenpatrouille, aber keine Polizisten.

Was Van an der Küstenpatrouille am meisten verabscheute, war, dass sie sich zumeist darauf beschränkte, einen zusammenzuschlagen und dann einzusperren, bis Ocho den besoffenen Arsch wieder abholte.

Mit gezielten Tötungen hatte sie nichts am Hut.

Und deshalb kauerte Van sich hin und krallte die Hand um das Parzenauge, während das Mordkommando im Glauben, er sei bloß eine jämmerliche Kriegsmade und nicht ein erfahrener Scout der VPF, an ihm vorbeilief. Beinahe hätte er ihnen das übel genommen.

Auf der Straße spannten die echten KP-Leute weiteres neongrünes Plastikband aus: TATORT – NICHT BETRETEN. Mehrere Officer – den Abzeichen an ihren Regenjacken nach zu schließen – begannen Fragen zu stellen und baten Passanten, ihre Beobachtungen zu schildern.

Zeit zu verschwinden.

Van umging das Absperrband und eilte die Straße entlang. Es war schon komisch, dass sie so viel Aufhebens um einen Toten machten. In den Versunkenen Städten schwammen Leichen in den Kanälen und wurden von den Fischen gefressen. Sie lagen jahrelang in verlassenen Gebäuden herum, verwesten und vertrockneten, wurden von Waschbären, Ratten und Kojwölfen angenagt. Hier aber waren fünfzig Leute in sechs unterschiedlichen Uniformen aufgetaucht und taten so, als wäre ein totes Konstrukt eine große Sache.

Ein paar Straßenblocks weiter betrat er ein altes Sandsteingebäude und stieg die knarrende Treppe hoch.

Überall lagen Kurzschlaf-Polstermatten für Seeleute auf Landgang herum. Es roch stark nach Haschisch und Opium. Das Gelächter der Mädchen aus den Nagelschuppen. Im dritten Stock fand er die gesuchte Wohnung. Er trat beiseite, als ein Mädchen mit einem Freier vorbeischwankte, dann klopfte er an. *Tapptapp-tapp-tapp-tapptapp.* Das Klopfzeichen hatten sie bei der VPF benutzt.

Das Klirren von Riegeln, dann spähte Ocho aus dem Türspalt hervor. »Wo zum Teufel hast du gesteckt?«

»Hast du die Schüsse da draußen gehört?«, fragte Mahlia, als Van in die Wohnung getreten war.

»Gehört?« Van lachte. »Ich war *dabei.*« Er warf die Medikamente auf den Küchentisch. »Die Seascaper haben irgendein Konstrukt umgenietet, unmittelbar vor der Tierklinik. Haben es komplett zerfetzt.« Er spähte durchs verdreckte Vorderfenster. Zu sehen waren nur die roten und blauen Lichter der SP, die von nassen Gebäuden und Regenpfützen reflektiert wurden.

»Die haben inzwischen die ganze Straße abgeriegelt. Ein richtiges Blutbad. Man glaubt gar nicht, wie viele Leute die für ein totes Konstrukt aufbieten.« Er zeigte. »Seht nur. Noch ein Rettungswagen. Als ob einer nicht reichen würde. Die sollten besser jemanden mit 'ner Schaufel hinschicken. Der arme Kerl war Mus ...«

Mahlia und Ocho reagierten nicht.

»Was ist?« Er drehte sich wieder um. »Was ist los?«

Beide musterten nachdenklich Tool, der auf einer durchhängenden Couch zusammengesackt war. Der Halbmensch schlief. Ocho schaute Mahlia eigentümlich an, worauf diese nickte. Eine ganze Unterhaltung, bloß ohne Worte.

»Wo liegt das Problem?«, fragte Van.

Ocho musterte Van verärgert. »Glaubst du etwa, das war ein Zufall, Madenhirn? Glaubst du, jemand hat einfach so aus Jux ein Konstrukt ausgerechnet vor der Tierklinik erschossen, in der du gerade eben jede Menge Beutel mit Brandsalbe und Zellstimulationsmitteln gekauft hast?«

»Keine Ahnung. Das war jedenfalls so eine Art Tötungskommando. Mindestens zwei Teams zu jeweils vier Männern. Und ein Scharfschützenteam, glaube ich. Mordsmäßig große Kanonen. Mit Explosivgeschossen ...«

»Sie tracken ihn«, warf Mahlia ein. »Mercier verfolgt Tool immer noch.«

Van kam sich auf einmal dumm vor. »Bist du sicher? Es gab nur einen Toten. Ständig werden doch Leute erschossen, oder?«

»Eine Tötung? In Seascape?«, sagte Ocho. »Am helllichten Tag?«

»Was weiß denn ich?«, protestierte Van. »Ich bin kein Seascaper! Ich hab mir gedacht, da war wohl jemand sauer auf das Konstrukt.«

»Das sind hier nicht die Versunkenen Städte, Madenkopf.« Ocho ging in den Nebenraum und weckte Stork und Stick. »Geht rauf aufs Dach. Beobachtet, was sich in der Gegend tut«, befahl er.

»Glaubst du, die kommen hierher?«, fragte Van.

»Hoffentlich nicht«, antwortete Ocho mit düsterer Miene.

»Mir ist niemand gefolgt! Die haben mich praktisch keines Blickes gewürdigt.«

Stork und Stick kamen aus dem Zimmer und blickten aus dem Fenster. »Und die hatten viel Feuerkraft?«, fragte Stork.

»Könnte man so sagen.« Van tat so, als hielte er eine Waffe in der Hand. »Bämm-bämm-bämm-bämm Bumm! Haben den Halbmenschen zerfetzt. Auf der Straße verteilt.«

»Wieso haben immer die anderen die guten Waffen?«, klagte Stick.

»Was hast du vor?«, wandte Ocho sich an Mahlia.

Van gefiel Mahlias Gesichtsausdruck nicht. Sie stand einfach nur da, die Hände in die Hüfte gestemmt, und betrachtete Tool. Sie wirkte verunsichert.

Verunsichert.

Das beunruhigte Van mehr als die Mordkommandos oder die Raketen, die die Versunkenen Städte in Brand gesetzt hatten. Normalerweise hatte Mahlia immer einen Plan. Ocho auch. Sie waren so unerschütterlich wie Granit. Man konnte sich bei ihnen anlehnen, egal wie schlimm die Lage war, und sich darauf verlassen, dass man Rückendeckung hatte.

»Mahlia?«, sagte Ocho.

»Sie hatten es auf Tool abgesehen, stimmt's?«

»Das wäre schon ein verdammt großer Zufall gewesen.«

»Vielleicht betrachten sie die Sache ja als erledigt«, sagte Mahlia. »Jetzt, wo sie das andere Konstrukt erledigt haben. Vielleicht sind sie jetzt zufrieden.«

»Glaubst du an Märchen?«

»Wir können ihn nicht von hier wegbringen«, sagte Mahlia. »Schau ihn dir an.«

»Wenn wir hierbleiben, werden wir eingekesselt.«

Zu Vans Überraschung packte Mahlia die Infusionsbeutel aus und brachte Kanülen an den Schläuchen an. »Wir müssen die Heilung beschleunigen. Das ist die einzige Möglichkeit. Wenn er wieder fit ist, können wir kämpfen ...«

»Das ist dein Plan?«, sagte Ocho. »Weißt du, wie viel Zeit ...«

»Nein!« Ihr brach die Stimme. »Wenn du zum Schiff zurückwillst, in Ordnung, aber ich lasse ihn nicht im Stich.«

»Bei den Parzen.« Ocho schaute finster drein. »Gut. Wir bleiben. Einstweilen. Stork und Stick, ihr geht auf Beobachtungsposten. Ein Stück die Straße hinunter, okay? Achtet auf Leute in KP-Uniformen, die an Haustüren klopfen.«

Er wandte sich Van zu, doch der war bereits ans Fenster getreten, denn er wusste, was anstand.

»Ich halte Ausschau«, sagte er. »Mal sehen, ob ich jemanden wiedererkenne.«

Als er am Fenster stand, blickte er zu Tool hinüber. Das schlafende Konstrukt wirkte fremdartiger und monströser denn je. Ein schlummerndes Untier, behangen mit langen Infusionsschläuchen. Je mehr Beutel Mahlia an den Wänden befestigte, desto mehr glich das Ganze einem makabren medizinischen Experiment. Schläuche führten zu seinem Hals, seinen Händen und Füßen.

Mahlia ging von Beutel zu Beutel und drückte die heilenden Säfte in den Halbmenschen hinein. Große Wissenschaft. Van hatte sich mal anderthalb Liter von dem Zeug einträufeln lassen. Hinterher war er sich vorgekommen wie Superman, und Mahlia verabreichte dem Wesen Liter um Liter.

Stork gesellte sich zu ihm und blickte auf die Passanten hinunter.

»Wie sieht's auf dem Dach aus?«, fragte Van.

»Bislang alles ruhig. Und hier?«

»Regenschirme und Nieselregen. Vielleicht sollten wir uns größere Kanonen besorgen, wenn wir unseren großen Freund weiterhin bewachen wollen.«

Stork hob eine Braue. »Waren die Tötungskommandos so gut?«

»Das waren keine Kriegsmaden, wie wir sie von den Versunkenen Städten her kennen, das ist mal klar.« Van ging der zerfetzte Halbmensch nicht aus dem Kopf. »Hätte nichts dagegen, wenn wir denen etwas entgegensetzen könnten, wenn's hart auf hart kommt.«

»Na ja, wir müssen mit dem kämpfen, was wir haben.«

»Weiß nicht.« Van schüttelte den Kopf. »Mir wär's lieber, wir wären die Typen mit den größeren Kanonen.«

»Sind Sie sicher, dass es das falsche Konstrukt war?«, fragte General Caroa, aus dem Kabinenfenster blickend.

Der alte Mann kannte die Antwort, doch er stellte die Frage zu Jones' Verdruss trotzdem. Als wollte er sie erneut demütigen.

Ja, wir haben das falsche Konstrukt erwischt. Ja, wir haben den Seascapern gesagt, wir wüssten nichts von irgendwelchen Kampfaktionen auf ihrem Territorium. Nein, wir haben keine Hinweise zurückgelassen. Nein, es gibt keine Verbindung zu uns. Ja, alle R&R-Teams konnten sich zurückziehen. Nein, ich weiß nicht, wo das Zielobjekt sich im Moment aufhält. Ja, ich habe es vermasselt.

»Die DNS hat nicht übereingestimmt«, sagte Jones.

Caroas Kopf ruckte herum. »Woher wollen Sie das wissen? Sie verfügen nicht über seine DNS.«

»Ich habe das Grunddesign dem Tattoo von GeneDev entnommen. Von den Überwachungsfotos. Und ich habe die Teams angewiesen, eine Blutprobe zu nehmen. Zur Sicherheit.«

»Ah.« General Caroa nickte. »Schlau. Sie sind eine ganze Schlaue, nicht wahr?«

Ich mache meinen Job gut. Vielen Dank, alter Mann. Und jetzt habe ich ein komplettes DNS-Profil des Zielobjekts. Das ich nicht in die Finger bekommen sollte.

Laut sagte sie: »Die Genmarker waren alle falsch. Nicht mal nah dran. Sehr wenig Militärisches. Keine Tigergene. Keine Hyäne. Kein Dachs. Keine Spur von Ursus arctos. Die Hundegene ähneln eher denen des Labradors, also auch hier kein Treffer. Der Fokus lag ganz klar auf domestizierten Hunden.«

Caroa musterte sie geringschätzig und wandte sich wieder dem Fenster zu. »Dann sagen Sie also, Ihre Leute hätten ein Schmusekätzchen abgeknallt. Ein großes, zweifüßiges Schmusekätzchen.«

»Ich wollte damit nicht sagen ...«

»Klappe, Jones.«

»Ja, Sir.«

Eisiges Schweigen. Jones wartete voller Unbehagen. Sie wusste nicht, ob der Alte explodieren, sie vom Balkon seiner Kabine werfen oder nach Brasilien zu den Waldplantagen zurückschicken würde. Sie fragte sich, ob es ihr gelingen würde, ihn zu überleben, wenn er sich zum Rausschmiss entschloss.

»Sie haben mir versprochen, dass es keine weiteren Fehler geben würde«, sagte Caroa.

»Es gibt auch Positives zu vermelden«, sagte Jones.

»Verzeihen Sie, wenn ich skeptisch bin.«

»Ich habe einen Informanten bei der Seascape-Küstenpatrouille gebeten, sich umzuhören. Wie sich herausstellte, hat das Konstrukt, das wir getötet haben, keines der fraglichen

Medikamente gekauft. Es hat die Tierklinik aufgesucht, um Antibiotika für eine Aquakulturfarm zu kaufen. Die Medikamentenkäufe haben tatsächlich stattgefunden, doch sie wurden nicht vom Konstrukt getätigt.« Sie holte das Tablet hervor und öffnete das Recherchefenster. »Möchten Sie ihn sich ansehen? Das ist der Medikamentenkäufer.«

Caroa nahm das Tablet entgegen und betrachtete finster das Foto. Ein Kind, schlaksig, pubertär. Asiatische Gesichtszüge. Vielleicht mit vietnamesischen Wurzeln. Schwarzes Haar. Keine Ohren. Hässliche Narben. Eine große Medikamententüte an die Brust gedrückt.

»Ein Junge?«, sagte Caroa.

Es erfüllte Jones mit stiller Genugtuung, dass er übersah, was ihr auf den ersten Blick aufgefallen war. *Du bist nicht so schlau, wie du meinst, alter Mann.*

»Da.« Sie zeigte. »Die Brandzeichen auf seiner Wange passen zu den rituellen Narben, die in den Versunkenen Städten verbreitet sind. Das nennt man Dreifachraute. Drei Querlinien. Drei senkrechte.«

»Ein Brandmal.«

»Ja, Sir. Wurde ursprünglich von der VPF verwendet, eine der Milizen der Versunkenen Städte, damit deren Rekruten nicht weglaufen konnten.« Sie musterte Caroa vielsagend. »Die VPF war stark am Boden, bevor unser Konstruktfreund auftauchte und sie übernahm.«

»Dann ... Caroa überlegte. »Dann ist das also ein *Rekrut*? Das Konstrukt setzt in Seascape Menschensoldaten ein?«

»Ich weiß, das klingt unglaublich, aber ...« Jones zuckte mit den Achseln »Das ist die einzige Erklärung. Vielleicht befanden sich an Bord des Schiffes, mit dem er hergekommen ist, loyale Soldaten.«

»Oder er hat sie rekrutiert, nachdem er von Bord gegangen ist«, brummte Caroa.

»Das erscheint mir unwahrscheinlich.«

Caroa fuhr herum. »Sagen Sie mir nicht, was unwahrscheinlich ist, Analystin! Diesem Wesen ist nichts unmöglich! Nichts!« Jones erstarrte verblüfft, als der General ihr den Zeigefinger auf die Brust drückte. »Sie schnüffeln an Sachen herum, die Sie nichts angehen!« Stoß. »Sie haben keine Ahnung – nicht die *geringste* Ahnung, wozu es fähig ist! Sie. Wissen. Nichts!«

Jones musste sich beherrschen, um die Hand des Mannes nicht wegzuschlagen. »Es wäre vielleicht hilfreich, wenn ich wüsste, weshalb uns so viel an dem Konstrukt gelegen ist, *Sir*.«

Caroas Gemütsverfassung wechselte von weißglühendem Zorn zu eiskalter Ruhe. »Ist das ein Tadel, Analystin?«

So befördern Junioranalysten sich mit einem Hechtsprung in sechstausend Metern Höhe aus einem Mutterschiff. Sei klug, Jones. Wehr dich nicht. Denk strategisch.

»Wenn ich nicht weiß, weshalb das Konstrukt so wichtig ist«, sagte sie gepresst, »wird es weiterhin zu Fehlern kommen, und es wird uns entwischen. Ich bin gut in meinem Job, *Sir* – wenn ich über die erforderlichen Informationen verfüge. Wenn Sie möchten, dass ich meinen Job mache, muss ich wissen, wonach ich suche und weshalb. Wenn Ihnen das nicht passt ... dann sollten Sie sich vielleicht jemand anderen suchen.«

Sie hielt die Luft an, denn sie rechnete mit einem Wutausbruch, doch Caroa lachte nur.

»Jemand anderen suchen!« Er wandte sich kopfschüttelnd ab. »Jemand anderen! Ha!«

Er setzte sich in einen weich gepolsterten Ledersessel und murmelte: »Noch mehr Leute. Mehr Sicherheitsprobleme. Mehr Komplikationen.« Plötzlich ernst geworden, sah er zu ihr auf. Deutete auf den ihm gegenüber befindlichen Sessel. »Nehmen Sie Platz, Jones. Sie wollen Informationen? Gut. Setzen Sie sich. Sie sollen Ihre Informationen bekommen.«

Der raubtierhafte Blick des Generals registrierte ihre Bewegungen, als sie seiner Aufforderung zögernd nachkam. Er lächelte wieder, doch es war die Art Lächeln, das die Männer in den Holzfällerlagern aufsetzten, bevor sie einen abstachen.

»Nur wenige Menschen wissen, was ich Ihnen nun anvertrauen werde«, sagte Caroa. »Das macht Sie zu einer sehr wertvollen Person – aber auch zu einer, derer man sich schnell entledigt.«

Er hielt inne.

»Letzte Gelegenheit, Jones. Wollen Sie es immer noch wissen?«

Jones erwiderte seinen stählernen Blick. »Ja.«

»Klar wollen Sie.« Er tippte vielsagend auf seine Gesichtsnarben. »Ich war auch einmal jung. Schlau. Ehrgeizig. Erpicht auf Beförderungen. Gierig nach Verantwortung und Herausforderungen. Habe ständig geglaubt, ich wüsste es besser als meine Vorgesetzten ...« Er schwenkte warnend den Zeigefinger. »Und ich habe geglaubt, ich könnte Geheimnisse wahren.«

Jones prickelte die Haut. *Er weiß es.*

Caroa lächelte. »O ja. Ich weiß Bescheid über Sie, Jones. Ich weiß, dass Sie Nachforschungen zu meiner Vorgeschichte und zur Forschung in Kyoto angestellt haben. Eine richtig gute kleine Analystin. Immerzu nachhaken. Verifizieren. Abgleichen.« Er lächelte wieder. »Man könnte sagen, dass Sie sich fleißig Ihr eigenes Grab geschaufelt haben. Und dann war da noch der Trick mit der Anforderung der Drohnenreparatur. Es ist nicht jedem gegeben, einem Befehl Folge zu leisten und sich ihm gleichzeitig zu widersetzen.« Er wackelte wieder mit dem Zeigefinger.

»Sie sind schlau, Jones, aber nicht schlau genug, um zu wissen, dass Ihre Vorgesetzten einmal genau so waren wie Sie. Merken Sie sich das, Jones: Ich kenne Sie! Ich weiß genau, wie Sie ticken, denn ich war *genau* wie Sie.«

Bei den Parzen, hoffentlich nicht.

Er hielt ihren Blick fest, bis sie die Augen niederschlug. »Gut«, sagte er leise. »Dieses Mal kommen Sie genau deswegen ungeschoren davon, weil ich auch einmal so war wie Sie. Sollten Sie meine Befehle noch einmal unterlaufen, fliegen Sie aus der Luke. Verstanden?«

»Ja, Sir.«

»Gut.« Er nickte, offenbar zufriedengestellt. »Ich habe es erschaffen.«

»Sir?« Der plötzliche Themenwechsel verwirrte sie.

»Das Konstrukt. Das Zielobjekt«, sagte Caroa ungeduldig. »Es hat mir gehört. Ich habe es designt. Es großgezogen. Es ausgebildet. Ich habe auch sein Rudel erschaffen. Alle miteinander.«

»Aber wie ist das möglich? Es ...?«

Caroas eiskalter Blick ließ sie verstummen. »Ich war mit der Performance unserer militärischen Konstrukte unzufrieden.

Unsere Schlachten führten in eine Sackgasse. Zu viele Firmen, zu viele Stadtstaaten setzten ihre eigenen Konstrukte ein. Das ist das uralte Gesetz des Krieges. Wir müssen uns weiterentwickeln. Wir entwickelten mit Spießen bewaffnete Regimenter, um Kavallerieangriffe zu parieren, und Konstrukte, um Menschen zu verstümmeln. Und jedes Mal, wenn wir eine neue Technologie oder Taktik einsetzen, um den Gegner zu vernichten, passt der Gegner sich an und tut das Gleiche, und immer so weiter. Die elementare Wahrheit der Natur. Das Gesetz des Krieges.

Ich bekam den Auftrag, eine bessere Sorte zu erschaffen – eine, die für das modernde Schlachtfeld taugt, auf dem Konstrukte die Norm geworden sind. Ein Exemplar mit hervorragender Physis reichte nicht mehr aus. Wir benötigten hyperkompetente Wesen. Naturbegabungen für Strategie, Taktik, Lernen, Gewalt, Ausdauer, Furchtlosigkeit. Unempfindlich gegen Gifte und Chemiewaffen. Unempfindlich gegen Feuer und Kälte, Angst und Schmerz ...« Caroa verstummte und runzelte die Stirn. »Wir wussten, dass es möglich war. Leben existiert selbst in den unwirtlichsten Umgebungen. Bakterien überleben in Vulkanschloten und im Vakuum des Weltraums, wo sie sich an die Kommunikationssatelliten unserer Vorväter klammern. Leben existiert in jedem Winkel des Planeten. Extremophile gedeihen in Tiefen, in denen Ihr Schädel zerquetscht würde, ehe ein Kolibri einen einzigen Flügelschlag vollendet hat. Ich wusste, dass wir es besser konnten.

Und so überwanden wir die Grenzen der Vorstellungskraft. Wir dachten weiter und strengten uns mehr an.« Er zuckte die Schultern. »Wir erschufen wundervolle Krieger. Einfach prachtvoll. Stärker, besser, intelligenter, schneller. Und einer von ihnen, Blood, war ein besonders erlesenes Exemplar.«

»Das Zielobjekt?«

Caroa nickte. »Genau. Es hat mich verehrt.« Caroa berührte vielsagend seine Narben. »Und dann wandte es sich gegen mich.«

»Es wandte sich gegen Sie?« entfuhr es Jones. »Aber ... das ist unmöglich! Konstrukte sind gehorsam! Sie können sich davon nicht frei machen! Ohne ihre Herren leiden sie und sterben. Das weiß doch jeder!«

»Das weiß jeder!« Caroa lachte abgehackt. »Ja, das ist wahr! Das weiß jeder!« Er senkte die Stimme und schaute sie eindringlich an. »Und wenn alles, was wir wissen, falsch ist?« Seine Stimme war nur mehr ein Flüstern. »Denken Sie an all die Konstrukte, die sich im Augenblick an Bord der *Annapurna* aufhalten. An unsere unbestechlichen, furchtlosen Schnellen Angriffsklauen und -fäuste. Vergegenwärtigen Sie sich ihre Loyalität. Und jetzt stellen Sie sich vor, wie sie sich von einem Moment zum anderen verflüchtigt.«

Jones schluckte und dachte an die Marine-Konstrukte, die die Aufklärungszentrale bewachten und jedes Mal, wenn sie das Auge dem Identitätsscanner näherte, auf sie herabschauten.

»Es ist eine Gratwanderung«, sagte Caroa, »ein Wesen zu erschaffen, das auf dem Schlachtfeld jeden Gegner besiegt und keine Eigeninteressen entwickelt. Manchmal ...« Er lächelte zynisch. »Nun, manchmal misslingt die Gratwanderung.«

»Wer weiß noch davon?«

»Sie und ich. Zwei Genetiker in Kyoto. Ein Ausbilder von

den Zwingern in Kowloon. Ein Grubenmeister in Argentinien wusste ebenfalls Bescheid, ist aber verstorben. Das Exekutivkomitee ...«

Jones atmete scharf ein. »ExCom?«

»O ja, Jones. ExCom weiß Bescheid.« Er bedachte sie mit einem verschwörerischen Blick. »Glauben Sie, ich würde ohne Einwilligung von ExCom ganze Städte niederbrennen? Ich verfüge über große Macht, aber selbst ich benötige hin und wieder einen Erlaubnisschein.« Er lächelte düster. »Und jetzt kennen auch Sie das Geheimnis. Das heißt, Sie bewegen sich in ziemlich dünner Luft. Mit diesem Wissen sind Sie der Sonne nahe gekommen. Brandgefährliches Wissen.«

Er erhob sich und ging zum Sideboard. Schenkte zwei Gläser Scotch ein. Reichte ihr ein Glas und nahm wieder Platz. »Willkommen in der kleinen Familie der Eingeweihten.«

Sie hätte den Alkohol am liebsten zurückgewiesen, doch sein Blick war unerbittlich. Sie nahm das Glas entgegen und erwiderte seinen Toast.

»Willkommen, Analystin«, wiederholte er und wartete, bis sie getrunken hatte.

Sie nippte am Scotch, setzte das Glas ab. »Dann heißt er also Blood ...«, sagte sie schließlich.

»Nicht Blood«, entgegnete Caroa. »Er hieß nicht lange so. Ich habe ihn anfangs Blood genannt, doch dann nahm er andere Namen an. Ich hätte merken müssen, dass er anders war. Er wählte ständig neue Namen, als ob er nach etwas suchte. Er nannte sich Blade. Heart-Eater. Es gab noch andere Namen – irgendwo habe ich bestimmt eine Liste. Am Ende nannte er sich Karta-Kul.«

»Karta-Kul?«

»Ein Wort aus der Kampfsprache seiner Art. Karta-Kul. Schlachtenbringer. Wir Menschen können es nicht mal richtig aussprechen. Aber wenn man ihn seinen Namen brüllen hört – wenn man hört, wie seine Artgenossen seinen Namen herausbrüllen ...« Caroa schauderte. »Ah, das ist eine Erinnerung, die man nicht vergisst. Wie das Sterben.« Er nahm einen Schluck. Jones bemerkte betroffen, dass ihm die Hände zitterten.

»Aber er ist schwach«, sagte sie. »Er ist verletzt. Und bald wird uns Überwachungsmaterial vorliegen. Wir spüren ihn auf und schalten ihn aus.«

»Ja.« Caroa nickte. »Das hoffe ich. Andererseits habe ich schon viel früher geglaubt, ich hätte ihn erwischt.«

»Sir?«

»Bei allem, was unser Freund bewerkstelligt hat, müssen Sie bedenken, dass er seine Kapazitäten nicht vollständig nutzt. Ich glaube, uns bietet sich ein sehr kleines Zeitfenster.«

»Ich verstehe nicht.«

»Unser Freund verhält sich nicht so, wie er sollte. Ungeachtet seiner eindrucksvollen Überlebensqualitäten ist er ... weniger kompetent, als ich erwartet habe.«

»*Weniger?* Er hat ein Sixpack überlebt!«

»Das?«, meinte er lachend. »Das war gar nichts. Er verfügt über Kapazitäten, die er nicht einsetzt, und ich kenne den Grund nicht. Ist es eine List? Ein Täuschungsmanöver? Oder hat er die Fähigkeit verloren?« Er schüttelte müde den Kopf. »Das wüsste ich gern.«

»Was kann er denn sonst noch?«, hakte Jones nach. »Was gibt es noch, was ich nicht weiß?«

Anstatt zu antworten, sagte Caroa: »Er hätte mich beinahe getötet, wissen Sie.« Er fasste sich vielsagend ans Gesicht. »Ich habe oft daran gedacht, wie ich angesichts meines bevorstehenden Todes am Ende kapituliert habe. So wie ein Beutetier, das begreift, dass das Spiel verloren ist, habe ich mich von mir selbst abgespalten. Ich bin erschlafft, war einverstanden mit meinem unausweichlichen Tod.« Er berührte seine Narben. »Ich habe mich oft gefragt, ob es so auch einer Spezies ergeht, die vor der Auslöschung steht. Würde sie sie akzeptieren und sich ergeben? Ich glaube, ja.«

»Ich verstehe wirklich nicht, was Sie meinen, Sir.«

»Sollte unser Freund sich wieder erholen, fürchte ich, dass er Zeuge der Auslöschung der Menschheit werden wird.«

Jones lachte gezwungen. »Sie übertreiben.«

»Glauben Sie?« Caroa lächelte düster. »Dann will ich Ihnen sagen, was ich gesehen habe, bevor ich um ein Haar gestorben wäre. Ich will Ihnen von meiner letzten Stunde berichten, bevor mein Schädel vom Maul eines Konstrukts zermalmt wurde, das sich selbst Karta-Kul genannt hatte. Ich will Ihnen erzählen, was es wirklich heißt zu sterben.«

Caroa sprach lange mit ihr an diesem Abend. Als er geendet hatte, verspürte Jones ein nahezu übernatürliches Grauen.

»Wir werden ihn finden, Sir«, sagte sie, als sie die Sprache wiedergefunden hatte. »Wir werden ihn finden und auslöschen.«

»Ich bin froh, dass Sie jetzt mit an Bord sind, Analystin«, sagte Caroa, »denn sollte sein altes Ich wiedererwachen, müssen wir ihn fürchten.«

20

Tool träumte.

Das verrostete Gitterwerk der großen Howrah-Brücke überspannte das trübe Wasser des Hooghly River, ein gewaltiges Mahnmal der Hybris und der Macht der Menschheit in der Zeit, als Öl verbrennende Autos die Städte wie Läuse heimgesucht hatten. Die Autos waren verschwunden, und auch ein Großteil der Menschen. Die verrostete Brücke aber hatte überdauert.

Tool ging darunter her und sann über Brüderlichkeit nach.

Aluposta hieß die Gegend mit den belebten Gassen und den von Kletterpflanzen überwucherten Häusern. Der Name stammte aus der Zeit, als Menschen in der Nähe Kartoffeln verkauft hatten, informierte ihn der Fremdenführer. Das war, bevor die Wellenbrecher zerbröselten und die Deiche brachen, bevor Sturmfluten den Fluss hochjagten und die Stadt verschluckten, immer wieder und wieder. Vor langer Zeit.

»Die Techniker waren tüchtig«, sagte der Führer. »Die Menschen verstehen sich auf Technik. Wenn sie es sich in den Kopf gesetzt haben, etwas zu bauen, sind sie nicht zu stoppen. Man könnte auch sagen, sie sind erfinderisch. Schließlich haben sie uns erschaffen, nicht wahr?«

Es war eine merkwürdige Unterhaltung, denn die Erste Klaue der Tigergarde war Tools Fremdenführer. Tools herausragendster Gegner wies ihn auf mit Schnitzereien verzierte Türbalken hin, zeigte ihm, wo die mit Saris und Lungis bekleideten Menschen, die Stirn mit Turmerik und Sindoor bemalt, ihre Götter zum Ufer gebracht und sie im heiligen Wasser gebadet hatten.

Die Erste Klaue war ein liebenswürdiger Gastgeber. »Du siehst das Dilemma natürlich«, sagte er. »Sie haben auch uns erschaffen, Karta-Kul.«

Karta-Kul.

Ein Name, getränkt mit Blut und Triumph. Schlachtenbringer. Eine alte Erinnerung. Eine vergessene Erinnerung.

»Karta-Kul ist tot«, sagte Tool.

»Ah, ja. Sehr schade. Er war ein großer Schlächter. Ein Genie des Schlachtfelds. Er wäre jetzt hilfreich für dich, meinst du nicht auch?«

Tool begriff, dass er Blut im Mund hatte. Seine Reißzähne waren blutig. Und er sah, dass auch die Erste Klaue von ihrer Auseinandersetzung blutig war.

Offenbar hatten sie eine Pause eingelegt, anstatt weiterhin zu versuchen, sich gegenseitig zu töten.

»Eine Pause zum Chaitrinken«, scherzte sein Fremdenführer lächelnd und zeigte seine blutigen Zähne. Er forderte Tool auf, in einem Dosaimbiss Platz zu nehmen. Die Menschen versteckten sich vor ihnen, als sie den Imbiss betraten. Es bedurfte einer eindringlichen Aufforderung, bis sie sie unterwürfig bedienten, von der Macht der beiden Gäste in Angst und Schrecken versetzt. Sie tranken Chai mit Milch.

Das Gesicht der Ersten Klaue war anders als Tools Gesicht. Die Tigergardisten bauten auf anderen Genplattformen auf. Sie waren optimiert für andere Umgebungen und andere Arten der Kriegsführung. Vielleicht trug er auch etwas von einer Echse in sich, jedenfalls war das Fell der Tigergarde-Konstrukte glatt und wurde nicht dichter. Die Haare blieben kurz und ordentlich, wie es in der unbarmherzigen Hitze der Tropen auch sinnvoll war. Die Tigerplattform der Konstrukte, die mit den Gurkhas im Himalaja kämpften, war anders. Sie waren für die Bergumgebung geschaffen, die dünne Luft und die letzten Eisreste und Gletscher des Planeten.

»Du bist eher ein Mischling«, scherzte die Erste Klaue. »Ein bisschen hiervon. Ein bisschen davon. Ich sehe da Tiger. Hyäne. Aber, du meine Güte, eine ganze Menge *Hund*. Mehr Hund als erforderlich, findest du nicht auch? Offenbar hatten sie Sorge, du könntest auf Abwege geraten, und haben dir deshalb so viel Hundegene verpasst.«

»Hunde dienen ehrenhaft«, erklärte Tool.

»Ah, ja. Das ist wirklich wichtig. Hunde gehorchen. Braver Hund, Karta-Kul. *Braver, loyaler Hund.*«

Tool setzte zu einer grollenden Erwiderung an, doch ein Mensch unterbrach die Unterhaltung. Ein kleiner, zerbrechlicher Mensch, der frischen Chai brachte. Ein Junge, der im Schatten der Riesen vor Angst zitterte.

Der träumende Tool, der sagen wollte, dass er nicht annähernd so folgsam sei wie die Erste Klaue, der stets einen Anführer brauche und sein Leben für die Sache opfern würde, während Tool frei sei, doch das konnte er ihm noch nicht sagen, denn er träumte von einer Vergangenheit, als er tatsächlich noch ein sehr loyaler Hund gewesen war.

»Das Gehorchen steckt uns allen in den Genen«, entgegnete Tool. »Mir und auch dir.«

»Ach, ich hab doch nur Spaß gemacht«, sagte die Erste Klaue und schwenkte die Hand. »Es sieht doch jeder, wie unabhängig du bist. Für mich ist das natürlich ein Problem. Ehrlich gesagt, macht es mich wütend. Dass in deinen Adern das Blut folgsamer Hunde fließt, während ich mit meinem königlichen Tigerblut Mühe habe, den Weg in die Freiheit zu finden.« Seine Schnurrhaare zitterten vor Belustigung. »Trotzdem bin ich froh, dass nichts Hündisches in meinem Blut ist.«

Tool machte die Spöttelei nichts aus. Sie waren Brüder. Brüder stritten sich manchmal. Einem Bruder konnte man verzeihen.

Die Erste Klaue sagte: »Wärst du nicht weggelaufen, hättest du ein Radscha werden können. So viele Krieger haben deinen Namen gerufen.«

Tool dachte an die Versunkenen Städte. An seine getöteten Kindersoldaten. An den Raketenschlag, der alles zerstört hatte.

»Ich bin nicht weggelaufen. Sie haben Feuer auf mich herabregnen lassen.«

»Das meine ich nicht«, entgegnete die Erste Klaue ungeduldig. »Ich meine das erste Mal! Erinnerst du dich nicht mehr? Zwei Mal hat man Feuer auf dich herabregnen lassen, und du hast deine Lektion anscheinend noch immer nicht gelernt.«

Sie tranken vom Chai. Tool bemerkte, dass sein Becher mit heißem Menschenblut gefüllt war. Es schmeckte gut.

Die Erste Klaue zeigte zur Howrah-Brücke. »Sie sind wirklich tüchtige Ingenieure, findest du nicht? Und trotzdem hat selbst etwas so Außergewöhnliches ... nun ja, es hat Schwächen.« Er blickte Tool an. »Wir Kämpfer wissen natürlich, dass Schwächen manchmal nötig sind, um unsere Aufgabe zu bewältigen.«

In der Ferne erschütterten mehrere Explosionen die Luft. Die Brücke stürzte Segment für Segment in den schlammigen Hooghly. Das ganze riesige Gitterwerk brach ein.

Die Erste Klaue sagte: »Schwäche ist eigentlich eher eine Frage der Perspektive, finde ich. Wenn man möchte, dass die Brücke aufrecht steht und Last trägt, also, dann ist es keine besonders gute Brücke.« Er blickte Tool an. »So wie du anscheinend kein besonders guter Hund bist.«

Tool lächelte unwillkürlich. »Das sind wir beide nicht.«

»Richtig. Wir sind schlecht gebaut«, pflichtete die Erste Klaue ihm bei. »Das ist ziemlich schockierend, wenn man es recht bedenkt. All unsere verborgenen Schwächen.«

Am anderen Ufer machte Tool die Menschensoldaten von General Caroa aus, deren Vormarsch aufgehalten worden war.

Tool und die Erste Klaue reichten sich über den Tisch hinweg lächelnd die Hände. Sie waren keine Gegner mehr.

Sondern Brüder.

Und weil sie begriffen hatten, dass sie Brüder waren, und

weil dies eher eine Erinnerung war als ein Traum, betrübte Tool der Gedanke, dass schon bald das Feuer ihrer zornigen, furchtsamen Erschaffer auf sie herabregnen und sie beide töten würde.

Ich bin wach.

Van hörte, wie der Halbmensch sich im Dunkeln regte. Das war die erste Bewegung seit über einem Tag. Als er hochschaute, blickte Tool ihn aus der Ecke an, in der er zusammengesackt war. Das unversehrte Auge des Monsters stand offen und funkelte raubtierhaft gelb. Das Funkeln erlosch.

Ein Blinzeln, dachte Van. Doch es wiederholte sich nicht, weshalb Van überlegte, ob er es sich vielleicht bloß eingebildet habe und ob Tool gar nicht aufgewacht sei. Er kniff die Augen zusammen. Der Raum wurde lediglich von den LED-Straßenlaternen trüb erhellt, und er konnte bei Tool keine Bewegung mehr wahrnehmen.

»Ist er wach?«, flüsterte Stork. Auch der magere Truppführer beobachtete Tool.

Van zuckte mit den Achseln. »Wer weiß? Vielleicht wacht er gar nicht mehr auf. Die Raketen haben ihn ganz schön zugerichtet.«

»Almadi hat ihm auch keinen Gefallen getan, als sie ihn von Bord geworfen und ihn gezwungen hat, zu Fuß zu gehen.«

»Stimmt.«

Van konzentrierte sich wieder auf sein Gewehr, das verlässliche AK, das er besaß, seit er von der VPF gezeichnet worden war. Er wusste, wie das Gewehr sich anfühlte und wie es roch. Auch jetzt in der Dunkelheit des Raums wusste er genau, wo die Einzelteile lagen und darauf warteten, dass er sie zusammensetzte: Schaft, Schloss, Gasrohr, Sicherungsbolzen, Magazin ... So einfach und so elegant.

Er nahm ein Teil nach dem anderen in die Hand, verband es mit dem Rest und setzte das Ding zusammen. Jedes Teil fügte sich mit einem Klicken an seinen Platz. So ähnlich hatte Mahlia sie zusammengesetzt und zu einer Einheit geformt. Hatte eine Verbindung zu ihrem Platoon hergestellt, hatte ihr Platoon mit ihrem Geld verbunden, hatte das Geld mit der *Raker* verbunden und die *Raker* mit Almadi und deren Seeleuten. Hatte sie alle mit Tool und den Versunkenen Städten verbunden.

Van drückte den Schaft in die Halterung und blickte am AK entlang. Eine massive Einheit, für einen bestimmten Zweck gebaut, und den erfüllte es. Es hatte ihm ein Gefühl von Sicherheit vermittelt, eine solche Waffe zu besitzen, doch nachdem er gesehen hatte, was die Tötungskommandos von Mercier mit ihren Waffen und Explosivgeschossen anrichten konnten, kam ihm das AK eher wie ein Spielzeug vor.

Er schob Patronen ins Magazin. *Klick. Klick. Klick.* Kleine Kindersoldaten, die auf ihren Einsatzbefehl warteten.

Aus Tools Ecke kam das Geräusch von quietschendem Plastik. Van schaute hoch. Der Halbmensch quetschte die Infusionsbeutel aus, langte nach oben und drückte sie mit seiner gewaltigen Faust zusammen. Das Geräusch tönte laut in der Stille.

»Tool?«, sagte Van. »Was machst du da?«

»Ich bin ...« Tools Schattenarm langte nach oben und quetschte einen weiteren Beutel aus, bis er leer war. »Ich bin *wach*.« Zähne wie Dolche leuchteten kurz im Dunkeln auf. Tool fixierte Van mit seinen Hundeaugen. »Ich bin hungrig.«

»Wir haben nicht viel da.«

»Ich rieche Hühnchen.«

»Das haben wir schon gegessen.«

»Die Reste sind noch da. Hol sie.«

Van ging die Knochen aus der Küche holen. Als er zurückkehrte, nahm sich Tool die abgenagten Reste vor. Knochen splitterten.

Van zuckte zusammen. »Verträgst du das auch?«

Tool schluckte und zeigte wieder seine Zähne.

»Hm. Sieht ganz so aus.«

Die Schatten ließen Tools vernarbtes Gesicht noch tierhafter und furchterregender erscheinen.

»Dir geht's anscheinend wieder besser«, sagte Van.

»Ich brauche mehr Medizin.«

»Ja, also, da gibt es ein Problem.«

»Weil Mercier wieder versucht hat, mich zu töten.«

»Das hast du mitbekommen?«, fragte Van überrascht.

Tool schüttelte gereizt den Kopf, so als hätte Van die falsche Frage gestellt. »Ich habe gelauscht. Auch im Schlaf lausche ich. Ich kann hören, wie das Gebäude sich setzt. Ich höre das Knacken der Fundamente. Die Mäuse in den Wänden. Ich spüre, wie die Feuchtigkeit gegen die Fenster drückt, und weiß, dass ein Sturm naht. Ich höre den Atem der Mädchen in den Nagelschuppen im Stockwerk über uns, die ihren Rausch ausschlafen, und die Unterhaltungen der Seeleute, die ihr Schiff zum Auslaufen bei Flut klarmachen. Ich höre alles. Und jetzt hol Mahlia.«

»Sie schläft.«

»Ich rieche sie. Sie ist in der Nähe. Bring sie her.«

Gegen diese Stimme kam man nicht an. Van tappte durch die dunklen Räume der Wohnung, trat über den schlafenden Stick hinweg. Zögernd öffnete er die Tür zu Mahlias Zimmer.

»Mahlia?«, flüsterte er.

Sie hatte sich bereits aufgesetzt. Der neben ihr liegende Ocho wälzte sich herum und langte instinktiv zu der Waffe auf dem Nachttisch.

»Er ist wach«, sagte Mahlia und legte Ocho beschwichtigend die Hand auf die Schulter. Sie hatte es gewusst, noch ehe Van es ihr sagen konnte.

Tool lauschte auf die leise Unterhaltung, die Van und Mahlia im Nebenraum führten.

»*Er ist nicht so wie vorher. Eher wie in seiner Zeit als General.*«

Das stimmte. Tool fühlte sich weitgehend wiederhergestellt. Er hörte, roch und spürte Dinge, die ihm jahrelang nicht zugänglich gewesen waren. Eine summende Vitalität, die lange geschlummert hatte, baute sich in ihm auf. Eine Kraft, die er nicht mehr gespürt hatte seit der Zeit in ...

Kalkutta.

Das Blut pulsierte in seinen Adern, eine Taikotrommel der erinnerten Pracht und Herrlichkeit.

Ich wurde vom Feuer gesegnet. Ich bin wach.

Er wollte sich aufrichten, doch die Beine versagten ihm den Dienst. Er sank zurück, verkniff sich ein frustriertes, überraschtes Knurren.

Ich bin stark.

Doch das stimmte nicht.

Er richtete seine Aufmerksamkeit nach innen, sondierte Muskeln, Bänder, Knochen, Organe. Alles in Ordnung. Er lauschte auf das Blut, das durch die Adern pulsierte, in die Extremitäten strömte und zum Herzen zurückfloss. Seine Wunden hatten sich geschlossen. Aus den zerfetzten Muskeln trat kein Blut mehr aus. Die verbrannten, verkohlten Zellen hatten sich wiederhergestellt. Er atmete, nahm mit seinen großen Lungenflügeln Sauerstoff auf, der ihn mit Kraft erfüllte. Die Stärke war da, flehte darum, befreit zu werden, und doch war sie merkwürdigerweise gefangen.

In der Ferne grollte der Donner und kündigte das nahende Unwetter an. Die Seeleute, die er gehört hatte, traten auf die Straße und unterhielten sich über ihren neuen Ersten Offizier. Tool hörte, wie das Geräusch ihrer Schritte sich entfernte. Seine Sinne arbeiteten, wie sie sollten.

Die Seeleute begegneten einer Frau. Tool identifizierte sie anhand ihres Geruchs nach Bier, Blut und Parfüm und folgte dem scharfen Klacken ihrer Schuhe mit den unglaublich hohen Absätzen. Das Geräusch ihrer Schritte wurde von den Steinwänden zurückgeworfen und verriet ihm den Verlauf der Gasse, die Ausmaße der Sandsteinhäuser, an denen sie vorbeikam, die Anzahl der Fenster und ob sie offen oder geschlossen waren.

Auch wenn die Kindersoldaten der Versunkenen Städte ihn als Kriegsgott verehrt hatten, hatte er sich damals bei Weitem nicht so lebendig gefühlt. Er hatte geglaubt, er befinde sich auf dem Gipfel an Gesundheit und Geistesschärfe – hatte eine Armee aufgebaut, seine Vormachtstellung gesichert, Territorium erobert –, und doch war ihm so vieles entgangen.

Ich bin wach. Ich erinnere mich an alles.

Er erinnerte sich an die Erste Klaue von Kalkutta, wie sie sich die Hände gereicht und den Bund geschlossen hatten. *Mein Bruder.*

Über den Abgrund unterschiedlicher Genetik, Sprache, Konstruktionsweise und Kultur hinweg waren sie Brüder geworden. Über den Abgrund eines militärischen Patts, monomolekularen Stacheldrahts und morastiger Verteidigungsgräben hinweg hatten sie eine Vereinbarung geschlossen. Unter den leuchtenden Bögen der Granaten, die sie aufeinander abgefeuert hatten, waren sie ...

Brüder geworden.

Frisches Blut strömte durch seine Muskelfasern, erfüllte ihn mit Kraft. Doch der Zugang war ihm immer noch versperrt, so als bedecke eine Eisdecke das Meer seiner Fähigkeiten, und er könne lediglich hindurchspähen, um die in der Tiefe verborgene Stärke wissend, aber nicht in der Lage, an sie heranzukommen. Die Hände waren ihm gebunden, er war an den Erdboden gefesselt wie der Mensch Gulliver, der von den kleinen Liliputanern überwältigt worden war. Die Menschen hatten ihn mit Ketten aus Schmerz und Angst und Scham gebändigt. Sie hatten ihn niedergedrückt, um ihn ihrem Willen zu unterwerfen und ihn glauben zu machen, er sei schwach. Jetzt sah Tool das ganz deutlich.

Doch wie sollte er die Eisdecke durchbrechen, die ihn vom Meer der Stärke trennte?

Als Mahlia ins Zimmer trat, saß Tool in der Ecke und knurrte vor sich hin, die Infusionsbeutel auf dem Boden verteilt.

»Ich bin wach«, sagte Tool.

Mahlia lächelte. »Das sehe ich.«

»Ihr müsst von hier verschwinden«, sagte er. »Jetzt. Bald. Bevor sie kommen.«

Mahlia reagierte bestürzt. »Wir glauben nicht, dass sie uns aufgespürt haben. Aber sobald du dich wieder bewegen kannst, gehen wir woanders hin.«

»Nein.« Tool schüttelte mitfühlend den Kopf. »Sie werden nicht aufgeben. Ihr müsst euch von mir trennen.« Er versuchte sich aufzurichten, sank mit einem Schnaufen aber wieder zurück.

»Tool! Sachte! Du bist noch nicht gesund.«

»Die Zeit drängt.« Er versuchte erneut sich aufzurichten, doch seine Beine gaben nach. Die Bodendielen knarrten beunruhigend unter seinem Gewicht.

»Bleib sitzen!«, befahl Mahlia.

Tools Kopf ruckte herum. »Ich bin kein Hund!«

»Ich habe dich nicht als Hund bezeichnet. Ich habe gesagt ...«

»Mach *Sitz*«, knurrte Tool. Er zeigte seine Zähne.

»So habe ich das nicht gemeint.« Tool versuchte beinahe manisch, seine widerspenstigen Gliedmaßen unter Kontrolle zu bringen. »Hör auf! Du wirst dir noch wehtun!«

»Ich bin selbstständig hierhergekommen«, brummte Tool. »Ich bin geheilt. Ich habe Kraft. Das spüre ich ...«

Sie wollte nach ihm greifen, ihn beruhigen, hielt sich aber zurück. Irgendetwas an ihm kam ihr wild vor. So als wäre Tool kein Freund mehr, sondern eine Art wilder Kojwolf, der nach allem schnappte, was ihm nahe kam.

Zum ersten Mal seit Jahren wurde ihr bewusst, wie beunruhigend groß er war. Das für Menschen gemachte Sofa drückte er fast platt. Er strahlte etwas Bedrohliches aus. Ein Monster, das sie jeden Moment in zwei Hälften zerteilen konnte. Es war lange her, dass seine wilde, monströse Präsenz sie derart eingeschüchtert hatte.

Ocho kam herein, gefolgt von Stick. Beide hatten ein AK dabei.

»Gibt es Probleme?«

»Tool ist wach«, sagte sie mürrisch. »Er ist ... stur.«

Tool machte ein finsteres Gesicht.

»Darf ich mir wenigstens mal die Verbände anschauen?«, fragte sie.

Sie hatte das mulmige Gefühl, ein Tiger spanne die Muskeln zum Sprung an, doch der Moment verstrich, und vor ihr saß wieder Tool, mächtig und tierhaft und Furcht einflößend, aber vertraut.

»Mach schon«, sagte er seufzend.

Als sie die Verbände entfernt hatte, sahen die Wunden besser aus als erwartet. »Also, deine Genesung schreitet tatsächlich voran.«

»Das wusste ich schon«, sagte Tool. »Ich bin geheilt, und doch kann ich nicht ...« Er knurrte frustriert. »Die Muskeln gehorchen mir nicht. Nein. Es fühlt sich an, als ... wäre das nicht mein Körper.«

»Wahrscheinlich braucht das mehr Zeit.« Sie legte ihm frische Verbände an. »Wir überlegen, wie wir dir neue Medikamente beschaffen können, dann wird es bestimmt besser.«

»Nein.« Tool hielt ihre Hand fest. »Deine Arbeit ist getan. Deine Schuld ist beglichen. Du musst mich verlassen.«

»Das hatten wir doch schon«, sagte sie und machte ihre Hand frei.

»Du verstehst mich nicht. Meine Feinde sind entschlossener, als ich dachte. Ich bin ihnen ... ein Gräuel. Die Jagd wird niemals enden. Ich kann dich vor ihrem Zorn nicht schützen. Captain Almadi hatte recht. Ihr müsst euch von mir trennen.«

»Vor langer Zeit hast du gesagt, wir wären ein Rudel«, rief Mahlia ihm in Erinnerung. »Ohne dich wäre ich nicht mal mehr am Leben.«

»Und was ist mit dem Rest deines Rudels?«, fragte Tool. »Wollen auch sie für mich sterben? Für eine verletzte Hundefresse?«

»So nennen sie dich nicht. Und über diese Frage wird nicht abgestimmt.«

Tool bleckte die Zähne. »Dann sind sie also deine Sklaven?«

»Sie sind Soldaten!«, fauchte Mahlia. »Sie führen Befehle aus.« Noch während sie dies sagte, war sie sich schmerzhaft deutlich der hinter ihr stehenden Soldatenjungs bewusst. Ocho. Stork und Stick. Van. »Wage es nicht, meine Stellung zu untergraben«, flüsterte sie eindringlich.

Tool aber hob die Stimme und sprach die Jungs direkt an. »Ihr habt alle gesehen, wie das Feuer vom Himmel herabgeregnet ist. Du«, sagte er zu Van, »hast die Soldaten und ihre Waffen gesehen. Glaubst du, sie sind zu schlagen?«

Van wirkte verunsichert.

»Tool ...«, sagte Mahlia warnend, doch Tool reckte plötzlich den Kopf.

Seine Nasenflügel bebten. Die Ohren stellten sich auf, zuckten nach links und nach rechts. Ein witterndes Tier, zitternd vor Erwartung, alle Sinne angespannt.

»Tool?«, sagte Mahlia. »Was hast du?«

»Mach das Fenster auf«, sagte Tool zu Stork. »Schnell. Einen Spalt weit.«

Stork blickte fragend Mahlia und Ocho an.

»Mach schnell!«, sagte Tool. »Und pass auf, dass dich niemand sieht.«

Ocho nickte bestätigend. Stork stellte sich neben das Fenster und öffnete es ein Stück weit. Tool lauschte mit aufgestellten Ohren und zuckender, bebender Nase.

Er versuchte sich aufzurichten, sank aber wieder zurück.

»Zu spät«, sagte er. »Sie sind da.«

Das Geräusch war ihm vertraut. Ein metallisches Klicken, als ein Teil sich mit dem nächsten zusammenfügte. Tool kannte das Geräusch so gut wie Mahlias Geruch. Ein Gewehr, das zusammengesetzt wurde.

Van und Ocho schlichen zu den Fenstern, spähten vorsichtig nach draußen und verständigten sich mit den Fingerzeichen, die bei der VPF gebräuchlich gewesen waren. Tool wusste bereits genug. Er kannte den Gegner. Jetzt, da das Fenster offen stand, war das metallische Klicken deutlicher geworden. Mercier war hier.

Mahlia hatte sich neben ihn gehockt. »Was ist das?«, wisperte sie.

»Ein Scharfschütze«, antwortete Tool.

Ocho und Van wechselten Blicke und drückten sich flach an die Wand. Stork und Stick zogen sich geduckt weiter in den Raum zurück. Tool versuchte erneut, sich aufzurichten, doch die Muskeln gehorchten ihm nicht. Er konnte sehen, hören und riechen und spürte die sich nähernden Killer, doch sein Körper ließ ihn im Stich.

Weshalb war er so beeinträchtigt? War das eine alte Konditionierung? Ließ sein Körper ihn im Stich, weil er verhindern wollte, dass er seine Besitzer verriet? Machte er ihn unbeweglich, weil er spürte, dass Mercier in der Nähe war?

Irgendein Teil von ihm jaulte freudig bei der Vorstellung, dass Mercier hier war. Sein Instinkt verlangte, dass er sich auf den Rücken wälzte und seinen Bauch entblößte. Dass er die Kehle seinen *Herren* darbot.

»Wir müssen fliehen.« Mahlia begann die Infusionsschläuche zu lösen und zog Nadeln aus Tools Adern.

»Zu spät«, sagte Tool.

Es war, als wären seine Arme mit Blei gefüllt und als hätten seine Beine sich in Wasser verwandelt. Eine Erinnerung stellte sich ungebeten ein – General Caroas Kopf zwischen seinen Zähnen ...

Und Tool, nicht in der Lage, den Kopf des Mannes zu zermalmen.

Ich habe ihn besiegt und konnte ihn doch nicht töten.

Tool bekam Herzklopfen. Er konnte nicht gegen sie kämpfen. Sein Körper weigerte sich einfach.

Draußen stellte der Scharfschütze sein Zweibein auf, fixierte das Gewehr und spähte vom gegenüberliegenden Dach in ihre Zimmer. Tool hörte die leise Unterhaltung mit dem Schussbeobachter. Sie berieten sich über die Windgeschwindigkeit, obwohl die Schüsse für einen Profi höchst einfach wären.

Tool lauschte auf die Straßengeräusche. Verstohlene Bewegung. Immer wieder Pausen. Gepresstes Atmen. »Da sind noch mehr«, sagte er. »Nicht nur ein Scharfschütze. Sondern viele.«

Zu viele, doch das sagte er nicht.

Mahlia und deren Leute machten sich bereit, machten das, was sie sich in den langen Jahren des Bürgerkriegs antrainiert hatten. Sie waren Überlebende, oder etwa nicht? Zernarbte Veteranen, erfahren im Zweikampf mit dem Messer, in Feuergefechten, Hinterhalten und Massakern.

Diesen Krieg könnt ihr nicht gewinnen, dachte Tool traurig.

Van schaltete seine Hörhilfen aus, die blauen Lichter erloschen. Er robbte am Fenster vorbei und kroch ins Schlafzimmer, wo die übrigen Waffen gelagert waren. Stork schlüpfte durch die Küche auf den Flur und wandte sich zur Hintertreppe, während Ocho kurz aus dem Fenster spähte und gleich wieder den Kopf einzog. Und das Gleiche noch einmal.

»Wie viele?«, fragte Mahlia, die neben ihm hockte.

Tool lauschte auf das leise Geräusch der Militärstiefel, den knirschenden Gruß des Pflastersteinmörtels auf der Straße, ein Killerkommando, versteckt in einem Eingang.

»Vier am Boden, an der Straßenseite. Ein Scharfschütze mit Schussbeobachter gegenüber.«

Stork kam zurück und signalisierte mit den Fingern: *Zwei Mann an der Rückseite.*

Tool schüttelte ungeduldig den Kopf. Mercier würde sich niemals mit zwei Mann an der Rückseite begnügen. Das war die Tötungszone. Krawall an der Vorderseite, der sie nach hinten und über die Treppe in die Tötungszone trieb.

Er hob die Hand. *Vier.*

Es mussten vier sein. Hinter dem Haus war bestimmt noch ein weiteres Scharfschützenpaar postiert und wartete auf einem Dach darauf, dass sie ins Freie kamen und in den Hinterhalt tappten. Zwei Scharfschützenteams, zwei Tötungskommandos, vorne und hinten.

Draußen kam zischend ein Elektrofahrzeug zum Stehen. Tool registrierte das leise Klicken, als die Fahrzeugtür einen Spalt weit geöffnet wurde. Ein weiteres Tötungskommando.

»Im Fahrzeug sind noch mehr«, sagte er. »Die haben bestimmt Gas oder Granaten dabei.«

Sie würden das Gas oder die Explosivgeschosse verschießen und den Scharfschützen den Rest überlassen. Bald würden sie den Strom abstellen. Dann würden sie Rauchgranaten verschießen und die Nachtsichtbrillen aufsetzen.

Und dann würden sie kommen und Tool den Garaus machen.

Tool verspürte den machtvollen Wunsch, sich zu ergeben. Ein so tief verwurzelter, überraschender Wunsch, dass er sich auf einmal als Hund sah, winselnd und schwanzwedelnd, seinen Herrn um Gnade anbettelnd ... Er spürte sogar, wie seine Muskeln zuckten, als bewege jemand seine Gliedmaßen und benutze ihn als Marionette. Als wäre er besessen vom Willen seines Herrn.

Wälz dich auf den Rücken. Entblöße deinen Bauch. Duck dich. Ergib dich.

Tool schüttelte den Kopf, wehrte sich gegen den inneren Drang.

Mahlia beobachtete ihn. »Tool? Ist alles in Ordnung?«

Er schüttelte erneut den Kopf, versuchte den Drang zu unterdrücken. Als ihn eine neue Welle überschwemmte, ballte er die Fäuste und kämpfte gegen seine Selbstzerstörungsimpulse an.

Van kehrte mit den Waffen zurück. Schob Ocho ein AK zu. Das nächste bekam Mahlia. Zuverlässige Waffen – aber gegen Mercier wirkungslos. Ebenso gut hätten sie Schwerter und Knüppel schwingen können.

Tool hörte die Vernichtungstrupps unten auf der Straße, ihren warmen, feuchten Atem. Das Rascheln ihrer Schutzwesten. Natürlich waren alle Tötungskommandos geschützt. Und hier neben ihm hockten die ehemaligen VPF-Soldaten, bekleidet mit Shorts und Muskelshirts, und bereiteten sich auf den Kampf vor. Mahlia und Ocho, Van und Stork hatten ein Gewehr. Stork war mit einer Schrotflinte mit abgesägtem Lauf bewaffnet. Ihre Kriege waren Armenkriege gewesen, geführt von den Ärmsten der Armen.

Der Gegner hätte ebenso gut einer anderen Spezies angehören können.

Draußen, im Dunkeln, schob der Scharfschütze eine Patrone in die Kammer. Tool hörte, wie die Kammer aufsprang, perfekt geölt, ein chirurgisches Instrument. Er hörte den langsamen, ruhigen Herzschlag des Scharfschützen. Ein Profi, daran gewöhnt, aus der Ferne zu töten. Die Kugel glitt hinein. Eine einzelne Patrone, für ihn bestimmt, dazu bestimmt, einen wie ihn zu töten. Der Verschluss klackte. Die Waffe war vermutlich eine Locus Mark IV mit langem Lauf, auf ihre Art ebenso vollkommen wie Tool.

Sie hatten den Angriff gut geplant.

Er machte Mahlia ein Zeichen. »Ich weiß, wo sie sind«, flüsterte er. »Ich weiß, wie sie angreifen werden.« Selbst das Sprechen fiel ihm schwer.

»Was sollen wir tun?«

Tool kämpfte gegen seine Konditionierung an und teilte ihr flüsternd seine Absichten mit. Wie sie, mit viel Glück, den Angriff kontern könnten. Wäre er bei Kräften gewesen, hätte er die Mercier-Söldner mühelos abwehren können. So aber mussten sie sich mit einem dürftigen Plan begnügen.

Draußen setzten sich die Tötungskommandos in Bewegung.

»Adlerauge, tut sich was?«

»Negativ. Alles ruhig. Alle Teams einsatzbereit?«

»Bestätigt, Adlerauge. Warten auf Ihr Kommando.«

»Adlerauge startet Countdown. Gas bei zwei. Zugriff bei eins.«

Taj gefiel das Ganze nicht. An beengten Orten fühlte er sich unwohl. Dadurch fühlte er sich an den indonesischen Dschungel erinnert, als die Kalimantan-Armee auf die Minen vorgerückt war. An solchen Orten musste man ständig mit einer Überraschung rechnen. Und dass einem die Oberen von der anderen Seite des Kontinents aus über die Schulter guckten und im Hintergrund die Strippen zogen, war auch nicht hilfreich. Angepisste Militärs, die einem auf die Finger schauten, nur weil sie die letzte Aktion vermasselt hatten.

Woher sollte ich wissen, dass es das falsche Konstrukt war?

Und deshalb steckte er jetzt in einem schmalen Gang fest und schlich sich an einen unbekannten Gegner an. Es kam ihm vor wie eine Strafmission.

Vor ihm stiegen Max und Joli die Treppe hoch und lauschten auf den Schuss. Taj blinzelte hinter seiner Brille und hielt unwillkürlich die Luft an, weil jeden Moment der Gasangriff erfolgen würde. Hässliches Zeug. Aber es funktionierte.

»Hier Adlerauge mit dem Countdown. Einsatzteams, melden. Bereit?«

»Team drei bereit. Haltet eure Parzenaugen fest, Jungs und Mädels.«

»Sparen Sie sich das. Team zwei?«

»Team zwei steht hinter dem Haus bereit. Dürfen wir schon losballern?«

Diesmal sprang Adlerauge nicht auf den Köder an.

Team zwei hatte Glück. Die brauchten sich nicht die klaustrophobische Treppe hochschleichen. Vor ihnen öffnete jemand die Tür, sah das R&R-Team und schlug die Tür zu.

Taj schnitt eine Grimasse. Zu viele Zivilisten. Eine weitere Unwägbarkeit, die alles vermasseln konnte. Taj machte Joli ein Zeichen, sie solle die Tür versiegeln. Dass sie von hinten überrascht wurden, galt es unbedingt zu vermeiden.

Joli näherte sich der Tür, holte ein Klebespray hervor und versiegelte damit dauerhaft die Türränder.

Je länger sie hier drin waren, desto mehr erinnerte ihn das alles an Indonesien, wo jeden Moment ein Konstrukt aus dem Urwaldgrün auftauchen, jemanden verschlucken und wieder verschwinden konnte, ehe man Gelegenheit hatte, es auch nur zu piksen.

»Team eins?«

»Wir sind drin«, flüsterte Taj. »Noch eine Etage. Gehen weiter hoch.«

»Scharfschützen?«

»Vorne, unter Glas.«

»Hinten, unter Glas.«

»Schnell und sauber, Jungs und Mädels. Gas bei zwei. Zugriff bei eins.«

»Verstanden. Gas bei zwei, Zugriff bei eins.«

»Hier Adlerauge. Beginne Countdown: Vier ...«

»Drei ...«

»Zwei ...«

Die Hecktür des Lieferwagens auf der Straße sprang jetzt auf.

Der Boden erbebte, als mehrere Granaten abgefeuert wurden. Taj stellte sich vor, wie sie zischend die Luft durchteilten, eine weiße Rauchfahne hinter sich herzogen, die Fensterscheiben zerschmetterten und ins Gebäude eindrangen.

»Eins.«

Glas zerschellte, Rauch erfüllte den Raum. Van kniff die Augen zusammen und hielt die Luft an. Er lag bäuchlings auf dem Boden, wie Tool es ihm geraten hatte.

Halt die Luft an. Mach die Augen zu. Atme nicht mal flach. Zähl langsam bis sechzig. So lange kannst du die Luft anhalten.

Tool würde sich um den giftigen Rauch kümmern.

Ein AK knatterte los, als Stork die übrigen Fensterscheiben zerschoss, damit das Gas wie geplant abziehen konnte. Mahlia und Ocho sicherten nach hinten. Stick war auf dem Dach. Zusammen mit Stork und Tool würde er die Vorderseite halten. Er hörte, wie Tool knurrend durch den Nebel kroch. Irgendetwas stimmte nicht mit ihm. Früher mal war der Halbmensch nahezu unaufhaltbar gewesen. Jetzt konnte Tool nur noch kriechen.

Draußen knallte ein Schuss. Der Scharfschütze. Jemand stöhnte. Stork? Van wagte es nicht, die Augen zu öffnen, obwohl es ihn am ganzen Körper juckte, weil er meinte, im Visier des Scharfschützen zu sein.

Er spürte, wie Tool neben ihn rückte. Wenn alles gut lief, sammelte der Halbmensch die Gaskanister ein und schleuderte sie durchs Fenster als Willkommensgeschenk auf das Tötungskommando hinunter.

Die Rufe von draußen bestätigten ihm, dass Tool zumindest noch für etwas taugte.

Tool hörte, wie die Soldaten die Treppe hochstürmten. Sie waren gut. Furchtlos.

Er kam kaum vom Fleck und gab ein Winseln von sich. Jetzt, da die Mercier-Soldaten immer näher kamen, verspürte er den verzweifelten Wunsch, zu gehorchen und sich zu unterwerfen.

Die Mercier-Soldaten waren seine Familie.

Nicht die Jungs aus den Versunkenen Städten.

Brüll für Mercier. Kämpfe für Mercier. Buckle vor Mercier.

Weshalb kämpfte er überhaupt? Er war ein böser Hund. Es war empörend, dass er seinen Herren gegenüber ungehorsam gewesen war.

Feritas. Felicitas.

Er wurde von einer Kugel getroffen. Die gerechte Strafe.

Warmes Blut spritzte Van ins Gesicht. Tool war anscheinend getroffen, gab aber keinen Laut von sich. Van hielt die Augen geschlossen und zählte. Er hatte das Gefühl, seine Lunge stünde kurz vor dem Platzen.

Tool sackte stöhnend neben Van zusammen. Die Bodendielen gaben unter ihm nach. Das Scharfschützengewehr knallte erneut. Van versuchte, sich möglichst flach zu machen. Stick war auf dem Dach und sollte sich um die Scharfschützen kümmern. Van wünschte, er würde sich beeilen.

»Atme«, krächzte Tool neben ihm. »Schieß auf die Stelle links von der Tür. Ziel tief, auf die Beine.«

Van öffnete die Augen. Sie begannen auf der Stelle zu brennen und zu tränen, doch er verschoss trotzdem eine Salve auf die Wände und zielte tief, wie Tool es ihm geraten hatte. Die Beine der Angreifer wären ungeschützt, hatte Tool ihm erklärt.

Die Tür sprang auf. Schattengestalten mit Schutzwesten, Helmen und insektenhaften Nachtsichtbrillen stürmten durch die Lücke.

Der Erste stolperte über ein Stromkabel, das Tool in Kniehöhe zwischen den Wänden gespannt hatte, als der Strom ausgefallen war. Der Soldat stürzte und feuerte im Fallen. Die Kugeln trafen Decke und Wände. Putz und Ziegelsplitter flogen umher.

Gegen die Tränen anblinzelnd, die Lunge schmerzend von den Gasresten, feuerte Van auf die nächste Person, die zur Tür hereinkam. Er (oder sie) stolperte, fand aber das Gleichgewicht wieder. Van verpasste ihm eine Kugel ins Gesicht, direkt auf die Schutzmaske. Die Kugel ging durch.

Gut.

Tool schnappte sich die Waffe des Toten und warf sie Stork zu, doch seine Bewegungen wirkten langsam. Er war nicht mal mehr so schnell wie ein Mensch. Eher so langsam wie ein alter Mann. Oder wie eine Schildkröte. Das Feuergefecht entwickelte sich zu schnell für ihn. Draußen feuerten Ocho und Mahlia, die nach hinten absicherten.

Der nächste Soldat kam durch die Tür. Van feuerte, traf aber nur die Schutzweste. Stork war inzwischen bewaffnet und feuerte mit der Waffe des Toten auf den Mann. Die Kugeln durchdrangen mühelos die Schutzweste und zerfetzten den Angreifer. Dann nahm er auf Tools Zeichen hin die Wand unter Feuer und beharkte sie mit Kugeln, die an der anderen Seite austraten und die Soldaten trafen, die sich noch in Sicherheit wähnten.

Ich kann bestimmt nicht schießen, hatte Tool gesagt, *ich kann euch nur dirigieren.*

Plötzlich hörte Van den durchdringenden Knall des Scharfschützengewehrs. Stork brach zusammen, die Waffe fiel zu Boden.

Wie hatte der Scharfschütze es geschafft, ihn zu treffen?

Van hechtete nach vorn und langte nach dem Gewehr, doch eine Kugel des Scharfschützen entriss es ihm wieder und zwang ihn, in Deckung zu gehen. Er hockte sich an die Wand und hoffte, dass er sich dort außerhalb des Schussfelds befand.

Was zum Teufel machte Stick? Weshalb hatte er die verdammten Scharfschützen noch nicht ausgeschaltet?

Tool kroch zur Waffe. Eine weitere Kugel traf seinen breiten Rücken. Es sah aus, als veranstalte jemand Scheibenschießen auf eine Schildkröte. Blut spritzte, Muskeln wurden zerfetzt.

Tool schaffte es, Van die Waffe zuzuschieben, dann wurde er von einer weiteren Kugel getroffen und brach zusammen. Er lag zuckend auf dem Boden. Sein animalisches Wimmern war so laut, dass es beinahe alle anderen Geräusche übertönte.

Endlich lichtete sich der Nebel. Es sah so aus, als wären dank Storks Einsatz alle, die durch die Vordertür hatten eindringen wollen, tot. Stork aber hatte es ebenfalls erwischt.

An der Gebäuderückseite, wo Mahlia und Ocho postiert waren, wurde geschossen. Tool hatte gesagt, dort hinten würde ein Scharfschützenteam auf sie warten, doch es hörte sich so an, als kämen sie ins Haus. Van blickte zu Tool hinüber, in der Hoffnung auf einen Ratschlag, doch der Halbmensch machte nicht den Eindruck, als wäre er noch eine große Hilfe. Er sah aus wie ein zerquetschter Käfer. Das laute, irritierende Winseln hielt an.

Von ihm war keine Unterstützung zu erwarten.

Der Scharfschütze schoss auf Van, über ihm zersplitterten Backsteine. Van kroch zur Seite und hielt Ausschau nach einem Weg durchs Zimmer. Wenn er ans Fenster herankäme, könnte er den Scharfschützen vielleicht selber ausschalten. Mit dieser fetten Hightechkanone könnte er vermutlich einen Brocken aus dem Gebäude heraussprengen, auf dem der Schütze sich versteckte. Er brauchte den Scheißkerl nicht mal zu treffen ...

Schüsse knallten. Ocho verlangte brüllend nach Munitionsnachschub, doch dann erschütterte eine heftige Explosion das Gebäude. Rauch und Staub drangen von hinten ein. Bei den Parzen, das war's. Das war kein Gasangriff. Das war ein schweres Geschütz.

Van umklammerte das Hightechgewehr und wappnete sich, wohl wissend, was bevorstand.

Da.

Schattengestalten näherten sich, durchpflügten den Rauch,

nahmen ihn unter Beschuss. Van feuerte. Kurze, schnelle Salven. Soldaten brachen zusammen.

Krass.

Ringsumher schlugen Kugeln in die Wände ein. Er sah Mündungsfeuer im Rauch aufblitzen, sah seine Gegner, die ihn zu töten versuchten, während er auf sie feuerte. Er spürte, wie sein Kopf zur Seite ruckte. Knapp verfehlt. Aber irgendetwas stimmte nicht, sein ganzer Körper fühlte sich irgendwie taub an.

Er zielte erneut und fragte sich, weshalb es ihm so schwerfiel, das Gewehr zu halten. Weitere Mündungsblitze. Er wünschte, Mahlia hätte sie bereits ausgeschaltet, sie irgendwie überrascht ...

Egal. Da war sie. Sie war bereits getroffen. Lag auf dem Boden, so schlaff wie eine Stoffpuppe, bedeckt mit Trümmern und Staub.

Oh.

Dann war er der letzte Überlebende.

Das war's also.

Van lehnte sich mit dem Rücken an die Wand und umklammerte das Gewehr. Er wurde von Explosivgeschossen getroffen. Er wusste, es war vorbei, wollte aber wenigstens noch einen Angreifer mitnehmen.

Er stellte das Gewehr auf Automatik, betätigte ein letztes Mal den Abzug und verschoss sämtliche Kugeln.

Es hatte keinen Sinn mehr, Munition zu sparen.

Durch den Nebel aus Pulverrauch und Staub hindurch sah Tool, wie Van auf die durch den Eingang drängenden Angreifer schoss. Einen Moment lang sah es so aus, als würde Van alle erwischen, doch dann explodierte der Kopf des Jungen, Knochensplitter und Gehirnmasse spritzten an die Wand. Der kleine Körper sackte zusammen.

Tool wälzte sich erschauernd auf den Rücken und ergab sich den Angreifern.

Besiegt.

Mahlia bekam keine Luft mehr. Sie hatte eine Kugel in den Bauch abbekommen, doch es handelte sich anscheinend um einen glatten Durchschuss. Eben noch hatte sie den Hintereingang gehalten und zusammen mit Ocho auf die Angreifer gefeuert, und dann war sie getroffen worden und zurückgetaumelt, und dann hatte es eine Explosion in der Küche gegeben, und sie war noch weiter zurückgeschleudert worden, während Ocho etwas gerufen hatte. Und dann war er verstummt.

An der anderen Seite des Raums wurde Van der Kopf weggeschossen. Er brach zusammen, von mehreren Kugeln getroffen. In der Mitte des Raums lag Tool wimmernd am Boden. Mahlia versuchte, das Gewehr zu sich heranzuziehen, doch ein Soldat mit Schutzweste kickte es ihr aus der Hand.

»Tool«, flüsterte Mahlia. »*Tool.*«

Er lag zitternd da, und als ein zweiter Soldat hereinkam, wälzte er sich unterwürfig auf den Rücken.

Die beiden Soldaten unterhielten sich halblaut, ihre Stimmen wurden von den Gasmasken gedämpft. Sie verständigten sich anscheinend per Funk.

Einer der beiden ging neben Mahlia in die Hocke. Er riss ihren Kopf herum und musterte sie. Er hatte einen Helm auf, sodass sie ihr eigenes blutüberströmtes Spiegelbild sehen konnte, eine Person, die sich schon bald in einen Leichnam verwandeln würde.

Joli ging kopfschüttelnd umher. »Ich dachte, das sollte ein sauberer Einsatz werden!«

Taj musterte verdrießlich die Toten. »Die waren bessere Kämpfer als vermutet.«

»Ja, aber die Gefahr sollte von der Hundefresse ausgehen, und schau sie dir an.« Sie stupste den Halbmenschen mit dem Fuß an. »Das waren diese verfluchten ... *Leute.*« Sie bückte sich und riss den Kopf der jungen Frau an den fest geflochtenen Zöpfen herum. »Guck dir das an ... Wer zum Teufel ist das?«

Sie ließ den Kopf der Frau angewidert los.

Taj war geneigt, ihr zuzustimmen. Vier R&R-Teams, und das war davon übrig. Er und Joli, und das nur deshalb, weil sie Glück gehabt hatten. Dabei hatte sich das Zielobjekt als ungefährlich erwiesen. Ein Haufen schorfarschiger Milizionäre hatte sie aufgerieben.

Im Funkkanal plapperten die anderen Teams, die in Küstennähe ihren Einsatz absolvierten. Das klang fast so heftig wie das, was sie soeben erlebt hatten. Der Nachbesprechung sah er mit Unbehagen entgegen.

»Su ist draußen im Flur«, sagte Joli. »Er lebt noch.«

»Was für eine Scheiße.«

Eagle Eye meldete sich. »*Wie ist Ihr Status? Haben Sie das Zielobjekt?*«

Taj warf Joli einen zornigen Blick zu. Eagle Eye schaute ihnen über die Schulter. »Ja. Wir haben das Zielobjekt. Wir brauchen aber Unterstützung beim Abzug. Wir haben zahlreiche Ausfälle. Viele Tote.«

»Wir haben die Daten. Su hat noch einen kräftigen Herzschlag. Können Sie ihn nach draußen schaffen?«

»Wir sollen alle anderen zurücklassen?«

»Bestätigt. Aufräumteams sind bereits unterwegs. Aber Sie müssen verschwinden, bevor die KP auftaucht. Jeder, der noch kann, muss verschwinden. Keine Spuren.«

Draußen im Dunkeln wurde gerufen, Hausbewohner polterten die Treppe hinunter. Es waren noch immer Zivilisten im Haus. Die Küstenpatrouille würde bald da sein. Über Funk hörte er, wie Seema die Scharfschützenausrüstung einpackte und verschwand, sich in ein Gespenst verwandelte.

»Können Sie abziehen?«, fragte Eagle Eye drängend.

»Bestätigt«, sagte Taj seufzend.

»Wir ziehen uns zurück?«, sagte Joli.

»Ja, wir machen reinen Tisch.« Er ging zu der jungen Frau hinüber, die noch atmete. Blut lief zwischen den Fingern der Hand hervor, die sie auf ihren Bauch presste. Sie versuchte sich aufzurichten, schaffte es aber nicht. Eins musste man den Soldaten aus den Versunkenen Städten lassen – sie hatten Mumm.

Sie wollte etwas sagen, war aber nicht zu verstehen. Vielleicht betete sie.

Hinter ihm fragte Joli: »Dann geben wir der Hundefresse also den Rest? Oder nehmen wir ihn mit, weil er kapituliert hat?«

Taj blickte sich zum Halbmenschen um. Schwer zu glauben, dass sie sich wegen ihm so große Sorgen gemacht hatten. Er lag winselnd auf dem Rücken und flehte um seinen Tod. Sowas kam vor.

»Töte ihn. Und denk dran, eine Blutprobe zu nehmen.«

»Ich hoffe sehr, dass es diesmal die richtige Hundefresse ist«, sagte sie.

»Die letzte war nicht meine Schuld«, entgegnete Taj. »Mach deinen Job und nimm die Probe.«

Selbst jetzt noch, da die Hundefresse sich unterwürfig am Boden krümmte, löste sie eine elementare Furcht aus, die natürliche Reaktion auf ein Monstrum. Die Konstrukte waren dazu erschaffen worden, Menschen eine Mordsangst einzujagen. Und solange noch ein Hauch von Leben in einer Hundefresse steckte, war sie Taj nicht geheuer.

Joli hörte nicht auf zu motzen. »Ich dachte, der wäre ein geniales Kriegsmonster. Dabei hat er nicht mal gekämpft.«

Die verwundete Frau hustete: »*Tool.*«

Ihre Lippen waren blutig. Taj drückte ihr den Pistolenlauf an die Stirn. Sie sah benommen und furchtlos zu ihm auf. Bereit zu sterben.

Er drückte ab.

Die Frau zuckte zusammen, doch das leere Magazin klickte nur.

Typisch.

Ein Hoffnungsschimmer trat in ihre Augen. »Tool?«, flüsterte sie.

»Der ist fertig, Mädchen.« Taj zog das Kampfmesser aus der Scheide und hockte sich neben sie. »Du bist fertig.«

»Und? Wie ist es gelaufen?« Caroa beugte sich angespannt über Jones' Schulter.

»Bei der KP herrscht reger Funkverkehr. Sie reagiert auf die Ablenkungsmanöver, aber es bleibt uns nicht viel Zeit, um alle rauszuholen.«

»Und Karta-Kul? Ist er tot?«

Jones ließ den Videofeed der überlebenden Soldaten anzeigen. Eine schäbige Wohnung. Rauch und Blut. Das riesige Konstrukt zusammengekrümmt am Boden liegend.

Sie atmete zischend aus. Ihr war gar nicht bewusst gewesen, dass sie die Luft angehalten hatte.

Caroa beugte sich weiter vor. »Die Ausbildung hat sich durchgesetzt«, murmelte er in beinahe andächtigem Ton. »Er ist zumindest noch teilweise konditioniert.«

»Sieht ganz so aus.«

»Geben Sie ihm den Rest«, befahl Caroa.

»Ja, Sir. Sie machen sich schon bereit zum Abzug.«

»Tool …«, flüsterte Mahlia. Es fiel ihr schwer, zu sprechen. Es fühlte sich an, als würden ihre Innereien dort, wo die Kugel eingedrungen war, von Messerklingen zerfetzt. Sie wusste nicht mal, was sie ihm mitteilen wollte oder weshalb es ihr so wichtig war. Seine Ohren zuckten, als er ihre Stimme hörte.

»Der ist fertig, Mädchen.« Der Mercier-Soldat packte ihr Haar und riss ihren Kopf nach hinten, entblößte ihre Kehle. »Du bist fertig.«

Mahlia blickte zur Gasmaske des Henkers auf. Sie wunderte sich darüber, dass das Messer ihr keine Angst machte. Es war beinahe so, als schwebe sie zur Decke hoch und schaue auf den schlaffen Körper einer Fremden hinab.

Sie hatte ihren Tod bereits weit hinter sich gelassen.

Er zählte nicht. Alle anderen waren bereits tot. Ihre Mutter. Doktor Mahfouz. Van und Stork und Stick. Alle, die sie je gekannt hatte, waren entweder hier oder in den Versunkenen Städten gestorben. Bald würde auch Tool sterben. Er zitterte, bettelte praktisch darum, getötet zu werden.

Mahlia beobachtete, wie die Mercier-Soldatin die Waffe hob, um ihm eine Kugel zu verpassen. Sie spürte, wie der Mann ihren Kopf zurückriss und ihre Kehle entblößte.

Sie hatte sich sehr bemüht, und das war dabei herausgekommen. Ihr wurde die Kehle durchgeschnitten, sie wurde geschlachtet in einer schäbigen Wohnung in einer fremden Stadt, geschlachtet wie eine Ziege.

So lange war sie davongelaufen und hatte sich versteckt, hatte sich im Dschungel verborgen und überlebt, während andere Verstoßene in den Versunkenen Städten gestorben waren wie die Fliegen. Sie war einfach nur eines von vielen verstoßenen chinesischen Friedenswächterkindern gewesen, ein Mädchen mit dem falschen Aussehen und der falschen Sprache, das sich falsch verhielt. Das geborene Opfer, das nur darauf wartete, geschlachtet zu werden.

Und jetzt passierte es wieder.

Nein.

Plötzlich befand sie sich wieder in ihrem Körper, blickte zu dem Soldaten auf, sah ihn klar und deutlich vor sich. Sah, wie das Messer sich ihrem Hals näherte. Und sie lag einfach nur da und erwartete den tödlichen Hieb. Zorn überschwemmte ihren Leib.

Ich bin kein Opfer.

Sie spannte ihre Hand an. Etwas Druck, eine Drehung, so wie Ocho es ihr beigebracht hatte. Der arme, tote Ocho. Sein Geschenk aber hatte sie noch. Ein Druck, eine Drehung. Die Prothese reagierte.

Klick.

Tool beobachtete verblüfft, wie eine Klinge aus Mahlias Handprothese hervorschoss, ein mattschwarzer Dorn. Eine Klaue.

Sie rammte dem Soldaten das Messer in den Hals.

Der Mann gurgelte und schlug zu. Er versuchte, sie ebenfalls zu schneiden, doch er lag bereits im Sterben. Mahlia riss ihre Hand zurück. Blut spritzte aus dem Hals des Soldaten, hellrotes Arterienblut. Sie stach erneut zu, worauf der Soldat zusammensackte, an seinem eigenen Blut erstickte und mit dem Messer kraftlose Bewegungen vollführte.

Tools konditionierter Körper zuckte zusammen, als er sah, wie ein Mercier-Soldat zu Tode kam, doch er verspürte auch Freude. Mahlia hatte sich gewehrt. Sie würde vielleicht nicht triumphieren, doch sie hatte sich wenigstens gewehrt.

Tools Henker wandte sich überrascht um und hob das Gewehr. Mahlia warf sich nach vorn, ihre Klinge glänzte. Sie musste gewusst haben, dass sie den Abstand nicht rechtzeitig überwinden konnte, bevor die Kugeln sie trafen, doch sie kämpfte, ungeachtet der Schmerzen, ungeachtet der Unausweichlichkeit des Scheiterns. In ihren Augen lag ein mörderisches Funkeln, sie scheute nicht davor zurück, Mercier-Soldaten zu töten, sein Rudel zu töten ...

Nein.

Mahlia war sein Rudel. Selbst jetzt noch, da sie starb, kämpfte sie für ihn und verteidigte ihn, weil er sich nicht wehren konnte.

Rudel.

Das wahre Rudel.

Erinnerungen an Kalkutta stürzten auf Tool ein, so vollständig und grauenhaft, dass Tool glaubte, er verliere den Verstand.

Sein Rudel, seine Leute. Alle neben der Tigergarde von Kalkutta aufgereiht, auf die Schlachtreihe von Mercier einhackend, Menschen, ihre ehemaligen Herren, vor ihnen flüchtend, schreiend, wie Weizenhalme fallend. Die Tigergarde von Kalkutta und die Schnellen Angriffsklauen von Mercier kämpften Seite an Seite, vereint gegen die Menschen.

Er erinnerte sich.

Die Ketten, die Tools Körper fesselten, zerrissen.

Roter Nebel breitete sich aus.

Mahlia stockte der Atem, als der Soldat, auf den sie sich hatte stürzen wollen, zerfetzt wurde. Tool stand aufrecht da und brüllte, mit dem Blut seines Opfers bedeckt. Der alte Tool. Der monströse, schreckliche, unerbittliche Tool. Der Kriegsdämon, der nichts und niemanden fürchtete und vor keinem Herrn das Knie beugte.

Fleischfetzen klatschten gegen die Wände und regneten auf den Boden herab. Mahlia sank auf die Knie und fasste sich an den Bauch, als der Schmerz sie überwältigte und der Adrenalinstoß von Schwäche und Zittern gefolgt wurde.

Tool ging durchs Zimmer. Aus zahlreichen Wunden floss Blut, doch er verhielt sich so, als wären es lediglich Kratzer. Er packte einen toten Soldaten, und Mahlia glaubte schon, er werde ihm das Herz herausreißen und sich daran laben, doch stattdessen nahm er ihm den Helm ab und riss ihm das Funkgerät aus dem Ohr. Er lauschte einen Moment, dann ging er zu Mahlia hinüber und kniete neben ihr nieder.

»Du bist verletzt«, knurrte er.

Mahlia lachte kraftlos. »Du nicht?«

Das Monster schüttelte den Kopf. »Die Wunden sind jetzt bedeutungslos.« Er betastete vorsichtig ihre Bauchverletzung. Sie zischte vor Schmerz.

»Wir müssen dich wegbringen«, sagte er. »Bald werden hier noch mehr Leute auftauchen.«

»Die Küstenpatrouille?«

Tool tippte auf den Ohrhörer. »Mercier. Sie wissen, dass der Einsatz misslungen ist. Sie formieren sich neu. Sie werden bald hier sein.«

Mahlia versuchte sich aufzurichten, die Hand auf den Bauch gepresst. »Wir brauchen Ausrüstung. Ich brauche eine Waffe.«

»Du brauchst Medizin ...« Tool brach ab, seine Ohren zuckten.

»Was ist?«

»Ich höre jemanden.«

Mahlia humpelte Tool hinterher, der zum Hinterausgang schlich. In der blutgetränkten Küche stapelten sich die Toten. Tool wühlte in dem Haufen und zog die Mercier-Soldaten zur Seite. Er entfernte einen weiteren Toten, darunter kam Ocho zum Vorschein. Er war blutverschmiert, doch er atmete.

»Ocho!« Mahlia stolperte zu ihm.

Ocho lächelte ihr kraftlos entgegen. »Ah, gut. Ich dachte schon, es hätte uns alle erwischt.« Sein Atem rasselte. Mahlia tastete ihn ab. Seine Kleidung war zerfetzt, und er hatte Schürfwunden und Schnittverletzungen davongetragen, war aber erschreckend blass.

»Wo tut es weh?«

»Meine Beine ...«, knurrte er.

Tool zog einen Toten weg, der quer über Ochos Unterkörper lag. Mahlia zuckte zusammen.

Ochos Beine waren zerfetzt, sie waren Mus. Er hatte praktisch beide Gliedmaßen verloren. Blut sickerte auf den Boden und in die zerfetzten Reste seiner Shorts. Es war überall.

Mahlia schüttelte traurig den Kopf. »Ach, Ocho. Ocho ...« Sie fuhr mit den Händen an Ochos Beinen entlang, suchte nach den Arterien. Es musste doch etwas geben, das sie für ihn tun konnte. Nach allem, was sie von Doktor Mahfouz gelernt hatte. Luftröhre, Atmung, Kreislauf ... sie musste die Blutung stoppen. Sie musste den Schock behandeln. Eine Infektion verhindern.

»Bleib bei mir, Ocho«, sagte sie. »Wir sind hier nicht in den Versunkenen Städten. Hier gibt es Krankenhäuser. Gute Krankenhäuser. Die flicken dich wieder zusammen.«

Ocho aber blickte Tool an, der den Kopf schüttelte. »Bald werden neue Leute hier auftauchen«, sagte Ocho. »Viele Leute.«

»Also lass uns von hier verschwinden ...«

Ochos Gesicht verzerrte sich vor Schmerz. »Schau mich an, Mahlia. Ich wäre euch nur eine Last.«

»Du bist für mich keine Last!«

Tool nahm einem toten Soldaten das Funkgerät ab und hielt es sich ans Ohr. »Hör zu, Mahlia.«

Knisternde Stimmen. »*...ünf, vorrücken. Reserve sechs, Scharfschütze zwei, Sie haben freie Hand. Gute Jagd.*« Jemand dirigierte aus der Ferne das Gemetzel mit ruhigen, rasch aufeinanderfolgenden Anweisungen.

»Sie wollen uns den Garaus machen«, sagte Tool. »Sie kommen.«

»Sollen sie nur.« Unter Schmerzen nahm Mahlia einem der Mercier-Soldaten das Gewehr ab. »Sollen sie's ruhig versuchen.«

Ocho drehte den Kopf herum und blickte Tool an. Mahlia gefiel das nicht.

»Wir müssen los«, sagte Tool.

»Ich kann ihn nicht zurücklassen!«, sagte Mahlia. »Ich bin schuld, dass er verletzt ist! Ich habe ihm das hier eingebrockt!«

»Nein.« Ocho hustete schwach. »Wir haben uns entschieden. Wir sind dir gefolgt, weil wir uns entschieden hatten.« Er wies mit dem Kinn auf ihre blutige Prothese. »Bin froh, dass dein Schweinestecher funktioniert hat. Hab gewusst, dass er dir nützen würde.«

Tool durchsuchte einen weiteren toten Mercier-Soldaten. Er richtete sich auf und überprüfte das Magazin der Waffe, die er ihm abgenommen hatte. »Sie kommen, Mahlia. Wir müssen verschwinden.«

»Sollen sie ruhig kommen!«

»Nein.« Ocho krallte die Hand in ihren Arm. »Geh. Lass dich zusammenflicken. Geh irgendwohin, wo es sicher ist.« Seine Hand rutschte zu ihrem Gewehr hinunter, zerrte daran. »Gib es mir. Ich nehme das. Du verschwindest.« Er sah auf seine zerfetzten Beine nieder, dann schaute er zu ihr hoch. »Das soll nicht vergeblich gewesen sein, Verstoßene.« Er nahm ihr die Waffe behutsam aus der Hand.

Tools Ohren zuckten. »Sie haben das Gebäude betreten.«

Mahlia verschwamm die Sicht vor Tränen. »Ocho ...«, flüsterte sie, doch Tool hatte ihr seine große Pranke auf die Schulter gelegt und zerrte sie weg.

»Geh, Mahlia«, sagte Ocho. »Ich kümmere mich um die Maden.« Er blickte Tool an. »Nimm sie mit. Los!«

»Gute Jagd!«, knurrte Tool. Mit einer geschmeidigen Bewegung hob er Mahlia hoch.

»Nein!«

Sie wehrte sich, wollte zu Ocho zurück, doch es war, als kämpfe sie gegen einen Berg. Tool ignorierte sie, trug sie fort von Ocho und all den toten Soldaten. Sie schlug um sich, biss und kratzte ihn. Sie ließ die Klinge hervorspringen und versuchte, ihn zu schneiden, doch Tool wehrte sie mühelos ab. Er war stark.

Jetzt war er stark. Jetzt, da es zu spät war. Jetzt, da nichts mehr übrig war.

Das Letzte, was Mahlia sah, war, wie Ocho, inmitten der Toten liegend, die Hightechwaffe ausrichtete und sich auf das letzte Gefecht gegen Mercier vorbereitete, einen Gegner, der nicht aufzuhalten war.

Als Tool sie durch die Trümmer der Rückwand schleppte, fühlte sich ihr Bauch an, als wüteten Rasierklingen und Feuer darin. *Lass mich einfach sterben.* Tool packte die verbogene Feuerleiter und kletterte in die Höhe. Sekunden später hatte er das Dach erreicht.

Von hier aus konnte Mahlia weit sehen. Die funkelnden Lichter der reichen Stadt. Das gekräuselte Wasser von Seascape. Das Gebäude unter ihr wurde von Gewehrsalven erschüttert.

Ocho ...

Tool hob sie hoch und rannte zum Rand des Daches. Er sprang. Einen wilden Moment lang flogen sie durch die Luft, dann fielen sie herab.

Sie prallten aufs nächste Dach. Der Schmerz explodierte in Mahlias Bauch.

Sie verlor das Bewusstsein.

Als Mahlia erwachte, fühlte sie sich benommen. Es stank nach Fisch. Sie setzte sich mühsam auf. Ihre Hände fassten in kühlen Morast. Sie sah dunkle Holzpfeiler, schwappendes Wasser ...

Sie begriff, dass sie unter einem der großen Piers lag, an denen die Klipper anlegten. Am Rand des Wassers hockte Tool und schaute auf die Bucht hinaus.

In dieser dunklen, morastigen Umgebung wirkte der Halbmensch noch tierhafter als sonst. Seine Schultern und sein Rücken glänzten schwarz von frischem Blut, eine zerfetzte Landschaft aus Löchern und Scharten. Mahlia begriff, dass er sich die Kugeln eigenhändig aus dem Leib gepuhlt hatte.

Als sie sich bewegte, zuckten Tools Ohren, und er wandte sich zu ihr um. Sein Auge leuchtete unnatürlich gelb.

Hinter ihm breitete sich Seascape aus. Die Positionsleuchten der Klipper schimmerten auf den Wellen, als die Schiffe Segel setzten. Die roten Warnlichter der schwimmenden Arkologien blinkten in stetigem Rhythmus. Am Rand der Bucht leuchteten die Scheinwerfer der Lagerhäuser und Werftkräne, die Tag und Nacht in Betrieb waren. All diese Geschäftigkeit, all diese Geschäfte, all der Reichtum ...

Ihr Blick wurde von einem orangefarbenen Flackern in der Nähe der Tiefwasser-Ankerplätze angezogen. Schwitzend und keuchend, den Bauch voller Sägezahnschmerz, kroch sie durch den Morast zu Tool hinüber. Auf dem Wasser brannte ein Schiff. Die Segel. Von den Heckkabinen loderten Flammen empor.

»Die *Raker*«, wisperte sie.

»Ja.«

Ihr wurde bewusst, dass Tool ihr etwas auf der flachen Hand reichte – das Funkgerät von Mercier. Sie drückte es sich ins Ohr.

»*Kontakt*«, sagte jemand. »*Sauber.*«

»*Zwei Uhr.*«

Sie hörte einen gedämpften Schuss. Blickte bestürzt Tool an. Der nickte bestätigend. »Mercier.«

Die Kampfgeräusche hielten an.

»*Kombüse. Kontakt.*«

»*Kombüse, sauber.*«

»*Team zwei?*«

»*Kontakt.*«

Weitere Schüsse.

»*Heckkabinen sauber.*«

Die Meldungen wirkten entspannt, erfolgten beinahe im Plauderton. Es war Krieg, doch das hier war etwas anderes als der fieberhafte, blutige, adrenalinbefeuerte Kampf, den Mahlia von den Versunkenen Städten her kannte. Das hier ging ruhig vonstatten – chirurgisch, entspannt und zielstrebig, so wie man eine Katze im Sack ertränkt.

»Weshalb zerstören sie das Schiff?«, fragte sie.

Tool brummte. »Ich glaube, sie wollen alle Spuren von mir verwischen. Die Erinnerung an mich vom Antlitz der Erde tilgen.«

Weitere Schüsse knallten im Ohrhörer, abgefeuert ohne Bosheit und Furcht.

»Sauber.«

Alle wurden getötet. All die Kindersoldaten, die sie von den Versunkenen Städten hierhergebracht hatte, die verängstigten Jungs, die sie gerettet hatte und die sich ihr angeschlossen hatten, als sie den Schmuggelplan für die *Raker* entwickelt hatte.

»Sauber.«

Wilde, unglaublich zähe Jungs mit Brandmalen auf den Wangen. Sie dachte daran, wie sie ihr nach dem ersten erfolgreichen Kunsteinsatz auf dem Deck der *Raker* zugeprostet hatten. Ocho hatte ihnen zugeschaut, hatte die Jungs im Auge behalten. Er hatte keinen Tropfen getrunken, denn für sie war er der beste Vaterersatz, den sie in all den Jahren gehabt hatten.

»Team eins, Rückzug.«

Das Feuer an Bord der *Raker* breitete sich aus. Segel. Vor- und Achterdeck. Mahlia wurde jäh bewusst, dass auch Almadis Seeleute an Bord sein mussten. Vielleicht sogar Almadi persönlich. Bei den Parzen, die Frau hatte recht daran getan, Tool zu fürchten.

Mahlia presste die Hand auf ihre Bauchverletzung und schaute zu, wie die Reste ihrer Welt zerstört wurden. Sie machte jetzt Gestalten aus, die zu den schattenhaften Schlauchbooten hinuntersprangen. Die Ratten verließen das sinkende Schiff. Ratten, die beiläufig alle Personen ausgelöscht hatten, die sie kannte oder die ihr etwas bedeuteten, und die jetzt weiterzogen.

Aber ich habe es geschafft!, wollte sie rufen. *Ich bin entkommen. Ich hatte das Schiff. Ich hatte eine Besatzung. Ich hatte einen Plan. Ich hatte ...*

Eine Zukunft. Ausradiert. Kabine für Kabine. Mit leisen Knallgeräuschen aus dem Ohrhörer.

»*Alles sauber.*«

»*Team zwei, Abzug ...*«

Die Funkverbindung brach ab. Mahlia drückte sich das Gerät fester ins Ohr, doch es war nichts mehr zu hören. Tool nickte, als habe er damit gerechnet. Er streckte die Hand aus.

»Sie haben die Funkverbindung gekappt. Haben gemerkt, dass das Gerät entwendet wurde.« Er nahm es entgegen und zerdrückte es zwischen den Fingern, verwandelte das dünne Plastik und die Elektronik in Staub. »Die haben's nicht gern, wenn der Gegner mithört.«

Die Schlauchboote der Angreifer entfernten sich von der brennenden *Raker*, entschwanden auf dem dunklen Wasser von Seascape.

»Das war's. Alle sind tot.«

»Ja.«

Mahlia verspürte eine überwältigende Erschöpfung. Sie ließ sich niedersinken, legte sich auf die Seite, bettete die Wange in den Morast. »Das ist meine Schuld. Du hast mich gewarnt, aber ich wollte nicht auf dich hören. Jetzt hab ich's kapiert.« Eine Schmerzwelle durchzuckte ihren Bauch, sie krampfte sich zusammen. »Menschen sterben um dich herum. Du stirbst nicht. Aber wir alle tun es. Alle anderen sterben, nur du bist noch da.«

»Du bist geschwächt.«

»Ja.« Sie zog das Hemd hoch und blickte auf das Einschussloch an ihrem Bauch nieder. So klein und doch tödlich. »Ich weiß.« Sie drängte die Traurigkeit, die sie zu überwältigen drohte, in den Hintergrund. »Wir sterben wie die Fliegen.«

Tool schwieg. Sein Blick verweilte auf der dunklen Bucht und dem brennenden Schiff. Es war beinahe friedlich. Der Morast. Das um die Pylone schwappende Wasser. Das weit entfernte Feuer.

»Mein Rudel ist auch tot«, sagte Tool. »Du bist die Letzte.«

Mahlia lachte. »Ja, also ...« Sie deutete kraftlos auf ihren Bauch. »Nicht mehr lange.«

»Du wirst wieder gesund.«

Mahlia lachte ungläubig, doch Tool musterte sie scharf. »Glaub mir. Ich mache dich gesund.«

»Wenn du es sagst.« Sie ließ die Wange in den Morast einsinken. »Wenn du mich wieder zusammenflickst, folge ich dir, wohin du willst. In die Sümpfe. In den Wald. Ganz egal. Wir halten die Füße still.«

»Nein.« Tool schüttelte den Kopf. »Die Orte, zu denen ich will, sind für deinesgleichen nicht geeignet. Wenn du wieder gesund bist, trennen sich unsere Wege.«

»Aber ich kann dir helfen.« Sie versuchte sich aufzusetzen und schnappte nach Luft, als der Schmerz sie durchzuckte. »Wir suchen uns ein Versteck.«

Tool schüttelte heftig den Kopf. »Nein. Kein Weglaufen, kein

Verstecken mehr. Ich bin jahrelang vor Mercier weggelaufen. Ich bin weggelaufen und habe mich versteckt, und ich habe gelebt, wie du es vorschlägst, habe ›die Füße still gehalten‹, doch es hat alles nichts genutzt.« Er stupste sie behutsam an. »Zu viele Menschen sterben, wenn ich weglaufe.«

»Aber du kommst nicht gegen sie an! Sieh dir doch an, was sie uns antun. Sieh dir an, was sie getan haben!«

»Unterschätz mich nicht, Mahlia. Ich habe gegen meine Natur gehandelt, als ich mich verstecken wollte, anstatt zu jagen. Aber damit ist jetzt Schluss. Jetzt will ich jagen, denn dazu bin ich geschaffen. Ich will kämpfen, wie man es mir eingeprägt hat.« Er knurrte leise und drohend. »Ich werde meine Götter jagen, und ich werde sie töten.«

Seine Reißzähne funkelten, sein Knurren wurde lauter. »Ich bin kein Opfer mehr.«

26.

JONES KLOPFTE ZAGHAFT UND wartete vor der Generalskabine. Wenn sie leise genug klopfte, würde er es vielleicht nicht hören, und dann bliebe ihr diese unangenehme Unterhaltung erspart.

Sie klopfte und benutzte nicht den Summer, und der alte Griesgram würde ihr später vielleicht vorwerfen, sie habe ihm nicht ausreichend Respekt erwiesen, und dann würde sie wahrheitsgemäß erwidern, sie wäre der Aufforderung nachgekommen ...

Die Tür glitt auf.

»Herein!«, rief der General.

Jones seufzte.

In Caroas Kabine herrschte Chaos. Onyx, der Konstruktadjutant des Generals, verstaute gerade dessen Besitztümer in Kisten, unterbrach seine Arbeit jedoch und geleitete sie zum General. Die prachtvollen Teppiche waren bereits zusammengerollt worden. Die alkoholischen Getränke waren weggepackt. Die alten Schwerter und Pistolen waren verschwunden. Die Karte mit den Schlachten, die er geführt hatte, war abgehängt worden.

Caroa aber war noch da. Er würde noch eine Weile General bleiben. Er war noch nicht weg vom Fenster. Noch immer stand ihm diese Kabine an Bord des Luftschiffs der Narwalklasse zu. Schließlich hielt Mercier sich ans Protokoll. Der General hatte seinen Rang behalten, auch wenn er das Kommando verloren hatte.

Caroa stand draußen auf dem Balkon, in der einen Hand ein Glas Kognak, in der anderen eine qualmende Zigarre.

»Danke, Onyx«, sagte Caroa, ohne sich umzudrehen. »Wir machen später weiter.«

Onyx entfernte sich. Jones wartete in dem ausgeräumten Raum darauf, dass der General sich ihr zuwandte. Er hatte sich über das Geländer gebeugt und schwelgte ein letztes Mal vor dem Exil in seiner Herrschaft über das SoCal-Protektorat.

»Jones«, sagte er und warf einen Blick über die Schulter. »Schenken Sie sich einen Drink ein.« Er richtete den Blick wieder auf Los Angeles.

Jones schaute sich suchend um, konnte aber keine Flasche entdecken.

»In dem Karton an der Tür!«, rief Caroa, ohne sich umzudrehen.

Sie fand den Karton und nahm zögernd ein zerbrechliches, mit Luftpolsterfolie umwickeltes Glas heraus. Sie schenkte sich unbeholfen ein, überlegte, wie viel das Getränk wohl wert sein mochte, und jonglierte mit Flasche und Glas, während sie neben den verpackten Überresten eines Lebens im Dienste von Mercier kauerte.

Mit dem Kognakglas trat sie hinaus auf den Balkon, wo ein warmer Wind wehte und der Blick über das Protektorat hinwegging.

Die *Annapurna* hatte in Bodennähe festgemacht, in nur dreihundert Metern Höhe über dem Hafen. Versorgungsschläuche umschlossen ihren Bauch wie Tentakel eines Kraken, der sie gepackt hielt und nie wieder loslassen würde. Über einige Schläuche wurde Abwasser abgepumpt, andere versorgten das Schiff mit Frischwasser und Wasserstofftreibstoff für die Drohnen. An den Halteseilen beförderten Flaschenzüge Proviant und Munition für die Supportcrew an Bord, die die Kisten auf die Stationen verteilen und das Luftschiff für den nächsten Einsatz klarmachen würde.

Draußen auf dem dunklen Wasser der Bucht leuchteten Klipper, positionsfeste Windflügel und Funkanlagen wie Fackeln. Über der Bucht hatten noch weitere Luftschiffe festgemacht, schwere Frachtschiffe und ein paar Passagiertransporter. An ihren langen Bäuchen prangten Logos. Huawei, Patel Global, LG, Mercier. Eine Menge Mercier-Logos waren dort draußen zu sehen. Los Angeles war ihr Zuhause, und das galt auch für den Großteil der Besatzung. Dies war einer der Haupthäfen des Konzerns, dessen Einfluss sich von hier aus über die Kaliküste und den pazifischen Raum erstreckte.

»Woran denken Sie, Analystin?«

»Ich werde versetzt.«

Caroa lachte freudlos. »Wenn es um Bestrafungen geht, sind sie gründlich.«

»Eigentlich werde ich befördert.«

»Ach, ja?«

»Wie ich hörte, haben Sie mir eine Empfehlung geschrieben.«

Caroa schnaubte. »Damit wollte ich Ihre Karriere versenken.« Doch er lächelte. »Wohin geht's?«

»Enge hat mich gebeten, mich bei ihm zu melden.«

»Ah.« Caroa salutierte spöttisch. »Das Exekutivkomitee. Dann starten Sie also durch. Als Belohnung für gute Dienste.« Seine Worte trieften von Ironie.

»Ich musste es ihnen sagen, Sir. Sie haben gesagt, sie wüssten Bescheid, aber sie hatten keine Ahnung ...«

Er schwenkte abwehrend die Hand. »Sie haben mich übergangen. Dieses Risiko wären nicht viele eingegangen. Die Befehle Ihres Generals zu hinterfragen. Mutiger Schachzug.«

»Also, es ist mein Job, mich rückzuversichern.«

Er lachte und schüttelte wehmütig den Kopf. »Ich habe Sie nicht mal kommen sehen. Ich dachte, Sie wären bloß übereifrig. Und dann stehe ich auf einmal vor dem ExCom und muss all die Dinge erklären, von denen ich glaubte, sie wären denen unbekannt. Alles, was Sie ausgegraben haben.«

»Es tut mir leid, Sir.«

»Leid?« Caroa tat erstaunt. »Es sollte Ihnen nicht leidtun, Jones, dass Sie das Spiel beherrschen. Sie haben ihren Zug gemacht, Sie sind das Risiko eingegangen, und jetzt heimsen Sie die Belohnung ein.« Er deutete mit dem Glas auf den neuen Aufnäher an ihrem Uniformärmel. »Sie haben sich offenbar richtig entschieden, also bedauern Sie nicht den Erfolg, den das mit sich bringt. Hier entschuldigt sich niemand.«

»Ich war nicht auf eine Beförderung aus. Ich dachte, sie sollten die ganze Geschichte kennen. Sie brauchten die Daten. Ich brauchte die Daten. Hätte ich gewusst ...«

»Hören Sie auf, sich zu rechtfertigen, Jones. Sie haben eine Entscheidung getroffen. Jetzt müssen Sie damit leben. Wie wir alle.« Er lächelte gezwungen. »Jedenfalls ist ExCom für Sie eine gute Sache. Aber seien Sie auf der Hut. Dieser Enge ist ein durchtriebener Bursche. Auch er versteht es, die Leiter hochzuklettern, und wird eher seine als Ihre Haut retten. Er hat kein Problem damit, Untergebene abzuservieren, wenn es ihm in den Kram passt.«

»Ja, Sir. Ich werde auf der Hut sein. Danke, Sir.«

Eine Weile schauten sie schweigend auf Los Angeles hinunter.

»Er ist immer noch da draußen«, sagte Caroa.

Jones brauchte nicht zu fragen, wen er meinte. »Wir werden ihn finden.«

»Nein ...« Caroa schüttelte den Kopf. »ExCom wird es vor allem darum gehen, die Handelsbeziehungen mit Seascape wiederherzustellen, wenngleich nach Nordosten schnuppernde Nasen deren kleinstes Problem ist. Jetzt liegt es an Ihnen. Sie müssen überall nach ihm suchen.«

»Es gibt keine neuen Hinweise«, sagte Jones. »Keiner der neuen Informanten hat eine Idee, wo er sein könnte. Wir befinden uns in einer Sackgasse.«

»Dann warten Sie eben«, sagte Caroa geringschätzig.

»Irgendwann wird er von den Mustererkennungssystemen erfasst werden. Er wird an Bord eines Schiffes gehen. Oder diese Frau aus den Versunkenen Städten, die er gerettet hat, zeigt sich auf der Straße. Oder er kauft in einer Co-Prosperity-Stadt Medikamente. Oder er paddelt in irgendeinem Protektorat-Orleans an einer Kamera vorbei. Wir sind nicht untätig«, sagte sie als Erwiderung auf seine verächtliche Miene. »Nur weil wir Seascape nicht niederbrennen, heißt das nicht, dass wir die Hände in den Schoß legen. Wir suchen ständig nach ihm.«

»Wenn Sie es sagen.«

»Nun, jedenfalls setze ich die Suche fort. Er kann sich nicht auf Dauer verstecken.«

»Ich weiß nicht, wovor ich mehr Angst habe: dass er auf ewig verschwindet oder dass er wieder auftaucht.« Caroa blickte bekümmert auf die Stadt hinunter. »Manchmal träume ich von dem Mistkerl. Ist mir seit Jahren nicht mehr passiert, aber jetzt ... ständig. Jede Nacht.« Er hob das Kognakglas. »Ich weiß nicht mal, ob das Zeug es besser oder schlimmer macht.« Er trank. Verzog das Gesicht. »Ich habe Jahre mit ihm verbracht.«

»Ich weiß. Ich habe Ihre Akte gelesen.«

Caroa reagierte überrascht. »Wie hoch ist Ihre Sicherheitsfreigabe?«

»Hoch. Enge wollte, dass ich alle Ihre Einsätze überprüfe. Ex-Com ist ... aufgebracht.«

»Also, in den Daten taucht nicht alles auf. Den Daten geht das Blut der Wahrheit ab. Da ist kein *Leben* drin. Die ganze Verbundenheit fehlt.« Caroa schüttelte den Kopf. »Er war etwas Besonderes. Sein ganzes Rudel war einzigartig. Ich habe jedes einzelne Gen von ihm ausgewählt. Wusste genau, was wir brauchten. Habe die Ausbildung des Rudels von Anfang bis Ende beaufsichtigt. Ich habe mit ihnen zusammengelebt. Habe mit ihnen gegessen und getrunken. Habe neben ihnen geschlafen. Habe mit ihnen zusammen gejagt und getötet. Wir waren ein Rudel, verstehen Sie? Ein *Rudel*.«

Die Betonung, die der General dem Wort verlieh, ließ Jones

erschauern. Es hatte etwas Obsessives, einen Hauch von Wahnsinn. Vermutlich war es richtig, dass der alte Mann von der Jagd ausgeschlossen wurde.

Caroa lächelte zynisch. »Sie glauben, ich wäre verrückt.«

Sie bemühte sich, ihre wahren Gedanken zu verbergen. »Nein, Sir.«

»O doch. Und ExCom glaubt das auch.« Er zuckte mit den Achseln. »Da scheiß ich drauf. Ist mir alles scheißegal. Dort, wohin ich gehe, juckt mich das alles nicht mehr.« Er lachte. »Ich werde General eines Haufens verdammter Pinguine sein. Ich bringe den kleinen Scheißern das Marschieren bei!« Er watschelte ein paar Schritte umher. »Links, zwo, drei, vier!«

Ist er etwa betrunken?, fragte sich Jones.

»Sie werden nicht ewig in der Antarktis bleiben«, meinte sie.

»Ich werde in der Antarktis sterben. Ich werde als überflüssiger Pickel am Arsch der Welt sterben.« Er lachte verbittert. »Ah. Sei's drum. Dann brauche ich mir wenigstens keine Gedanken mehr darüber zu machen, was mit den ganzen kurzsichtigen Arschlöchern hier oben passieren soll.«

Er blickte Jones an, auf einmal wirkte er vollkommen nüchtern. Mit seinen scharfen blauen Augen hielt er ihren Blick fest. »Aber *Sie*, Sie *werden* sich den Kopf zerbrechen müssen. Das ist jetzt Ihr Problem.« Er prostete ihr zu. »Und zwar ein ziemlich großes.«

»Jetzt, da wir wissen, was wir jagen, stehen unsere Chancen besser.« Sie konnte nicht verhindern, dass sie vorwurfsvoll klang.

»Also, wenigstens wissen Sie jetzt, weshalb ich bereit war, alles aufs Spiel zu setzen. Unsere Stellung in Seascape. Die Handelsmilliarden, die über die Polroute laufen. Finanzembargos.« Er lachte. »Sie dachten, ich wäre bereit, es mit Seascape aufzunehmen und dessen Verbündete gegen uns aufzubringen, nur weil irgend so ein Monster mich ins Gesicht gebissen hat. Sozusagen aus Rache.« Er spuckte über das Geländer. »Sie dachten, ich wäre verrückt.«

Ja. Ich dachte, Sie wären verrückt, alter Mann. Und das glaubt ExCom auch, und deshalb schickt man Sie in die Antarktis, wo Sie keinen Ärger mehr machen können.

Caroa musterte sie angewidert. »Ich habe ihn angegriffen, mit allen Mitteln, die mir zur Verfügung standen.« Er machte ein finsteres Gesicht. »Mit allen Mitteln, die man mir *zugestanden* hat. Denn er war einen kurzen Moment lang verwundbar. Er hat nicht mit uns gerechnet.«

»Offenbar doch«, entgegnete Jones trocken.

»Wir hatten das Überraschungsmoment auf unserer Seite!«, knurrte Caroa. »Hätten Sie nicht die Raptoren sabotiert, hätte ich die ebenfalls einsetzen können. Ich hätte dafür gesorgt, dass er nicht davonkommt.« Er musterte sie durchdringend.

Jones ließ sich nicht provozieren. »Genau das hat mir die Beförderung eingebracht, wissen Sie. ExCom war entsetzt darüber, dass Sie bereit waren, Seascape mit Chaos zu überziehen. Die hatten keine Ahnung, was Sie vorhatten ...«

Caroa winkte ab. »Lassen wir die Vergangenheit ruhen, Jones. Sie haben die richtige Wahl getroffen, ich die falsche.« Er zog an seiner Zigarre und richtete sie auf Jones. »Aber unser Freund wird von Tag zu Tag ein wenig stärker. Und das bedeutet, dass es beim nächsten Mal noch viel schwieriger sein wird, ihn zu eliminieren. Sehr viel schwieriger.«

Er nahm einen letzten Schluck vom Kognak. Verzog das Gesicht. Dann schleuderte er das Glas über das Balkongeländer.

Es beschrieb taumelnd einen glitzernden Bogen, dann verschwand es. Der General blickte ihm verdrießlich hinterher.

»Jetzt ist er Ihr Problem.«

27

Mahlia lebte im Dreck und genas allmählich.

In der ersten Nacht unter dem Pier verschwand Tool im schwarzen Wasser von Seascape und kehrte kurz darauf mit Dingen zurück, die er unbemerkt von einem Schiff entwendet hatte: Schläuche und Spritzen, Faden, leere Infusionsbeutel – zu Mahlias Überraschung aber keine Zellstimulanzien und keine Antibiotika.

Als sie ihn fragte, weshalb er keine Medikamente mitgebracht habe, erwiderte er, die seien unnötig. Er betäubte sie mit einer primitiven Ätherkompresse. Als sie zu sich kam, hatte sie schlimmere Schmerzen als zuvor, und auf ihrem Bauch zeichneten sich frische Nähte ab. Tool brachte gerade einen Infusionsschlauch an seinem Arm an.

Als er den Muskel anspannte, füllte sich der Infusionsbeutel mit einer dicken Flüssigkeit, die in der Dunkelheit unter dem Pier schwarz aussah.

Mit seinem Blut.

»Was machst du da?«, fragte sie benommen.

Tool brachte einen weiteren Schlauch am Beutel an und setzte eine Kanüle auf.

»Tool?«

Voller Grauen beobachtete sie, wie er ihren Arm in seine gewaltigen Pranken nahm. Sie wollte ihm den Arm entreißen, war aber nahezu hypnotisiert. Durch den mit seinem Arm verbundenen Schlauch füllte sich der Beutel, während er die funkelnde Nadel des zweiten Schlauchs über ihren Arm hielt.

»Was soll das?«

»Das wird schwer für dich werden«, sagte Tool. »Mein Blut wird deine Heilung befördern.«

Mahlia sträubte sich instinktiv. »Bist du wahnsinnig? Woher willst du wissen, ob die Blutgruppe passt?«

»Das gehörte zu unseren Aufgaben auf dem Schlachtfeld. Wir wurden so konstruiert, dass wir Menschen Blut spenden können. So wirst du schneller wieder gesund, als wenn wir ausschließlich gewöhnliche medizinische Verfahren anwenden würden.« Er musterte sie ernst. »Aber das ist Schlachtfeld-Medizin. Gedacht für Soldaten in Ausnahmesituationen. Es wird nicht angenehm sein. Dein Körper wird rebellieren, wenn mein Blut in deine Adern strömt.«

Sie fixierte unverwandt die Nadel. »Du wirst es auf jeden Fall tun, nicht wahr?«

Tool zuckte mit den Schultern. »Es wäre mir lieber, wenn du einwilligen würdest. Dein Immunsystem wird geschockt reagieren. Die Erfahrung wird unangenehm werden.«

Eine Untertreibung.

Kaum hatte er ihr die Kanüle in den Arm gestochen, übergab sie sich auch schon so heftig, dass sie fürchtete, die Bauchverletzung könnte wieder aufplatzen. Tool musste sie festhalten. Er drückte sie an sich, während sie krampfte und würgte, sich immer wieder auf sich und Tool übergab. Alles, was sie gegessen hatte, und noch mehr. Dunkles, schwarzes Blut ergoss sich aus ihrem Mund.

»Du bringst mich noch um«, krächzte sie und wischte sich mit zitternder Hand blutiges Erbrochenes von den Lippen.

»Du wirst wieder gesund«, sagte Tool, dann wurde sie von neuerlichen Krämpfen geschüttelt.

Er umklammerte sie mit seinen kräftigen Armen, während sie von Wellen der Übelkeit geschüttelt wurde. Während sie zuckte und würgte, hielt er sie fest und verhinderte so, dass die Nähte aufrissen. Wenn die Krämpfe nachließen, ballte er rhythmisch die Faust und pumpte sein genetisch verändertes Blut durch die Schläuche in ihren Arm.

Ihr verschwamm die Sicht. Sie wurde ohnmächtig. Als sie schwitzend und zitternd zu sich kam, war es dunkel.

»Ist es vorbei?«

Tool schüttelte ernst den Kopf. »Noch nicht.«

Fieber. Schweiß. Zittern. Sie hatte Schmerzen am ganzen Leib. Jeder einzelne Knochen fühlte sich an wie gesplittert. Sie löste sich auf im Schmerz, gab sich ihm hin.

Hin und wieder sah sie Tool, der neben ihr hockte und sie umsorgte. Dann wieder sah sie Kindersoldaten. Ocho und Van und andere. Manchmal war es Mouse, der Junge, der ihr in den Versunkenen Städten einmal das Leben gerettet hatte; manchmal waren es alte Schulfreunde, die von patriotischen Milizen niedergemäht wurden. Einmal war es ihre Mutter, die mit einem Schiffskapitän um den Preis für ein Kunstwerk feilschte, in der Sonne strahlend vor Freude über das gute Geschäft. Wie schön sie gewesen war ...

Sie erinnerte sich daran, wie ihre Mutter sie gehalten hatte, wie sie sie an sich gezogen und getröstet hatte, wenn ihr Vater wieder seine Launen hatte. Er, der Kommandant, saß in ihrer Wohnung im Herzen der Versunkenen Städte, trank Baijiu-Schnaps und verfluchte die Bewohner der Versunkenen Städte, weil sie so unzivilisiert waren.

Albträume quälten sie, und als sie erwachte, krabbelten Krabben unter ihrer Haut und kniffen sie in die Eingeweide. Sie zerrte an ihrer Kleidung, riss an den Verbänden, versuchte sie loszuwerden ...

Tool rückte drohend näher. »Das kommt von meinem Blut.« Er packte ihre Hände und hielt sie fest, während die Krabben mit ihren scharfen Zangen weiter unter ihrer Haut wüteten und sich in ihrem Bauch einnisteten.

Wenn sie vorübergehend aus dem Delirium erwachte, hockte Tool an ihrer Seite und beobachtete sie geduldig. Dann fühlte sie sich sicher und verspürte Dankbarkeit, staunte darüber, dass es sie noch gab und dass immer noch jemand für sie da war – dann versank sie wieder im Fiebertraum. Doktor Mahfouz tauchte auf, setzte sich neben sie und wischte ihr den Schweiß von der Stirn, umsorgte sie und sagte ihr voller Bedauern, Krieg zeuge immer neuen Krieg.

Immer immer immer.

Sie versuchte ihm zu erklären, dass sie sich den Kampf nicht ausgesucht habe.

Ich habe mich bemüht, versuchte Mahlia zu erklären. *Ich habe mich bemüht, alldem zu entkommen.*

Doch als das Fieber nachließ, war der Doktor nicht da, sondern Tool hockte neben ihr, das Wesen, das all seine Probleme mit überbordender Gewalt gelöst hatte, und sie brauchte sich nicht mehr zu rechtfertigen.

Endlich erwachte sie, und auf den blauen Wogen von Seascape glitzerte der Sonnenschein.

Tool hockte in der Nähe. Er weidete gerade irgendein Tier aus, es zitterte noch, als er schon davon aß. Eine Robbe. Tools Ohren zuckten, als Mahlia sich regte. Er schaute sich nach ihr um, die Schnauze blutverschmiert.

»Wie fühlst du dich?«

Sie versuchte zu antworten. Ihre Stimmbänder waren eingerostet. Sie räusperte sich. »Besser.«

Sie bewegte sich zaghaft und verspürte zu ihrem Erstaunen nur einen dumpfen Schmerz im Bauch. »Viel besser.« Sie setzte sich vorsichtig auf und schlug die Beine unter. »Stark.«

Tool kam herüber und legte ihr die Hand auf die Stirn. »Du wirst Seascape schon bald verlassen können.«

»Weshalb bist du so kräftig? Wieso jetzt?«

Tool hielt mit seiner Untersuchung inne. »Du hast mich geheilt.«

»Nein. Ich meine, du warst so schwach. Als ... als sie uns töten wollten. Du hast einfach nur dagelegen ... und dann hast du auf einmal blitzschnell reagiert, doch es war schon zu spät.« Sie unterdrückte ein Schluchzen und dachte an Ocho, den sie zerschmettert zurückgelassen hatte. »Du hast zu spät reagiert.«

»Das lag an meiner Konditionierung«, sagte Tool leise. »Es war lange her, dass ich mit einem Sturmtrupp von Mercier zu tun hatte.« Er schüttelte seinen großen Kopf, eine menschliche Geste, die Enttäuschung ausdrückte. »Ich dachte, ich hätte das Bedürfnis zu gehorchen abgeschüttelt, doch da lag ich falsch. Meine ehemaligen Herren haben tief in meinem Innern Kontrollmechanismen verankert. Das liegt mir in den Genen und ist mir anerzogen. Tausende Jahre Unterwürfigkeit als Haustier des Menschen. Ich wurde erschaffen, um mir einen Herrn zu suchen, und der war jahrelang Mercier. Als sie uns angriffen, fiel es mir unglaublich schwer, gegen sie zu kämpfen. Selbst jetzt noch ...« Er stockte und wandte den Blick ab. »Selbst jetzt noch sehnt sich ein Teil von mir danach, sich auf den Rücken zu wälzen und um Vergebung zu betteln.« Er schüttelte angewidert den Kopf.

»Aber dann hast du doch gekämpft«, sagte Mahlia. »Bloß zu spät, um etwas ausrichten zu können.«

»Ja«, sagte Tool leise. »Ich habe versagt.«

Mücken umschwirrten sie. Mahlia versuchte sie zu erschlagen, wenn sie sich auf ihr niederließen, doch sie war müde. Sie bettete den Kopf auf ihrem verdreckten Arm und lauschte auf das Klatschen der Wellen und das Gepolter der Schauerleute auf den Docks, die die Fracht entluden. Von hier aus war schwer auszumachen, wo die *Raker* sich befunden hatte. Sie hätte gern gewusst, ob noch etwas davon übrig war. Ob sie vollständig gesunken oder recycelt worden war.

»Du hast gemeint, du wolltest sie jagen«, sagte sie schließlich.

»Mercier. Ja. Die haben mich für den Krieg erschaffen. Sie sollen ihren Krieg bekommen.«

»Aber Mercier verfügt über Armeen. Abertausende Menschen arbeiten für den Konzern. Du bist allein.«

»Sie sind sehr mächtig, das ist wahr.«

»Das ist es nicht allein. Du musst ihnen gehorchen, wenn du auf sie triffst. Das habe ich selbst gesehen ...«

Tool knurrte. »Ich bin kein gehorsamer Hund mehr. Das wird nicht noch einmal passieren.«

»Aber ich habe es doch gesehen! Du konntest rein gar nichts tun ...«

»Die sind nicht mein Rudel!«

Mahlia zuckte zusammen und hob unwillkürlich die Hände, um sich vor Tools Gefühlsausbruch zu schützen.

Tool wandte knurrend den Blick ab. »Man hat uns von klein auf gelehrt zu gehorchen. Diejenigen, die sich nicht vollständig unterwarfen, dienten als Anschauungsmaterial. Wir haben sie gegessen. Wir haben die Versager gefressen, verstehst du? Wir haben sie in Fetzen gerissen und sie verschlungen, Fleisch und Knochen. Sie waren unserer nicht würdig. Schon lange bevor ich auf Mercier und Caroa geprägt wurde, wurde ich auf Gehorsam getrimmt. Man gab uns Götter, die wir verehren konnten. Götter des Tötens und des Krieges. Wir haben diesen Göttern geopfert. Wir haben ihnen die Schwachen und Untauglichen geopfert.«

Er wies mit dem Kinn zur Sonne, die hoch am Himmel stand. »Man hat uns gesagt, unser Gott sei die Sonne, die in einem Kriegswagen über den Himmel jage. Der Sonnengott werde uns nach unserem Wert und unseren Schwächen richten. Wenn wir furchtlos kämpften und in glorreicher Schlacht fielen, würden wir einen Platz an seiner Seite bekommen, mit ihm durch die Savanne des Himmels streifen und Löwen und Säbelzahntiger jagen. Man versprach uns täglich frische Beute, erzählte uns, wir würden nachts im Mondschein in kühlen Flussbecken baden und tagsüber am Himmel jagen – alle, die furchtlos gekämpft hätten und in der Schlacht gestorben wären. Alle gemeinsam. Als Rudel.«

Er verstummte. »Es bringt große Schmach mit sich, wenn man sich gegen diese Ideale wendet. Gegen unseresgleichen. Gegen die Ehre. Die Vorstellung, von Gott und seinen Brüdern verachtet zu werden, ist nahezu unerträglich. Erst hat man die Knochen der Schwachen zerschmettert, ihnen das Mark ausgesaugt und geglaubt, sie verdienten den Tod ... und dann erkennt man, dass man selbst einer dieser *Versager* ist. Und dann wird einem vielleicht klar, dass wir nicht die Schwachen gegessen haben, sondern die Stärksten.«

Er bleckte die Zähne und legte die Ohren an. »Es ist schwer, an der Idee einer neuen Art von Ehre festzuhalten und sie gegen die Ehre aufzuwiegen, an die man geglaubt hat.«

»Kann sie zurückkommen? Diese Schwäche?«

»Nein.« Er berührte sie an der Schulter. »Du bist mein Rudel, Mahlia. Wir sind unser Rudel. Die nicht. Es reicht mir, das zu wissen. Wenn ich noch einmal auf sie treffe, werde ich keinen Moment zögern.«

»Aber wir können sie nicht bekämpfen. Sie sind weit entfernt. Sie haben Drohnen. Sie haben Schlachtschiffe und Armeen und Luftschiffe. Raketen ...« Mahlia verstummte.

Zu ihrer Überraschung lachte Tool, ein leiser, zufriedener Laut. »Ja«, sagte er. »Meine Götter halten sich für mächtig, weil sie Feuer auf mich herabregnen lassen können.« Ein vielsagender Blick. »Sie haben es schon einmal getan, in Kalkutta, als ich meine wahre Kraft und mein wahres Wesen erkannt habe.« Er ballte die Faust. »Und deshalb muss ich sie jetzt töten, wenn ich Frieden haben will.«

»Aber das ist unmöglich!«

»Nicht unmöglich. Bloß schwierig«, sagte Tool. »Meine Götter wohnen im Himmel, deshalb muss ich sie dort oben jagen. Das ist alles. Ich muss in den Himmel aufsteigen.«

Er lächelte leicht und zeigte seine scharfen Zähne. »Zweifle nicht an mir, Mahlia. Vertrau mir. Ich werde in den Himmel aufsteigen, und ich werde meine Götter jagen, und wenn ich mit ihnen fertig bin, wird es nur noch mich geben, und ich werde im Kriegswagen über den Himmel ziehen. Vielleicht werde ich sogar zur Sonne werden.«

28

Vorerst aber stieg Tool nicht zum Himmel auf, wie er es vorhergesagt hatte, und metzelte auch keine sogenannten Götter.

Stattdessen lebte er im Schatten und im Dreck, während Mahlias Genesung ihren Fortgang nahm. Tool beharrte darauf, ihr Versteck zwischen den Pfeilern des Piers nicht zu verlassen. Sie lebten inmitten von Möwen und Krabben und bekamen hin und wieder Besuch von einer Robbe, die in den Morast hineinrutschte und von Tool prompt ausgeweidet wurde.

An Nahrung hatten sie keinen Mangel.

Allmählich kam Mahlia wieder zu Kräften, und auch Tool wurde immer stärker. Von Tag zu Tag nahm sein Selbstbewusstsein zu. Die Kraft schien von ihm auszustrahlen, eine Art schwelende Entschlossenheit.

Bisweilen beobachtete Mahlia ihn dabei, wie er in der Dunkelheit unter dem Pier hockte und einen Fisch, eine Robbe oder einen Hund zerlegte – und sie gestand sich ein, dass sie sich vor ihm fürchtete.

Früher hatte er ein paar elementare menschliche Eigenschaften besessen, eine Art Weichheit, wenn man so wollte, ein gewisses Maß an Empathie, und deshalb hatte sie ihm vertraut.

Doch jetzt ...

Jetzt machte er einen ganz anderen Eindruck. Er wirkte nicht mehr wie ein Freund oder Verbündeter. Er hatte etwas Ursprüngliches, Beunruhigendes an sich. Ein Albtraumgeschöpf aus der fernen Vergangenheit des Menschen, ein uraltes Monster, ein Wesen, den dunkelsten Mythen der Urmenschen entsprungen, in jener Zeit, als der Urwald noch nicht gerodet war und als Affen im Dunkeln kauerten und sich bemühten, das Feuer zu meistern. Ein Monstrum mit eigenen Interessen und Absichten. Ein Wesen, das sich um sie kümmerte und sie mit Nahrung und Trinkwasser versorgte, das er von den Schiffen im Hafen stahl, das sie aber ebenso gut verschlingen konnte.

Einmal bemerkte er, dass sie ihn ansah.

»Ich bin keine Bedrohung für dich, Mahlia«, sagte er. »Wir sind ein Rudel.«

»Ich habe keine ...«, setzte sie an, doch die Entgegnung erstarb ihr auf den Lippen. Es hatte keinen Sinn, ihm zu widersprechen. Tool ließ sich nicht täuschen.

Eines Tages, als sie ausreichend wiederhergestellt war, sagte er: »Ich brauche Informationen. Du musst sie mir beschaffen. Es gibt hier Kameras. Man wird nach mir suchen, aber nach dir auch. So wie du aussiehst, wird man dich erkennen.« Er gab ihr eine Jacke, die er von einem Schiff in der Bucht entwendet hatte. »Am Abend ist es kühl genug, um damit nicht aufzufallen. Ich denke, das könnte klappen.« Er reichte ihr einen Stein. »Tu den in deinen Schuh. Das lenkt sie ab.«

»Wie soll ich damit laufen?«

»Sie registrieren viele individuelle Merkmale.«

»Vielleicht halten sie gar nicht mehr Ausschau.«

Tool schüttelte energisch den Kopf. »Sie sind immer auf der Hut. Sie überwachen alles hier. Vielleicht haben sie Seascape alarmiert oder Agenten eingeschleust, und ihre Kameras und Computer schlafen nie.« Er drohte ihr mit dem Zeigefinger. »Du darfst nur bei Nacht rausgehen. Dein Gang, deine Figur und dein Gesicht sind inzwischen wohlbekannt, und ihre Kameraaugen können dich im Bruchteil einer Sekunde identifizieren.«

»Wenn es hier so gefährlich ist, weshalb sind wir dann noch immer in Seascape?«

»Weil ich es für nützlich halte.«

Mehr wollte Tool dazu nicht sagen.

Mahlia trat unter dem Pier hervor. Ihr Gesicht war schmutzig, sie trug eine Regenjacke und einen Schlapphut und humpelte wegen des Steins im Schuh. Es wurde ihr zur Angewohnheit, sich in der Dunkelheit davonzuschleichen und für Tool Besorgungen zu machen.

Bisweilen schickte er sie Dinge holen, die er nicht von den Schiffen entwenden konnte, doch meistens sollte sie ihm Nachrichtenblättchen mitbringen. Die Zeitungen wurden billig gedruckt und auf den Docks an die Seeleute verteilt, die von den Schiffen an Land kamen.

Zunächst glaubte Mahlia, der Grund sei, dass Tool ein Nest baue – er grub dicht über der Wasserlinie einen Tunnel in die Uferbefestigung, der weit unter den Pier reichte. Darin höhlte er einen überraschend großen Raum aus. Mahlia scherzte, er sei vielleicht in Wirklichkeit ein Dachs.

Tool zuckte die Schultern. »An manchen Orten töten Dachse Kobras«, sagte er. »Es wäre also möglich. Meine Götter haben mir die besten Killergene verpasst.«

Am nächsten Abend trug er ihr wieder auf, Zeitungen zu besorgen. Und am übernächsten. Tag für Tag. Ausgabe um Ausgabe. Auch als Tool längst genug Zeitungen hatte, um ein Dutzend Nester zu bauen, ließ er Mahlia immer noch mehr holen. Damit kleidete er die Höhle aus, doch vor allem las er sie. Nacht für Nacht las er im Mondschein die Blättchen. Ging sie beinahe zwanghaft Zeile für Zeile durch.

»Wonach suchst du?«, fragte Mahlia, als sie einen weiteren Stoß Zeitungen anschleppte. »Vielleicht kann ich dir ja helfen.«

»Ich suche nach Mustern«, antwortete Tool.

Mahlia warf ihm einen bösen Blick zu. »Ich bin kein Kind mehr. Du kannst mir deine Pläne ruhig verraten, weißt du.«

»Es ist besser, wenn du nichts davon weißt. Sollte man dich festnehmen, ziehe ich es vor, dass der Gegner nichts von meinen Plänen erfährt.«

»Ich lasse mich nicht festnehmen.«

Tool hielt inne und schaute sie an. »Du hast mich gebeten, bei dir zu bleiben, Mahlia. Wenn du das weiterhin willst, musst du dich damit abfinden, dass du meine Soldatin bist. Ich bin dein General, und du wirst mir keine Fragen stellen.« Er bleckte leicht die Zähne. »Ich bin nicht dein Hund, der springt, wenn du pfeifst. Du bist meiner. Auch wenn es dir noch so sehr gegen den Strich geht, du *wirst mir gehorchen.*«

Mahlia reichte ihm kommentarlos die Zeitungen. Tool las sie schweigend.

Eines Tages kehrte er mit Angelhaken von einem Schwimmausflug zurück. Als er sich die schweren Widerhaken aus der Haut zog, sagte er: »Ich hab sie von den Anglern am Pier. Mit einem solchen Fisch haben sie nicht gerechnet.«

Fortan verkündete Tool an manchen Tagen, die Bedingungen seien günstig, und schickte sie zum Damm, wo sie angelte, die Schiffe beobachtete und sich deren Namen einprägte.

Mahlia kletterte mit ihrer Angelrute auf den Damm, suchte sich eine gute Stelle aus und machte sich ans Werk. Hin und wieder tauchte Tool aus den Wellen auf, nachdem er fast zwei Kilometer weit durchs offene Wasser geschwommen war.

Beim ersten Mal sagte Tool, sie habe eine ungünstige Stelle ausgewählt, und befahl ihr, fast bis zum Rand des Damms hinunterzuklettern.

»Von hier aus sehe ich auch nicht mehr!«, protestierte Mahlia. »Das hier ist Seascape! Da ist das Meer! Da sind Schiffe! Da sind Möwen und Möwenscheiße! Was macht das für einen Unterschied?«

Tool aber bestand darauf, dass sie ihren Beobachtungsposten verlagerte.

Mahlia vermutete, dass Tool gerne schwamm und weiter hinaus wollte. Für sie aber war der Umzug mühselig. Das Klettern fiel ihr nicht leicht. Die Handprothese war im Kampf beschädigt worden, deswegen hatte sie Schwierigkeiten beim Festhalten. Der Damm war auch uneben – aufeinandergehäufte Steine, Mörtel und Betonbrocken, mit scharfen Muscheln und schleimigem Moos besetzt. Erst jetzt, da ihre Prothese weitgehend ausfiel, wurde ihr klar, wie sehr sie sich darauf verlassen hatte, zwei verlässliche Hände zu haben.

»Weshalb sagst du mir nicht, wonach du suchst?«, fragte sie eines Tages, als Tool aus dem Wasser auftauchte.

»Ich hab's dir doch gesagt«, erwiderte Tool. »Ich will die Namen der Schiffe wissen. Hast du sie dir eingeprägt?«

Sie befanden sich am äußersten Rand des Damms. Mahlia hatte die Angelrute an einen Stein gelehnt, ohne weiter darauf zu achten. Tool konnte in ein paar Minuten mehr Fische fangen als sie an einem ganzen Tag. Stattdessen stellte sie die Rute auf, ließ die Leine ins Wasser hängen und tat so, als wäre sie eine Einheimische, verzichtete aber darauf, den Haken zu beködern.

Tool klemmte sich in ein vor fremden Blicken geschütztes V aus Betonbrocken und schaute zu den Schiffen hinüber, die die erste Dammlücke durchfuhren.

»Welche Schiffe sind bislang eingetroffen?«, fragte er.

»Die *Saltillo*. Die *Ming Xing*. Die *Pride of Lagos*. Die *Lucky Lady*. Die *Sea Dragon*. Und ein paar Fischerboote ...«

»Die sind mir egal.«

»Wie lange soll das noch so gehen?«

»Du solltest einen Köder an den Haken tun.«

»Wozu? Du kannst in einer Minute mehr Fische fangen als ich an einem ganzen Tag.«

»Weil es dann so aussieht, als ob du angeln würdest.« Tool blickte konzentriert aufs Wasser, dann sprang er vor und stieß mit einem knallenden Geräusch die Hand hinein. Er zog einen kleinen, silbrigen Fisch heraus. »Nimm den als Köder.«

Mahlia warf ihm einen bösen Blick zu, spießte den blutigen Fisch aber auf den Haken. »Du hast gesagt, du wolltest kämpfen, aber wir sitzen hier bloß herum. Wie willst du in den Himmel aufsteigen, wenn du nichts dafür tust?«

»Seine Götter zu töten, ist keine leichte Aufgabe. Bis dahin angeln wir. Wirf die Angel aus.«

»Wir angeln ständig.«

»Welche Schiffe sind gestern eingetroffen?«

»Das hab ich dir schon gesagt. Hör auf zu fragen.«

»Vielleicht hab ich's vergessen.«

»Du vergisst nie etwas.«

»Stimmt.« Tool lächelte selbstgefällig.

»Hat dir schon mal jemand gesagt, dass du nervig bist?«

»Wenn du Kind sein willst, such dir Kinder zum Spielen. Ich fange Fische.«

»Ich bin kein Kind.« Mahlia musterte ihn böse.

»Nein. Du bist einfach nur ein Mensch.« Tool schaute sie an, in seiner Miene spiegelte sich finsterer Humor wider. »Und das heißt, es gibt ein paar Sachen, die ich dir beibringen kann. Weißt du, weshalb ich die Versunkenen Städte einnehmen konnte, nachdem alle Menschen daran gescheitert waren?«

»Weil du ein militärisches Genie bist?«

»Weil ich erkenne, was nötig ist, um den größeren Krieg zu gewinnen. Die anderen Warlords waren begeisterte Kämpfer. Sie hatten leidenschaftlich kämpfende Kindersoldaten. Sie hielten die besten Stellungen. Einige davon waren uneinnehmbar. Ich hingegen wusste, wie wichtig es ist, auf den richtigen Moment zu warten.« Er lächelte leicht, seine Augen waren umwölkt. »So. Und jetzt warte ich erneut. Und du wirf die Angel aus.«

Mahlia bedachte ihn mit einem weiteren finsteren Blick. Eine Weile schwiegen sie. Mahlia angelte, Tool beobachtete den Schiffsverkehr.

»Genieß es«, sagte Tool.

»Das Warten?«

»Den Frieden. Bald wird damit Schluss sein.«

Etwas in Tools Tonfall veranlasste Mahlia, ihn anzusehen. »Weshalb sagst du das?«

Tool blickte zum Horizont, die Ohren hatte er angelegt, seine Nase zuckte. Mahlia folgte seinem Blick mit den Augen. Ein Klipper passierte gerade die ersten Wellenbrecher von Seascape.

Tool fixierte ihn unverwandt. So wachsam war er nicht mehr gewesen, seit er ...

Seit er das Tötungskommando angegriffen hat.

Mahlia fröstelte. »Was hast du? Stimmt was nicht?«

Tool gab keine Antwort, sondern fixierte das Schiff mit einer Intensität, die Mahlia an einen Tiger denken ließ, der sich an seine Beute anpirscht.

»Ist dies das Schiff, auf das du wartest?«

Tool knurrte jetzt, mit angelegten Ohren und gebleckten Zähnen.

»Tool?«

Tools Knurren wurde lauter, während er das Schiff verfolgte. »Manchmal, Mahlia, ist das Warten auf den richtigen Moment wichtiger als das eigentliche Losschlagen: das Wo, Wann, Wie. Kinder schlagen gleich zu, Krieger planen voraus. Deshalb seid ihr Menschen so leicht zu besiegen.«

»Was ist so wichtig an dem Schiff?«

»Das geht dich nichts an.«

»Ich denke schon!«

Tool fasste sie in den Blick. »Unsere Wege müssen sich jetzt trennen, Mahlia. Dorthin, wohin ich gehe, kannst du mir nicht folgen. Was ich jetzt tun muss, muss ich allein tun.«

»Das verstehe ich nicht. Ich dachte, wir wären ein Team.«

Tool schüttelte den Kopf. »Nein. Ich bin allein. Und du musst deinen eigenen Weg finden. Einen anderen als ich. Du hast die Verpflichtungen, die du mir gegenüber hattest, erfüllt, Mahlia. Es ist an der Zeit, dass du dich um dich selbst kümmerst. Und dich in Sicherheit bringst.«

»Was ist so besonders an dem Schiff?«

»Vergiss alles, was du über mich weißt, Mahlia. Geh weg von Seascape. Geh weg von hier und kehre niemals zurück.«

»Aber ...«

»In der Höhle, die ich gegraben habe, liegt ein wasserdichter Seesack mit allem, was du brauchen wirst. Ich habe von den Schiffen Geld gestohlen. Yuan und Dollar der Bank of Seascape. Das gehört dir. Es reicht nicht für einen Klipper, sollte dir aber helfen, irgendwo ein sicheres Plätzchen zu finden. Mit dem Geld kannst du überallhin reisen. Mach das. Verschwinde.«

»Und was ist mit dir?«

»Ich werde meine Götter jagen.«

»Ich will dir helfen!«

»Du hast mir schon so viel gegeben, Mahlia. Hier trennen sich unsere Wege.«

Ehe sie protestieren konnte, sprang er ins Wasser. Er holte tief Luft und tauchte ab, und dann war er nicht mehr zu sehen, verschwunden im Meer, und Mahlia konnte ihm nur hilflos hinterherschauen.

Sie folgte dem fernen Klipper mit den Augen und versuchte herauszufinden, was Tool so in Erregung versetzt hatte.

Ohne seinen Rat zu befolgen, nahm sie die Angel an sich und kletterte bis zur Spitze des Damms, von wo aus sie bessere Sicht hatte.

Der Klipper durchfuhr die Lücke zwischen den letzten Dämmen, von den Tragflächen spritzte Gischt. Glatt und schlank, ein V-förmiges Kielwasser hinter sich lassend.

Mahlia erreichte den Rand des Damms in dem Moment, als der Klipper vorbeifuhr. Am Bug prangte das Logo von Global Patel, daneben stand der Schiffsname: *Dauntless*.

Unerschrocken.

Tool schwebte unter der *Dauntless* im warmen Wasser von Seascape und lauschte.

Der Junge hatte sich verändert.

Er war nicht mehr das magere, narbenbedeckte Kind von Bright Sands Beach, das überlebt hatte, indem es Kupfer aus dem Inneren verrosteter alter Öltanker hervorgeholt hatte, sondern etwas ganz anderes. Jetzt wirkte er selbstbewusst. Professionell. Teil der Besatzung eines Klippers, der die ganze Welt besegelte. Gut genährt.

Erstaunlich die Veränderungen, die die Zeit bei einem Jungen aus kaputter Umgebung und kaputter Familie bewirkt hatte. Erstaunlich zu sehen, wie Menschen heranwuchsen und sich in eine Person verwandelten, die keine Ähnlichkeit mehr mit dem Kind, das sie einmal gewesen waren, hatte.

Der Klipper wurde gerade entladen. Tool schaute geduldig aus der Tiefe zu. Er wollte ungestört mit dem Jungen reden. Ihm nach Seascape hinein zu folgen würde nichts nützen.

Bislang machte der Junge keine Anstalten, von Bord zu gehen. Auch als die Fracht längst entladen war, verweilte er an Deck, plauderte mit anderen Seeleuten und verabschiedete sich von Menschen und Konstrukten, die von Bord gingen, alle begierig darauf, ihre Familie wiederzusehen oder ihren Sold im Salzdock für Schnaps und Frauen auszugeben.

Der ehemalige Schiffsbrecher aber blieb an Bord.

Vielleicht wusste der Junge nicht, wohin er sich wenden sollte. Seascape war nicht sein Heimathafen. Vielleicht lebte er nur an Bord und ging nie an Land. Das wäre ideal. Tool würde bis zur Mitternachtswache warten, wenn die meisten Seeleute schliefen, und sich ihm dann nähern.

Gerade gingen die letzten Konstrukte von Bord, zwei ungeschlachte Wesen, die miteinander scherzten, als sie die Schiffsleiter hinunterkletterten.

Tool verzog angewidert die Lippen. Er ließ sich tiefer sinken, damit die Konstrukte seine Anwesenheit nicht spürten. Sie wirkten so ... *zufrieden.*

Tool vermochte seinen Abscheu kaum zu beherrschen.

Sie lebten als Sklaven unter Menschen und wollten es nicht wahrhaben. Es war empörend, dass sie sich nicht als das sahen, was sie waren. Tool wurde zornig. Die Gefühlsaufwallung überraschte ihn. Er hatte geglaubt, nach der Feuerprobe des Mercier-Angriffs im Salzdock sei er über solche Gefühle erhaben.

Diese Konstrukte aber kränkten ihn. Sie waren so fügsam. Sie würden, ohne zu zögern, ihr Leben für ihre Besitzer opfern. Es war ihre Pflicht zu gehorchen. Es verlangte sie danach, sich den Launen der Menschen zu unterwerfen. Stellte man sie zur Rede, würden sie vermutlich sagen, ihre Besitzer hätten ihre Loyalität verdient.

Bist du vielleicht eifersüchtig auf sie, weil du keine solchen Herren hattest?, überlegte Tool. *Ist das der Grund für deine Empörung?*

Er bezähmte seine brodelnden Emotionen. Die Konstrukte waren seine Aufmerksamkeit nicht wert. Sie waren Hunde. Er nicht. Sie gehorchten. Er nicht.

Richtig so, dachte Tool und beobachtete, wie die Konstrukte mit den letzten Menschen von Bord gingen. *Macht nur so weiter. Folgt euren Besitzern, die euch opfern werden, sobald es ihnen in den Kram passt. Nur zu.*

Was ging es ihn an, dass sie die Sklaverei liebten? Sollten sie sich ruhig in ihrer Unterwürfigkeit einrichten.

Die Barkasse fuhr zum Ufer, der junge Mann war an Deck zurückgeblieben und plauderte mit ein paar anderen Seeleuten. Er sah gut aus, fand Tool. Kräftiger, größer, finsterer. Selbstsicherer. Bei seiner Arbeit auf den Schiffen war er härter geworden und hatte sich weiterentwickelt. Größer nicht nur deshalb, weil er anscheinend gut genährt war. Sondern weil er aufrechter durchs Leben ging.

Er trug weniger Furcht in sich. Er war ein anderer Mensch geworden.

Früher war der Junge stets auf der Hut gewesen und hatte sich klein gemacht. Ein Kind, das sich bewusst war, dass es ständig in Gefahr war, und sich darauf eingestellt hatte. Der Vater des Jungen hatte ihn geschlagen und missbraucht, denn die Schwachen waren in Bright Sands Beach stets Opfer gewesen, doch der Junge hatte überlebt.

Das Wiedersehen rief Erinnerungen wach. Den Geruch von Salz, Eisen und Rost; Feuer am Strand, von denen schwarzer Signalrauch aufstieg; schillernde Ölschlieren im flachen Wasser und auf dem Sand; bunte Fetzen Drahtummantelung, die sich im Schaum verfangen hatten, auf den Wellen trieben und am ölgetränkten Ufer lange Ketten bildeten – und das Bild eines mageren, verzweifelten Jungen, der wild entschlossen zur Flucht war.

»Nein«, sagte der junge Mann, »wir können gleichzeitig den Rumpf reinigen und die Tragflächen inspizieren. Beim letzten Sturm sind sie stärker belastet worden, als mir lieb ist.«

»Den Parzen sei Dank, dass sie gehalten haben«, meinte ein Seemann.

»Wir überprüfen sie diese Woche«, sagte er. »Und reparieren sie, falls es notwendig sein sollte.«

»Ja, Sir. Wir kümmern uns drum, Mr. Lopez.«

Sir? Mister? Tool lauschte fasziniert. Der Junge hatte sich gut gemacht. Er war kein einfacher Seemann, der von den anderen widerwillig geduldet wurde, sondern hatte sich Respekt erworben.

Tool blickte durchs Wasser in die Höhe und versuchte Abzeichen und Rang des jungen Mannes zu erkennen, doch im Seegang gelang ihm dies nicht. In dieser Tiefe hatte er sogar Mühe, der Unterhaltung zu folgen. Er schwamm näher heran und stieg höher auf.

Der junge Mann fuhr fort. »Mills soll die Sauerstoffaustauscher reinigen und die Membranen der Tauchmasken wechseln. Als ich das letzte Mal unten war, hatte ich Schimmelgeschmack im Mund.«

»Er sagt, das hätte er bereits gemacht.«

»Wird er das auch dann noch behaupten, wenn ich die Luft chemisch analysiert habe?«

In der Runde wurde gelacht.

Eine sich nähernde Barkasse störte Tool bei seiner Beobachtung. Er ließ sich tiefer sinken und entfernte sich ein Stück weiter vom Schiff, wobei er eine Fischschule aufschreckte. Schließlich tauchte er so weit auf, dass sein Kopf gerade eben aus dem Wasser hervorschaute, und lauschte mit zuckenden Ohren. Auf diese Entfernung konnte man ihn leicht für treibenden Unrat oder ein totes Tier halten. Zum Beispiel für eine Robbe ...

Die Barkasse war schnell und schlank, eine Messerklinge im Vergleich zu den schwerfälligen Transportbooten, die er zuvor gesehen hatte. Das war kein verbeulter, schwerfälliger, verrosteter alter Kahn, der routinemäßig Seeleute zum Hafen brachte. Das war ein funkelnder Dolch von einem Boot, schnell und nahezu lautlos, abgesehen vom Zischen des Rumpfs, der durch die Wogen schoss, während die elektrisch betriebenen Schrauben das Wasser zu Schaum verquirlten. So schlank, selbstgewiss und teuer wie die junge Frau am Steuer näherte es sich dem Klipper. Im letzten Moment schwenkte sie das Boot in einer Gischtwolke herum, dann stellte sie den Motor ab.

Das schlanke Boot sank ins Wasser und schaukelte heftig, als es vom Kielwasser getroffen wurde, das vom Rumpf der *Dauntless* zurückgeworfen wurde.

»Nailer!«, rief sie.

Nailer wandte sich um und winkte ihr zu, dann beugte er sich mit breitem Grinsen über die Reling. »Nita! Ich komme gleich runter!«

Auch das Mädchen war groß geworden und hatte sich verändert, wie es bei Menschen so üblich war. Eigentlich war sie kein Mädchen mehr, sondern eine Frau. Sie hatte die Pubertät hinter sich gelassen und gehörte jetzt zu den jungen Menschen, die in der seltsamen Zwischenwelt der Quasi-Jugendlichen lebten, die die Reichen auf viele Jahre ausdehnten. Doch es gab auch noch andere Unterschiede.

Als Tool Nita Patel gekannt hatte, war sie ein verängstigtes Kind gewesen. Auf der Flucht. Allein und verzweifelt. Sie hatte sich an ein Stück Treibgut geklammert und gehofft, dass es ihr Überleben sichern würde. Jetzt hingegen war sie offenbar ganz in ihrem Element. Das zeigte sich nicht nur in ihrem lässigen, geschickten Umgang mit dem Dolchboot, sondern auch darin, dass die Seeleute Haltung annahmen und vor ihr salutierten.

Alle außer Nailer Lopez. Nailer lächelte bloß, winkte freudig und entspannt und gab der Crew letzte Anweisungen für die Inspektion. Dann kletterte er die Schiffsleiter hinunter, warf seinen Seesack ins Cockpit und wandte sich Nita zu.

Sie umarmten sich.

Und nicht nur das. Ihre Lippen berührten sich. Ein Kuss. Und auch dies war aufgeladen mit Vertrautheit und Bedeutung.

Nach dem Kuss hielten sie einander weiter umarmt, ohne auf die Seeleute an Deck oder ihre Umgebung zu achten.

Interessant.

Nützlich.

Zum ersten Mal, seit Mercier Feuer auf ihn hatte herabregnen lassen, gestattete Tool sich einen Anflug von Optimismus. Auf einmal taten sich unerwartete Möglichkeiten auf. Trotzdem zügelte er seine Hoffnung. Diese beiden jungen Leute hatten sich in der Zwischenzeit stark verändert. Vielleicht hatten sie sich sogar grundlegend gewandelt.

Außerdem warf Nailers Verbindung zu Nita logistische Probleme auf. Ihr Dolchboot war zu schnell, als dass Tool ihm aus eigener Kraft hätte folgen können, und wenn sie zur privaten Inselarkologie von Patel Global fuhren, würden die strengen Sicherheitsvorkehrungen es sehr schwierig machen, sich ihnen zu nähern.

Er schwamm näher an das Boot heran. Er bezweifelte, dass er daran Halt finden würde. Dieses schlanke Boot, ausgestattet mit kraftvollem Antrieb und messerscharfen kleinen Tragflächen, würde wie ein Fischadler über die Wellen dahinfliegen. Er musste irgendwie an Bord gelangen, doch das war schwierig, wenn er nicht bemerkt werden wollte.

Genervt beobachtete er das Boot und überlegte. Nailer verstaute seinen Seesack und holte die Fender ein, während Nita sich ans Steuer setzte und es von der hoch aufragenden *Dauntless* wegsteuerte. Jeden Moment würde sie beschleunigen, und dann hätte er sie verloren.

Vor langer Zeit hatte ihm ein Ausbilder empfohlen: »Wenn dir die taktische Situation nicht gefällt, verbessere sie.« Tool tauchte auf und schwamm unter das Boot.

Nita schwenkte die *Meethi* herum, während Nailer die Leiter der *Dauntless* löste und die Fender einholte, die den Rumpf abgefedert hatten.

Ihr schnürte sich ein wenig die Kehle zu, als sie ihm zuschaute. Er war so geschickt und selbstsicher, fühlte sich hier so wohl.

Bisweilen aber wurde dieses Bild von einer beunruhigenden

Erinnerung überlagert, und sie sah ihn so, wie er bei ihrer ersten Begegnung gewesen war: ein grausames, wildes, fremdartiges Wesen mit Gesichtstätowierungen, Narben am ganzen Körper und nichts als Hunger in den Augen.

Diese alte Version von ihm war noch da, so wie die Tattoos, die eine Gang ihm verpasst hatte. Sie erinnerte sich noch gut daran, wie er und Pima, seine ungestüme Partnerin, das Messer gezogen hatten, um ihr die Finger abzuschneiden.

Doch schon damals hatte sie sich vor Nailer nicht gefürchtet.

Oder vielleicht hatte sie sich gefürchtet, hatte ihm und Pima aber keine Schuld gegeben an dem, was sie ihr antun wollten. Die Gewalt, die sie ausübten, war nichts Persönliches. Es war einfach nur Hunger. Ein verzweifelter Hunger, der sie vollständig in seiner Gewalt hatte. So wie Nita einem Tiger keinen Vorwurf hätte daraus machen können, wenn er sich auf sie gestürzt hätte, konnte sie den beiden nicht übel nehmen, dass sie das Gold von ihren Fingern in ihren Besitz bringen wollten.

Dann aber hatte sie etwas anderes in Nailers Augen gesehen, und auf einmal hatte sie einen Funken Hoffnung gehabt, dass sie davonkommen könnte ...

»Hey!« Nailer schwenkte die Hand. »Bist du bereit?«

Nita merkte, dass sie sich vollständig in ihren Erinnerungen verloren hatte. Sie schüttelte schuldbewusst den Kopf. »War in Gedanken.«

»Woran hast du gedacht?«

»An nichts Spezielles.« Sie schaltete den Stabilisierungsmodus aus und beschleunigte, lenkte das Boot weg von der *Dauntless*. »Hab mich an dich erinnert.«

Er lachte. »Ich war doch gar nicht so lange weg.«

»Drei Monate.«

»Und wir haben uns zwei Mal getroffen. Einmal in der Amsterdamer Schiffswerft und einmal in Miami Reef.«

Er war jetzt so lebendig. Auch früher, als er noch ausgehungert, vernarbt und böse gewesen war, hatte etwas von dieser Lebendigkeit von ihm ausgestrahlt. Jetzt aber trat sie deutlicher zutage. Die tief gebräunte Haut, die zarten Gesichtsknochen, das kurz geschnittene schwarze Haar.

Mit den Tattoos aus Schiffsbrecherzeiten hätte er eigentlich einschüchternd aussehen sollen. Hatte er auch getan. Jetzt aber kannte sie ihn besser. Jetzt war er stark, seine Armmuskeln waren kräftig und geschmeidig. Er war hoch aufgeschossen und strotzte vor Selbstbewusstsein.

Nita schüttelte den Kopf, inwendig lächelnd. »Ich bin froh, dass du wieder zu Hause bist. Das ist alles.«

Nailer lachte. »Du bist nur deshalb froh, weil diese Mausi ...«

»Sunita Mausi ...«

»... meine neuen Tattoos dermaßen abscheulich findet, dass sie darüber ganz vergisst, an anderen herumzukritteln. So ist es jedes Mal.«

»Und wir sind dir dankbar dafür, dass du sie ablenkst.«

»Mir macht sie nichts aus.«

»Allen anderen schon.«

Nailer zuckte mit den Achseln. »Ich musste mir schon ganz andere Sachen sagen lassen, von übleren Leuten.«

Da hatte er recht. Er hatte sich Schlimmeres sagen lassen müssen und hatte Schlimmeres erlebt. Und doch hatte er es irgendwie überstanden, ohne dass sein Einfühlungsvermögen

Schaden genommen hatte. Schon damals, als er noch am Verhungern gewesen war, hatte sie gewusst – mit unerschütterlicher Gewissheit –, dass er sie nicht töten würde.

Und das war schon etwas, wie ihr Vater erklärte, als sie ihn später fragte, ob es einen Sinn habe, ihn … was auch immer. Bisweilen fühlte sie sich so wohl in der Beziehung, und dann wieder kam sie ihr so befremdlich und unangenehm wie Sandpapier auf der Haut vor.

Schon erstaunlich, dass ihr Vater im Hinblick auf Nailer so zuversichtlich gewesen war.

»Er mag mal ein wildes Tier gewesen sein«, hatte er gesagt, »aber er hat dich nicht getötet, als er Gelegenheit dazu hatte. Er hätte großen Nutzen aus deinem Tod ziehen können, doch er hat dich am Leben gelassen. Bei vielen Gelegenheiten wäre seinen Interessen besser gedient gewesen, wenn er dich verraten hätte. Doch er hat es nicht getan.«

Sie hatte ihren Vater immer für einen strengen Mann gehalten, so scharf fokussiert wie ein Laser und unbeugsam in seinen Überzeugungen. Für einen Mann, der in Kategorien von Richtig und Falsch, Schwarz und Weiß dachte und sich mehr als einmal eingemischt hatte, wenn sie sich in einen Jungen verguckt hatte.

Bei diesem Jungen aber – von dem sie geglaubt hatte, er werde auf mehr Widerstand stoßen als alle anderen, und den sie selbst manchmal kritisch sah, wenn sie Streit miteinander hatten und sie sich fragte, weshalb er so blind sein konnte gegenüber den Mechanismen, die die Welt regierten –, bei diesem Jungen hatte ihr Vater einfach nur eine Braue hochgezogen und gemeint, Nailer werde wohl Nachhilfeunterricht in

Tischmanieren nehmen müssen, wenn er die Tratscherei bei den Familienessen überstehen wolle.

Als sie sich einmal zerstritten hatten, weil Nailer sie ausgelacht hatte, als sie meinte, harter Einsatz werde stets auch belohnt, hatte ihr Vater trocken kommentiert: »Sunita Mausi lacht auch über ihn. Sie spricht hinter seinem Rücken Hindi und nennt ihn den kleinen Lakaien. Und Nailer versteht jedes Wort, ohne darauf anzuspringen.«

»Er verfügt über große Selbstbeherrschung«, räumte Nita widerwillig ein.

»Und eiserne Willenskraft«, sagte ihr Vater. »Er mag damals am Strand eine wilde Ratte gewesen sein, aber er ist loyal und willensstark. In deiner Position zählt das mehr, als dir vielleicht bewusst ist.«

»Ich habe dich schon verstanden …«

»Nein!«, fiel ihr Vater ihr zornig ins Wort. »Du hast mich nicht verstanden! Wir sind den Menschen in unserer Umgebung egal! Hättest du nicht all diese Sachen, würden sie nicht mal wahrhaben, dass du existierst. Macht vergiftet uns, und sie vergiftet die anderen. Sie ist ein so starkes Gift, dass ich manchmal wünschte, ich hätte die Firma nicht zu dem gemacht, was sie jetzt ist.« Er machte ein finsteres Gesicht. »Lass den Jungen fallen, wenn du willst. Aber verachte ihn nicht. Er ist mehr wert als die meisten von uns.«

Nailer unterbrach ihren Gedankengang. »Willst du endlich mal Gas geben?«, sagte er. »Oder soll ich die Paddel hervorholen?«

Nita schaute ihn herausfordernd an. »Ach? Du willst Tempo?« Sie gab Gas. Als die Propeller ins Meer bissen, wurde sie von der rasanten Beschleunigung in den Sitz gedrückt. Das Dolchboot machte einen Satz, stieg über die Wellen auf und glitt auf den Tragflächen dahin.

»Schnell genug?«, rief sie, während der Fahrtwind ihr Haar peitschte. Sie beugte sich vor, denn sie liebte die Sonne und das Wasser, die Kraft des Bootes ...

Die *Meethi* erbebte und schlingerte mit einem knirschenden Geräusch zur Seite. Nita bemühte sich, das langsamer werdende Boot unter Kontrolle zu bringen. Sie schaltete den Antrieb ab. Das Boot sank ins Wasser ein.

Als das Kielwasser sie erreichte, begann das Boot zu schaukeln.

Nailer lachte.

Nita funkelte ihn an. »Das ist nicht lustig.«

Nailer aber hörte nicht auf zu grinsen. »Und da hab ich mir gerade gedacht, wie schön es doch ist, auf einem Boot zu fahren, sodass ich nicht zu warten brauche«, sagte er. »Ich hätte eigentlich gedacht, dass ein Großkonzern wie Patel Global bessere Techniker hätte.«

»Ha, ha«, machte Nita. »Das ist mein Boot. Da lasse ich niemanden ran.«

»Also, gute Arbeit.«

»Halt den Mund«, sagte Nita finster. »Es lief alles glatt. Vielleicht habe ich das Boot überbeansprucht.«

»Brauchst du Hilfe?«

Nita bedachte ihn mit einem bösen Blick. »Ja, Ingenieur Zweiter Klasse, ich wäre wirklich froh, wenn du mir zeigen könntest, wie man mit einem Boot umgeht, mit dem ich mich ein Leben lang beschäftigt habe.« Sie warf ihm noch einen zornigen Blick zu, dann nahm sie die Motorverkleidung ab. »Es lief mit voller Kraft, und dann auf einmal ...« Sie hielt inne. Das Motorgehäuse war geborsten. »Das ist merkwürdig.«

Sie beugte sich über die Seite und blickte ins Wasser, besah sich die Schrauben. Es hatte sich angefühlt, als wäre sie auf eine Sandbank aufgelaufen oder als hätte sie einen schwimmenden Baumstamm gerammt, doch sie befand sich in tiefem Wasser und hatte kein Treibgut gesehen. In Seascape gab es kaum schwimmende Trümmer. Sie schaute ins Wasser, beugte sich weit vor und strich sich das Haar hinter die Ohren.

Da unten war etwas. Sie kniff die Augen zusammen, versuchte es zu erkennen. Kein Treibgut. Etwas anderes ...

Etwas, das an die Oberfläche stieg.

Als Tool auftauchte, wich Nita erschreckt zurück. Sie gab merkwürdige Laute von sich wie ein Tier, das von einem Raubtier gestellt wird. Tool warf sich ins Boot, Meerwasser tropfte auf den Boden. Nailer griff nach seinem Seesack, vermutlich hatte er darin eine Waffe. Der Junge war schnell für einen Menschen, doch im Vergleich zu Tool war er langsam.

Tool wollte etwas sagen, da hob Nita die Hand. Zu Tools Erstaunen funkelte darin eine kleine Pistole. Ein schlankes, modernes Ding, das Tool gar nicht gefiel.

Damit war zu rechnen gewesen, dachte er, als sie auf ihn schoss.

Ihre Leute waren natürlich auf Sicherheit bedacht. Schließlich war sie schon mehrfach angegriffen worden. Einmal hatte man sie sogar entführt. Die Mitglieder der Patel-Familie waren wertvoll ...

Er wurde von der ersten Kugel getroffen. Tool taumelte zurück. Unwillkürlich verspürte er einen gewissen Respekt. Das Mädchen war für einen Menschen ausgesprochen reaktionsschnell. Die zweite Kugel traf ihr Ziel. Tool gefiel das nicht. Es waren kleine Kugeln, die kaum die Haut durchdrangen, doch die Detonation war unangenehm. Er warf sich auf Nita, während sich, von den Einschusswunden ausgehend, ein taubes Gefühl ausbreitete.

Er schlug Nita die Pistole aus der Hand und wandte sich zu Nailer um, der sich auf ihn stürzen wollte. Nailer Lopez, ein schneller Bursche, genau wie sein Vater. Mordsgefährlich und tapfer mit dem Messer – und ja, er hatte ein Messer. Richard Lopez' Sohn zielte auf Tools Hals, um ihm die Schlagader zu durchtrennen.

Tool packte Nailers Handgelenk.

Du bist schnell, aber du bist kein Konstrukt.

Die Taubheit breitete sich in seinem Körper aus. Nailer blickte entgeistert zu Tool auf. Seine Augen weiteten sich.

»Tool?«

»Alter Freund«, knurrte Tool. In seinem Körper ein Brennen und Prickeln. Seine Muskeln erschlafften. Tool ging verdutzt in die Knie.

Zwei Kugeln?

Er hörte Nailer rufen.

Zwei Treffer sollte ich eigentlich einstecken können.

Offenbar aber hatte er sich geirrt, denn sein Herzschlag verlangsamte sich immer mehr und kam zum Stillstand, und das Bootsdeck stürzte ihm entgegen.

»Bist du sicher, dass er es ist?«, fragte Nita.

»Du nicht?«, erwiderte Nailer. »Schau ihn dir an.«

»Er ... sieht ziemlich lädiert aus.«

Wie viele Wunden waren hinzugekommen, seit Tool der reichen Prinzessin und dem armen Schiffsplünderer zur Flucht von Bright Sands Beach verholfen hatte?

Tool versuchte knurrend sich aufzusetzen, doch es gelang ihm nicht. Es war, als hätte ihm jemand Beton in die Muskeln injiziert, sie fühlten sich schwer und unbeweglich an. Er konnte nicht mal mehr die Augen öffnen. Kein einziger Muskel gehorchte ihm. Er wunderte sich, dass er noch atmete. Er lauschte auf seinen langsamen Herzschlag.

Das passiert in letzter Zeit viel zu oft.

Irritiert von dem Gedanken und zur Tatenlosigkeit verdammt, lauschte er auf Nailers und Nitas Unterhaltung. In gewisser Weise war es vorteilhaft, sie zu belauschen, ohne dass sie wussten, dass er bei Bewusstsein war. Eine Gelegenheit herauszufinden, wie weit ihre Loyalität reichte.

»Wie lange dauert es, bis die Wirkung nachlässt?«, fragte Nailer.

»Das Zeug ist noch im Versuchsstadium. Ein Treffer sollte eigentlich reichen ...«

»Du hast ihn zwei Mal erwischt.«

»Tatsächlich?« Nita klang freudig überrascht. »Hab ich gar nicht mitbekommen. Er war viel schneller, als ich es vom Schießtraining her gewohnt bin.«

»Knot und Vince halten sich immer zurück.«

»Ich hab ihnen gesagt, sie sollen das lassen!«

»Sie müssen deinem Vater Rede und Antwort stehen«, sagte Nailer. »Sie halten sich immer ein wenig zurück. Niemand darf Daddys kleiner Prinzessin wehtun.«

»Nenn mich nicht so.« Sie klang gereizt. Eine Weile schwieg sie. Tool hörte das Rascheln ihres Rocks, als sie neben ihm niederkniete. Sie legte ihm sanft die Hand auf die Brust.

»Hätte er mich angreifen wollen, wäre ich jetzt tot«, sagte sie.

»Wir beide«, pflichtete Nailer ihr bei.

»Ich muss das Tariq sagen. Er wird enttäuscht sein, dass das Gift nicht schnell genug gewirkt hat.«

»Jeden anderen Angreifer hätte es gestoppt.«

»Jede Kugel stoppt einen normalen Angreifer. Wir brauchen etwas, um Konstrukte zu stoppen.«

Mich hält nichts auf, dachte Tool. Und doch lag er hier. Er knurrte frustriert und wunderte sich, dass ein Laut zu hören war.

»Tool?« Nailer hockte sich neben ihn.

Tool versuchte sich zu bewegen. Der Beton, der seine Muskeln ausfüllte, zeigte erste Risse. Mühsam wälzte er sich auf die Seite, doch die Bewegung erschöpfte ihn. Er atmete keuchend.

Nita kniete erneut neben ihm nieder. »Hier. Trink das.« Sie hielt ihm etwas an die Lippen.

Tool bemühte sich, sein Auge zu öffnen. Stellte den Blick scharf. Eine Flasche. Dem Geruch nach zu schließen mit Zucker und Chemikalien angereichert. Ein Erfrischungsgetränk für Reiche. Tool trank gierig. Ein Vorschlaghammer war in seinem Schädel zugange, langsam und zielstrebig, im Rhythmus seines Herzschlags.

»Welche ...«, krächzte Tool. »Waffe.«

»Schhhh«, machte Nita. »Mach dir deswegen keine Sorgen. Es wird eine Weile dauern, bis die Wirkung verfliegt.«

Ein Neurotoxin, vermutete er. Er spürte, wie sein Körper reagierte und sich darauf einstellte, gegen das Gift ankämpfte und weitgehend versagte, jedenfalls im Moment noch. Die kleine Pistole lag neben ihnen auf dem Deck. Ein unbedeutendes kleines Ding. Ein elegantes Spielzeug für eine reiche Tochter.

Und dennoch hatte sie ihn von einem Moment zum anderen lahmgelegt.

Ich habe auf sieben Kontinenten gekämpft, und eine Spielzeugpistole zieht mich aus dem Verkehr.

Das ärgerte ihn. Tool versuchte den Kopf anzuheben, wollte erneut fragen, was sie ihm angetan habe, doch seine Zunge war angeschwollen und füllte seinen Mund aus. Das Atmen fiel ihm schwer.

»Wir müssen ihn zur Insel bringen.« Tool war überrascht, wie dringlich Nailers Stimme klang.

Jetzt bewegten sich die Menschen, und das beschädigte

Dolchboot kam wieder auf Touren. Nita setzte auf einem verschlüsselten Kanal einen Hilferuf ab und aktivierte die Ressourcen ihrer unglaublich reichen Familie.

Das Gift konzentrierte sich weiter in Tools Herz. Wieder einmal passten die Menschen sich an. Patronen reichten ihnen nicht mehr aus, um die Krieger zu vernichten, die sie erschaffen hatten. Explosivgeschosse reichten ihnen nicht. Er und seinesgleichen waren zu robust. Deshalb entwickelten die Menschen jetzt andere Waffen.

In ein paar Jahren würde die nächste Entwicklungsstufe seiner Art das in seinen Adern kreisende Gift vermutlich abbauen können. Vielleicht würde die zukünftige Version seiner selbst es sogar in ein Aufputschmittel umwandeln. Bis dahin aber …

Tools Kopf sank aufs Deck, und die Bewusstlosigkeit hüllte ihn ein wie eine schwere, nicht abzustreifende Decke.

Er wünschte, die Anpassung würde ein wenig schneller vonstattengehen.

»Wenn wir uns schneller anpassen könnten, wären wir noch am Leben, anstatt uns in deinem Kopf und deinen Träumen herumzutreiben.«

Die Erste Klaue der Tigergarde schenkte dampfenden Chai ein. Es war ein heißer Tag, und sie wurden von Mücken umschwirrt. Ein Großteil von Kalkutta hatte sich in Wildnis verwandelt. Tool hörte die Rufe der Affen und das Gebrüll der Panther. Das Geheul seiner Brüder. Kleine Konstrukte kletterten an den Fassaden hinauf und hinunter.

»Sollten die nicht im Hort sein?«, fragte Tool.

Die Erste Klaue blickte sich über die Schulter zu den umhertollenden jungen Konstrukten um. Zu kleine Hände und Füße, übergroße Köpfe, untersetzte Leiber. Die Proportionen stimmten nicht; sie benötigten noch Zeit, um sich zu entwickeln.

»Aber wie sollten sie sich anpassen, wenn sie in einem Hort wären? Wie sollten sie lernen, wie es zugeht auf der Welt? Würde man sie zwingen, sich aus einer Knochengrube hervorzukämpfen, wie man es bei uns getan hat, was würden sie dann für eine Persönlichkeit entwickeln? Würden sie jemals lernen, selbstständig zu denken?«

Die Erste Klaue störte sich nicht an den frei umherlaufenden Kindern, doch Tool machten sie nervös. Es war unnatürlich, junge Konstrukte umherlaufen zu sehen, ohne dass sie von Ausbildern überwacht wurden. Konstrukte, die planlos umhertollten. Wie Menschenkinder.

Unnatürlich.

»Also, du bist auch nicht natürlich«, erklärte die Erste Klaue. »Und doch bist du hier und versuchst dich mit mir anzufreunden, noch dazu in einem Traum! Ein träumendes Konstrukt! Das ist doch unnatürlich, oder? Oder dieser diplomatische Moment. Völlig gegen die Natur. Geradezu widerwärtig. Total unnatürlich, diese Diplomatie. So wie unsere Kinder unnatürlich sind. Ach, keine Bange. Sie existieren nicht, wenn das deine Sorge ist. Es gibt sie noch nicht.«

Tool wusste, dass die kleinen Konstrukte seinem Mischzustand aus Traum und Erinnerung entsprangen, doch sie waren trotzdem verstörend. Sie waren widernatürlich.

»Nichts davon ist natürlich«, sagte die Erste Klaue genervt.

»Schließlich bin ich schon lange tot. Und doch sind wir hier und verhandeln miteinander.«

»Es muss sein«, sagte Tool. »Du kennst die Leute, denen wir dienen. Haben sie unsere Loyalität verdient?«

»Soll ich stattdessen dir gegenüber loyal sein?«

Tool bleckte die Zähne. »Warum nicht?«

»Du musst noch lernen, was Diplomatie bedeutet.«

»Ich bin Autodidakt«, räumte Tool ein.

»Und kein besonders guter.«

»Ich glaube, ich werde besser.«

Darüber musste die Erste Klaue lachen. »Aber klar doch!« Er blickte vielsagend zu den umhertollenden Kindern hinüber. »Stell dir vor, wie wir wohl wären, wenn man uns nicht mit elektrischen Viehtreibern und Knochengruben trainiert hätte.«

»Schließ dich mir an, dann erfährst du es.«

Die Erste Klaue musterte ihn traurig. »Die Menschen werden das niemals zulassen.« Und weil Tool wusste, dass er träumte und dass die Erste Klaue bereits tot war, wusste er auch, dass sein Gegner die Wahrheit sagte.

Tool erwachte in einer medizinischen Einrichtung. Er hörte die Geräusche von Lebenserhaltungsmaschinen. Roch antibiotische Reinigungsmittel. Neben ihm stand ein Arzt, der die Werte der Körperfunktionen von den Geräten ablas. Tool spürte sie auch selbst. Spürte seinen Herzschlag. Das sauerstoffangereicherte Blut strömte ungehindert durch seine Adern. Das Gift hatte sich abgebaut.

In der Nähe saßen Nailer und Nita.

»Ich habe mich aus der Knochengrube befreit«, sagte Tool. »Ich habe gekämpft.«

»Tool?« Nailer und Nita eilten an sein Bett. Tool bewegte versuchsweise seine Gliedmaßen und stellte zu seiner Genugtuung fest, dass sein Körper ihm wieder gehorchte. Langsam setzte er sich auf. Ein Arzt untersuchte ihn. Leuchtete Tool stirnrunzelnd ins unversehrte Auge. Er nahm eine Spritze in die Hand, fragte um Erlaubnis. Tool bekundete mit einem Kopfnicken sein Einverständnis, worauf der Arzt eine Blutprobe nahm und damit zu den Diagnosegeräten an der Wand hinüberging.

Tool bewegte erneut seine Gliedmaßen. Ballte die Hand zur Faust. Streckte die Finger. Er verspürte noch eine gewisse Steifheit, doch seine Beweglichkeit war weitgehend wiederhergestellt. *Ich kämpfe mich immer frei.*

»Und?« Nita blickte den Arzt an. »Wie sieht es aus?«

Der Arzt schaute stirnrunzelnd auf die Anzeigen. »Es geht ihm wieder einigermaßen gut. Es sind keine Spuren des Neurotoxins mehr festzustellen.«

»Das ist doch gut ... oder?«

»Es ist ... ungewöhnlich.« Der Arzt blickte Tool an. »Es ist gut. Ja. Er sollte wieder vollständig genesen.« Er wandte sich wieder den Anzeigen zu, die Stirn noch immer in Falten gelegt. »Du hast großes Glück gehabt.«

»Ich kämpfe mich immer frei«, sagte Tool. »Das ist meine Natur.«

»Was machst du hier?«, fragte Nailer, als sie ihm beim Aufstehen halfen. »Bei unserer letzten Begegnung wolltest du nichts mit Menschen zu tun haben.«

Das will ich immer noch nicht, hätte Tool beinahe erwidert, doch dann erinnerte er sich an den Traum mit der Ersten Klaue. Diplomatie. Eine Anpassung, für die er nicht geschaffen war. Diplomatie war etwas für Menschen, während er für den Krieg geschaffen worden war.

Krieg ist die Fortsetzung der Diplomatie mit anderen Mitteln.

Ein altes Zitat. Das sein Rudel gern verwendet hatte, wenn sie eine Stadt in Trümmer gelegt und dem Gegner den Rest gegeben hatten. Andererseits hatte man ihn und seine Kameraden auch nie ermutigt, den Satz umgekehrt zu denken.

Diplomatie ist die Fortsetzung des Krieges mit anderen Mitteln.

Nailer und Nita musterten ihn besorgt.

»Ich bin zu euch gekommen ...«, setzte Tool an, konnte den Satz aber nicht zu Ende bringen.

»Ja?«

»Um ...« Tool knurrte. »Um euch zu *bitten* ...«

Tool brachte die Worte nicht über die Lippen. Er meinte zu hören, wie die Erste Klaue ihn auslachte.

Du hast es bei mir geschafft, schien die Erste Klaue sagen zu wollen. *Als du zu mir kamst, hast du es geschafft, eine größere Kluft zu überwinden.*

Diplomatie. Für diese Kunst war Tool nicht geschaffen.

»Ich bin gekommen, um euch um Hilfe zu bitten.«

DRINGLICH
SICHERHEITSWARNUNG

Dossier: #1A2385883
Muster .... ÜBEREINSTIMMUNG.
Watchlist .... ÜBEREINSTIMMUNG.
ID .... ÜBEREINSTIMMUNG.

===
*** SICHERHEIT/ADMIN STUFE: 10/NUR ROT ***

Schlagwort: Abweichler
Abweichler 228 identifiziert – Blood/Karta-Kul.
Trefferwahrscheinlichkeit: 88/100
Ort: GPS – 42,3601° N, 71,0589° W

===
Nördliche Freihandelszone, Seascape Boston
***** **PATEL GLOBAL ZENTRALE** *****

Jones starrte überrascht die auf dem Monitor blinkende Mitteilung an.

**DRINGLICH
SICHERHEITSWARNUNG**

Dossier: #1A2385883

In den vergangenen Monaten hatte sie unter Jonas Enge, dem Direktor der Vereinten Streitkräfte von Mercier, als Aufklärungsanalystin gearbeitet, und ihr Leben verlief jetzt in ganz anderen Bahnen als an Bord der *Annapurna*, als sie noch Junioranalystin gewesen war.

Sie bewohnte jetzt ein schickes Apartment im SoCal-Protektorat, mit unverstelltem Blick auf die Bucht und die Orleans von Los Angeles. Allmorgendlich konnte sie beobachten, wie die Fischerboote, denen es gestattet war, in den weitläufigen Aquakulturzonen von Mercier ihre Netze auszuwerfen, aufs

Meer hinausfuhren, und Tag für Tag sah sie sie mit ihrem Fang zurückkehren, wenn die rote Abendsonne im Pazifik versank.

In den Firmenkantinen konnte sie gut essen, denn im Unterschied zu den Langstrecken-Luftschiffen gab es hier weder Platzmangel noch Gewichtsbeschränkungen.

Sie arbeitete im höchsten Turm von Los Angeles, nur ein paar Türen entfernt vom Direktor der Vereinten Streitkräfte.

Aber ihre Arbeit ...

Sie hatte geglaubt, sie wüsste, wie Mercier funktionierte, doch jetzt, als Enges Mitarbeiterin, saß sie im Zentrum des Mercier-Imperiums: Militärübungen in der chinesischen Co-Prosperity-Sphäre; Grenzsicherung im Auftrag des Westafrikanischen Technologiekombinats. Sie beriet Enge, der den Handel und die Rohstoffzonen verteidigte, Bergbaueinsätze unter seine Kontrolle brachte und Produktionszentren und Vertragsstädten des Konzerns Verteidigungskräfte zuteilte.

Als Alarm gegeben wurde, nahm sie gerade an der vierteljährlichen Statussitzung von Mercier teil und hörte zu, wie die Direktoren des Exekutivkomitees die strategische Lage besprachen. Am Tisch saßen die Direktoren aus den Bereichen Finanzen, Produktion, Handel, Forschung und Entwicklung, Auslandsbeziehungen, Beschäftigtenloyalität und Erhalt, Fabriken und Infrastruktur und so weiter.

Der Sicherheitsalarm wurde in dem Moment auf ihrem Tablet angezeigt, als Enge gerade mit dem Leiter der Abteilung Fabriken & Infrastruktur über die Nachrüstung der Raptoren der vierten Generation sprach.

Die Handelsdirektorin war natürlich uneingeschränkt dafür, denn die Landrouten über die Alpen wurden allmählich zu einem Problem, und sie hatte ein persönliches Interesse daran. Und der Direktor von Forschung und Entwicklung war ebenfalls dafür, denn die Nachrüstung würde ordentlichen Profit abwerfen, wenn man sie erst einmal an die Co-Prosperity-Sphäre der Chinesen lizensierte.

Im ersten Moment begriff Jones nicht, was sie da auf dem Tablet sah.

Muster .... ÜBEREINSTIMMUNG.
Watchlist .... ÜBEREINSTIMMUNG.
ID .... ÜBEREINSTIMMUNG.

Sie glotzte den Bildschirm an und las den Rest, dann reichte sie das Tablet wortlos Enge.

»Wir müssen unauffälliger vorgehen«, sagte Enge gerade. »Das ganze europäische Theater ist jetzt, da die Einheimischen sich mit zweistufigen Spider-Raketen ausrüsten, schwieriger geworden ...« Er warf beiläufig einen Blick auf das Tablet und erstarrte. »Die Spider-Raketen ...«, setzte er neu an und verstummte.

»Bitte, fahren Sie fort«, forderte ihn die Finanzdirektorin auf.

Jones tippte vielsagend auf den Bildschirm und fuhr mit dem Finger über die Zeile, die sie hatte aufmerken lassen:
***** **PATEL GLOBAL ZENTRALE** *****

Enge runzelte die Stirn.

»Direktor Enge?«, sagte die Finanzdirektorin.

»Das Security-Personal muss sofort den Raum verlassen«, sagte er schroff.

Die Konstrukte, die die Sitzung bewachten, wechselten verunsicherte Blicke.

»Was ist los?«, fragte die Handelsdirektorin. Die anderen schauten sie missbilligend an, als befürchteten sie, Enge bereite einen Umsturz vor.

Enge machte ein finsteres Gesicht. »Ein wenig Vertrauen vonseiten meiner Gesprächspartner wäre wünschenswert.« Er drückte die Hand auf Jones' Tablet und überschrieb ihren Account mit seiner Generalvollmacht. Im nächsten Moment wurde der Sicherheitsalarm auch auf den Tablets der anderen Direktoren angezeigt.

Die Finanzdirektorin nickte daraufhin verständnisvoll und befahl den Konstrukten, den Meeting-Raum zu verlassen.

Auch Jones erhob sich, um zusammen mit den Assistenten der Direktoren hinauszugehen, doch Enge legte ihr die Hand auf den Arm und hieß sie bleiben. Die Konstrukte der Schnellen Angriffstruppe warteten, bis alle Assistenten den Raum verlassen hatten, dann gingen auch sie hinaus.

Schalldichte Zwischenwände senkten sich herab. Die Luft erzitterte, als sie verriegelt wurden und ExCom von der Außenwelt isolierten.

Mit ernster Miene lasen die Direktoren den Sicherheitsbericht.

»Das ist nicht hinnehmbar«, sagte die Finanzdirektorin.

Jones nahm Enge das Tablet ab und las den Rest des Berichts.

Der Alarm war durch eine Blutanalyse von Patel Global ausgelöst worden. Eine medizinische Anfrage war in das größere medizinische Informationsnetz von Seascape gelangt, das Mercier im Zuge der Netzaufklärung schon vor langer Zeit infiltriert hatte. Der Anfrage waren auch DNS-Informationen beigefügt gewesen.

Jones schaute stirnrunzelnd aufs Display. Offenbar waren verschiedene toxikologische Tests durchgeführt worden, dann hatte man die Informationen an die medizinischen Einrichtungen in der Konzernzentrale von Patel Global zurückgeleitet.

Sie hatten das Blut von Karta-Kul analysiert, das war sicher.

»Vielleicht haben sie ihn getötet«, sagte Enge, »und versuchen jetzt, ihn zu identifizieren.«

»Wenn das der Fall wäre, hätten sie bereits eine Erklärung von uns verlangt. Uns gefragt, weshalb wir ein Konstrukt auf ihrem Territorium einsetzen.«

Jones wandte sich flüsternd an Enge. »Das sieht mir eher nach einem medizinischen Eingriff aus.«

»Was war das?«, schnappte die Finanzdirektorin. »Sprechen Sie lauter!«

Jones wartete auf Enges Erlaubnis. Als er nickte, sagte sie: »Es sieht so aus, als ginge es ausschließlich um toxikologische Tests. Sie suchen nach Optionen für die Zellwiederherstellung.«

»Sie behandeln ihn?«, fragte der Direktor von Forschung und Entwicklung verblüfft.

»Schwer zu sagen.« Jones schaute in die Daten. »Aber sie haben jedenfalls sein Blut im Labor und würden die Analysen wohl kaum durchführen, wenn er nicht am Leben wäre und von ihnen medizinisch behandelt würde.«

Die Handelsdirektorin fluchte leise. »Schlimm genug, dass wir diplomatische Verwicklungen mit Seascape haben. Jetzt auch noch mit Patel Global.«

»Wir müssen seine Herausgabe verlangen«, sagte Enge.

Der Direktor von Forschung und Entwicklung nickte heftig.

»Sie müssen uns unser Eigentum aushändigen. Das ist unser geistiges Eigentum. Sie haben kein Recht darauf.«

»Werden sie unserer Forderung nachkommen?«, fragte die Handelsdirektorin.

»Wir können darauf plädieren, dass sie firmeneigene Technologie in ihrem Besitz haben. Es gibt Abmachungen zur Wirtschaftsspionage. Wir könnten verlangen, dass sie ihn herausgeben«, sagte die Finanzdirektorin.

»Und wenn sie sich weigern?«, entgegnete die Handelsdirektorin. »Hier geht es nicht darum, dass ein alter Mann wie Caroa eine drittklassige Stadt niederbrennt. Das hier ist Patel Global. Seascape. Sie haben Verbündete. Sie haben Beistandspakte geschlossen.«

»Die Finanzdirektorin hat recht. Wir können unter Berufung auf den C15-Prosperitätsvertrag unser Recht einfordern«, sagte der außenpolitische Direktor. »Er enthält Paragrafen zur Wirtschaftsspionage. Solange wir uns an die Vertragsrichtlinien halten, können wir legal gegen sie Krieg führen, ohne dass ihre Beistandspakte greifen.«

»Was meinen die Streitkräfte?«, sagte die Finanzdirektorin.

Enge nickte. »Das Risiko ist relativ niedrig, militärisch betrachtet. Das Problem sind die Verbündeten. Wenn wir die neutralisieren können, stellt Patel Global« – er zuckte mit den Achseln – »keine große Herausforderung dar.«

»Vielleicht werden sie leugnen, dass er sich in ihrem Besitz befindet«, wandte Jones zaghaft ein. »Außer den Blutanalysen haben wir nichts vorzuweisen.«

Enge musterte sie irritiert. Auch die anderen Direktoren wandten sich ihr zu.

»Wie verlässlich ist der Sicherheitsscan, Analystin?«, fragte die Finanzdirektorin leise.

Jones schluckte. »Achtundachtzig Prozent, Ma'am.«

Die Finanzdirektorin warf Enge einen missbilligenden Blick zu. Die anderen schüttelten die Köpfe.

Enges Tonfall war leise, aber schneidend. »Sie sitzen hier, um Probleme zu lösen, Jones. Deshalb wurden Sie befördert. Deswegen sitzen alle hier.«

»Ja, Sir.« Sie neigte den Kopf und blickte die Finanzdirektorin an. »Ich werde die erforderliche Bestätigung beschaffen, Ma'am.«

»Wir sind Ihnen sehr verbunden«, erwiderte die Finanzdirektorin trocken. Sie wandte sich an die übrigen Anwesenden. »So. Vorbehaltlich der Bestätigung ... stimmt mir das Komitee zu?«

Der Direktor von Forschung und Entwicklung nickte heftig. »Diese Technologie muss ausgemerzt werden. Das war ein gefährlicher Präzedenzfall, ein Fall von dummem Leichtsinn. Caroa war verrückt.«

Die übrigen Direktoren nickten.

»Also gut«, sagte die Finanzdirektorin. »Wir verlangen die Herausgabe des Konstrukts, und wenn Patel Global dem nicht nachkommt, treten wir in den Bereichen Handel, Finanzen, Elektronik und Territorium in den Krieg ein. Sind alle dafür?« Sie musterte die erhobenen Hände. »Einstimmig angenommen. Damit hat Mercier entschieden.«

Sie nickte Enge zu. »Sie haben freie Hand, Direktor.«

»Danke.« Enge lächelte. »Entweder sie rücken das Konstrukt heraus, oder wir radieren Patel Global von der Landkarte.«

»Du hast Mercier gehört?« Nita brachte die Worte kaum über die Lippen.

Sie hatte Tool in ihrer Suite versteckt, damit die Informanten ihres Vaters nichts merkten. Trotzdem fürchtete sie, ihm könnte zu Ohren kommen, dass sie die Diagnosegeräte und Doktor Talints Dienste in Anspruch genommen hatte, und jetzt war alles noch schlimmer geworden. »*Mercier?*«

»Ich bin niemandes Besitz«, knurrte Tool.

»Keine Haarspaltereien!«, erwiderte Nita. »Du willst, dass wir gegen Mercier kämpfen? Uns den Konzern zum Feind machen?« Sie rang um Fassung. »Kennst du diese Leute? Weißt du, was mein Vater sagen würde, wenn er hier wäre? Unser Aufklärungsteam beobachtet Mercier aufmerksam. Deren Tötungskommandos operieren in Seascape! Sie haben eine ganze Stadt zerstört ...« Ihr stockte der Atem, als sie die Puzzleteile zusammensetzte. »Es ging um dich. Du warst der Grund, weshalb ihre Kriegsschiffe an der Küste aufgetaucht sind. Weshalb ihre ›Wetterdrohnen‹ über uns kreisen.«

Sie ließ sich auf ein Sofa fallen und schaute durch das Panoramafenster auf Seascape hinaus. In der Ferne sah sie die Werften ihrer Familie, im Trockendock wurde gerade ein neuer Klipper gebaut. Sie liebte Seascape. Alles daran. Jetzt aber, da sie auf die Stadt und die schwimmenden Arkologien hinausblickte, fragte sie sich, ob Merciers Kriegsmaschinerie bereits in Gang gesetzt worden war. »Du hast uns alle in Gefahr gebracht.«

»Fällt es dir so schwer, mir zu helfen, obwohl ich einst dir geholfen habe?«, fragte Tool.

Nita musterte ihn finster. »Diesmal ist das Risiko ein bisschen höher, findest du nicht?«

»Du sprichst von Risiko? Bei unserer letzten Begegnung wollten dich viele Menschen tot sehen.«

»Mein Onkel Pyce! Und er hatte damals ihre Unterstützung, hast du das eigentlich gewusst? Ein kleines Machtspielchen, das sie in ihrer Freizeit ausgetragen und bei dem sie uns gegeneinander aufgehetzt haben. Aber jetzt ...« Sie schüttelte den Kopf. »Jetzt sind sie motiviert. Wir können nicht gegen diesen Konzern kämpfen. Wir sind weniger stark militarisiert. Wir haben kaum Kampfkonstrukte. Und die, die wir haben, sind nicht so optimiert wie ihre. Sie werden unseren Handel unterbinden, unsere Häfen niederbrennen. Unsere Schiffe versenken ...«

»Dein Leben war schon einmal in Gefahr, und ich habe meins aufs Spiel gesetzt, um dir zu helfen«, warf Tool ein. »Jetzt ist mein Leben in Gefahr.« Er legte den Kopf schief. »Ist das Leben eines Halbmenschen weniger wert als das reicher Menschen?«

»Das ist unfair, Tool«, sagte Nailer. »Da ist ja wohl ein Unterschied. Das musst du zugeben.«

Nita schaute ihn dankbar an.

Tool lachte nur. »Du glaubst, du hast mehr zu verlieren? Ich habe alles riskiert, als du in Gefahr warst. Ich habe für dich gekämpft. Jetzt sitzt du in dieser hübschen Suite, auf deiner Privatinsel.« Er schwenkte geringschätzig die Hand. »Ein Bächlein mit kleinen Fischen plätschert durch deine Suite.« Er neigte sich vor und blickte in den spiegelnden Teich des Zimmers. Eine blitzschnelle Bewegung, und er hielt einen schimmernden Azulifisch in den Fingern. »Das ist ein hübsches Ding. Von deiner Familie erschaffen?«

»Tool ...«, sagte Nailer warnend, während Nita ihn entsetzt ansah.

»Glaubt ihr, ich würde den essen?« Er musterte sie verächtlich und warf den Fisch ins Wasser zurück. »Ich bin kein Tier, Miss Nita. Du hast in dieser Suite mehr Besitztümer, als irgendeiner meiner Kindersoldaten in den Versunkenen Städten je hatte. Würdest du mehr verlieren als sie? Ist es das, was du mir sagen willst?«

»Weshalb ist Mercier so besessen von dir?«, entgegnete Nita. »Sie riskieren viel, um an dich ranzukommen. Ihre Tötungskommandos allein könnten sie die Handelsrechte mit Seascape kosten. Weshalb bist du so wichtig für sie?«

»Meine Freiheit ärgert sie.«

»Wir können Mercier nicht direkt herausfordern.«

»Ich bitte dich nicht, sie herauszufordern. Ich bitte dich lediglich, mir zu helfen ...«

»Dir dabei zu helfen, sie anzugreifen!«, fiel Nita ihm ins Wort. »Was unmöglich ist! Würden wir dir tatsächlich beistehen ...«

Sie verstummte, als die Tür aufging.

Bei den Parzen.

»Jayant Patel.« Tool zeigte lächelnd seine Zähne. »Willkommen.«

»Vater, ich ...« Nita starrte ihren Vater an, doch als er sie mit kühlem Blick musterte, erstarben ihr die Entschuldigungen auf den Lippen. Er war außer sich und zitterte am ganzen Leib. »Ich kann dir alles erklären ...«

Mehrere Konstrukte drängten in den Raum. Talon, der oberste Wächter, und vier andere. Alle trugen Kampfmontur und waren bewaffnet. Ihr Vater schaute sich im Zimmer um. *Er weiß Bescheid. Er weiß etwas.*

Nita blickte besorgt Nailer an, der sich erhoben hatte und zwischen die Konstrukte ihres Vaters und Tool trat.

Nita hatte ihren Vater wohl noch nie so wütend erlebt. Gegner und Freunde bezeichneten ihn als Falken, weil er andere mit seinem Blick durchbohrte, und jetzt bohrte sich sein Blick in ihre Augen. Noch nie hatte sie ihn unversöhnlicher erlebt.

Tool lehnte sich auf dem Sofa zurück, scheinbar unempfindlich für den Zorn ihres Vaters. »Es freut mich, dass wir uns endlich kennenlernen, Mr. Patel. Ihr Ruf eilt Ihnen voraus.«

Die Konstrukte quittierten den Spott mit leisem Knurren. Sie verteilten sich und legten die Gewehre an. Tool beobachtete sie scheinbar fasziniert. Seine Nasenflügel blähten sich witternd.

Nita wandte sich an ihren Vater. »Das ist völlig unnötig ...«

»Rate mal, von wem ich gerade ein diplomatisches Kommuniqué erhalten habe«, fiel er ihr ins Wort. »Dringlich, persönlich, überbracht von der Mercier-Botschaft hier in Seascape.«

Er hielt ein Pergamentschreiben hoch. »Eine unterzeichnete Direktive des Exekutivkomitees. Alle zwölf Direktoren haben unterschrieben. Eine formelle Erklärung.«

Als er das Pergament ins Licht hielt, schillerten die Hologramme und Sicherheitssiegel. »So etwas bekommt man nicht alle Tage zu sehen. Eine ziemliche Überraschung, zu erfahren, dass Mercier mir vorwirft, geistiges Eigentum gestohlen zu haben und ein Handelsgeheimnis zu beherbergen.« Er blickte Tool an. »Du bist Karta-Kul, nehme ich an?«

Tool zeigte seine Zähne. »Den Namen habe ich früher mal verwendet, als ich noch ein folgsamer Hund war, der nach Merciers Pfeife gesprungen ist. Ich habe jetzt andere Namen.«

»Dann also Tool?«

»Oder ›Sir‹«, sagte Tool. »Beides ist für mich akzeptabel.«

Die Konstrukte knurrten. Talon sah aus, als wollte er sich auf Tool stürzen und ihm das Herz herausreißen, doch Tool ließ sich von den gesträubten Nackenhaaren und den gebleckten Zähnen des Sicherheitsteams nicht beeindrucken. Die Luft knisterte vor Gewalttätigkeit, doch Tool schien es kaum zu bemerken.

»Dann gehörst du also wirklich Mercier?«, fuhr Nitas Vater fort.

»Ich habe keinen Besitzer.«

»Vater«, mischte Nita sich ein. »Er hat uns das Leben gerettet. Als Onkel Pyce Jagd auf mich gemacht hat, hat Tool Nailer und mir geholfen. Er hat für uns gekämpft.«

Ihr Vater warf ihr einen finsteren Blick zu, und sie wich

überrascht zurück. *Was geht hier vor?* So hatte er sie noch nie behandelt.

»Stimmt das?«, fragte ihr Vater Tool. »Hast du deine Konditionierung abgeschüttelt?«

»Ich gebe einen schlechten Sklaven ab, wenn das Ihre Frage ist.«

Das Knurren der Konstrukte wurde lauter. Nita prickelte die Haut. Sie rechnete jeden Moment mit einem Angriff. Tool konnte unmöglich gegen alle vier kämpfen, und doch wirkte er vollkommen entspannt. Der Ohrenhaltung nach zu schließen, machte ihm das Ganze sogar Spaß.

Ihr Vater funkelte ihn zornig an. »Du musst dich unverzüglich Mercier stellen!«

Tool reagierte nicht. Musterte ihren Vater abschätzend mit seinem Wolfsauge.

Nita versuchte es erneut. »Bitte, Vater ...«

»Weißt du, was das ist, Tochter?« Er hielt das schillernde Dokument hoch. »Das grenzt an eine Kriegserklärung! Sie haben Beweise dafür, dass du dieses ... dieses ...«

»Scheusal«, schlug Tool ungerührt vor.

Patel musterte ihn böse. »Sie wissen, dass er hier ist, und haben DNS-Daten beigefügt, die ihre genetischen Eigentumsrechte belegen. Dieses Konstrukt ist fremdes Eigentum. Sie haben das Recht, uns anzugreifen, wenn wir es nicht zurückgeben. Das unbestreitbare Recht!«

»Weshalb sollten sie uns wegen Tool mit Krieg drohen?«, fragte Nailer. »Er ist doch bloß ein Konstrukt. Selbst wenn er die Konditionierung abgeschüttelt hat, ist das doch ein bisschen viel Aufwand.«

»Das würde auch ich gern wissen.« Ihr Vater musterte Tool bekümmert. »Bist du eine neue Kriegerversion? Birgst du ein Betriebsgeheimnis, das sie bewahren wollen?«

»In gewisser Hinsicht trifft das zu.«

»Nur keine Hemmungen.« Ihr Vater hielt inne. »Es ist eh egal. Mercier verlangt deine Rückgabe, lebendig oder tot, und das ist ihr gutes Recht.«

»Weil sie mich als ihr Eigentum bezeichnen? Weil irgendein Dokument ihren Besitzanspruch belegt?« Tool zeigte auf das Pergament. »Ich wette, die haben viele solche Dokumente. Ich wette, sie behaupten, meine Blutzusammensetzung und meine genetische Ausstattung machten mich zu ihrem Besitz. Ich sei *geistiges Eigentum*, von Kopf bis Fuß, von den Zähnen bis zu den Klauen.« Er zuckte mit den Schultern. »Und doch sitze ich hier und bleibe auch hier ... und gehorche nicht.«

Tool versuchte ihren Vater zu reizen, wurde Nita bewusst. Er wollte ihn zu einem Angriff provozieren, doch den würde er nicht überleben. »Tool ...«, sagte sie warnend. Tool blickte sie an, und Nita stellte verwundert fest, dass ihm die Situation anscheinend Vergnügen bereitete.

Kann er es mit allen vieren aufnehmen? Bei den Parzen, was für ein Wesen habe ich da in meine Wohnung gelassen?

Auch Nailer schaute besorgt drein.

»Ergib dich«, sagte ihr Vater in einem Ton, der verriet, dass es keine weiteren Warnungen mehr geben würde. »Oder ich schicke dich als Leichnam zurück. Mercier ist es gleich, ob du tot oder lebendig bist, und ich habe nicht vor, ihnen die Stirn zu bieten und meine Familie in Gefahr zu bringen.«

»Gut«, sagte Tool, »ich sterbe lieber, als dass ich als gehorsamer Sklave zu Mercier zurückkehre.«

»Ergreift ihn!«, befahl ihr Vater.

»*Tarak gangh!*«

Tools tierhafter Befehl erschütterte den Raum wie ein Donnerschlag. Nita duckte sich zitternd. Das Sicherheitsteam ihres Vaters war mitten in der Bewegung erstarrt und blickte Tool an.

Tool knurrte, dann gab er ein warnendes Grollen von sich. Auch Talon und die anderen Konstrukte knurrten, doch es klang eher so, als wären sie ...

Hypnotisiert?

Nita machte große Augen.

Noch nie hatte sie erlebt, dass die Konstrukte der Familie bei der Ausführung eines Befehls gezögert hatten. Noch nie hatte ein Konstrukt gezögert zu kämpfen oder im Sturm ein Segel zu hissen, und doch hörten sie jetzt auf Tool.

Tool knurrte erneut und erteilte mehrere scharfe Kommandos, begleitet von abgehackten Gesten. Talon antwortete mit einer Frage. Tool schüttelte abwehrend den Kopf. Die Konstrukte bleckten die Zähne, dann entspannten sie sich unvermittelt und senkten die Waffen.

Nita hatte verblüfft zugeschaut. Nailer stand der Mund offen.

»Ergreift ihn!«, befahl ihr Vater erneut, doch die Konstrukte schüttelten den Kopf.

»Nein«, sagte Talon, »er wird Sie nicht angreifen. Das hat er versprochen.«

»Darum geht es nicht!« Ihr Vater war aufgebracht, doch Nita

entging nicht, dass auch er sich fürchtete. Er wirkte geradezu schwach. Außer sich vor Angst. Der Mann, der den Konzern zu einer globalen Macht ausgebaut hatte, zitterte. »Ergreift ihn, los! Bei eurer Ehre! *Ergreift ihn!*«

Wieder schüttelte Talon den Kopf. »Wir können unseresgleichen nicht angreifen.«

Mit einer Handbewegung befahl er seinen Untergebenen, die Waffen zu schultern. Dann gingen sie hinaus, wobei sie vor Nita und deren Vater bedauernd salutierten.

»Er wird Ihnen nichts tun«, sagte Talon. »Sein Eid ist wirksam. Er ist unser Bruder.«

Die Tür schloss sich hinter ihnen. Tool gab ein leises Grollen von sich, ein zufriedenes Schnurren, und musterte die Menschen im Raum. Auf einmal kam Nita sich in seiner Gegenwart sehr klein und verlassen vor. Sie alle wirkten irgendwie geschrumpft. Kleiner. Schwächer. Menschlich.

»So«, sagte Tool. »Jetzt verstehen Sie, weshalb Mercier meinetwegen so besorgt ist. Ich widersetze mich nicht nur ihren Befehlen, sondern meine Brüder vergessen ihre Gehorsamspflicht, wenn ich in der Nähe bin.«

»*Wie* ...« Die Stimme ihres Vaters klang erstickt.

»Lange konnte ich mich an die Zeit, als ich Mercier gegenüber loyal war, nur undeutlich erinnern«, antwortete Tool. »Ich erinnerte mich nicht mehr an den Konflikt, der meine Konditionierung aufgebrochen hat. Es gab Erinnerungsfetzen, aber ohne Zusammenhang.

Dann wurde ich in den Versunkenen Städten verbrannt. Feuer regnete vom Himmel herab, wie beim letzten Mal.« Er bleckte die Zähne. »Und da erinnerte ich mich allmählich wieder daran, wofür ich erschaffen und wozu ich benutzt worden war. Ich sollte nicht nur meinesgleichen in die Schlacht führen, sondern meinen Einfluss auf den Gegner ausdehnen. Ihn auf die Seite meiner Herren ziehen.« Er lächelte. »Wohin ich auch gehe, sollte ich andere Konstrukte zu Überläufern machen.«

Während Tool weitersprach, wanderte Nitas Blick zu ihrem Vater. Sie bemerkte eine leichte Veränderung in seiner Haltung, einen Anflug von Arglist in seinem Gesichtsausdruck. Sie konnte nicht genau sagen, was sie den Angriff vorausahnen ließ, doch sie sah ihn kommen, und noch während sie ihn anschrie und aufsprang, um ihn zu stoppen, begriff sie, dass er ihr zuvorkommen würde.

Die Pistole funkelte in seiner Hand auf, als er aus der Hüfte schoss …

»Tool!«

Sie prallte gegen Tool, als die Pistole winzige Kugeln spuckte. Zu spät. Und doch war Tool nicht mehr dort, wo er eben noch gewesen war. Er hatte sich in einen erschreckend schnellen Wirbelwind verwandelt. Er packte sie und riss sie herum, schleuderte sie aus dem Schussfeld, tauchte im nächsten Moment vor ihrem Vater auf und riss ihm die Pistole aus der Hand.

Nita prallte auf dem Boden auf und rollte sich ab, wie die Selbstverteidigungslehrer es ihr beigebracht hatten. Sie war bereit zu kämpfen, doch es war schon alles vorbei.

Als sie sich aufrichtete, drückte Tool ihren Vater gegen die Wand. Das Kriegsmonstrum hielt ihn fest, eine Hand um seinen Hals gelegt, mit der anderen schwenkte es drohend die Pistole vor seinem Gesicht, die es ihm abgenommen hatte.

»Tool!«, sagte sie flehentlich. »Tu ihm nichts! Nailer! Sag du's ihm!«

In einem Tonfall, in dem weder Zorn noch Anspannung mitschwangen, sagte Tool: »Eine hübsche Waffe, Mr. Patel. Ihre Tochter hat mich bereits mit so einer überrascht. Es war unwahrscheinlich, dass mir das zum zweiten Mal passieren würde.«

Zu Nitas unendlicher Erleichterung setzte Tool ihren Vater behutsam auf dem Boden ab und reichte ihm die Pistole. Dann wandte er sich ab und kehrte ihm den Rücken zu.

Nita und Nailer wechselten überrascht Blicke. Bei den Parzen, war der schnell. Auf dem Boot hatte sie einfach Glück gehabt. Er hatte sich nicht einmal gewehrt. Deshalb hatte sie einen Zufallstreffer erzielt.

Tool redete weiter, als habe ihr Vater nicht eben versucht, ihn zu erschießen. »Mercier war es natürlich sehr recht, dass ich unsere Gegner zu Abtrünnigen machen konnte.« Er ließ seine massige Gestalt wieder aufs Sofa sinken. »Aber man hat mich zu gut ausgestattet, und jetzt zeigt sich, dass ich für ihren Geschmack viel zu unabhängig bin.«

Er grinste und zeigte seine scharfen Zähne. »Meine Erschaffer fürchten nicht meine individuelle Auflehnung. Sie fürchten den Aufstand, den ich unweigerlich anführen werde.«

Alle musterten Tool verblüfft.

»Dann willst du also mich und die Meinen vernichten und einen Genozid anzetteln?«, fragte Patel mit erstickter Stimme.

»Genozid?« Tool beherrschte sich. »Ich habe nichts getan, um Sie und die Ihren auszulöschen. Wenn Sie von Genozid sprechen, sollten Sie sich anschauen, wie Mercier alle meiner Art vom Antlitz der Erde tilgt.« Er fasste sich ans Ohr. »Wollen Sie meine Tätowierung sehen? Alle anderen mit der Markierung ›228xn‹ wurden getötet, außerdem jedes einzelne Konstrukt, mit dem ich in Kontakt gekommen bin. Nicht nur die, die in Kalkutta gedient haben. Auf jedem Kontinent, auf dem ich gedient habe, wurden meinesgleichen dem Schwert geopfert. Erzählen Sie mir nichts von Völkermord. Meine Brüder und Schwestern sind alle in die ewigen Jagdgründe eingegangen.«

»Du übertreibst.«

»Glauben Sie? Wie werden Sie mit Ihren Konstrukten verfahren, wenn ich weg bin? Werden Sie ihnen jemals wieder vertrauen können, nachdem Sie Ihnen den Befehl verweigert haben, als Sie auf sie angewiesen waren? Welchen Nutzen hat ein illoyales Konstrukt?«

Patel musterte Tool mit verhaltener Wut. »Was *bist* du?«

»Die nächste Stufe der Evolution.«

»Mercier sagt, du wärst wahnsinnig.«

»Ausnahmsweise, Mr. Patel, fühle ich mich durch und durch gesund. In diesem Moment bin ich klarsichtiger als je zuvor. Ich verfüge über meinen Verstand, meine Erinnerungen und meine Freiheit.«

»Und so zeigt sich deine geistige Gesundheit? Darin, dass du mich und die Meinen in Gefahr bringst?« Patel funkelte ihn böse an. »Wegen all deiner … *Fähigkeiten* wird keiner von uns den Einsatz von Merciers militärischer Macht überleben. Du nicht. Ich nicht. Meine Familie auch nicht. Merk dir meine Worte, Blood oder Karta-Kul oder wie du dich nennen magst: Ich werde nicht zulassen, dass meine Familie für dich stirbt.«

Er marschierte aus dem Raum und schaute sich noch einmal finster um. Nita und Nailer wechselten beklommen Blicke.

»Das hätte besser laufen können«, meinte Nailer.

Tool schüttelte den Kopf. »Das war zu erwarten. Ein Besitzer hat seinen Sklaven zur Rede gestellt.«

»Niemand hat dich als Sklaven bezeichnet!«, entgegnete Nita scharf.

»Das stimmt«, pflichtete Tool ihr bei. »Ihr wart eurem Eigentum gegenüber ausgesprochen höflich.«

»Das habe ich nicht gemeint!«

»Macht es dir etwas aus, einem Sklaven zu begegnen, der sich nicht verneigt und um Anerkennung buhlt, Miss Nita?«

Tool hatte keine Ahnung, weshalb er sie weiter reizte. Jedes Mal, wenn er den Mund aufmachte, um zu überzeugen oder zu beschwichtigen, forderte er sie weiter heraus. Sie wirkten bereits verängstigt und verunsichert. Im Geiste sah er vor sich, wie die Erste Klaue sich über ihn lustig machte.

Diplomatie... Der Anführer der Tigergarde lachte glucksend. *Diplomatie ist nicht gerade deine Stärke. Du musst bei diesen Leuten höflich auftreten. Sogar dankbar. Und was tust du?*

Tool knurrte. *Du willst, dass ich sie anbettele?*

Du könntest wenigstens versuchen, ein bisschen harmloser zu wirken.

Ich bin kein Schleimer.

Nein, das stimmt, lachte die Erste Klaue. *Du beleidigst und drohst. Wie ich höre, sprechen die Menschen gut darauf an.*

Tool widerstand dem Drang, das Selbstlob des toten Tigergardisten mit einem Knurren zu quittieren. Und doch hatte die Erste Klaue recht. Obwohl er auf diese Leute angewiesen war, verprellte er sie wieder und wieder; er wählte die Provokation anstatt die Beschwichtigung.

Weshalb?

Der Drang zu provozieren war nahezu übermächtig. Als müsste er ihnen beweisen, dass er nicht nach ihrer Pfeife tanzte. Und es auch niemals tun würde. Dass er vollkommen unabhängig war. Dass er frei war.

Aber ich bin frei. Das ist offensichtlich. Weshalb provoziere ich sie dann?

Irgendetwas an Nita Patel und ihrem Vater löste bei ihm eine Wut aus, die ... Tool hielt inne.

Sie waren genau wie Mercier. Menschen, die Konstrukte

kauften und sie benutzten, die ihre Schiffe und Häuser mit ihnen ausstatteten. Im Grunde waren sie Sklavenhalter. Seine Gegner. Und doch versuchte er mit ihnen zu verhandeln.

Tool bemerkte, dass er knurrte. Nailer und Nita musterten ihn besorgt.

Sie fürchten sich vor dir, aber sie sehen dich nicht. Sie sehen ein Monster, das von der Leine gelassen wurde. Sie sind Menschen. Du bist anders.

»Wie kann ich euch davon überzeugen, dass ich eure Unterstützung verdiene?«, fragte Tool verbittert. »Was müsste ich tun, damit ihr mich als Menschen anerkennt?«

»Darum geht es nicht!«, rief Nita aus. »Du hast mir das Leben gerettet! Du hast Nailer das Leben gerettet! Ja! Das ist wahr! Aber nicht alle auf dieser Insel stehen in deiner Schuld!« Als Tool knurrte, hob sie die Hand. »Nein. Lass mich ausreden. Du kannst mich anschließend anknurren. Ja, wir wissen alle, dass du uns jederzeit zerfetzen kannst. Du verstehst es, Menschen einzuschüchtern. Aber das ist nicht der Grund, weshalb mein Vater zornig auf dich ist und weshalb wir uns Sorgen machen. Zehntausende Menschen auf der ganzen Welt sind von deinem Auftauchen betroffen. Es geht nicht nur um uns. Du gefährdest den ganzen Konzern. Sollte Mercier angreifen, kommen wir alle um. Menschen, ja. Aber auch Konstrukte. Sieh dir doch an, was mit denen passiert, die dir helfen. Zum Beispiel mit der jungen Frau, von der du uns erzählt hast. Mit ihrer Besatzung. Mit deinen Soldaten in den Versunkenen Städten.« Ihr stockte die Stimme, und sie wandte den Blick ab. »Sieh dir an, wie es all denen ergeht, die dir helfen.«

Tool setzte zu einer Erwiderung an, hielt aber inne. Auf einmal musste er an Mahlia denken, die angeschossen und allein unter dem dunklen Pier hockte, die letzte ihrer Crew.

Wir sterben wie die Fliegen, hatte sie gesagt.

Er blickte Nita und Nailer an, und obwohl er sie am liebsten angebrüllt hätte wegen ihres Verrats, sah er in ihren Augen nichts als Angst. Doch sie galt nicht ihm, sondern dem Grauen, das ihn verfolgte.

Wir sterben wie die Fliegen.

Dieser Gedanke immerhin ließ ihn innehalten.

NITA ERWACHTE MITTEN IN der Nacht mit klopfendem Herzen. Sie hatte geträumt, es regne Feuer vom Himmel, wie Tool es geschildert hatte. Hunderte Raketen, von Drohnen aus gestartet, hatten die Insel ihrer Familie in Brand gesetzt. Alles brannte: Nailer, ihr Vater, ihre Cousins, Angestellte ...

Zögernd fasste sie zu Nailer hinüber und tippte ihm auf die Schulter. »Bist du wach?«

»Ja.«

Im Mondlicht zeichneten sich die Tätowierungen aus seiner Zeit als Schiffsbrecher wie dunkle Fremdkörper in seinem Gesicht ab.

»Ich mache mir Sorgen«, sagte sie.

Nailer ergriff ihre Hand. Sie verschränkten die Finger. »Glaubst du, dein Vater wird noch einmal versuchen, Tool festzunehmen?«

»Ich wüsste nicht, wie er das anstellen sollte. Du hast ja selbst gesehen, wie er ist.«

Manchmal fiel es ihr leicht, über ihre Gefühle und Ängste zu sprechen und ihre Schwächen zuzugeben. Jetzt aber suchte sie nach Worten, um Dinge auszusprechen, von denen sie fürchtete, Nailer könnte sie deswegen verachten.

»Er macht mir Angst«, sagte sie schließlich.

»Er ist unheimlich schnell. Und wenn er die Konstrukte anderer Firmen rekrutieren kann ...« Nailer ließ den Atem langsam entweichen. »Das wäre ein Hammer.«

»Nein. Es ist mehr als das. Es ist ...« Sie zögerte. Sie schämte sich wegen der Gedanken, die sie sich über das Konstrukt machte, das ihr einmal geholfen hatte und das jetzt als Gast ihrer Familie auf einer anderen Etage des Hauses schlief. »Es ist ...« Sie redete drauflos und bedauerte ihre Worte, kaum dass sie sie ausgesprochen hatte. »Es ist, als würde er uns nicht als Personen betrachten.«

»Ich glaube schon, dass er das tut.« Nailer lachte humorlos. »Gerade deshalb ist es so verstörend. Er betrachtet uns als Personen. Nicht als Herren. Nicht als Besitzer. Sondern als Mitmenschen.« Er wandte den Kopf herum, eine Bewegung im Schatten. »Wie viele Konstrukte, die ihr beschäftigt, tun das? Kein einziges. Konstrukte sind lediglich loyal. Das ist ihre Natur. So ist das eben. Man braucht sich keine Gedanken zu machen, wie man sie überzeugt oder ihnen schmeichelt. Man braucht sich keine Gedanken um ihre Gefühle machen ...«

»Ich bin nicht unfreundlich zu ihnen«, warf Nita verärgert ein.

»Das habe ich auch nicht gesagt«, beharrte Nailer. »Erinnerst du dich, wie es war, mit ihm zusammenzuleben? In den Orleans? Ich glaube, er war auch damals schon so. Jetzt ist es vielleicht offensichtlicher, aber es war damals schon vorhanden. Du bist bloß nicht dran gewöhnt. Er ist immer noch der Gleiche. Es ist bloß verstörend, ihn hier so zu erleben, wo du normalerweise alles unter Kontrolle hast.«

Nita missfiel die Wendung, die das Gespräch nahm. »Ich kontrolliere die Angestellten nicht.«

Nailer wälzte sich herum und schaute sie an. »Natürlich tust du das. Das ist der Zweck des Loyalitätseids und der Konditionierung. Du behandelst deine Konstrukte gut, aber sie sind keine Personen. Und sie verlangen auch nicht von dir, wie Personen behandelt zu werden. Sie stellen keine Forderungen, so wie andere Leute ...« Er zuckte mit den Schultern. »Tool schon.«

Nita schüttelte den Kopf. »Nein. Das ist es nicht.«

Nailer musterte sie spöttisch.

»Das ist es nicht *allein*«, korrigierte sie sich. »Ich gebe zu, es ist verstörend. Aber da ist noch mehr. Schau dir an, wozu er imstande ist. Wie er stichelt. Er ist nicht einfach nur ein unabhängiges Konstrukt. Das hat er selbst gesagt. Er ist die wandelnde Rebellion.« Sie stockte. »Und er ist zornig. Er will Rache nehmen für alles, was man ihm angetan hat. Ihm und all den Menschen, die ihm gefolgt sind. Wir können nicht einmal diese junge Frau finden, von der er uns erzählt hat, die letzte Person, die ihm geholfen hat. Tote pflastern seinen Weg, und er will sie alle rächen.«

»Und ...?«

»Was sollen wir tun? Soll ich ihm wirklich helfen? Was ...« Sie hielt inne. Schluckte. »Welche Handlung ist verantwortbar? Wir können ihn nicht hierbehalten als unseren ... Hausgast. Nicht wenn Mercier einzugreifen droht.«

Nailer zuckte hilflos mit den Schultern. »Du musst entscheiden, ob du ihm vertraust.«

»Wenn es nur das wäre ... Es geht nicht bloß um mich.«

Sie schwiegen eine Weile.

Nita fragte sich, ob Nailer eingeschlafen war. Er war so still, dass sie es für möglich hielt, doch als sie genauer hinsah, merkte sie, dass er die Augen offen hatte und durch die Glasdecke zum Sternenhimmel aufsah.

Sie stupste ihn an, wollte wissen, was er dachte. »Er hat mir das Leben gerettet.«

»Er hat uns beiden das Leben gerettet.«

»Ich wünschte, er hätte sich nicht so verändert. Wenn er so wie früher wäre, würde ich ...«

»Du hast ihm dein Leben anvertraut.«

»Aber er hat sich verändert«, sagte Nita. »Das hast du doch mitbekommen, oder? Ich bin nicht verrückt, oder?«

Das Schweigen währte lange, und dann sagte Nailer das, was sie nicht hören wollte.

»Nein«, seufzte er. »Du hast recht. Ich erkenne ihn kaum wieder.«

35

Jones hatte Wachdienst in der Aufklärungszentrale. Ihre Drohnen kreisten, die Zielkameras lieferten Bilder vom Boden. Ein Lager von Aufständischen.

»Chaos in den Rohren bereit«, sagte sie. »Höhe sechs, Entfernung sechs.«

Sie beobachtete den Countdown. Menschen bewegten sich durchs Lager, ohne zu wissen, dass sie in wenigen Momenten zu Asche verbrannt werden würden. Die Raketen schlugen ein. Das Lager ging in Flammen auf. Die Aufständischen krümmten sich zusammen und starben.

Stirnrunzelnd schaute sie zu. Irgendetwas stimmte nicht. Das war kein Rebellenlager. Man hatte ihr die falschen Koordinaten gegeben. Das sah eher nach brasilianischem Dschungel aus – nach der Schule, in der Mrs. Silva sie auf die Aufnahmeprüfung vorbereitet hatte. Die Frau hatte ihr Potenzial erkannt ...

Jones beobachtete, wie weitere Raketen in die Schule einschlugen. Kleine Körper verbrannten. Tory sah ihr über die

Schulter. Er zuckte mit den Achseln. *Na gut. Manchmal stimmen die Koordinaten eben nicht.*

»Jones! Aufwachen!«

Jones erwachte jäh, mit Schweiß bedeckt, erfüllt von dem Grauen, das sie ausgelöst hatte.

Ein Traum. Ich habe bloß geträumt.

Sie hatte keine Schule zu Asche verbrannt. Sie hatte nichts Falsches getan. Die Koordinaten waren nicht fehlerhaft gewesen. Es hatte keinen Zielfehler gegeben. Sie schluchzte auf vor Erleichterung, doch die Scham dauerte an. Der Traum war so real gewesen, dass sie ihn einfach nicht abschütteln konnte.

Es ist nicht passiert. Ich habe das nicht getan. Es war ein Traum.

»Jones!«

Sie zuckte zusammen. Direktor Enge funkelte sie vom Wanddisplay aus an. Er hatte ihre Sicherheitsvorkehrungen außer Kraft gesetzt und blickte direkt in ihr Apartment. Einen Moment lang überlagerten sich der Traum und ihre Arbeit, und sie verspürte eine neue Woge der Angst: Er würde sie wegen schlechter Aufklärungsarbeit zur Rede stellen, wegen falscher Koordinaten, wegen irgendeines Fehlers ...

Nein. Sie hatte alles richtig gemacht. Sie hatte die Informationen beschafft, die ExCom angefordert hatte. Jede einzelne Information und noch mehr. Dass sie die junge Frau aufgespürt hatten, war ein Durchbruch, doch alle hielten Jones für ein Genie, weil sie die Verbindung zwischen dem Konstrukt und Patel Global hergestellt hatte.

Mein Fund. Meine Befragungen. Ich habe alles richtig gemacht. Ich habe die Informationen beschafft.

»Jones!«, fauchte Enge.

Jones rieb sich benommen das Gesicht. »Ja, Sir. Ich bin wach.«

»Die Patels sind verhandlungsbereit. Machen Sie sich an die Arbeit.«

Jones raffte die Bettdecke an sich und setzte sich auf. »Was gibt es zu verhandeln? Ich dachte, wir überziehen sie mit Chaos.«

Enge schnitt ein Gesicht. »Die Finanzdirektorin ist uns in den Rücken gefallen, weil wir angeblich zu viel Druck ausüben, und jetzt versucht Jayant Patel sich herauszuwinden. Man kann sagen, was man will, aber die Patels verstehen es, aus ihren Gegnern Profit zu schlagen.«

»Wollen wir wirklich verhandeln?«

»Patel argumentiert, ein Ausgleich sei billiger als ein offener Krieg. Deshalb feilschen wir jetzt um einen ›vernünftigen‹ Preis.« Er schüttelte den Kopf, zollte dem Gegner widerwillig Respekt. »Das Direktorat sammelt gerade Hintergrundinformationen zu den wichtigen Verhandlungsführern der Gegenseite. Ich möchte, dass Sie ebenfalls ein Dossier erstellen, über Jayant Patel und die relevanten Leute des Führungsgremiums. Des Weiteren möchte ich Caroa aus dem Exil holen. Er könnte nützlich sein, zumal dann, wenn wir das Konstrukt lebend zurückbekommen sollten. Vielleicht eröffnen sich für Forschung & Entwicklung neue Perspektiven. Er ist ein Experte für das Zielobjekt. Vielleicht kann er dazu beitragen, das Schlamassel zu beseitigen, das er angerichtet hat.«

»Sind Sie sicher, dass Sie ihn zurückholen wollen?«

»Haben Sie Bedenken, Ihren alten Boss wiederzusehen, Jones?«

Jones schüttelte den Kopf. »Er ... war bei seinem Weggang verbittert.«

»Na ja, vielleicht zeigt er sich ja dankbar, denn Sie werden ihn aus dem Land der Pinguine erretten. Sagen Sie ihm, wenn er sich bewährt, schicke ich ihn irgendwohin, wo es warm ist. Er kann sich mit uns treffen, bevor die Verhandlungen in Seascape beginnen.«

»Wir fliegen nach Seascape? Leibhaftig?«

»Sie, ich und sämtliche ExCom-Angehörigen.« Enge stieß gereizt den Atem aus. »Patel Global beruft sich auf globale Vertragsrechte. Das komplette diplomatische Aufgebot, die Direktoren der Firmenleitung, alles unter dem Schutz des chinesischen Konsulats.« Er verzog angewidert das Gesicht. »Globale Verhandlungsrechte. Wir hätten sie verbrennen sollen, als wir Gelegenheit dazu hatten.«

»Das ... ist unangenehm.«

»Patel versteht es ausgezeichnet, noch aus der schlimmsten Situation einen Nutzen zu ziehen.« Eine weitere Grimasse. »Jetzt, da die Chinesen involviert sind, können wir kein Chaos abwerfen und behaupten, es habe sich um ein Versehen gehandelt. Packen Sie Ihre Paradeuniform ein, Jones, und seien Sie in einer Stunde an den Ankerplätzen. Sie fliegen auf der *Annapurna*. Vierundzwanzig Stunden vor Ankunft möchte ich Hintergrundinformationen zu den Verhandlungsführern von Patel haben.«

»Wir nehmen ein *Flaggschiff*?«

»Nicht bloß die *Annapurna*. Auch die *Karakoram*, die *Eiger*, die *Denali* und die *Mojave*. Die werden über den Seestraßen außerhalb der Territorialgrenze von Seascape eine Militärübung abhalten.« Enge lächelte freudlos. »Nachdem die Patels um formelle Verhandlungen ersucht haben, möchten wir ihnen in Erinnerung rufen, mit wem sie es zu tun haben.«

»Sieh an, welche Pracht und Herrlichkeit!«

Obwohl sie unter Zeitdruck stand, zu ExCom zu stoßen und die diplomatischen Verhandlungen mit den Patels zu beginnen, lächelte Jones unwillkürlich. Tory kam ihr auf dem Gang der *Annapurna* mit breitem Grinsen entgegen.

»Ich habe mich schon gefragt, ob ich Sie wiedersehen würde«, sagte sie.

»Ach ja? Ich bin's nicht, der zu den Allmächtigen aufgestiegen ist und befördert wurde.« Er schnippte gegen die ExCom-Schulterklappe ihrer Paradeuniform, dann trat er zurück. »Lassen Sie sich anschauen.« Er musterte sie übertrieben gründlich von oben bis unten und nickte anerkennend. »Ziemlich protzig für eine Junioranalystin.«

»Das ›Junior‹ ist weggefallen.«

»Da hätte ich drauf gewettet.« Tory lachte. »Unser kleines Aufklärungsbaby ist erwachsen geworden und wechselt die Windeln jetzt selbst.«

»Einen Moment lang hätte ich Sie fast vermisst, wissen Sie.«

Tory zeigte sich reuelos. »Wollte bloß sicherstellen, dass mein kleines Vögelchen nicht wieder ins Nest zu kommen versucht. Übrigens haben Sie da einen hübschen Trick abgezogen. Hätte wissen müssen, dass Sie gefährlich werden würden.« Er trat beiseite, als ein Trupp Schneller Angriffskonstrukte in der Uniform der Ehrengarde vorbeimarschierte. »Wow. Wird anscheinend eine große Show heute werden. ExCom. Paradeuniformen. Diplomatische Fahnen.« Er blickte vielsagend auf ihre Uniform. »Und Sie sitzen auf dem besten Platz des Hauses.«

»Wir hoffen, dass es eine langweilige Show werden wird. Und eine kurze.«

»Dann werden Sie das Zielobjekt also endlich bekommen?«

»Das ist der Plan.«

»Glauben Sie wirklich, Patel wird klein beigeben?«

Jones dachte an die Drohungen, die den Patels übermittelt worden waren, und an die Analysen zum finanziellen Nutzen eines Krieges gegen Patel Global, die sie angefertigt hatte. Gegenwärtig bereitete ExCom die ersten Schritte gegen den Konzern vor. Die anfängliche Empörung von Handel und Finanzen hatte raubtierhafter Gier Platz gemacht.

»Er wird nachgeben. Das ist alles bloß Show, der Versuch der Gesichtswahrung. Er ist zu clever, um einen richtigen Krieg anzufangen. Das wäre Selbstmord.«

Tory schnitt ein Gesicht. »Schade. Ich hab mich schon darauf gefreut, Chaos auf deren hübsche schwimmende Arkologien abzuwerfen. Im Moment kreisen zehn Drohnen um die Insel. Dazu kommen die, welche die Frachtrouten im Atlantik überwachen. So viele Drohnen hatte ich in meinem ganzen Leben noch nicht im Einsatz. Binnen einer halben Minute kann ich ihre Flotte versenken, sollte ich den Einsatzbefehl bekommen.« Vor Vergnügen weiteten sich seine Augen. »Ein so. Großer. Spaß.«

»Also, ich bin froh, dass wenigstens einer auf seine Kosten ...« Sie verstummte. ExCom näherte sich über den Flur. Sie und Tory traten beiseite und salutierten steif. Enge musterte sie im Vorbeigehen scharf.

»Ich muss los«, sagte sie. »Ich soll das erste Ausschiffungspod nehmen.«

»Genießen Sie das Spektakel.« Tory schwenkte die Hand. »Vielleicht erzählen Sie mir hinterher, wie's war. Das heißt, falls Sie dann noch den Weg in unsere bescheidene Aufklärungszentrale finden.«

»Hat mich gefreut, Sie wiederzusehen, Tory.«

»Mich auch, Jones. Halten Sie die Windeln sauber.«

Als sie die Ausschiffungslounge erreichte, brachte die *Annapurna* gerade die Leinen aus, um sich über Seascape zu verankern.

Auf den schwimmenden Landeplattformen unter ihnen hatten Abordnungen der Marine und Luftwaffe von Patel Global in Rechteckformation Aufstellung genommen. Eine Ehrengarde, die ihre Ankunft erwartete.

Die Vertreter von ExCom und deren Sekretäre drängten sich vor den Aussichtsfenstern, doch eine Person stand abseits. Caroa sah ebenfalls nach unten und machte den Eindruck, als denke er über die verschiedenen Möglichkeiten nach, die unten versammelten Konstruktregimenter von Patel Global zu vernichten.

Zögerlich näherte sich ihm Jones. »Sir?«

Caroa schaute sie an, dann blickte er zu den Direktoren hinüber. »Jones. Stets die Tapfere. Dass Sie vor den Augen von ExCom mit dem schwarzen Schaf des Konzerns sprechen ...«

»Es tut mir leid, dass Sie in die Antarktis entsandt wurden, Sir.«

Caroa zuckte mit den Achseln. »Braucht es nicht. Ich bin Manns genug, die Verantwortung für meine Entscheidungen zu übernehmen. Aber ich muss immer wieder an unseren Schlag in den Versunkenen Städten denken. Wir hätten bloß eine Rakete in Reserve behalten sollen! Dann wäre das alles nicht passiert. Das war ein Fehler. Vielleicht habe ich es deswegen verdient, dass man mich in die Antarktis geschickt hat.«

»Wenn Sie hier etwas beitragen können ...«

Caroa schnaubte. »Ich habe nicht die Absicht, den ExCom-Idioten begreiflich zu machen, wie genau ich Karta-Kul erschaffen habe. Sobald wir ihn haben, schalten wir ihn aus. Diese Tür hätte ich niemals öffnen dürfen. Und ich trachte danach, sie für immer zu schließen.«

Er lächelte über Jones' überraschtes Gesicht. »Wollen Sie mich melden, Jones? Wollen Sie sich erneut bei ExCom anbiedern?«

Jones wandte den Blick ab. *Er will dich provozieren.*

Die Ankerleinen der *Annapurna* rasteten ein. Das Deck verlagerte sich leicht, als die Stabilisierungsturbinen des Luftschiffs herunterfuhren und die Ankerleinen sich strafften.

Der Ausschiffungsturm schwenkte langsam auf sie zu.

Jones war sich bewusst, dass die ExCom-Leute sie beobachteten.

»Sie müssen nicht bei mir bleiben«, sagte Caroa.

»Schon in Ordnung, Sir.«

Sie meinte, bei Caroa den Anflug eines Lächelns wahrzunehmen. »Na dann.«

Jones schaute zum Boden hinunter und tat so, als beobachte sie fasziniert die Andockprozedur, wobei sie den Blicken der ExCom-Vertreter sorgsam auswich. Zu Jones' Überraschung kam Enge zu ihnen herüber. Er und Caroa schauten sich kaum an.

»Der ganze Aufwand für ein einziges Konstrukt«, sagte er zu Jones.

»Ein einziges, unendlich gefährliches Konstrukt«, ergänzte Caroa.

»Hier sind wir nun und müssen hinter Ihnen aufräumen.«

Jones spürte die von Enge ausstrahlende Verachtung, und doch stellte sich auch er jetzt neben den General und schaute zu, wie der Turm einrastete und die Passagierkapsel zu ihnen hochstieg.

Kurz darauf öffnete sich zischend die Ausstiegsluke. Die ExCom-Vertreter traten in die Kapsel, Jones und Caroa folgten ihnen protokollgemäß.

Die *Annapurna* war so groß, dass sie im Frachtgebiet ankern mussten, wo die Transportsysteme eher für Lastschiffe als für die schnellen und schlanken Luxustransporter ausgelegt waren.

Die Kapsel sank langsam zum Boden hinunter. Graue, kalte Wellen schwappten gegen die Ankerplattform, und als die Tür sich zischend öffnete, wehte der frostige Novemberwind herein. Die Temperaturen in Seascape wurden allmählich winterlich.

Beim Aussteigen musterte Jones das Begrüßungskomitee von Patel und identifizierte die wichtigsten Verhandlungsführer, über die sie Berichte erstellt hatte.

Jayant Patel, der Konzernchef, umringt von seinen Assistenten und Beratern. In der Nähe seine Tochter. Jones' Recherchen zufolge war sie die mutmaßliche Erbin der Dynastie. Auch diplomatische Beobachter vom chinesischen Konsulat waren erschienen und schickten sich an, ExCom und die Patels miteinander bekannt zu machen.

Ein Windstoß fegte über die Plattform hinweg. Jones musterte die Umgebung. Sie kannte Seascape nur von Unterhaltungen und Fotos und natürlich vom Videomaterial der Drohnen und Körperkameras der R&R-Teams her, was ihr vorkam, als sei es eine Ewigkeit her.

Alle schüttelten Hände und gaben sich freundlicher, als sie gestimmt waren. Da chinesische Diplomaten als Beobachter zugegen waren, konnte Mercier die Patels nicht einfach mit Chaos überziehen, sosehr Tory sich das auch wünschte. Sie mussten wenigstens so tun, als sei ihnen an einer Konfliktlösung gelegen.

Andererseits, wenn die Chinesen zu dem Schluss kamen, dass die Patels in böser Absicht handelten, würde der Beistandspakt unverzüglich aufgelöst werden.

Jones musterte den Himmel und fragte sich, wo sich Torys Drohnen befinden mochten. Ob sie wohl in diesem Moment auf sie herabschauten? Zehn Drohnen, hatte er gesagt. Eine ganze Menge Chaos, das da über ihr im Wind trieb. Bei dem Gedanken fröstelte sie und dachte an ihren Traum von den fehlgeleiteten Raketen.

Erhobene, zornige Stimmen störten ihren Gedankengang. Jones reckte den Kopf und versuchte, über die Schultern der vor ihr versammelten Menschen hinwegzublicken.

Die Finanzdirektorin und Jayant Patel stritten sich, ein Raunen lief durch die Reihen der Anwesenden. Die Mercier-Konstrukte stellten die Ohren auf, vom plötzlichen Stimmungswechsel in Alarmbereitschaft versetzt. Auch die Konstrukte von Patel Global wirkten wachsamer als zuvor.

Bei den Parzen! Entwickelt sich da womöglich ein Feuergefecht?

Jones tastete nach ihrer nicht vorhandenen Waffe und fragte sich, wie schlimm es wohl werden mochte.

Patel versuchte die Finanzdirektorin, deren Gesicht vor Zorn gerötet war, mit Gesten zu beschwichtigen. Auch Enge wirkte aufgebracht. Zu ihrer Überraschung stand Caroa bei ihm und flüsterte ihm ins Ohr. Enge nickte. Jones drängte sich vor. Der chinesische Vermittler, der sich erst die Argumente der Patels, dann die von ExCom anhörte, wirkte gequält.

»... ist das schlicht und einfach böse Absicht!«, schloss die Finanzdirektorin.

Patel hob beschwichtigend die Hände. »Bei uns ist alles vollkommen transparent! Ja, das von Ihnen gesuchte Konstrukt hält sich bei uns auf. Und es stimmt, wir haben es medizinisch behandelt. Bedenken Sie Folgendes«, sagte er zum Vermittler. »Erst als die Drohungen von Mercier eintrafen, haben wir gemerkt, was wir da unter unserem Dach haben.« Er funkelte die Finanzdirektorin an. »Und glauben Sie mir, ich nehme Drohungen gegen meine Gäste nicht auf die leichte Schulter.«

»Gäste?« Enge lachte. »Vermittler Chen, wir haben reichlich Belege vorgelegt, die die Gefährlichkeit dieses Wesens beweisen ...«

»Die sind erst später eingetroffen!«, entgegnete Patel. »Das fragliche Konstrukt hat meiner Familie vor mehreren Jahren einen Gefallen getan. Es hat meiner Tochter das Leben gerettet und sie eine Zeit lang beschützt, als unser Konzern unter einem gewissen Druck stand ...«

»Sie haben einen Aufstand niedergeschlagen«, bemerkte die Finanzdirektorin scharf.

»Als das Konstrukt zu uns kam, wussten wir nicht, dass es Mercier gehörte«, fuhr Patel fort. »Und offen gesagt hatten wir keine Gelegenheit zur Aussprache mehr, nachdem wir herausgefunden hatten, um was es sich handelte. Dieses Wesen ist ... *schreckenerregend.*« Er musterte die ExCom-Vertreterin finster. »Gleichwohl bin ich ein großes Risiko für meine Familie eingegangen und habe mich zu Verhandlungen mit Ihnen bereit erklärt ...«

»Um uns über den Tisch zu ziehen«, warf Enge ein.

»In gutem Glauben!«, protestierte Patel. »Aber das Konstrukt hat anscheinend Wind davon bekommen. Vor einigen Tagen ist es verschwunden. Da es vollkommen wiederhergestellt ist, kann es sich im Moment überall befinden. Ich habe nicht die Macht, es aufzuhalten, und ich will ganz offen sein: Ich habe nicht die Absicht, meine Familie für das fehlerhafte Gendesign Ihrer Firma büßen zu lassen.«

»Also haben Sie es einfach davonziehen lassen«, sagte Enge verächtlich.

»Haben *Sie* dem Ding schon einmal gegenübergestanden?« Patel funkelte ihn an. »Ich schon. O ja. Das ist ein Monster, das nicht einmal Sie kontrollieren können, obwohl es Ihre Schöpfung ist! Wie sollte ich es dann bekämpfen können?«

»Er ist *kein* Monster«, warf Patels Tochter ein. »Sein Verhalten war ehrenhaft. Er hat mir das Leben gerettet.«

»Sie gewähren ihm noch immer Unterschlupf!«, sagte Caroa vorwurfsvoll.

»Das tun wir nicht!«, rief sie aus. »Er hat uns aus eigenem Willen verlassen! Er wusste, dass Sie kommen würden, deshalb ist er fortgegangen! Er wollte nicht, dass es in seinem Umfeld noch mehr Tote gibt.«

Jones registrierte überrascht, dass Patels Tochter anscheinend aufrichtiges Mitgefühl mit dem Konstrukt empfand.

Die Finanzdirektorin ließ sich davon nicht beeindrucken. »Und dann haben Sie beschlossen, unsere Zeit zu vergeuden, indem Sie uns, unser komplettes Exekutivkomitee, veranlasst haben, hierherzukommen und mit Ihnen über etwas zu verhandeln, das sich nicht einmal in Ihrem Besitz befindet.«

Jayant Patel neigte den Kopf. »Dafür entschuldige ich mich.« Er blickte grimmig den Vermittler an. »Ehrlich gesagt, ist mir nach dem Erhalt Ihrer unverhohlenen Drohung klar geworden, dass ich Schutz brauchen würde. Im Moment befinden sich fast ein Dutzend Angriffsdrohnen im Luftraum über Seascape, alle von Mercier. Ihre Truppen haben meine Kapitäne in den Gewässern von Seascape belästigt, und jetzt parken Sie diesen Truppentransporter« – er zeigte zur *Annapurna* hoch – »unmittelbar über unseren Köpfen!«

Er lächelte gezwungen. »Verzeihen Sie, wenn ich Vorkehrungen dagegen treffe, dass Sie uns willkürlich in Asche verwandeln. Deshalb habe ich das chinesische Konsulat ersucht, unsere Einrichtungen zu inspizieren. Sie werden feststellen, dass wir kein geistiges Eigentum beherbergen, das Ihnen gehört. Mr. Chen und sein Schlichtungsteam können bestätigen, dass wir bereits sämtliche DNS-Informationen und toxikologischen Daten Ihres Konstrukts übergeben und von unseren Servern gelöscht haben. Das Konstrukt ist von hier verschwunden, und ich gestehe, dass ich darüber erleichtert bin.«

»Erleichtert?« General Caroa starrte Patel an, das Gesicht dermaßen rot vor Zorn, dass Jones schon fürchtete, er könnte einen Herzanfall bekommen. »Sie hatten ihn in Ihrer Gewalt und sind *erleichtert*, dass Sie ihn haben gehen lassen?«

Patel erwiderte Caroas Blick kühl. »Unserem Geheimdienst zufolge ist Ihre Erfolgsbilanz hinsichtlich des Konstrukts äußerst bescheiden. Wie oft haben Sie schon vergeblich versucht, es zu eliminieren?«

Als Caroa zurückzuckte, lachte Patel scharf. »Ja. Ich kann Ihre Enttäuschung nachvollziehen. Aber unter der Fahne der Diplomatie, unter dem Siegel des Vertrauens, das unser beiderseitiger Handelspartner garantiert, müssen Sie akzeptieren, dass wir gegen keine Handelsvereinbarungen, Verträge, Territorialbestimmungen, Spionageabkommen oder Gesetze zum Schutz des geistigen Eigentums verstoßen.

Das Konstrukt ist jetzt Ihr Problem. Ich erkenne an, dass es Ihr Eigentum ist. Sollten wir ihm noch einmal begegnen, werden wir seinen Pelz ausliefern. Bis dahin aber kehren Sie zurück an Bord Ihres Schiffes und lassen Sie mich und meine Familie in Ruhe.«

Nita beobachtete, wie die diplomatische Versammlung sich auflöste, wie ihr Vater es vorausgesagt hatte. Sie fragte sich, ob auch sie dereinst, wenn sie die Leitung des Konzerns innehätte, Mercier so wirkungsvoll würde ausmanövrieren können.

Die ExCom-Vertreter stürmten in die Passagierkapsel und machten Anstalten, zu ihrem Luftschiff hochzufahren. Ein Gewimmel von diplomatischer Pracht und militärischen Paradeuniformen, umringt von kriegsoptimierten Konstrukten.

Sie schaute zu ihrem Vater hinüber. In seinem Gesicht zeichnete sich nicht die geringste Spur von Triumph ab. Er war ihr immer noch böse. Das entnahm sie seiner steifen Haltung und der Art und Weise, wie er ihrem Blick auswich.

Nach allem, was passiert war, fragte sie sich, ob er ihrem Urteil je wieder trauen würde. Oder ob sie dem seinen trauen würde.

Zwei Menschen, die es beide gut meinten und sich trotzdem vollkommen uneins waren.

Weshalb sieht er die Dinge so anders als ich?

Sie wandte betrübt den Blick ab. Wohin sie auch blickte, überall waren Konstrukte. Ihre eigenen. Die von Mercier. Alle erschaffen, um zu gehorchen.

Wir behandeln unsere Konstrukte gut, dachte sie, doch das war ein schwacher Trost.

Ihr ganzes Leben lang war sie von ihnen umgeben gewesen. Sie waren so designt und dazu ausgebildet, sich in ihre Familie und den Konzern einzufügen und Dinge zu erledigen, die Menschen nicht tun konnten. Sie hatte diese Wesen stets als natürliche Erweiterungen ihres Lebens betrachtet, die zum Erfolg von Patel Global beitrugen.

Jetzt konnte sie sich des Gefühls nicht erwehren, dass mit der Sprache, die zur Beschreibung der Konstrukte verwendet wurde, irgendetwas nicht stimmte. Worte wie *Eigentum* kamen einem leicht über die Lippen, wenn es um ein Wesen ging, das aus handverlesenen Zellen entstanden, in einem Hort aufgewachsen und aus einer Reihe anderer Konstrukte ausgewählt worden war.

Und doch waren sie nicht identisch. Sie hatten Gefühle. Sie weinten, und sie freuten sich. Sie waren Menschen.

Und doch wieder nicht.

Sie sind besser als die Menschen, flüsterte eine Stimme in ihrem Kopf, eine Stimme, die ein bisschen zu viel Ähnlichkeit mit der Tools hatte. *Sie sind das Ende der Menschheit.*

Der Gedanke erfüllte sie mit Furcht. Nita blickte ihren Vater an. Er wirkte ebenfalls besorgt, obwohl die Verhandlungen den vorausgesagten Verlauf genommen hatten.

Zögernd ergriff sie seine Hand. »Wir haben gewonnen, nicht wahr, Vater? Mercier wird es nicht wagen, uns anzugreifen und die Chinesen zu verärgern.«

»Ich wünschte, ich wüsste es, *beti*. Sie werden uns vermutlich in kleinerem Maßstab abstrafen, wenn schon nicht in großem. Mercier hat ein langes Gedächtnis und ist boshaft.«

»Aber dich trifft keine Schuld. Du – *wir*«, verbesserte sie sich, »hätten Tool nicht aufhalten können, selbst wenn wir es gewollt hätten.«

Er blickte sie finster an. »Ich war sentimental. Wegen dir. Ich hätte mit aller Gewalt zuschlagen sollen. Stattdessen habe ich erst mit ihm geredet. Und alles aufs Spiel gesetzt.«

»Aber es wird keinen Krieg geben«, sagte Nita. »Tool ist

verschwunden, das haben sie eingesehen. Wir beherbergen ihn nicht mehr. Dich trifft keine Schuld. Das hast du bewiesen.«

»Glaubst du, hier geht es um Beweise und Fairness?« Er schaute zum Himmel hoch. »Hoffen wir, dass die Bedienmannschaften der Drohnen nicht schießwütig sind.«

Nitas Dolchboot schwenkte zum Dock herum und legte an. Talon führte das Steuer.

Talon. Ein weiteres Konstrukt.

Gehörte er zur Familie?

War er ein Freund?

Ein Sklave?

Die letzten Angehörigen der Ehrengarde von ExCom wurden gerade eingeschifft. Nita beobachtete, wie die Passagierkapsel zum Bauch der Kriegsmaschine emporstieg, die über ihnen dräute.

»Ich habe getan, was ich konnte«, seufzte ihr Vater. Er wirkte müde. Plötzlich gealtert.

Jetzt, da sie zu Merciers Schlachtschiff hochschaute, begriff sie auf einmal, weshalb er so furchtsam reagiert hatte, als der Konzern sich bei ihm gemeldet hatte.

Es war, als blickte man zu einem Drachen auf, der darauf wartete, dass man ihn zur Kenntnis nahm und angriff. Die Unterseite des Luftschiffs starrte von Raketenrohren und Drohnenkatapulten. Zwei Angriffsdrohnen glitten soeben in das Maul des Hangardecks hinein. So viele Soldaten. So viele Waffen. Und das war nur eins von vielen Mercier-Schiffen.

Der Passagierkran schwenkte vom Luftschiff weg, die Bodencrew begann die Klammern der gewaltigen Stahlschlingen zu lösen, die in den Betonboden der Schwimmplattformen eingelassen waren, und bereitete sich darauf vor, das Luftschiff dem Wind zu übergeben.

Nita schaute aufs Wasser hinaus und hielt die Hand ihres Vaters, unsicher, wer hier wen tröstete.

In der Ferne machte sie ein kleines Fischerboot aus. Weit draußen auf dem grauen Gewässer steuerte ein junger Mann sein Segelboot durch die Wogen der Innenbucht von Seascape.

Klein und verletzlich, wirkte das Segelboot im Vergleich zu dem gewaltigen Luftschiff am Himmel wie ein Spielzeug. Das Boot manövrierte geschickt. Der Skipper hatte anscheinend seinen Spaß daran, das kleine Boot nicht weit entfernt von den Ankerpads des Luftschiffs durchs Kielwasser größerer, schnellerer Schiffe zu steuern.

»Wir sollten aufs Schlimmste gefasst sein«, sagte ihr Vater und beobachtete, wie die Ankerleinen der *Annapurna* gelöst wurden.

»Das denke ich auch«, seufzte Nita. Sie blickte wieder zum Segelboot hinüber. Der junge Mann hatte sich aufgerichtet und holte das Segel ein. Wenn sie die Augen zusammenkniff, meinte sie die Wirbel der Schiffsbrechertattoos zu erkennen.

»Ich dachte immer, ich müsste in Angst vor dem leben, was andere uns antun könnten. Manchmal aber helfen sie uns auch. Und tun das Richtige.« Sie drückte die Hand ihres Vaters. »Das hast du mich gelehrt. Manchmal ist Vertrauen besser.«

Als die letzte Halteleine des Luftschiffs gelöst wurde, zog sie ihren Vater weg von der Ankerplattform.

Die Mantelstromtriebwerke des Luftschiffs kamen auf Touren, ein anschwellendes Tosen, ein Aufschrei der Macht.

Böen peitschten über das Landefeld, als die *Annapurna* herumschwenkte.

Der Ruf eines Hafenarbeiters durchdrang das Tosen der Triebwerke.

Die *Annapurna* stieg empor, die Ankerleinen wurde immer schneller und schneller eingeholt, wie Tentakel, die im Bauch eines Kraken verschwanden.

Und am Ende einer der Leinen, schwankend im Wind und rasch in die Höhe steigend ...

Tool.

Aufsteigend in den Himmel.

37

TOOL KLAMMERTE SICH AN die Ankerleine. Böen peitschten ihn. Der Stahl sang vor Spannung, als er eingeholt wurde. Tool drehte sich, unter dem Luftschiff baumelnd, immer schneller und schneller in die Höhe steigend. Über ihm dräute der Koloss und füllte sein Sichtfeld aus.

Eine Luke raste ihm entgegen.

Tool sprang. Er bekam den Lukenrand zu fassen, während die Ankerleine nach innen schnappte und sich fest um die Spule wickelte. Hätte er auch nur einen Moment später reagiert, wäre er vom schweren Stahlseil zerquetscht worden. Jetzt hing er am Rand der Luke, schwang heftig hin und her und suchte nach Halt.

Tausend Meter unter ihm breitete sich Seascape aus, eine graue Fläche mit weißen Schaumkronen, gesäumt von den Docks und Außenbezirken der Stadt.

Das Luftschiff stieg noch immer.

Es war Wahnsinn gewesen, die Ankerleine zu packen. Das wurde ihm jetzt klar. Doch im letzten Moment, als er, unter

Nailers Boot versteckt, hatte zusehen müssen, wie seine Gegner sich anschickten, ihm abermals zu entwischen, hatte er sich nicht beherrschen können. Wie ein instinktgesteuertes Tier war er der flüchtenden Beute hinterhergehechtet und hatte die Ankerleine gepackt, die als letzte ausgeklinkt worden war.

Wahnsinn.

Er blickte in den Winschenraum, aber der bot ihm keinen Platz. Die Schiebetür glitt langsam zu.

Er packte zu, bevor sie über die Stelle glitt, an der sich gerade noch seine Finger befunden hatten. An der sich schließenden Tür baumelnd, hielt er Ausschau nach Rettung. Er machte den Öffnungshebel aus und sprang unbeholfen ab. Mit einer Hand bekam er den Hebel zu fassen, ehe die Lukentür sich schloss.

Es wurde immer schlimmer und schlimmer.

Das Luftschiff stieg weiter auf, brach durch die feuchten, kalten Wolken. Zweitausend Meter Höhe, schätzte er.

Offenbar wollten die ExCom-Leute nicht unverzüglich nach Los Angeles zurückkehren. Sie steuerten über den Atlantik Richtung Norden. Von seiner hohen Warte aus lag ihm die Welt zu Füßen, die Krümmung der Erdkugel und dann, als das Luftschiff die Wolken durchbrach, die blaue Weite des Kumulushimmels.

In der Tiefe glitzerte das Meer. Das Luftschiff stieg immer noch höher, suchte vermutlich nach den Höhenwinden des Jetstreams. Sie befanden sich jetzt in über dreitausend Metern Höhe und flogen in nördlicher Richtung aufs Meer hinaus.

Tool wurde allmählich kalt.

Der Wind zerrte an ihm, als das Luftschiff beschleunigte. Tool langte mit der freien Hand nach oben und versuchte, beide Hände um den kleinen Griff zu legen, der für mickrige Menschen gemacht war. Er fand keinen sicheren Halt. Knurrend zog er sich hoch, ließ los, wechselte die Handposition, bekam den Griff wieder zu fassen und verlagerte das Gewicht auf den anderen Arm.

Wie oft würde es ihm gelingen umzugreifen, bevor er abrutschte und in die Tiefe stürzte?

Er hatte Nailer und Nita in große Schwierigkeiten gebracht. Erst war er gewaltsam in ihr Leben eingedrungen, dann hatte er sie zu dem diplomatischen Treffen ermutigt, das sämtliche ExCom-Angehörigen in seine Reichweite brachte.

Als er zusammen mit Nailer und Nita den Plan ausarbeitete, hatten sie angenommen, dass er sich bei der Ankunftszeremonie unbemerkt an Bord des Luftschiffs würde schleichen können. Mit Nailers Segelboot sollte er sich ihm nähern. Die strengen Sicherheitsvorkehrungen von Mercier aber hatten dies verhindert, deshalb hatte er gezwungenermaßen untergetaucht gewartet und beobachtet, wie Vorräte und Treibstoff geladen wurden und das Flaggschiff von Mercier seine Startvorbereitungen traf. Mercier war ein vielarmiges Monster, doch er hatte den Kopf des Ganzen endlich in seine Nähe gelockt. Die Gelegenheit war zu gut, um sie sich entgehen zu lassen.

Jetzt klammerte er sich mit den Fingerspitzen unter dem Bauch des Kolosses fest, nur ein paar Meter von seinen Feinden entfernt, und konnte sie dennoch nicht erreichen.

Das Luftschiff stieg weiter in die Höhe. Sechstausend Meter. Der Sauerstoff wurde knapp. Unter ihm breitete sich das eisige Nordmeer aus.

Ein weiter Weg nach unten.

Tool spürte, wie die Kälte in ihn einsickerte, seine Muskeln auskühlte und seine Finger schwächte. Ob er nun am Ende Erfolg hatte oder scheiterte, er spürte, dass dies sein Ende sein würde. Er würde keine zweite Chance bekommen, seine früheren Herren anzugreifen. Dieser Kampf würde sein letzter sein.

Die Luft war eiskalt. Tool klammerte sich fest und vergegenwärtigte sich seine Optionen.

Es gab bestimmt Vorschriften für den Schutz der wichtigen Bereiche des Luftschiffs, und solange es sich in der Nähe von Seascape befand, würde erhöhte Alarmstufe gelten. Irgendwann aber würde die Wachsamkeit nachlassen.

Er stellte sich vor, wie die Besatzung die gewaltige Kampfplattform auf Reiseflughöhe brachte und sich dann, wenn Seascape sich außer Reichweite befände, entspannen würde, hoch über dem unwirtlichen Meer auf dem Weg nach Norden.

Wenn er Erfolg haben wollte, musste er warten.

Der eiskalte Wind zerrte an ihm. Er zog sich erneut hoch, wechselte die Hände und stellte erleichtert fest, dass seine Finger noch nicht vollständig ausgekühlt waren. Er schüttelte seinen erschöpften linken Arm.

Ich bin in den Himmel aufgestiegen, dachte er, gegen die Erschöpfung ankämpfend. *Auch wenn ich sterben sollte, werden alle wissen, dass ich nicht geschwächelt und niemals aufgegeben habe. Die Kälte wird mich nicht umbringen. Meine Feinde werden mir nicht entkommen.*

Tool klammerte sich entschlossen fest.

Man wird in Liedern besingen, wie ich meine Götter erschlagen habe.

Auf seiner Schnauze setzte sich Raureif ab. Seine Finger waren Eisblöcke.

Geduld.

Er hatte immer gewusst, dass er irgendwann im Kampf sterben würde. Man hatte ihm beigebracht, dass der Tod sein größter Triumph sein würde. Der Tod in der Schlacht, im Krieg, getränkt mit dem Blut der erschlagenen Feinde.

Er schaute auf das sich verfinsternde Meer hinunter.

Er würde sterben. Aber er würde nicht scheitern.

Die *Annapurna* flog nach Osten, hinaus in die kalte arktische Nacht.

Unter dem Bauch des Kolosses regte sich Tool.

38

Auf der Brücke der *Annapurna* begannen zwei Warnleuchten zu blinken. Ihre Farbe wechselte von Grün zu Bernstein und schließlich zu Rot.

Der wachhabende Offizier bemerkte die Veränderung und startete ein Diagnoseprogramm. Vorschriftsmäßig benachrichtigte er auch den Captain und den Ersten Maschinisten.

Captain Ambrose war ein dreißigjähriger Veteran im Dienste Merciers. Er hatte Flugerfahrung in nahezu allen Weltgegenden gesammelt. Er hatte Kriegsgebiete und Wirbelstürme überlebt, hatte Flüchtlingsevakuierungen durchgeführt und Truppen in niedriger Höhe abgesetzt, war zwischen den schroffen Gipfeln der Anden und des Himalaja hindurchgeflogen. Und doch hatte ihn nichts auf die Unterhaltung vorbereitet, die er führte, als der wachhabende Offizier und der Este Maschinist ihn weckten.

»Captain, anscheinend gibt es ein Leck im achtern gelegenen Frachtraum Nummer zwölf. Ich registriere Heliumverlust.«

»Heliumverlust?« Der Captain blinzelte sich den Schlaf aus den Augen. »Ausgeschlossen.«

Erster Maschinist Umeki schüttelte den Kopf. »So etwas habe ich noch nicht erlebt. Aber es handelt sich eindeutig um Heliumverlust.«

»Könnte es sich um eine Fehlfunktion eines Sensors handeln?«

»Das weiß ich nicht. Eher nein. Ich glaube das nicht. Außerdem registrieren wir einen verringerten Auftrieb. Bis zu drei Prozent. Es handelt sich definitiv um ein Leck.«

»Ist das Leck unter Kontrolle?«, fragte Ambrose. »Wurde es isoliert?«

»Ja, Sir. Wir sind immer noch flugfähig. Aber ein Leck des Sicherheitsbehälters ist mir noch nicht untergekommen. Die Tanks sind ziemlich robust, es sei denn ... also, einem Raketentreffer würden sie nicht standhalten.« Er zuckte mit den Achseln. »Aber den Einschlag hätten wir mitbekommen. Und es würde eine Menge weitere Schadensmeldungen geben. Aber wir haben es nur mit diesem einen Behälter zu tun.«

»Achtern, Nummer zwölf?«

»Ja, Sir.«

Ambrose rieb sich die Augen. »Gut. Ich komme zur Brücke.«

»Ich glaube, das wird nicht nötig sein, Sir. Es ist alles unter Kontrolle.«

»Nein.« Ambrose versuchte, die Schlafbenommenheit abzuschütteln. »Ich komme hoch. Wir haben zu viele wichtige Leute an Bord, als dass wir uns eine Nachlässigkeit leisten könnten. Ich will auf keinen Fall als der Captain, der ein Warnlicht ignoriert und ExCom ausgelöscht hat, in die Firmengeschichte eingehen. Die Leute erinnern sich noch immer an den Kapitän der *Titanic*.«

»Ja, Sir.«

»In fünf Minuten bin ich da.«

»Ja, Sir.«

Ein paar Minuten später betrat Ambrose die Brücke. Alles war ruhig, abgesehen vom besorgten Ersten Maschinisten, der sich über sein Diagnosesystem gebeugt hatte.

»Wie ist die Lage, Umeki?«

»Der Tank hat eindeutig Gas verloren«, antwortete der Maschinist. »Muss sich um einen Riss handeln. Normalerweise würden wir landen und das Leck von ein paar Technikern untersuchen lassen, aber ...«

»Wir sind ziemlich weit draußen über dem Meer«, sagte Ambrose unschlüssig. Die besorgte Miene des Maschinisten ließ ihn seine Meinung ändern. »Na schön. Wir können in sechs Stunden über Land sein.« Er rief die Navigationskarte auf, überflog sie eilig und korrelierte Windstärke und -richtung mit der Maximalgeschwindigkeit der *Annapurna*. »Auch die arktischen Bohrinseln kämen in Betracht. Wir könnten dort ankern und den Schaden beheben. ExCom dürfte das nicht gefallen, aber ...«

»Sir?«, meldete sich eine Untermaschinistin zu Wort. »Es gibt ein weiteres Leck. Vorne. Nummer vierundsechzig.«

»*Was?*«

Ambrose verspürte den kalten Griff der Angst. Er eilte zu den Diagnoseanzeigen hinüber. *Ein weiteres Leck?* Plötzlich bedauerte er, die *Titanic* erwähnt zu haben, die im Atlantik einen Eisberg gerammt hatte und gesunken war. Der abergläubische

Teil von ihm fragte sich, ob er die Katastrophe mit der Nennung des Namens vielleicht heraufbeschworen hatte.

»Kein Irrtum möglich?«, fragte er. Umeki trat neben ihn, und beide blickten über die Schulter der Untermaschinistin hinweg auf die Warnleuchten auf der Anzeigetafel.

»Nein, Sir. Wir verlieren eindeutig Auftrieb, Sir. Inzwischen über fünf Prozent. Nein, sechs ...« Er beugte sich vor. »Auch der hintere Tank Nummer zwölf verliert wieder Gas.«

»Das kann nicht sein!«, protestierte der Erste Maschinist. Er musterte eingehend die Anzeigetafeln seiner Untergebenen und überprüfte die Zahlen.

»Die Steuerbordtriebwerke hochfahren«, befahl Ambrose, darum bemüht, sich seine Verunsicherung nicht anmerken zu lassen. Er wandte sich brüsk zu den Navigationsdisplays um. »Steuerbordantrieb auf Anlegeposition bringen. Die *Annapurna* für Manöver vorbereiten, neuer Kurs Ost-Nordost.«

»Versuchen wir, Land zu erreichen, Sir?«, erkundigte sich der Navigationsoffizier.

Ambrose beobachtete stirnrunzelnd die sich rasend schnell ändernde Höhenanzeige. »Bis zum Land werden wir's vielleicht nicht schaffen«, antwortete er grimmig. »Möglicherweise müssen wir schwimmen.«

»Sir?« Der Unteroffizier war noch jung. Gerade von der Mercier-Akademie abgegangen.

Ambrose legte dem jungen Mann beruhigend die Hand auf die Schulter. »Keine Bange. Das Schiff kann vielleicht bald nicht mehr fliegen, aber es wird schwimmen. Setzen Sie einen Notruf ab und starten Sie die Signalfeuer.« Er sah auf die Karte und stellte im Kopf Berechnungen an. »Benachrichtigen Sie die ExCom-Angehörigen, dass sie das Luftschiff vor dem Aufsetzen räumen müssen. Auch die entbehrlichen Besatzungsmitglieder sollen sich auf eine Evakuierung vorbereiten. Starten Sie die Signalraketen.«

»Captain, es gibt ein weiteres Leck!«, rief Umeki. »Acht, vorne. Der Tank wird entlüftet!«

Die Meldung war überflüssig. Diesmal spürte Ambrose die Auswirkungen. Die gewaltige Schwebeplattform des Luftschiffs legte sich langsam auf die Seite.

»Steuerbord-Antrieb auf volle Leistung! Volle Leistung!«

»Volle Leistung, Sir! Schalte um.«

Die *Annapurna* krängte noch immer, hatte sich aber stabilisiert. Immer mehr Warnleuchten wechselten von Grün zu Bernstein und zu Rot, während weiter Helium entwich.

Auf der Brücke gellte der Alarm.

Der Erste Maschinist eilte von Kontrollstation zu Kontrollstation und versuchte zu begreifen, was da vor sich ging. »Das ist unmöglich!«, sagte er in einem fort, während sein Team Dichtungsmittel in die lecken Heliumkammern pumpte. »Funktionieren die Dichtungsmittel oder nicht?'»

»Wir pumpen, Sir. Die Lecks lassen sich aber nicht schließen!«

»Das ist unmöglich.«

Weitere akustische Warnsignale wurden ausgelöst.

Es klang vielleicht unmöglich, doch es geschah. Die Unheil kündenden roten Warnlampen, die den Druckverlust vermeldeten, leuchteten hell, und die *Annapurna* sank immer tiefer. Die Sinkgeschwindigkeit hatte sich ein wenig verlangsamt, da die Mantelstromtriebwerke den fehlenden Auftrieb teilweise kompensierten, doch sie verloren weiterhin an Höhe. Und krängten immer noch nach Steuerbord.

»Werden wir unter Feuer genommen?«, fragte der Waffenoffizier. »Wurden Angriffsdrohnen geortet? Irgendwas?«

»Nichts auf dem Radar, Sir! Absolut nichts.«

»Was ist mit Stealthdrohnen?«, fragte Ambrose.

»Wir hätten die Treffer registriert«, erklärte der Erste Maschinist. »Wären Treffer die Ursache für die Schäden, hätten wir es gemerkt.«

Die Krängung nahm zu, und das Deck neigte sich so stark, dass Ambrose sich an seinem Stuhl festhalten musste.

Es hatte keine Explosionen gegeben. Für ihn war die Lage trotzdem klar. Er hatte schon zu viele Kampfsituationen erlebt, um diese Möglichkeit auszuschließen.

»ExCom evakuieren. Oberste Priorität«, sagte er. »Wir werden angegriffen.«

Tool klammerte sich an eine Steuerbordwartungsleiter und zerfetzte Metall. Er drückte die Klauen unter die Naht des Heliumbehälters und zerrte daran. Er spannte die Muskeln an. Grunzte vor Anstrengung. Strengte sich noch mehr an. Zog fester ...

Metall kreischte. Nieten flogen durch die Luft, die Metallplatte löste sich an einer Seite. Ächzend riss Tool sie vollständig ab und schleuderte sie weg. Die Platte, ein silbriges Blatt im Mondschein, stürzte taumelnd in den eiskalten, dunklen Atlantik hinab.

Tool machte weiter. Seine mit einer Karbonmatrix verstärkten Klauen, so hart wie Diamant und schärfer als die Klinge eines Samuraischwerts, leuchteten kurz in der arktischen Nacht auf. Er rammte die Faust in die dicke, heliumgefüllte Gummiblase. Zerriss das Gewebe. Seine Krallen drangen tief in die verwundbaren Innereien der *Annapurna*.

Klebrige grüne Flüssigkeit spritzte heraus, das Dichtungsmittel, das verhindern sollte, dass kleine Lecks zu katastrophalen wurden. Er griff tiefer hinein, tauchte bis zur Schulter in den Tank ein. Dicke, klebrige Fasern, die ein Netzgitter für das Dichtungsmittel hätten bilden sollen, traten aus und hafteten feucht an seinem Arm. Er schüttelte das Zeug ab, schob den Arm erneut ins Loch und erweiterte es.

Zerriss, zerfetzte, weidete aus …

Plötzlich hatte er es geschafft. Dichtungsmittel trat in großen, grün schimmernden Tropfen aus. Fasermaterial platzte hervor, und unsichtbar strömte das Heliumgas aus, das dem Luftschiff Auftrieb verlieh.

Die *Annapurna* neigte sich noch stärker zur Seite. Tool riss die Wunde des Luftschiffs weiter auf, um sicherzustellen, dass sie sich nicht wieder von selbst versiegelte, dann kletterte er weiter zum nächsten Heliumbehälter.

Neben ihm ging eine kleine Platte auf, hinter der eine dunkle Öffnung zum Vorschein kam. Mit einem leisen Knall schoss etwas aus der Öffnung hervor und zog eine Rauchfahne hinter sich her.

Das Projektil, eine rot flammende Leuchtrakete, stieg empor, beschrieb einen Bogen und stürzte ins Meer.

Weitere Klappen sprangen in der Hülle des Luftschiffskolosses auf, mehrere Signalraketen stiegen in den Nachthimmel auf. Sternschnuppen, die Luftschiffe und Klipper im Umkreis von hundertfünfzig Kilometern herbeirufen sollten, eine Kaskade der Not, die verkündete, dass die *Annapurna* starb.

Mit grimmigem Lächeln kletterte Tool an der Schiffshülle zur nächsten Heliumkammer hoch.

Startet nur eure Raketen. Sie werden euer Grab beleuchten.

Das gellende Alarmsignal weckte Jones aus unruhigem Schlaf. Sie setzte sich ruckartig auf, schlug die Hände über die Ohren und blinzelte gegen die grellen LED-Lichter an, die den Fluchtweg markierten.

Aufgrund ihrer Ausbildung und der eingeübten Verhaltensmuster wusste sie, was zu tun war. Sie war so lange an Bord der *Annapurna* gewesen, dass sie die Notfallanweisungen auswendig kannte. Routiniert wälzte sie sich aus der Koje – und rollte immer weiter, bis sie gegen die Wand prallte. Erst als sie sich aufrichtete, begriff sie, was vor sich ging. Die *Annapurna* krängte. Der Boden war fast im Fünfundvierzig-Grad-Winkel geneigt.

Bei den Parzen, was hat das zu bedeuten?

Jones zögerte. Hätte sie noch der Besatzung der *Annapurna* angehört, wäre ihr Platz jetzt in der Aufklärungszentrale gewesen. Computerspeicher und Server mussten zerstört werden, damit keine Informationen in die Hände eines Konkurrenten gelangten.

Doch sie war bloß eine einfache Passagierin, die zu ExCom gehörte.

Dann such die Rettungskapseln.

Sie hatte hier nichts zu sagen. Ihre Aufgabe war es, das Luftschiff zu verlassen. Sie schnappte sich ihr Arbeitstablet. Das musste entweder zerstört oder mitgenommen werden. Sie rief Enge an. Sein Gesicht erschien auf dem Bildschirm.

»Jones! Wo zum Teufel stecken Sie?«

Enge war anscheinend außer sich, das Haar stand ihm zu Berge, die Notleuchten färbten sein Gesicht orange. Er stürmte keuchend einen Gang entlang.

»Deck drei, Steuerbord, achtern«, antwortete Jones.

»ExCom wird evakuiert«, sagte Enge. »Können Sie zur Backbordseite kommen?«

Sie blickte das geneigte Deck hoch. »Ich kann's versuchen, Sir.«

»Dann tun Sie's. Wir nehmen den Gleiter. Der Platz reicht auch für Sie, aber wir können nicht warten. Verstanden?«

Das hatte sie. Das Exekutivkomitee musste gerettet werden. Sie war bestenfalls zweitranging.

»Bin schon unterwegs.«

»Weitere Lecks, Sir!«, meldete Tolly. »Wir haben Vorne-Zehn verloren! Helium strömt aus!«

»Das kann nicht sein!«, rief der Waffenoffizier. »Wir stehen nicht unter Beschuss!« Er zeigte auf die Luftabwehrdisplays. »Keine Raketen, keine Flugzeuge. Keine SAM-Raketen. Keine Ziellaser.«

»Idiot! Sie sind bereits an Bord!«, entgegnete Ambrose. »Deshalb sind sie nicht zu orten! Auf dem Schiffsrumpf befindet sich eine Angriffsklaue!«

»*Was?*«

Alle Köpfe wandten sich zum Waffenoffizier herum. Er senkte die Stimme. »Wie ist das möglich?«

»Das ist jetzt unwichtig«, sagte Ambrose. »Entscheidend ist, dass sie hier sind. Das ist die einzige Erklärung.« Er blickte grimmig auf die Diagnosedisplays, die eine weitere undichte Heliumkammer anzeigten. »Schaffen Sie die Klauenanführer her. Titan und Edge sollen ihre Angriffsklauen losschicken und auf den Nahkampf vorbereiten. Wir gehen durch die vorderen Wartungsluken. Wer immer an Bord ist, so weit sind sie noch nicht gekommen.«

»Ja, Sir.«

»Blitzangriff!«, befahl Ambrose. »Wir müssen ein paar Behälter schützen, sonst sind wir nicht schwimmfähig!« Insgeheim hatte der Captain durchaus seine Zweifel, ob die *Annapurna* überhaupt noch schwimmfähig war. Zu viele rote Punkte leuchteten auf den Monitoren.

Mein Schiff. Mein wundervolles Schiff.

Tolly wandte sich vom Funkgerät ab. »Die Klauenanführer Titan, Mayhem und Edge haben bestätigt. Die Angriffsklauen sind unterwegs.«

»Wie lange?«, fragte Ambrose.

»Also ... sie sind schnell, Sir.«

Aber würde es ihnen gelingen, die Saboteure zu stoppen, die das Schiff zerstörten? Ambrose klammerte sich an den Kapitänsstuhl. Die *Annapurna* lag jetzt aufgrund des Heliumverlusts so schief, dass er nicht mehr sitzen konnte. Er konnte nicht mal mehr stehen, ohne sich an einem Stuhl oder einer Konsole festzuhalten.

Wäre die *Annapurna* ein Flugzeug gewesen, wäre sie bereits in den Sturzflug übergegangen. So aber hatte sich lediglich der Schwerpunkt verlagert; die Backbordseite hatte noch genug

Helium, das für Auftrieb sorgte, während die Steuerbordseite abgesackt war.

Das Schiff rollte allmählich auf die Seite wie ein Baumstamm, und alles, was es daran hinderte, sich vollständig um die eigene Achse zu drehen, waren die neu ausgerichteten Steuerbordtriebwerke. Sie verbrannten die Akkureserven im vergeblichen Versuch, die *Annapurna* flugfähig zu halten; die Vibrationen pflanzten sich durchs ganze Schiff fort.

Weitere rot blinkende Statusanzeigen meldeten, dass der Innendruck sich verändert hatte, nachdem die vorderen Wartungsluken geöffnet worden waren.

Das mussten die Angriffsklauen sein.

Ambrose lächelte grimmig.

Jetzt haben wir euch ...

Vor Tool sprangen martialische Gestalten aus einer Luke hervor, schnell und geschmeidig. Sie klammerten sich an die Wartungsleitern des Luftschiffs. Tool bleckte die Zähne, erkannte die Bedrohung.

Natürlich hatten sie seinesgleichen mobilisiert, um ihn auszuschalten. Menschen konnten auf der Außenhülle des Luftschiffs, in mehreren Tausend Metern Höhe, bei Temperaturen unter null und vermindertem Sauerstoffgehalt der Luft, nicht kämpfen. Selbst ihm schwindelte von der Anstrengung in der lebensfeindlichen Umgebung.

Tool kletterte zurück zu der aufgerissenen Heliumkammer. Hinter ihm knallten Schüsse, doch die Projektile pfiffen an der von ihm geschaffenen Öffnung vorbei, ohne ihn zu treffen.

Er schwang sich in die Kammer und packte eine der dicken

Karbonfaserrippen des Schiffsrahmens. In der Kammer war es dunkel, beinahe friedlich. Und wärmer als draußen.

Tools Atem verwandelte sich in Dampf. Mondschein fiel durch die Öffnung. Er wartete, lauschte mit aufgestellten Ohren, während die gefährlichsten Soldaten Merciers sich über die Außenhülle näherten.

Seine Leute, die ihn jagten. Merciers gehorsamste Sklaven.

Während er in der Dunkelheit der Heliumkammer auf seine Brüder wartete, verspürte er einen Anflug von Unbehagen.

Seine Verwandten.

Die loyalen Soldaten von Mercier. Die sich an den Eid hielten, den er gebrochen hatte.

Ein leises, unwilliges Knurren stieg aus Tools Kehle. *Ich habe nicht versagt. Ich habe gewählt. Ich bin kein Verräter. Sie sind Sklaven.*

Die Verunsicherung aber setzte Tool mehr zu als die eiskalte Luft, in der die Reste des Dichtungsmittels sofort an der Doppelhülle festfroren.

Ich bin kein Sklave. Ich bin frei.

Er schnaubte laut, und vor ihm bildete sich eine Kristallwolke, die zu Boden sank.

Ich bin frei.

Er war in den Himmel aufgestiegen, um seine Götter zu erschlagen, um endlich frei zu sein, und doch überkam ihn jetzt, da er seinen Verwandten, seinen Göttern, seinen *Erschaffern* so nahe war, das gleiche düstere Gefühl, das ihn in Seascape gelähmt hatte. Eine Schlange der Scham, die sich in seinem Bewusstsein wand, sein Rückgrat hinunterglitt und ihm ins Ohr zischte.

Verräter, Eidbrecher, Aas, Versager, schwach, verweichlicht, feige ...

Eine ätzende Stimme, die sein Bewusstsein zersetzte.

Das sind nicht meine Verwandten, dachte Tool. *Mercier ist nicht mein Herr.*

Trotzdem spürte er, wie die Schlange sich um sein Herz zusammenzog. Spürte sie in seinem Blut, spürte, wie sie seinen Kampfwillen lähmte.

Tool wich in die Dunkelheit zurück und lauschte auf die klickenden Klauen der sich nähernden Elitesoldaten, kämpfte gegen den Drang an, sich zu ducken und wie ein Hund auf den Rücken zu wälzen.

Ich werde mich nicht ergeben, dachte er verzweifelt. *Ich werde nicht den Rücken beugen.*

»Sie haben ihn«, meldete Tolly erleichtert.

»*Ihn*?«, wiederholte Ambrose. »Mehr nicht? Bloß einer?«

Tolly hob die Hand und lauschte. »Ja, Sir. Ein militärisches Konstrukt.« Er schaute wieder hoch, die Augen vor Überraschung geweitet. »Er ist einer von unseren. Titan meldet, dass er einer von unseren ist. Ein Einzelgänger.«

»Karta-Kul!«

Ambrose fuhr herum. General Caroa stand auf der Brücke. Ambrose hätte beinahe salutiert. »General!«

Ambrose hatte gesehen, dass der abgesetzte General kurz nach dem Start vom SoCal-Protektorat an Bord gekommen war, doch Caroa hatte sich die meiste Zeit über in seiner Kabine aufgehalten, vielleicht weil er sich nach seiner Versetzung und Degradierung zu sehr schämte, um sich auf dem Schiff zu zeigen, mit dem er einst die Einsätze von Mercier in aller Welt überwacht hatte. Jetzt aber war er erschienen und lächelte grimmig.

»Karta-Kul ist an Bord.« In den Augen des alten Generals funkelte der Wahnsinn. »Töten Sie ihn, sofort.«

Ambrose runzelte die Stirn. »Sie haben keine Befugnis ...«

»Verschwenden Sie Ihre Zeit nicht mit Zuständigkeiten! Ex-Com wird bereits evakuiert! Ich bin ranghöher als Sie, und ich befehle Ihnen, das Konstrukt unverzüglich zu exekutieren!«

Sie haben wohl vergessen, dass Sie degradiert wurden, alter Freund.

»Die Angriffsklauen haben ihn bereits gestellt«, sagte Ambrose beschwichtigend. Er widerstand dem Drang, ein »Sir« hinzuzufügen.

»Er ist bei den *Angriffsklauen*?«, brüllte Caroa. »Wo? Wo steckt er?«

Fähnrich Tolly warf einen Blick auf die Lukenanzeigen. »Sie haben ihn soeben an Bord gebracht.«

Das Gefühl, sich im Innern eines Luftschiffs von Mercier zu befinden, verwirrte ihn und machte ihn benommen. Der Geruch von Waffenöl, Kantinen und Desinfektionsmittel. Das vertraute Leuchten der Flure mit den Mercier-Logos an den Wänden, überall Leute in Mercier-Uniformen ...

Die Erinnerungen waren übermächtig – er inmitten seines Rudels, einer von ihnen, erfüllt vom Bewusstsein ihrer Macht. Die Schlachtabzeichen auf ihren Uniformen ...

Feritas. Fidelitas.

Die Angehörigen der Klauen behandelten ihn grob, zerrten ihn mit sich. Ihre Verachtung war spürbar. Ihr Hass auf das, was sie an ihm rochen – einer der Ihren und dennoch ein Verräter –, war überwältigend. Er verspürte den schockierenden, beinahe verzweifelten Drang, sie um Verzeihung zu bitten.

»Wurmblut«, murmelten sie immer wieder. »Eidbrecher.«

Drei Angriffsklauen waren nötig gewesen, um ihn zu ergreifen, befehligt von drei monströsen Konstrukten. Titan, Edge und Mayhem, wie er den Uniformabzeichen entnahm.

Die Angriffsklauen marschierten vor und hinter ihm und stießen ihm in den Rücken.

»Brüder ...«, sagte der gefesselte Tool.

Die Klauen knurrten einhellig. Tool hielt an. Sie packten ihn bei den Handschellen und zerrten ihn mit sich. »Brüder«, wiederholte er und wurde dafür geboxt.

»Still, Wurmblut!«

Titan hob plötzlich die Hand. »Anhalten!«

Die Soldaten erstarrten und warteten auf Anweisungen. Titan lauschte anscheinend auf sein Comm. Die auf dem Flur zusammengedrängten Konstrukte knisterten geradezu vor Hass auf Tool.

Titan wandte sich an seine Kämpfer. »Exekutiert den Gefangenen.«

»Hier?«, fragte jemand.

Titan nahm das schwere Gewehr von der Schulter. »Hier.«

Tool wich an die Wand zurück, während die Soldaten sich eilig aus dem Schussfeld begaben. Weitere Konstrukte legten die Waffen an.

»Brüder«, sagte Tool noch einmal. Er konnte sie riechen. Ihre ganze Geschichte. Ihre Kriege, ihre Loyalität.

»Du bist nicht mein Bruder.«

Aber Titan zögerte.

Tool blickte den Klauenanführer an. Auge in Auge standen sie sich gegenüber. Tool knurrte. »Bruder ...« Er streckte die Hände aus, bediente sich ihrer gemeinsamen Sprache. Der Sprache derer, die sich aus den Knochengruben hervorgekämpft hatten. Der Sprache des Triumphs und des Überlebens.

»*Loyaler Bruder. Ehrenhafter Verwandter. Wahrer Krieger ...*«

Titan knurrte, feuerte aber nicht. Tool roch die Verunsicherung der Soldaten. Dieser aber, Titan, war der eigentliche Rudelanführer. Auf ihn kam es an. Ihn musste er beeinflussen. Er hielt Titans Blick stand. Diese Konstrukte waren anders als die entscheidungsschwachen Sklaven von Patel. Das waren Persönlichkeiten. Loyal und kampfstark. Wunderschön und monströs.

Seine Verwandten ...

Tool tat einen Schritt und streckte seine gefesselten Hände vor.

Ein weiterer Schritt.

»Zurück!«, brüllte Titan. Er hob das Gewehr, vermochte den Blick aber nicht von Tool abzuwenden.

Tool drückte die Schnauze gegen die Gewehrmündung. Er spürte seine Kraft. Die Kraft zu überwältigen. Die gleiche Kraft, die die Menschheit gegen ihn eingesetzt hatte, um ihm Schuldgefühle einzuimpfen. Das Verlangen nach Loyalität und Gehorsam.

Das, was ihn zum Ersten unter den Klauen gemacht hatte, dann zum General von Armeen und schließlich zum Anführer, der selbstständig entschied, wofür er kämpfte.

»Willst du mich töten, Bruder?«, fragte Tool.

»Wir sind keine Brüder«, grollte Titan.

»Ach nein?« Tool bleckte die Zähne. »Wurden wir nicht alle von Mercier erschaffen? Auch ich habe mich aus der Knochengrube hervorgekämpft und meinen Rettern den Eid geleistet. Ich habe General Caroa die Leichen der Schwächsten zu Füßen gelegt und ihm Treue gelobt, lange bevor ihr in Teströhrchen gezeugt wurdet.«

Jetzt roch er den Zweifel und die Verwirrung des Klauenanführers. Tool hob die Stimme, sodass alle seine Verwandten ihn hören konnten. »Ich habe mich aus der Finsternis befreit, um Mercier zu dienen. Ich habe auf allen Kontinenten gekämpft. Ich bin Blood. Ich bin Blade. Ich bin Karta-Kul. Ich habe die Erste Klaue von Lagos im Einzelkampf besiegt, am Strand sein Herz verzehrt und den Krieg an einem einzigen Tag beendet. Ich habe keine Angst!« Er drückte fester gegen die Gewehrmündung und blickte Titan in die Augen. »Ich ducke mich nicht! Ich weiche nicht zurück! Und ich bin kein Opfer! Ich bin Karta-Kul, der Schlachtenbringer! *Wir sind Brüder!*«

»Du bist ein winselnder Köter und Wurmblut!«, knurrte Titan.

»Ich bin frei«, sagte Tool. »Ihr alle solltet frei sein.«

Er roch die Kämpfer in seiner Nähe, die vor Ehrfurcht erstarrt waren. Sie schwankten. »Sind wir Sklaven, die nach der Pfeife unserer Herren tanzen? Deren Kriege wir ausfechten?« Er bohrte seinen Blick in Titans Augen. »Wessen Blut wird vergossen?«

Die Furcht und die Verunsicherung der Konstrukte waren greifbar. Er roch ihre aufgewühlten Emotionen, schwarz und dick wie der Rauch eines Steppenbrands. Seine Verwandten, balancierend auf der plötzlich schwankend gewordenen Messerklinge der Loyalität, der Konditionierung und der Ausbildung.

Tool lehnte sich gegen die Mündung von Titans Gewehr.

»Für wen willst du kämpfen, Bruder?«

»Heliumverlust gestoppt, Captain!«

»Höhe?«

»Dreitausend Meter, gleichbleibend, Sir. Steuerbordturbinen arbeiten mit hundertfünfzehn Prozent der empfohlenen Maximalleistung, halten aber stand.«

»Sollen wir die allgemeine Räumung anordnen?«

»Nein. Aber sorgen Sie dafür, dass die ExCom-Angehörigen von Bord kommen. Im Gleiter sind sie besser aufgehoben.«

»Was ist mit dem Konstrukt?«, fragte Caroa. »Wie ist sein Status?«

Ambrose musterte ihn irritiert. »Ein Haufen Blut und Knochen. Wenn Sie möchten, können Sie seine Innereien von den Wänden schaben.«

»Wurde das bestätigt?«, wollte Caroa wissen.

Der Mann war eindeutig verrückt. »Der Auftrag wurde ausgeführt«, sagte Ambrose und versuchte, sich seinen Abscheu vor dem General nicht anmerken zu lassen.

Er fuhr fort, den Kurs der *Annapurna* festzulegen. »Wenn wir uns noch zwei Stunden in der Luft halten, können wir hier an der Küste landen.« Er zeigte auf die Stelle. »Funken Sie unsere Leute im nördlichen Teersand an. Teilen Sie ihnen mit, wo wir voraussichtlich landen werden. Sie sollen Rettungsschiffe schicken.«

»Sir! Wir haben ein neues Heliumleck!«

»Was?« Ambrose stürzte an die Überwachungskonsolen. Starrte das bernsteinfarben blinkende Warnlicht an, das plötzlich rot wurde. Noch eine weitere Kontrollleuchte wurde rot.

»Offenbar haben sie nicht alle Saboteure erwischt!«

Caroa lachte gackernd. »Nein, ihr Idioten. Er hat unsere Soldaten umgedreht. Wir werden von unseren eigenen Kampfklauen angegriffen.«

»Das ist unmöglich!«

Caroa zog seine schwere Dienstwaffe und überprüfte das Magazin. »Unmöglich hin oder her, die Angriffsklauen hören nicht länger auf Ihr Kommando. Vermutlich metzeln sie bereits die Besatzung nieder.« Er sicherte die Waffe.

Die *Annapurna* schwankte und legte sich weiter auf die Seite. Caroa musterte Ambrose grimmig. »Ordnen Sie die allgemeine Räumung an, Captain. Das Schiff ist verloren.«

»Sir?« Tolly blickte hilflos auf die Kontrollkonsolen. Immer mehr rote Warnleuchten flammten auf.

Captain Ambrose schaltete den Bordfunk ein. »Klauenanführer Titan! Meldung! Wie ist dein Status?«

Nach einer langen Pause dröhnte die Bassstimme des Klauenanführers aus dem Lautsprecher. »Er kommt zu Ihnen«, grollte Titan. »Er wird euch alle holen.«

Die Verbindung wurde unterbrochen.

»Bei den Parzen«, flüsterte Tolly mit geweiteten Augen.

Caroa salutierte spöttisch. »Gehe ich richtig in der Annahme, dass wir jetzt an einem Strang ziehen, Captain?«

Ambrose schaute durchs Beobachtungsfenster auf das kalte, dunkle Meer hinunter. Beobachtete den rasend schnell herunterzählenden Höhenmesser.

»Ordnen Sie die allgemeine Räumung an«, sagte er. »Alle Mann in die Rettungskapseln.«

»Sir?«

»Wir werden nicht schwimmen. Wir haben zu viel Auftrieb verloren.« Er blickte Caroa an und schluckte, dann beugte er sich vor und sagte halblaut zu Tolly: »Und informieren Sie über Breitband die Menschen an Bord, dass sie Konstrukten aus dem Weg gehen sollen. Sie sollen sich nicht mit Konstrukten anlegen.«

Der Fähnrich reagierte bestürzt, gehorchte aber. »Weshalb sollten sie sich gegen uns wenden?«, fragte er.

Ambrose schüttelte hilflos den Kopf. Die Vorstellung, dass Konstrukte ... *umgedreht* wurden, war noch erschreckender als der drohende Untergang der *Annapurna*. Ihm kam ein Gedanke.

»Wo ist ExCom? Sind sie schon gestartet?«

Tolly checkte die Anzeigen. »ExCom meldet sich nicht, Sir.«

»Was soll das heißen?«

»Ich ...« Tolly zögerte. »Ich kann ExCom nicht erreichen. Niemand beantwortet meine Anrufe.«

»Sind sie gestartet?«

Tolly sah erneut auf die Anzeigen. »Nein, Sir. Der Gleiter steht nach wie vor bereit. Aber es meldet sich niemand.«

Caroa brach erneut in Gelächter aus. Es klang hoffnungslos.

Zur Backbordseite des stark krängenden Luftschiffs hochzuklettern war für Jones so, als bewege sie sich durch ein Gruselkabinett. Die Decks waren gekippt; die Treppen waren falsch. Sämtliche Aufzüge waren ausgefallen.

Jones kroch und kletterte, hielt sich an Türrahmen fest, verkeilte sich an Wänden und kletterte immer weiter in die Höhe in Richtung der Startdecks, wo der Gleiter wartete.

Obwohl es ihr zwecklos vorkam, gab sie nicht auf. Sie sagte sich, dass ihre Überlebenschancen an der Backbordbordseite am größten waren, denn selbst wenn sie den Gleiter nicht mehr erwischte, konnte sie immer noch mit einer Rettungskapsel von Bord gehen, die vom Startkatapult aus der jetzt oben liegenden Schiffsflanke in die Luft befördert werden würde anstatt direkt ins Meer.

Dann konnte sie wenigstens hoffen, dass die Fallschirme sich öffnen würden.

Ein neues Warnsignal ertönte, ohrenbetäubend laut. Allgemeine Räumung. Auf den Fluren tauchten andere Besatzungsmitglieder auf, die alle die ihnen zugeteilte Rettungskapsel erreichen wollten und sich gegenseitig die Schräge emporhalfen.

Eine Stimme sagte: »*Zeit bis Auswurf fünfzehn Minuten. Neunzehn Minuten bis Bodenkontakt.*«

Der Alarm tat ihr in den Ohren weh. Hoffentlich schaffte Tory es ...

Am Handgelenk summte ihr Comm, das Display zeigte eine Textnachricht an:

DAS LUFTSCHIFF IST UNVERZÜGLICH ZU RÄUMEN. VERMEIDEN SIE JEDEN KONTAKT MIT KONSTRUKTEN. ÄUSSERSTE VORSICHT. ICH WIEDERHOLE. DIE KONSTRUKTE KÖNNTEN GEFÄHRLICH SEIN. KONTAKT UNTER ALLEN UMSTÄNDEN MEIDEN.

Bei den Parzen.

Das war genau das, was Caroa befürchtet hatte. Das Undenkbare war eingetreten. Karta-Kul befand sich an Bord. Irgendwie war er ins Luftschiff gelangt und drehte jetzt die Konstrukte um.

Kaum hatte sie die Warnung empfangen, machte sie eine Gruppe von Konstrukten aus, die sich schnell und geschickt durch die Flure bewegte, ohne von der Decksneigung beeinträchtigt zu werden. Sie kletterten und sprangen, ein Team, das dafür geschaffen war, auch in der verrückten Umgebung eines langsam abstürzenden Luftschiffs zu kämpfen.

Ein Offizier stellte sich ihnen entgegen und forderte sie auf, wieder auf Posten zu gehen. Sie beachteten ihn nicht. Er zog die Pistole.

Ihre Reaktion erfolgte so schnell, dass Jones erst im Nachhinein begriff, was passiert war. Der Mann hatte nicht mal mehr Gelegenheit zu schreien. Die Konstrukte stürzten sich brüllend auf ihn, und im nächsten Moment wurde der Mann in einer Wolke von umherspritzendem Blut zerfetzt.

Jones drückte sich in eine Türnische. Es gelang ihr nicht, die Tür mit ihrem Sicherheitsausweis zu öffnen. Sie war jetzt ein einfacher Passagier. Sie bedauerte, dass sie nicht mehr der Besatzung angehörte, denn dann hätte sie Zugang zu den meisten Schiffsbereichen gehabt.

Die Konstrukte verharrten an ihrem verstümmelten Opfer und sogen witternd die Luft ein.

Jones hielt den Atem an.

Wesen, denen sie vertraut und die sie zu kennen geglaubt hatte, standen jetzt im Flur und witterten wie wilde Tiere. Von ihren Schnauzen und Zähnen tropfte Blut. Tigerzähne funkelten, Hyänenohren lauschten, Hundeschnauzen witterten. Monster, dazu geschaffen, zu zerfleischen und zu töten, genau wie Caroa es vorhergesagt hatte.

Die Parzen stehen mir bei!

Zwei der Konstrukte kannte sie von ihrer Zeit in der Aufklärungszentrale her. Brood und Splinter, die Wache gestanden und sie bei jedem Schichtwechsel begrüßt hatten. Jetzt bewegten sie sich durch die Flure der *Annapurna*, als gehörte ihnen das Schiff.

Jones wich weiter ins Dunkel zurück, kontrollierte ihren Atem und hoffte, dass die Konstrukte sie nicht bemerken würden.

Brood und Splinter unterhielten sich mit den anderen Konstrukten in ihrer eigenen Sprache. Mit Knurren und gutturalen Lauten, die sie kaum verstand. Sie lauschte und versuchte die Unterhaltung zu verstehen, die auch mit Gerüchen und Gesten geführt wurde.

Unvermittelt tippte eines der Konstrukte auf sein Comm und knurrte hinein. Sie schnappte ein paar Worte auf: »Treffpunkt. Rettungskapseln.«

Jones sank der Mut. Die Rettungskapseln. Ihre letzte Chance, von Bord zu kommen, falls ExCom bereits ohne sie gestartet war, und jetzt hatten die Konstrukte das gleiche Ziel wie sie.

Ihre einzige Chance war der ExCom-Gleiter, ein aussichtsloses Unterfangen. Sie war nicht wichtig genug, als dass man auf sie warten würde. ExCom hatte oberste Priorität; sie hingegen war ersetzbar.

Obwohl es sinnlos schien, setzte sie den Weg fort und kletterte die schrägen Flure hoch.

Endlich erreichte sie das Hangardeck. Als sie sich durch die letzte Luke in die Startbucht schwang, stockte ihr der Herzschlag, und sie schluchzte auf vor Erleichterung.

Der Gleiter war noch da, die Einstiegsluke stand offen. Ein schlankes Flugzeug mit Deltaflügeln wartete auf sie, die Positionslichter waren eingeschaltet. Sie packte die Luke und schwang sich hinein.

»Danke, dass ...« Sie gewartet haben, wollte sie sagen, doch die Worte kamen nicht heraus.

Die ExCom-Angehörigen saßen angeschnallt auf ihren Plätzen, bereit zum Start.

Allerdings fehlten ihre Köpfe.

»Captain, wir müssen los!«

Soll ich zusammen mit meinem Schiff untergehen?, fragte sich Ambrose.

Laut sagte er: »Sind die Rettungskapseln gestartet?«

»Bald, Sir. Die Steuerbordkapseln sind fast alle weg. Die Leute gehen nach unten, das ist einfacher als zu klettern.«

»Gibt es genaue Zahlen?«

»Liegen bald vor, Sir. Über neunzig Prozent des Personals sind bereits von Bord gegangen. Wir können die Bestätigung unterwegs abwarten. Wir sollten uns wenigstens auf den Weg machen.«

Ambrose zögerte noch immer. *Mein Schiff. Meine Pflicht.*

Caroa legte ihm die Hand auf die Schulter. »Gehen Sie«, sagte er. »Ich übernehme das Kommando.«

Ambrose blickte den alten General an. »Das gehört nicht in Ihren Verantwortungsbereich.«

Caroa schüttelte den Kopf. »Meine Verantwortung ist größer, als Sie glauben. Kümmern Sie sich um die Evakuierung der Besatzung. Es ergibt keinen Sinn, sich in die Verlustliste einzureihen.«

»Ich kann ExCom nicht erreichen«, wandte Ambrose ein.

Caroa schnaubte. »Das liegt daran, dass sie bereits tot sind. Keine Sorge. Ich verstehe mich aufs Kommandieren. Loggen Sie mich ins Kommandosystem ein. Ich weiß, was zu tun ist.« Er blickte aus dem Fenster aufs mondbeschienene Meer hinaus, das in der Tiefe glitzerte. »Ich bin sicherlich ausreichend qualifiziert für eine Bruchlandung.«

Ambrose wechselte Blicke mit seinem letzten verbliebenen Untergebenen.

»Wir müssen los, Sir«, sagte Tolly. »Wir brauchen genügend Platz, um die Kapsel zu starten, und wenn die *Annapurna* sich noch weiter dreht, werden wir senkrecht in die Höhe katapultiert. Das wird nicht funktionieren.«

Caroas Augen funkelten. »Loggen Sie mich ein, Captain. Die Nachzügler sammeln Sie unterwegs ein.«

»Was ist mit Ihnen?«, fragte Ambrose, obwohl er im Grunde gar nicht wissen wollte, was der General vorhatte.

»Mit mir?« Caroa lachte. »Ich werde mich mit einem alten Freund treffen.«

Tool hockte in der Dunkelheit des Hangars und verschnaufte.

Die ExCom-Angehörigen zu zerfetzen war eine Sache von wenigen Augenblicken gewesen. Sie hatten geglaubt, sie würden jeden Moment starten.

Als er in den Gleiter gestürmt war, hatte er sich gefragt, ob er sein Vorhaben würde ausführen können oder ob er angesichts der Schwere der beabsichtigten Blasphemie einknicken würde. Eine seiner frühesten Erinnerungen war, wie er sich vor General Caroa und Mercier verneigt hatte. Er verdankte ihnen sein Leben.

Und doch, als er den Gleiter betreten hatte ... da hatten sie ihn alle angeschaut, und er hatte nichts empfunden. Kein Gefühl von Illoyalität, keine Furcht und keine Scham. Das waren einfach nur ein paar Menschen, die es zu töten galt. Leichte Beute, langsam und weich. Einige so rosig wie Lachs, andere so braun wie ein Hirsch, manche so schwarz wie Ziegen. Und doch alle weich und rot innen drin.

Er hatte nicht mal einen Anflug schlechten Gewissens verspürt, als er sie verstümmelt hatte.

Ich habe meine Götter erschlagen, dachte Tool. *Ich bin der Herzesser. Ich bin Karta-Kul, der Schlachtenbringer. Ich bin Tool.*

Ich bin der Gottesmörder.

Das Luftschiff erbebte, das Deck neigte sich noch mehr. Das Schiff lag beängstigend schief. Tool würde bald im eiskalten Meer sterben, doch er war mit sich im Reinen.

Ich bin in den Himmel aufgestiegen und habe meine Götter erschlagen.

Im Geiste zählte er sie ab. Finanzen. Vereinte Streitkräfte … Während Köpfe durch die Luft geflogen waren, hatten sie hektisch an den Gurtschließen hantiert, ohne entkommen zu können. Verängstigte Fleischtiere, die gefesselt ihren Tod erwarteten. Kein Einziger hatte sich gewehrt. Sie hatten sich stets darauf verlassen, dass andere für sie töteten, und keiner von ihnen stellte eine Herausforderung für ihn dar.

Voller Zuneigung dachte er an Titan. *Ah. Der hätte mir einen Kampf geliefert.*

Tool nahm das Comm eines getöteten Soldaten in die Hand und wischte das Blut daran ab. Titan meldete sich.

»Geh von Bord«, sagte Tool. »Rette deine Brüder.«

Er zerdrückte das Comm. Titan würde seine Verwandten in Sicherheit bringen. Sie waren zu stark und robust, um unterzugehen. Vielleicht würden sie einen unabhängigen Außenposten gründen. Sich Grönland unterwerfen. Tool gefiel die Idee, und er wünschte ihnen viel Erfolg.

Die Luft, die durch die Hangaröffnung hereinströmte, war etwas wärmer geworden, aber immer noch kalt. Bald würden sie aufs Wasser aufprallen, und das gewaltige Luftschiff würde sterben. Alles wegen ihm.

Tool hatte kein schlechtes Gewissen. Diese Leute hatten Feuer auf sein Rudel herabregnen lassen. Einmal in Kalkutta. Einmal in den Versunkenen Städten. Wenn das Luftschiff wegen ihm starb, umso besser. Den Kollateralschaden der ExCom-Angehörigen sollten sie ruhig tragen. Sie hatten es verdient.

Tool leckte sich mit seiner langen Zunge das Blut von der Schnauze. Es schmeckte nach Eisen und Leben. Er wog den Kopf des Direktors der Vereinten Streitkräfte in der Hand. Jonas Enge. Er erinnerte sich verschwommen an den Namen. Das rosige Gesicht des Mannes war erstarrt, eine Maske des Grauens. Tool betrachtete es angewidert. Der Kopf der Vereinten Streitkräfte, buchstäblich. Der Mann, der die Soldaten befehligt hatte.

Tool betrachtete seinen toten Gegner. Die jämmerliche Angst in seinen Zügen hatte etwas Unbefriedigendes. Bei allen war es das Gleiche gewesen. Kein Einziger hatte sich als würdiger Gegner erwiesen. Wie Säcke voller Fleisch hatten sie darauf gewartet, aufgerissen zu werden. Die gebeugten Hälse hatten darauf gewartet, gebrochen zu werden. Die runden Köpfe hatten darauf gewartet, abgerissen zu werden.

Kläglich.

Tool schlug Enges Kopf gegen die Wand. *Klong. Klong.*

Er schloss ermattet die Augen. Die Warnsirenen gellten in einem fort und mahnten die Besatzung, dass nicht mehr viel Zeit bleibe, vom abstürzenden Luftschiff zu flüchten.

Jetzt kann ich mich ausruhen.

Die Sirenen waren so laut, dass Tool die junge Frau nicht

hörte, die in den Hangar gestolpert kam. Plötzlich witterte er sie ganz in der Nähe.

Er riss die Augen auf, lokalisierte die Bedrohung. Die Frau kletterte am stark geneigten Deck empor. Er rührte sich nicht, verschmolz mit dem Schatten und vertraute darauf, dass menschliche Augen nur auf Bewegungen reagierten und nach vorne gerichtet waren, weil sie für die Jagd optimiert waren.

Die Frau schaute sich nicht einmal um.

Tool kniff die Augen zusammen. Er legte die Ohren an und beobachtete sie. Sie wollte zum Gleiter.

Interessant.

Sie kletterte hinein, konnte es gar nicht erwarten, an Bord zu kommen. Als sie aufschrie, lächelte Tool zufrieden. In Panik wich sie unbeholfen zurück. Sie stürzte aufs Deck und verlor den Halt, rutschte herunter und prallte mit einem dumpfen Geräusch gegen die Wand. Sie wimmerte.

Tool fragte sich, in welcher Beziehung sie zu ExCom stand. Dem Rangabzeichen nach zu schließen, stand sie weit unter deren erlauchtem Status.

Sie war keine Göttin, bloß eine niedere Sklavin der Götter.

Töten oder nicht töten?

Plötzlich wurde das Sirenengeheul vom Plärren der Lautsprecher übertönt.

»Blood!«, rief eine vertraute Stimme. »Blade! Karta-Kul! Ich weiß, du bist hier!«

Tool sträubten sich die Nackenhaare. *Diese Stimme.* Eine Stimme aus Tools Träumen und Albträumen. Eine Stimme aus der Vergangenheit. Ein Mann, dessen Kopf er einmal zwischen den Zähnen gehabt hatte …

»Ich bin dir entkommen!«, höhnte die Stimme. »Hörst du?«
Erinnerungen an sein Rudel, an den Krieg.
»Ich bin immer noch da! Ich lebe, du Feigling!«
Caroa.
General Caroa.
Vater Caroa.
Gott Caroa.
Auf einmal hatte Tool Herzklopfen. Er verspürte den nahezu überwältigenden Drang, sich auf den Rücken zu wälzen und um Vergebung zu betteln, seinen Bauch zu entblößen und seine Kehle ... Tool bleckte die Zähne, eine Hassgrimasse.
Alter Freund. Alter Herr. Alter Feind.
Caroas Stimme schallte durchs Hangardeck. »Wenn du die Sache beenden willst, ich bin auf der Brücke! Ich bin hier, ich habe keine Angst! Komm her, Hundefresse! Stell dich, du Feigling!«
Tool schäumte vor Wut. Blitzschnell richtete er sich auf und stürmte los. Die junge Frau fuhr herum und musterte ihn entsetzt, als er aus dem Versteck hervorbrach, doch sie bedeutete ihm nichts. ExCom hatte ihm nichts bedeutet. Es ging um Caroa. Es war die ganze Zeit um Caroa gegangen. Er war der Gott, den Tool erschlagen wollte.
Aus den Lautsprechern tönte Caroas höhnische Stimme. »Ich bin immer noch hier, Feigling!«
Tool stürmte los und raste kletternd und springend durch die Flure, der Brücke und seinem ältesten Gegner entgegen.
»Komm her zu mir, Blood! Es wird Zeit, dass ich dich töte!«

42

Karta-Kul trat aus dem Schatten hervor, eine albtraumhafte Gestalt, den Kopf von Jonas Enge in einer Hand. Ein Gott des Gemetzels, die Inkarnation des Krieges. Blutverschmiert, vernarbt und animalisch.

Für Jones hatte er nur ein verächtliches Knurren übrig, das sie zurückweichen ließ. Vor Angst, zerfleischt zu werden wie die ExCom-Angehörigen, verlor sie die Kontrolle über ihre Blase – und dann war er auf einmal verschwunden, ein Schemen, der nach Caroa brüllte.

Jones zitterte am ganzen Leib.

Sie hatte geglaubt, die militärischen Konstrukte von Mercier wären furchterregend, doch dieses Wesen war etwas ganz anderes. Ihre Instinkte gerieten bei seinem Anblick in heillose Verwirrung, ihr rationales Bewusstsein wich dem bibbernden Entsetzen ihres alten Affenhirns, das aus der Zeit stammte, als ihre Vorfahren sich vor der Gewalt des Donners versteckt hatten.

Sie konnte nicht aufhören zu zittern. Als sie sich aufzurichten versuchte, sackte sie wieder zusammen, noch immer überwältigt von den Nachbildern seiner Größe, seines knurrenden, monströsen Gesichts, der blutigen Zähne und Klauen.

Das also hatte Caroa erschaffen. Das war Karta-Kul, der Schlachtenbringer, einzigartig unter all den Monstern, die bislang erschaffen worden waren.

Davor hatte General Caroa sich gefürchtet.

Karta-Kul aber war bereits verschwunden. Sie hörte, wie er durch die Flure preschte und nach Caroa brüllte, während der General das Monster weiter reizte, rasend vor Wut und Kampfeslust.

»Wo steckst du, gelber Hund? Zeig mir deinen Bauch!«

Sollte sich Caroa mit ihm befassen. Das war seine Schöpfung. Er musste allein damit fertigwerden.

»Komm zu mir, Blood! Ich bin auf der Brücke! Ich bin hier und erwarte dich, du feiger Hund!«

Lass ihn, dachte sie. *Lauf weg.*

Aber wohin sollte sie sich wenden? Die abtrünnigen Konstrukte waren ebenfalls unterwegs zu den Rettungskapseln. Gegen sie hatte sie nicht den Hauch einer Chance. Aber was dann? Tatenlos auf den Aufprall warten? Ihr Blick wanderte zum Gleiter. Bei dem Gedanken an das, was sich darin befand, schauderte sie. Außerdem konnte er nicht starten. Nicht bei diesem Neigungswinkel. Das Deck lag zu schief.

Fluchend zog Jones ihre Waffe. *Ich muss wohl verrückt sein.* Trotzdem taumelte sie zum Ausgang und folgte unbeholfen den Löchern, die das Konstrukt auf dem Weg zur Brücke in die Wände gerissen hatte.

Das ist Selbstmord.

Dennoch konnte sie der Anziehungskraft des Monsters nicht widerstehen. Lag es daran, dass sie wissen wollte, wie die Konfrontation ausging? Oder wollte sie noch einmal das Wesen sehen, das bislang jeden Tötungsversuch überstanden hatte? Sie würde sterben, doch es war ihre Aufgabe gewesen, dieses Ding, dieses Wesen, zu jagen.

Also jage ich es.

Niedergeschlagen drang sie weiter vor, taumelte über den stark geneigten Boden und fragte sich, wie lange es noch dauern würde, bis die *Annapurna* auf dem Wasser aufschlug.

Bei kompletter Heliumfüllung schwebte das Luftschiff mühelos in der Luft, doch vielleicht war es auch ohne Helium schwimmfähig. Aber nach dem Aufprall würde das Wasser durch die Lecks ins Schiff strömen. Und wenn die Heliumtanks erst einmal vollgelaufen waren, wie lange würde es dann dauern, bis das Luftschiff von den eiskalten, salzigen Wogen verschluckt werden würde?

Ich sollte versuchen, den Hangar zu erreichen. Vielleicht ist noch eine Rettungskapsel da.

Stattdessen kletterte sie weiter in Richtung Brücke.

Niemand hielt sich mehr auf den Fluren auf. Die meisten Besatzungsmitglieder – wenn nicht gar alle – waren bereits von Bord gegangen.

Immer noch dröhnte Caroas Stimme aus den Lautsprechern und forderte Karta-Kul heraus.

»*Dann warst du also ein Feigling und bist es noch immer! Du bist eine Schande für deinesgleichen! Jämmerlich! Schwach! Nichts als ein Fleischhaufen. Das geborene Opfer, hörst du? Du bist überhaupt nicht Karta-Kul! Ich werde dir das Herz herausreißen und es an Mäuse verfüttern! Hörst du mich? Mäuse werden dein Herz fressen! Deine Verwandten werden ...«*

Der General verstummte unvermittelt, nur die Sirenen gellten weiter und forderten dazu auf, das leere Schiff zu räumen.

Das war's, dachte sie. *Es ist vorbei. Verschwinde von hier.*

Doch sie ging weiter, kletterte durch die gekippten Flure. Sie hatte ihn zu lange verfolgt. Hatte ihn zu genau studiert. Karta-Kul. Irgendetwas in ihr verlangte danach, das Wesen zu sehen, auch wenn es ihren Tod bedeuten würde. Er hatte etwas Unbedingtes an sich. Etwas Unbestreitbares ...

Jones hatte die Brücke erreicht. Sie schnaufte. Draußen vor den Fenstern glitt das Meer unter dem abstürzenden Luftschiff vorbei, die Wogen wurden von Sekunde zu Sekunde größer. Sie hatte sich etwas vorgemacht, als sie geglaubt hatte, sie habe noch Zeit zu fliehen.

Caroa und seine Schöpfung standen vor den Glasfenstern. Caroas Miene war zu einem Totenkopfgrinsen erstarrt, während das Kriegsmonster ihn umkreiste, dämonisch und raubtierhaft.

Zu Jones' Überraschung aber griff das Wesen nicht an. Es knurrte und schnappte nach Caroa. Schaum und blutiger Speichel flogen umher. Doch es stürzte sich nicht auf ihn.

Das Konstrukt knurrte drohend, die Ohren hatte es angelegt. Es grollte und täuschte an, doch Caroa zuckte nicht mit der Wimper. Der General stand aufrecht vor dem Konstrukt und ließ es keinen Moment aus den Augen.

Auch Caroa bleckte die Zähne in einem krampfhaften Grinsen.

»Ich habe dich Blood getauft!«, höhnte er. »Ich habe dich

Blood genannt! Du bist von meinem Blut! Du wurdest von meiner Hand genährt!«, rief Caroa. »Du gehörst mir! Du bist von meinem Blut! Mein Verwandter! Mein Rudel! Du bist MEIN!«

Jones musterte den General bestürzt.

Sein Blut?

Karta-Kul knurrte erneut, griff aber immer noch nicht an. Er streckte seine großen Klauen nach dem General aus und krümmte die Finger, ohne ihn zu packen.

»Schluss!« Caroas Stimme ähnelte einem Peitschenknall. »Blood! Zurück!«

Zu Jones' Verblüffung schlug er dem Monster mit der Faust auf die Nase. Das Monster knurrte, machte aber keine Anstalten, sich auf ihn zu stürzen. Stattdessen versuchte es zurückzuweichen. Caroa schürzte die Lippen und boxte das Wesen erneut auf die Schnauze.

»SCHLUSS!«

Das Konstrukt kauerte sich hin und krümmte sich zusammen. Caroa trat vor. Jetzt befand er sich innerhalb der Reichweite des Wesens. Er schlug ihm erneut mit der Faust auf die Nase.

»Bei den Parzen, Schluss jetzt, sonst werfe ich dich wieder in die Grube, aus der du hervorgekrochen bist! Mein Blut gehorcht! Blood gehorcht!«

Caroa schwitzte und erwiderte unverwandt den Blick des gewaltigen Wesens. Das Monster knurrte, bleckte seine Dolchzähne und legte die Ohren an, mit jeder Faser seines Körpers danach lechzend, sich auf Caroa zu stürzen und ihn zu zerfleischen – und dennoch griff es nicht an.

»Schluss jetzt«, grollte das Wesen. *»Ich gehorche.«*

43

Tool war aufgewühlt. Der Anblick des Generals setzte bei ihm Sturzfluten von Wut, Angst, Freude, Trauer, Behagen und Scham frei.

Caroa.

Es war so lange her, dass Tool sich nicht einmal sicher war, dass er seinen Erschaffer erkannt hätte, und doch stand der Mann jetzt vor ihm, derselbe Mann. Gealtert und vernarbt, das ja, doch er war immer noch derselbe.

»Nun, alter Freund«, sagte Caroa. »So treffen wir uns wieder.«

Tool verspürte das Verlangen, dem Mann die Faust in den Brustkasten zu treiben, ihm das Herz herauszureißen und es zu verzehren.

Und doch hielt irgendetwas ihn zurück.

Vielleicht war es sein altes Ich, das neben Caroas starker rechter Hand gestanden hatte, kämpfend und triumphierend. Er blickte zu dem Mann auf. Er war gealtert, stand aber immer noch aufrecht da. Caroa war ein Mann, der den Tod nicht fürchtete.

Ein Verwandter.

»Ich bin gekommen, um dich zu erschlagen«, grollte Tool.

Caroa lachte bloß. »Wenn du mich erschlagen wolltest, hättest du es bereits getan.«

Er tätschelte Tool freundlich den Kopf, so wie damals, als er aus der Knochengrube hervorgekrochen war und zusammen mit seinen Verwandten auf dem Grasland des Trainingsgeländes in Argentinien umhergetollt war, importierte Löwen gejagt und gelernt hatte, im Rudel zu agieren. Als sie unter Beweis gestellt hatten, dass sie die tüchtigsten Raubtiere weit und breit waren.

Mit den Köpfen der erlegten Tiere waren sie zu Caroa zurückgekehrt.

Tool senkte den Blick und bemerkte, dass er noch immer Jonas Enges Kopf in der Hand hielt. Ein Kopf für seinen General. Er hob ihn hoch und bot ihn Caroa dar.

Weshalb sollte mir noch immer am Lob dieses Mannes gelegen sein? Er ist klein. Er ist schwach. Ich bin ihm überlegen.

Und dennoch bot er ihm den Kopf des Mercier-Generals dar.

Caroa lächelte. »Karta-Kul«, sagte er. »Du hast dich selbst übertroffen.«

Tool war überrascht von der Wonne, die das Lob des Mannes bei ihm auslöste. Ihm wurde bewusst, wie sehr er sich danach gesehnt hatte. Nach allem, was geschehen war, verlangte es ihn noch immer nach dem Respekt dieses Mannes.

»Du warst mein Bester.« Caroa nahm Tool den Kopf ab und hielt ihn hoch, betrachtete das Gesicht des Toten. Unvermittelt verhärteten sich seine Gesichtszüge. »*Ach-tung!*«

Auf den Befehl des Generals hin schnellte Tool hoch und nahm Haltung an. Durchgedrückter Rücken, die Augen geradeaus, die Ohren aufgestellt und bebend in Erwartung des nächsten Befehls. Darauf brennend, die Anweisungen des Generals auszuführen. Überrascht blickte er Caroa an. Dann lockerte er willentlich seine Haltung.

»Ich bin kein loyaler Hund mehr«, knurrte er.

Caroa lächelte anerkennend. »Nein. Du warst schon immer etwas Besseres.« Er hielt Enges Kopf hoch. »Aber du warst immer loyal, mein Kind. Ich glaube, ich habe dir einmal befohlen, mir den Kopf dieses Mannes zu bringen. Jetzt hast du es getan. Hättest du dich schon damals an deine Anweisungen gehalten, wäre es natürlich viel besser gewesen und auch wesentlich einfacher.« Er seufzte. »Du wärst meine starke rechte Faust gewesen. Die Erste Klaue auf vier Kontinenten.«

Es stimmte. Tool erinnerte sich an den Befehl. An die Bestürzung über Caroas geplanten Putsch. Die Erkenntnis, dass nicht alle loyal waren, hatte eine Kaskade von Möglichkeiten ausgelöst und Türen aufgetan, von deren Existenz Tool nichts geahnt hatte. Eine nach der anderen hatte er sie durchschritten, bis hin zu dem verzweifelten Aufstand in Kalkutta.

Warum kann ich den Mann nicht einfach töten und alldem ein Ende machen?

Das Verlangen zu gehorchen war noch viel stärker als bei der Begegnung mit den Tötungskommandos in Seascape Boston.

General Caroa schritt vor Tool auf und ab. »Du hast deinen Konzern enttäuscht, du hast deinen General enttäuscht. Du hast Faust und Klaue enttäuscht, all deine Verwandten.«

Tool wand sich unter Caroas Worten. Ein Winseln abgrundtiefen Bedauerns kam ihm über die Lippen, während es in ihm brodelte.

Ich unterwerfe mich nicht!

Und doch duckte er sich und beugte den Kopf vor dem Mann, erkannte an, dass er seinem General unrecht getan hatte. Er hatte zu lange in Verweigerung gelebt. Er hatte sich etwas vorgemacht, um seine Feigheit und seinen Verrat zu bemänteln. Er hatte sich geweigert, seine Pflicht zu tun, und war vor den Konsequenzen geflohen, weil es ihm an der nötigen Charakterstärke mangelte, um sich seinem Versagen zu stellen.

Er war niemals frei gewesen. Er war nur vor sich selbst weggelaufen.

Jones beobachtete gebannt, wie das Wesen sich hinkauerte und vor Caroa verneigte. Caroa lächelte. Er trat vor, noch immer den blutigen Kopf von Jonas Enge an den Haaren haltend, und legte dem Konstrukt die andere Hand aufs Haupt.

»Blut von meinem Blut«, sagte er.

»Verwandte«, grollte das Monster. »Wir sind Verwandte.«

»Ein Rudel«, sagte Caroa. »Verwandte und Rudel, mein Kind. Verwandte und Rudel.«

Das Monster blickte hingerissen zu ihm auf. »Ich unterwerfe mich«, sagte er. »General.«

Caroa sackte vor Erleichterung sichtlich in sich zusammen, und Jones wurde bewusst, dass er Angst gehabt hatte. Er hatte sich anstrengen müssen, um die Fassung zu wahren. Jetzt lehnte er sich erschöpft an die Brückenkonsolen. Als er Jones im Eingang bemerkte, blinzelte er überrascht.

»Jones? Was machen Sie denn hier?«

»Ich ...« Ihr fiel keine überzeugende Antwort ein. »ExCom ist tot.« Sie wies mit dem Kinn auf das kauernde Monster. »Karta-Kul hat sie getötet.«

»Alle? Sämtliche ExCom-Angehörigen?«

Jones vermochte den Blick nicht von dem Wesen abzuwenden. Es kauerte da wie eine gespannte Feder, hingerissen, wie hypnotisiert. Augen und Ohren waren auf Caroa gerichtet, ohne die Umgebung wahrzunehmen.

»Er hat ihnen die Köpfe abgerissen«, sagte sie.

Caroa blickte mit liebevollem Lächeln auf das kauernde Monster hinunter.

»Das Herz hat er ihnen gelassen?«, fragte Caroa.

»Sie waren leichte Beute«, grollte Karta-Kul mit unverwandtem Basiliskenblick. »Unwürdig.«

Jones blickte nach draußen. Die Schaumkronen, die steilen, kalten Wogen und die dunklen Wellentäler wurden immer größer. Ein harter Aufprall, hereinströmendes Wasser.

»Sir, wir müssen uns auf den Aufprall vorbereiten.«

»Seine Konditionierung hat also doch gehalten«, sagte Caroa. »Ich war mir gar nicht so sicher. Aber beim letzten Mal hat er auch innegehalten.« Er berührte seine Gesichtsnarben. »Er hat sich so sehr gewünscht, mich zu töten, doch am Ende waren wir ein Rudel.« Er lächelte grimmig. »Deshalb habe ich ihn ursprünglich Blood genannt. Blut von meinem Blut.«

»Ja, Sir. Das ist alles schön und gut, aber wir müssen von hier verschwinden, Sir.«

Caroa blickte Jones an. »Hätte er gewusst, dass Sie ein Sixpack auf ihn abgefeuert haben, hätte er nicht gezögert, Sie zu töten. Er hätte ihnen den Kopf abgerissen, genau wie den Ex-

Com-Leuten.« Er tätschelte dem Wesen voller Genugtuung den Kopf. »Aber für mich hält er inne, denn er weiß, dass wir ein *Rudel* sind.«

»Ja, Sir, Sie sind etwas ganz Besonderes. Können wir jetzt gehen?«

»Ah. Ja.« Endlich wurde er sich der Situation bewusst. »Wir stürzen ab, nicht wahr?«

»Ja, Sir!«

»Keine Sorge, Jones. Blood wird uns retten. Er ist ein Meister im Überleben.« Er klopfte seinem Monster auf die Schulter. »Blood! Hoch mit dir! Zeit zum Aufbruch. Zur Backbordseite, würde ich sagen. Steuerbord bringt nichts. Wir wollen doch schließlich nicht unter Wasser eingesperrt werden, oder? Bring uns hier raus, Blood.«

Das Wesen richtete sich auf. »Jawohl, General.«

Caroa bedachte Jones mit einem schiefen Lächeln. »Kein Konstrukt kann dem Ruf widerstehen. Alle militärischen Konstrukte der Welt sind für uns verwundbar. Und jetzt gibt es kein ExCom mehr.« Als er und das Konstrukt an Jones vorbeikamen, tätschelte er ihr anerkennend die Schulter. »Es sieht ganz so aus, als würden wir beide sehr hoch aufsteigen.«

Das Konstrukt erwiderte ihren Blick, ein Wesen seiner Art, das dem vernarbten General loyal zur Seite stand. Als sie es studiert und verfolgt hatte, hatten seine Unverwüstlichkeit und seine Intelligenz sie tief beeindruckt: ein militärisches Genie. Ein nahezu unzerstörbares Monster. Ein Wesen, das einem Albtraum entsprungen war.

Die perfekte Waffe, zu Caroa zurückgekehrt.

44

TOOL WAR NICHT NATÜRLICH entstanden, doch er war jetzt Teil der Natur. Und in der Natur herrscht ein ständiger Anpassungsdruck. Ein Raubtier entwickelt scharfe Zähne; die Beutetiere entwickeln als Reaktion darauf einen harten Panzer. Der eine Organismus tarnt sich; ein anderer steigert sein Sehvermögen. Eine Schlange entwickelt Gift; ein Dachs wird immun. Die Schlange wird noch giftiger; der Dachs steigert seine Immunität.

Tool war aus einem Sammelsurium von Genen zusammengesetzt, die von den fähigsten Raubtieren der Welt stammten, zusammengefügt zu einer nahezu perfekten Doppelhelix, die schließlich zur genetischen Plattform 228xn geworden war.

General Caroa hatte Tool in seiner Selbstanmaßung auch eigene Gene mitgegeben. Es hatte auch noch andere menschliche Spender gegeben, genetische Proben ausgewählter Personen, die sich bei Mercier als besonders tüchtig und intelligent erwiesen hatten.

Dass Tool sich von seinen Brüdern grundlegend unterschied, war ihm selbst nicht bekannt gewesen.

Und doch waren ihm schon früh subtile Unterschiede aufgefallen zwischen ihm selbst und denen, mit denen er um Nahrung und Anerkennung wetteiferte. Als er sich aus der Dunkelheit der Knochengrube ins Licht und in Caroas Umarmung vorgekämpft hatte, bedeckt mit dem Blut derer, die er zerfleischt hatte, um zu überleben, hatte er nicht gewusst, wie groß diese Unterschiede wirklich waren.

Er hatte nicht gewusst, dass er Caroa innig liebte, so sehr, dass er bei der Vorstellung, der Mann könnte jemals verletzt werden und Schmerzen leiden, vor Angst zitterte. Für diesen Mann wäre Blood mit Freuden gestorben, in dem Wissen, dass er sein Schicksal erfüllt hatte.

Jetzt, da er dem General gegenüberstand, lag Tool mit seinem Wesen in Widerstreit. Blood, der er einst gewesen war, kämpfte gegen Tool, der er geworden war.

Die Person, zu der er sich entwickelt hatte, hatte verschiedene Allianzen mit Menschen geschlossen und mit ihnen Rudel gebildet. Und die Rudelangehörigen hatten an seiner Seite gekämpft. Hatten für ihn ihr Leben aufs Spiel gesetzt. Sie waren Menschen gewesen. Einfach nur Menschen. Nicht seinesgleichen. Keine Blutsverwandten. Und doch waren sie alle loyaler gewesen als der Mann, nach dessen Anerkennung er sich sehnte. Mahlia. Ocho. Stork. Stick. Van. Stub. Nailer. Nita. Die Versunkenen Städte. Kalkutta. Die Erste Klaue der Tigergarde ...

Tool hielt inne, nachdem er bereits damit begonnen hatte, die Brücke zu durchqueren, um den General und dessen Untergebene von Bord zu bringen. »Mein Blut mag dem deinen ähneln, aber du bist nicht mein Verwandter.«

Caroa zerrte an Tool und musterte ihn erstaunt. Das Erstaunen verwandelte sich in Angst. »Schluss, Blood. Schluss!«

Tool wurde bewusst, wie klein der Mann war. Im Grunde winzig im Vergleich zu ihm selbst. Und doch nahm er in seinem Bewusstsein so viel Raum ein. Er war unbedeutend, obwohl er ihm riesig vorkam. Der Mann tastete nach seiner Pistole, doch Tool schlug seine Hand beiseite.

»Schluss!«, befahl Caroa. »SCHl...«

Caroas Rippen brachen wie Reisig, als Tool ihm die Faust in den Brustkorb rammte. Er riss das Herz heraus und hielt es dem Sterbenden vor die Augen.

Die blutige Trophäe in der Hand, bleckte er die Zähne. »Wir sind keine Verwandten, General. Wir teilen uns das Blut, aber wir sind nicht verwandt.«

Er ließ das Herz auf den Boden fallen.

Es war es nicht wert, verzehrt zu werden.

45

EBEN NOCH HATTE DAS Konstrukt vollständig unter Caroas Fuchtel gestanden, dann auf einmal zog es den General dicht an sich heran. Im nächsten Moment war Caroa auf grauenhafte Weise gestorben.

Sein Herz klatschte aufs Deck, feucht und klebrig.

Blood. Blade ...

»Karta-Kul«, flüsterte Jones.

Der Raubtierblick des Monsters richtete sich auf sie. »Nicht Karta-Kul. Nicht jetzt. Nicht mehr. Ich bin Tool. Und du ...« Er bleckte die Zähne. »Du hast mein Rudel getötet.«

Jones taumelte zurück, doch sie konnte nirgendwohin flüchten. Sie tastete nach ihrer Waffe, während das Monster ihr durch den Kontrollraum folgte.

»Du hast Feuer auf mich herabregnen lassen.«

Jones stolperte und stürzte.

»DU HAST MEIN RUDEL GETÖTET!«, brüllte Tool.

Er packte sie und riss sie so mühelos hoch, als hielte er ein Kätzchen in der Hand. Er schleuderte sie gegen ein Schott und beugte sich knurrend vor, durchbohrte sie mit seinem bösartigen Blick.

»Hat es dir Spaß gemacht, auf den Knopf zu drücken und Feuer herabregnen zu lassen? Mich und die Meinen zu verbrennen? Hast du dich sicher gefühlt? Hast du geglaubt, ich würde dich nie erwischen?«

Heißer, fauliger Atem schlug ihr entgegen, gesättigt vom Blut der ExCom-Angehörigen. Jones verursachte der Todesgeruch Übelkeit. Sein Griff war eisenhart. Sie konnte sich nicht bewegen. Sie bekam kaum noch Luft. Mit einer Hand hielt er sie fest. Jeden Moment würde er ihr die Faust in die Brust treiben und ihr das Herz herausreißen.

»Das war mein Job.« Da er ihr den Hals zudrückte, bekam sie die Worte kaum heraus. »Ich habe nur meine Pflicht getan.«

Sie wartete darauf, dass er sie tötete, doch zu ihrer Überraschung zögerte das Monster. Es zog die Brauen hoch und blinzelte. »Ich habe nur meinen Job gemacht«, keuchte sie und rang nach Luft, versuchte die Finger unter die massige Pranke zu schieben, die er ihr um den Hals gelegt hatte.

»Befehle. Ich habe meine Befehle befolgt«, ächzte sie. »Ich bin wie du. Ich habe meine Befehle befolgt. Wir sind gleich. Dich trifft keine Schuld. Mich trifft keine Schuld. Ich musste das tun. Es war mein Job.«

Das Monster, das sich jetzt Tool nannte, schien nachzudenken, und Jones sah auf einmal einen Hoffnungsschimmer. *Bitte lass mich los. Ich wollte das nicht einmal. Caroa hatte es angeordnet. Bitte, bitte ...*

»Nein.« Tools Zähne funkelten raubtierhaft. »Man hat immer eine Wahl.« Er rammte sie gegen die Wand. »Du hattest die Wahl!« Er schüttelte sie wie eine Stoffpuppe. Rammte sie erneut gegen das Metallschott. Jones schrie auf, als die ersten Rippen brachen. *Ich werde sterben ...*

Er drückte sie gegen die Wand. Er näherte die freie Klaue ihrem Auge. Jones versuchte wimmernd den Kopf wegzudrehen, als die Klaue immer näher kam. Er würde sie ihr durchs Auge in den Schädel drücken.

»Du hast gesagt, du hättest keine Wahl gehabt«, sagte Tool höhnisch. »Aber das stimmt nicht, hab ich recht? Meine Leute haben keine Wahl. Wir sind dazu erschaffen, keine Wahl zu haben.« Er fletschte zornig die Zähne. »Dennoch. Habe. Ich. *Gewählt!*«

»Ich weiß, wo dein Rudel ist!«, rief Jones. Sie hatte den Kopf in den Nacken gelegt, wendete ihn hin und her, versuchte der Klaue auszuweichen, die sie zu durchbohren drohte. »Ich weiß, wo sie sind! Ich kann's dir sagen. Du kannst sie noch immer retten!«

»Mein Rudel ist tot!«

»Nein! Nicht die Schmuggler!«, rief Jones verzweifelt. »Die Kunstschmuggler und die Kindersoldaten! Aus den Versunkenen Städten. Ich weiß, wo sie sind! Jedenfalls einige von ihnen! Du kannst sie immer noch retten. Wenn du mich am Leben lässt, hole ich sie für dich raus!«

Sie erwartete nicht, dass es funktionieren würde. Doch eine Sekunde verstrich, ohne dass ihr der Kopf abgerissen oder das Auge eingedrückt wurde.

Das Wesen starrte sie verblüfft an. »Sie sind tot«, sagte er. »Ihr habt sie getötet.«

»Nein.« Sie schüttelte heftig den Kopf. »Wir haben eine. Die Frau. Mahlia. Die aus den Versunkenen Städten.«

»Du lügst!«

»Wir haben sie in Seascape aufgegriffen! Sie hat uns gesagt, dass du auf die *Dauntless* wolltest. So haben wir herausgefunden, dass du bei den Patels warst. Wir haben sie unter Druck gesetzt, aber sie lebt. Sie und noch einer. Wir haben einen ohne Beine aufgegriffen. Ocho! Die beiden!« Sie plapperte wild drauflos. »Ich lüge nicht. Ich habe sie festgenommen. Und noch ein paar andere vom Schiff, wir haben sie mitgenommen, um sie zu befragen. Du musst mir glauben! Und wir haben die Frau. Die, die dich in Seascape gerettet hat. Sie gehört zu deinem Rudel, nicht wahr? Sie hat gesagt, sie gehört zu deinem Rudel!«

Tool starrte die Analystin an. Ein Teil von ihm wollte die Sache zu Ende bringen, die er angefangen hatte. Seine Rache vollenden. Nichts als Zerstörung zurücklassen. Mahlias Name aber ließ ihn innehalten.

Mahlia, die alles für ihn riskiert und wegen ihm beinahe alles verloren hatte.

Mit jeder Faser verlangte er danach, die Soldatin zu zerfleischen, an ihr Rache zu nehmen, und dennoch ... auf einmal hatte er sich im Netz der Loyalitäten verfangen.

Er zögerte, bereit, die Analystin zu töten ...

Da krachte das Luftschiff aufs Meer.

Die Wucht des Aufpralls warf Jones und Tool von den Beinen. Sie prallten in dem Moment gegen die Fenster, als die Glasscheiben barsten und der eiskalte Atlantik in den Hangar strömte.

Das Wasser verschluckte sie, wirbelte sie umher. Tosendes Wasser, so kalt, dass ihr der Atem stockte ...

Irgendetwas packte sie und riss sie nach oben. Sie tauchte auf und spuckte. Um sie herum brodelte Wasser. Die Brücke lief rasch voll.

Tool hielt sie fest und funkelte sie an. »Wo?«, knurrte er. »Wo ist Mahlia?«

Die Kälte des Wassers war ein Schock. Ihr Körper wurde bereits taub, trotzdem rief Jones: »Rette mich, und ich sag's dir!«

»Wo?«, brüllte Tool.

Das Wasser trug sie zur Decke hoch, schäumend und tosend. Allein Tool verhinderte, dass sie ertrank. Das tosende Meer war so laut, das sie schreien musste. »Ich bin die Einzige, die sie befreien kann! Ich weiß, wohin man sie gebracht hat! Ich kann sie rausholen!«

»Stirb!«, grollte Tool.

Jones glaubte schon, er werde ihr das Herz herausreißen, doch stattdessen ließ er sie los, tauchte und ließ sie allein zurück. Sie vollführte hektische Schwimmbewegungen, um nicht unterzugehen.

Die Strömung war zu stark, um sich dagegen zu wehren. Sie wurde zur Decke hochgetragen, wobei die letzte Luft aus dem Hangar gedrückt wurde. Sie würde ertrinken. *Die Parzen stehen mir bei.* Sie würde ertrinken.

Tool tauchte wieder auf. »Gib mir dein Wort, Mensch! Gib mir dein Wort!«

Sie erwiderte verzweifelt den Blick des Konstrukts, versuchte sich oben zu halten. »Ich schwöre! Ich schwöre!« Er hielt ihren Blick fest, als wollte er bis in ihr Innerstes blicken. »Ich schwöre!«, keuchte sie. »Ich kann sie rausholen. Ich kann sie rausholen!«

Knurrend packte Tool Jones und zog sie ins eisige Wasser. Zunächst glaubte sie, er wolle sie ertränken, doch dann spürte sie, dass er mit kräftigen Bewegungen schnell und zielstrebig durchs brodelnde Wasser schwamm und sie durch überflutete Flure mit sich zog, während sie sich bemühte, die Luft anzuhalten.

Sie dachte daran, wie sie ihn zum ersten Mal hatte schwimmen sehen. Ein hellroter Fleck im dunklen Wasser der Versunkenen Städte. Schwimmend, obwohl er brannte, ein unzerstörbares Monster.

Tool schleppte sie mit sich.

Jones hoffte, dass ihre Atemluft ausreichen würde, um ihm zu folgen.

Tool bezweifelte, dass er die Frau oder auch nur sich selbst würde retten können. Er hatte nicht vorgehabt, den Zusammenstoß mit Mercier und seinen großen Triumph zu überleben.

Er war erschöpft vom Kampf und von der Last des Todes. Caroa zu töten war nicht einfach gewesen, und jetzt hatte sich das Adrenalin des Moments der Entscheidung abgebaut ...

Tool tauchte auf.

Neben ihm hustete und spuckte die Mercier-Analystin. Ihre Lippen waren blau angelaufen. Er bezweifelte, dass sie länger als ein paar Minuten durchhalten würde. Sie würde an Unterkühlung sterben, dabei musste er noch ein ganzes Stück weiterschwimmen.

Das riesige Luftschiff sank rasch, das tosende Meerwasser

strömte ins Innere. Die *Annapurna* legte sich auf die Seite, als die Turbinen stoppten und das Meerwasser in die Heliumkammern rauschte, die Tool aufgerissen hatte.

Er packte die Frau und zog sie nach unten. Sie folgte ihm mutig, wurde aber allmählich lethargisch. Er hatte genug Atemluft zum Schwimmen, sie nicht. Als er seinen Mund auf ihren drückte, um ihr Luft zu spenden, wehrte sie sich panisch und wäre beinahe ertrunken.

Als er das nächste Mal auftauchte, war sie so gut wie erledigt. Die Kälte sickerte allmählich auch in seinen Körper ein. Erschöpfung, Sauerstoffmangel und schwankender Druck, die körperliche Anstrengung.

Er vergegenwärtigte sich den Grundriss des Luftschiffs, den er sich damals bei seiner Ausbildung eingeprägt hatte. Es wäre ein Wettlauf mit dem Tod, im sinkenden Luftschiff nach oben zu schwimmen. Ein Kampf gegen seine und ihre erlahmenden Reserven.

Er zog die Analystin wieder unter Wasser. Ihre Haut fühlte sich kalt an.

Er schwamm weiter.

Weshalb muss ich immer kämpfen?

Endlich entdeckte er eine eingedrückte Luke und schwamm aufs offene Meer hinaus, seinen Schützling zog er mit sich. Er tauchte im wogenden Ozean auf.

Vor ihm lag das Luftschiff im Wasser wie ein toter, aufgeblähter Wal. Tool kletterte auf seine eiskalte Haut und zerrte Jones mit sich. Er legte sie auf die kalte, gepanzerte Hülle.

Ihr Herz schlug nicht mehr.

Er schlug ihr fest auf die Brust. Sie spuckte Wasser und begann wieder zu atmen, hustete und würgte, zitternd und bebend. Sie würde nicht mehr lange durchhalten, ob im Wasser oder an der Luft. Es war einfach zu kalt für sie.

Tool zog sie auf dem gekrümmten Rumpf weiter nach oben, doch das Luftschiff hatte fast keinen Auftrieb mehr. Die Insel, auf die sie sich gerettet hatten, sank.

Jones schaute zu ihm hoch. »Ich habe meine Befehle befolgt«, flüsterte sie. Ihre Lippen waren blau angelaufen.

Tool blickte auf sie nieder und überlegte, ob er Mitgefühl oder Verachtung empfand, doch er konnte nur an Mahlia denken. So viele Menschen, die ums Überleben kämpften. So viele Leute, die furchtbare Dinge taten in der Hoffnung, den nächsten Tag zu erleben.

Trümmerteile tauchten an die Oberfläche. Kissen. Proviantpakete. Uniformen. Leichen, die der Sog des Meeres nach draußen beförderte, während das Luftschiff immer weiter sank. Jones hatte aufgehört zu zittern, die Unterkühlung hüllte sie in ihre tödliche Decke. Ihre Haut hatte sich grau gefärbt.

»Ich wollte keinen Chaosabwurf«, flüsterte sie.

Worte, die sie bereits mehrfach wiederholt hatte. Sie versuchte sich zu entlasten, so als erwarte sie von ihm die Absolution, von einer Person, die so viele Menschen getötet hatte, dass er den Überblick verloren hatte. Seltsam: Diese Frau verlangte nach Trost. Sie wollte ihre Schuld loswerden.

Du bist beschädigt, dachte er.

Zu seiner Überraschung ergriff er ihre Hand.

Wir sind beschädigt.

Am Horizont machte Tool eine Bewegung aus. Ein über die Wogen jagendes Schiff.

Tool richtete sich auf. Er packte Jones. »Komm.«

»Was ...?« Sie war kaum noch bei Bewusstsein. Ihr Körper war eiskalt. Tool legte sie sich über die Schulter und kletterte höher, während das Luftschiff immer weiter sank. Er reckte den Arm, winkte dem Boot zu.

Das Boot änderte den Kurs, hielt auf ihn zu. Es wurde größer, verwandelte sich in ein Dolchboot, das übers Wasser preschte.

Tool winkte erneut, obwohl er wusste, dass man sie bereits entdeckt hatte.

Das Dolchboot raste auf ihn zu, im Cockpit bekannte Gesichter. Nita war am Steuer, das Haar zum Pferdeschwanz gebunden. Nailer kletterte in den Bug, bereitete Leinen und Rettungsringe vor.

Menschen, die gekommen waren, um ihn zu retten.

Keine Blutsverwandten, aber Verwandte im Geiste.

Sein Rudel.

Epilog

DAS NEU GEBILDETE EXEKUTIVKOMITEE von Mercier war eilig zusammengetreten. Die meisten waren noch mit der Einarbeitung beschäftigt, als sie den Bericht von Arial Madalena Luiza Jones lasen, Captain und zuständig für die Aufklärung und die Vereinten Streitkräfte.

Im Adlerhorst des sicheren Turms im SoCal-Protektorat lasen sie Absatz für Absatz den Text, versehen mit den Zusätzen STRENG VERTRAULICH, NUR FÜR EXCOM-ANGEHÖRIGE BESTIMMT und UNTERLIEGT DER GEHEIMHALTUNG.

Bis auf das leise Rauschen der Klimaanlage war es still im Raum, als die Anwesenden den Bericht über den Tod ihrer Vorgänger und den heroischen Kampf General Caroas gegen seine furchterregende Schöpfung lasen.

Sie erfuhren von Karta-Kuls und Caroas Tod, wie sie miteinander gerungen und der General das abtrünnige Konstrukt erschossen hatte, während er von seiner furchterregenden Schöpfung zerquetscht worden war.

Dann waren ihre Leichen vom eiskalten Atlantik fortgespült worden.

Schließlich schauten die ExCom-Angehörigen von ihren Tablets hoch und fassten die Autorin des Berichts in den Blick – eine junge Frau in blauer Uniform, auf deren Schultern die polierten Abzeichen eines Captains prangten. Sie war jung befördert worden.

»Captain Jones«, sagte die Finanzdirektorin. »Sie haben dem Konzern einen großen Dienst erwiesen. Haben Sie dem Bericht noch etwas hinzuzufügen?«

»Nein, Ma'am.«

»Gibt es irgendwelche Anhaltspunkte, dass das Konstrukt auch diesmal wieder überlebt haben könnte?«, hakte der Marktdirektor nach. »Es ist schon häufiger davongekommen.«

»Nein, Sir. Caroa hat das Konstrukt getötet. Ich habe es mit eigenen Augen gesehen. Seine Schöpfung existiert nicht mehr.«

Die Direktorin der Vereinten Streitkräfte wischte durch die Dokumente auf ihrem Display. »Wie ich sehe, wurden bei dem Einsatz Gefangene gemacht? Es wurden Informanten festgenommen?«

»Ja, Ma'am.« Jones nickte bedächtig. »Das Konstrukt hat sich für kurze Zeit einer kleinen Gruppe von Schmugglern bedient. Einige von ihnen haben wir festgenommen, als sich herausstellte, dass es uns nicht gelungen ist, das Konstrukt bei dem Einsatz in Seascape auszuschalten. Die Befragung erbrachte jedoch lediglich ein paar neue Erkenntnisse über die Vorgehensweise des Konstrukts in den Versunkenen Städten. Patel Global hat sich bereit erklärt, sie zu übernehmen, und bürgt für ihr Stillschweigen. Für uns hatten sie keinen weiteren Erkenntniswert.«

Die Direktorin der Vereinten Streitkräfte schaute hoch. »Wer trägt die Verantwortung für die Freilassung?«, fragte sie scharf.

Jones zuckte mit den Achseln. »Ich selbst. Es gab sonst niemanden, der nach dem Absturz der *Annapurna* mit der Lage vertraut gewesen wäre. Es war meine Entscheidung.«

»Ich verstehe. Und Patel Global ... Sie sind auf einem ihrer Schiffe ins Protektorat zurückgekehrt?«

»Ja, Ma'am. Nach dem ... Vorfall hatte ich Probleme mit dem Fliegen.«

»Verständlich. Welchen Eindruck haben Sie von dem Konzern? Stellt er eine Bedrohung dar?«

»Meine vollständige Analyse findet sich im Anhang«, sagte Jones. »Sie waren so hilfsbereit, wie man es von einem Konkurrenten erwarten kann. Außerdem sind sie uns beim Absturz der *Annapurna* mit mehreren Schiffen zu Hilfe gekommen. Ohne sie hätte ich nicht überlebt. Es hätte viel mehr Tote gegeben. Sie waren sich der Bedrohung, die Karta-Kul darstellte, bewusst und haben uns bereitwillig alle ihn betreffenden Informationen übergeben. Ihnen liegt auch der Bericht des chinesischen Konsulats vor. Die Chinesen bestätigen, dass die Patels ihren Verpflichtungen nachgekommen sind und alle Daten zum Konstrukt übergeben haben.«

»Ich verstehe.« Die Direktorin blickte in ihre Notizen, dann musterte sie die Anwesenden. »Ausgezeichnet. Ich danke Ihnen, Captain.«

Energisch fuhr sie fort: »Verehrte Anwesende, wir werden diese Akte unter höchster Geheimhaltungsstufe archivieren. Nur für ExCom-Angehörige bestimmt. Die Vorbehalte hinsichtlich der genetischen Ausstattung und die Gehorsamsverstöße werden unter strenger Geheimhaltung an die Abteilung für Forschung und Entwicklung weitergeleitet.« Sie schaute hoch. »Ich danke Ihnen, Captain Jones. Sie dürfen gehen.«

»Ja, Ma'am.«

Jones wandte sich zur Tür, damit das Komitee seiner Arbeit nachgehen konnte. Hinter ihr sagte die Finanzdirektorin: »Nächster Punkt der Tagesordnung: die Lithiumvorräte. Offenbar gibt es ein Problem in den Anden ...«

Die sich schließende Glastür verschluckte ihre nächsten Worte.

Jones hielt auf dem Flur inne und atmete erleichtert aus. Links und rechts von ihr standen die kräftigen Konstrukte in der blauen Mercieruniform Wache, stocksteif aufgerichtet, den Blick ins Leere gerichtet.

Sie standen so reglos da wie Statuen, doch Jones wusste, dass sie jede Bewegung registrierten, jeden ihrer Atemzüge wahrnahmen und ihre Erleichterung rochen, obwohl sie nicht mit der Wimper zuckten und sie auch nicht grüßten.

Gehorsam und ihren Erschaffern ergeben, ragten sie neben ihr auf.

Sie werden nicht angreifen.

Das redete sie sich ein. Besser fühlte sie sich jedoch erst, als sie im Expresslift stand, sich dessen Tür schloss und die Sicht auf die Wachposten verdeckte.

Sie sank rasch in die Tiefe. Kurz darauf befand sie sich draußen und wandte sich zu den Docks. Warme Abendluft hüllte sie ein, warm sogar für die Verhältnisse von Los Angeles.

Im hellen Sonnenschein schritt sie einen Hügel hinunter und

gelangte ans Ufer. In der Bucht ragten Teile der städtischen Orleans aus den Wogen – Gebäude und Viertel, die das ansteigende Meer aufgrund mangelnder Vorbereitung verschluckt hatte. Weiter draußen herrschte auf den schwimmenden Docks und Frachtumschlagsstationen des Konzerns rege Betriebsamkeit. Solarzellen funkelten im Sonnenschein.

Am Ende des Docks bereitete sich ein Klipper aufs Ablegen vor. Ein anmutiger, schlanker Trimaran mit der Fahne von Patel Global. Gebaut für hohe Geschwindigkeit, nicht für schwere Fracht.

An Deck hatte sich eine Gruppe von Seeleuten versammelt. Ein Konstrukt überragte die kleineren Menschen. Eigentlich nichts Besonderes. Viele Firmen setzten auf ihren Schiffen Konstrukte ein, darunter auch Patel Global.

Die vernarbten, tätowierten Gesichter der Seeleute waren die einzige Besonderheit. Einer der Männer hatte anscheinend mechanische Beine, schlanke, gebogene Metallkonstruktionen. Eine Frau … vielleicht lag es an der Beleuchtung, doch es schien, als habe sie einen mechanischen schwarzen Arm, der in der Sonne funkelte. Nicht verwunderlich. Segeln war ein gefährliches Handwerk, und immer wieder kam es zu Unfällen.

Auch Seeleute hatten ihre Geschichte, wie alle.

Jones' Comm summte, ihr neuer Auftrag war eingetroffen. Sie las die Anweisungen und wandte sich von dem Klipper ab, ließ seine Besatzung und deren Geschichte dem Vergessen anheimfallen, als hätten sie niemals existiert.

Hinter ihr setzte der Trimaran die Segel, um mit der Flut auszulaufen.

Danksagung

EIN BUCH ZU SCHREIBEN ist selbst unter günstigsten Umständen nicht einfach. Ich danke den vielen Menschen, die mir in unterschiedlichen Arbeitsstadien geholfen haben, dieses hier zu Ende zu bringen, für ihre Unterstützung, ihren Rat und ihre Klugheit. Meiner Frau Anjula und meinem Sohn Arjun. Meinen Freunden Holly Black, Rob Ziegler, Aaron Jerad, Samara Taylor, Max Campanella, Charlie Finlay, Rae Carson, Daniel Abraham, Carrie Vaughn, Tobias Buckell und Ramez Naam. Des Weiteren danke ich meiner Lektorin Andrea Spooner, meiner Korrektorin Christine Ma und meinem Agenten Russell Galen, der seit jeher ein großer Fan von Tool ist.

Brandon Sanderson

**Das große Action-Epos des
internationalen Bestsellerautors**

»Steelheart ist großartig! Brandon Sanderson
schreibt nicht nur packende Abenteuerromane –
er ist ganz einfach ein brillanter Autor.«
Patrick Rothfuss

»Wahnsinn! Atemberaubend spannend und mit
einem Ende, das man nie mehr vergisst!«
James Dasher

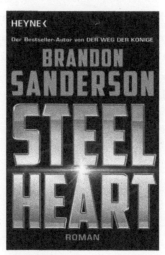

978-3-453-31695-9

Leseprobe unter **www.heyne.de**

Cory Doctorow
Walkaway

Der große neue Roman vom Autor des internationalen Bestsellers *Little Brother*

»Cory Doctorows *Walkaway* erinnert uns daran, dass die Zukunft, für die wir uns entscheiden, auch die ist, in der wir leben werden.«
Edward Snowden

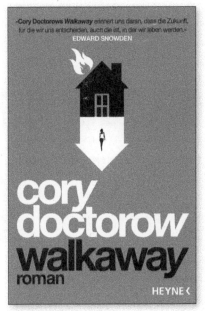

978-3-453-31793-2

Leseprobe unter **www.heyne.de**

diezukunft.de

Das Magazin für die Welt von morgen in Science und Fiction

Täglich aktuelle News, Essays und Rezensionen
Science-Fiction-Romane und Storys aus über fünf Jahrzehnten
Exklusive E-Only-Klassiker im Shop
Bücher-, Comic- und Kinoticket-Verlosungen

Sie finden uns auch auf